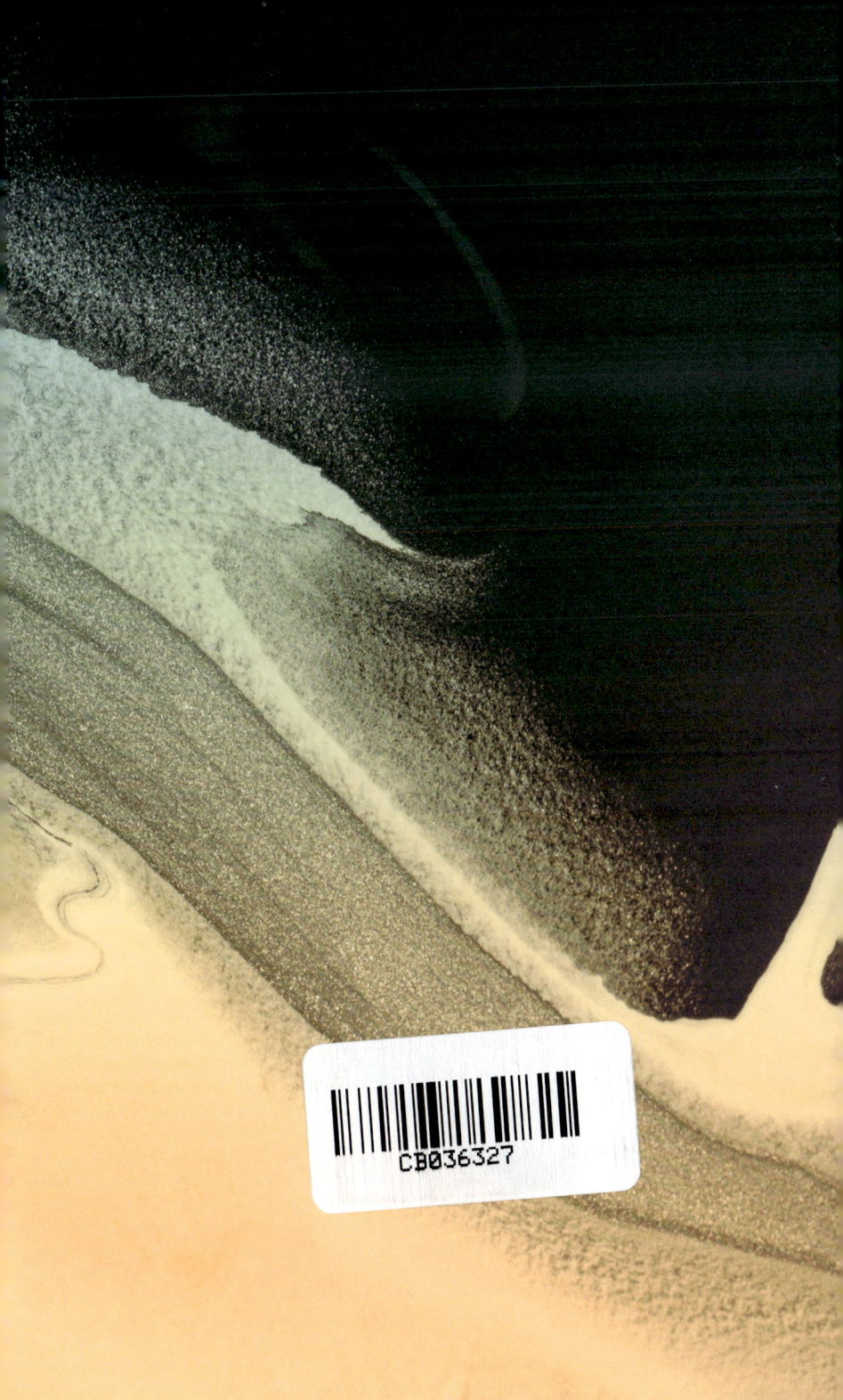

SQUALUS CARCHARIA
Der Menschenfresser.
La Lamie.
The White Shark.

DARKLOVE.

The Bass Rock
Copyright © Evie Wyld, 2020
Todos os direitos reservados.

Os personagens e as situações desta obra são reais
apenas no universo da ficção; não se referem a pessoas
e fatos concretos, e não emitem opinião sobre eles.

Cover design by Joan Wong
Imagens do Miolo: T. Brown, Ernest Haeckel, © Retina78

Tradução para a língua portuguesa
© floresta, 2022

Diretor Editorial
Christiano Menezes

Diretor Comercial
Chico de Assis

Gerente Comercial
Giselle Leitão

Gerente de MKT Digital
Mike Ribera

Gerentes Editoriais
Bruno Dorigatti
Marcia Heloisa

Editora
Nilsen Silva

Capa e Projeto Gráfico
Retina 78

Coord. de Arte
Arthur Moraes

Coord. de Diagramação
Sergio Chaves

Finalização
Sandro Tagliamento

Preparação
Lúcia Maier

Revisão
Larissa Bontempi
Rayssa Galvão
Retina Conteúdo

Impressão e Acabamento
Ipsis Gráfica

DADOS INTERNACIONAIS DE CATALOGAÇÃO NA PUBLICAÇÃO (CIP)
Jéssica de Oliveira Molinari - CRB-8/9852

Wyld, Evie
    As Bruxas de Bass Rock / Evie Wyld ; tradução de floresta.
    — Rio de Janeiro : DarkSide Books, 2022.
    384 p.

    ISBN: 978-65-5598-180-3
    Título original: The Bass Rock

    1. Ficção inglesa 2. Machismo - Ficção
    I. Título II. Floresta

22-1831   CDD 823

            Índices para catálogo sistemático:
                1. Ficção inglesa

[2022]
Todos os direitos desta edição reservados à
DarkSide® Entretenimento LTDA.
Rua General Roca, 935/504 — Tijuca
20521-071 — Rio de Janeiro — RJ — Brasil
www.darksidebooks.com

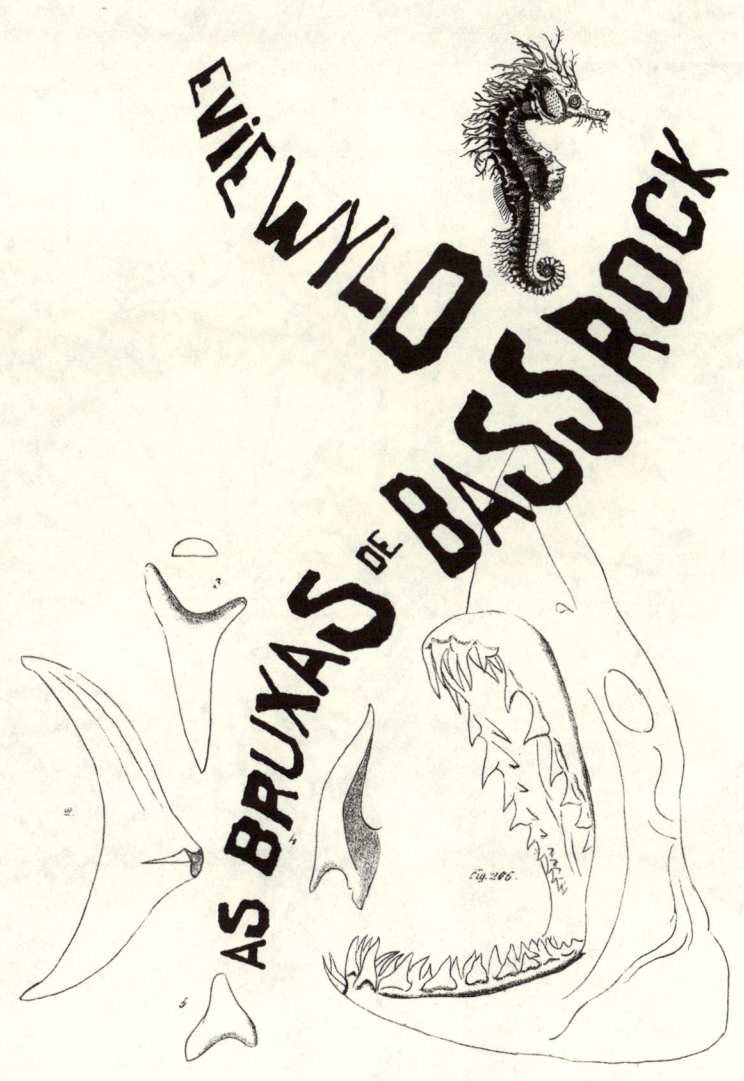

EVIE WYLD

AS BRUXAS DE BASS ROCK

TRADUÇÃO **FLORESTA**

DARKSIDE

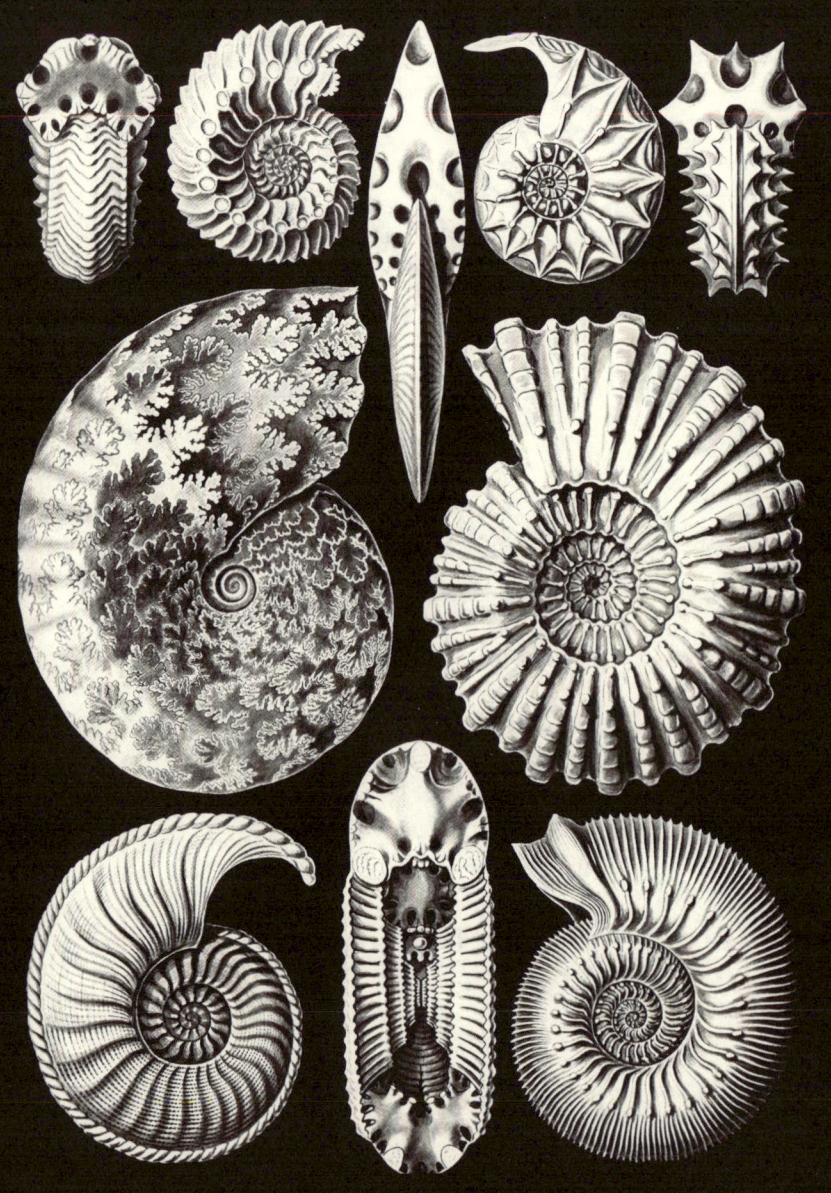

Para os Wyld.

AS BRUXAS DE BASS ROCK

EVIE WYLD

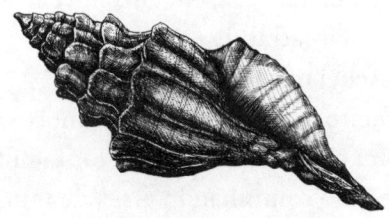

Eu tinha 6 anos e éramos só nós duas, minha mãe e eu, que levávamos Bu para passear na praia onde meus pais tinham crescido, uma mistura de pedras escuras e areia clara e gelada. Sempre fazia frio; mesmo no verão, a gente usava casacos de lã e ficava o tempo todo com o nariz escorrendo, já machucado de tanto esfregar na manga. Mas era novembro, e o vento convencia a cadela a andar sempre perto da gente, com as orelhinhas baixas, os olhos apertados. Dava para ver uma nuvem de areia se levantando e voando para longe, como um enorme lençol ondulante.

Estávamos procurando búzios entre os detritos que a água trazia. Eu já estava carregando dois, escondidos na palma da mão, brancos como o pescoço de uma gaivota. Minha mãe, com seu olhar mais aguçado, já carregava seis. Eu já sentia a força da minha vitória esmorecer.

Em uma poça de maré, encontramos uma mala preta quase arrebentando de tão cheia. O zíper estava estourado, e, no ponto onde os dentes não se uniam mais, despontavam dois dedos com unhas vermelhas e um toco de articulação cinza onde deveria estar um terceiro dedo. O toco de dedo parecia a miniatura de presunto das minhas bonecas. A água do mar tinha sugado toda a cor da pele, deixando só o cinza frio e o branco do osso. Acho que era o osso que fazia aquilo parecer tanto com a miniatura de presunto. Mexi o braço para espantar algo do rosto, e moscas emergiram da mala, em uma nuvem pesada e espessa.

Minha mãe, mais atrás de mim, gritou:

"Mais um! Achei mais um!"

E subiu o cheiro, como o de um gato morto na chaminé em pleno verão. Um cheiro tão forte que contaminou tudo.

Minha mãe veio caminhando atrás de mim, tentando entender, se perguntando o que estava acontecendo.

Continuei olhando para aqueles dedos, tentando entender, enquanto minha mãe me puxava pelo braço. "Sai daí, vamos!", dizia, cuspindo várias vezes na areia. "Não olhe, vamos, vamos embora."

Mas quanto mais eu olhava, mais eu via, e, espiando pelos vãos entre os dedos brancos, vi um olho que parecia me olhar de volta, que parecia saber alguma coisa sobre mim, que fazia uma pergunta e dava uma resposta. Na memória, o retrato de uma lembrança duvidosa de infância, esse olho pisca para mim.

ILHA LAMB

EVIE WYLD

S DE BASSROCK

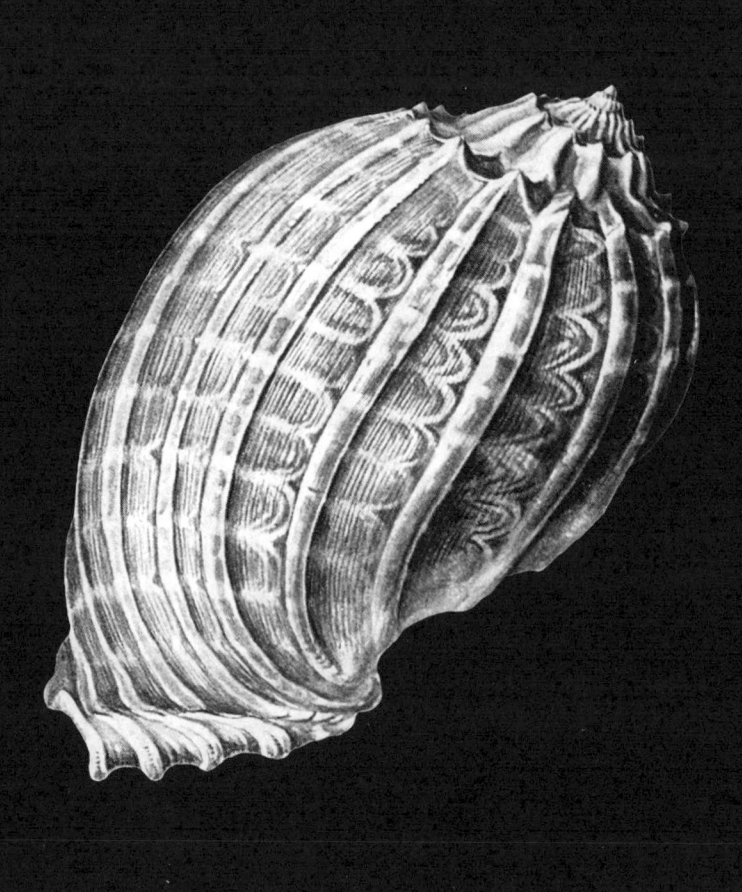

I

O mercadinho em Musselburgh fica aberto até as dez da noite, e o atendente parece ofendido quando chego às 21h35. Eu
me pergunto como devo estar, depois de ter passado oito horas no carro. Joguei uma água no rosto em um posto de gasolina perto de Durham, e meu cabelo secou de um jeito estranho.
É uma aparência desleixada o suficiente para parecer que vou
assaltar este lugar.

Estacionei nos fundos do mercado, perto dos caixas eletrônicos, para não esquecer de tirar dinheiro antes de ir; as lojas
perto de casa não aceitam pagamento em cartão.

Passei um bom tempo na seção de temperos. Tem gengibre
fresco e vários tipos de pimenta, e fico imaginando o que poderia fazer com isso. Acabo botando um pouco de tomilho no
carrinho. Talvez faça um frango assado amanhã, quem sabe só
asse umas coxas. Não sou boa cozinheira; gosto de assar coxas
porque, quando me esqueço do forno, a carne não fica seca.

Sempre exagero nas frutas, mas é difícil não ficar empolgada. Aqui tem todas as cores de ameixas do Quênia — amarelas,
cor de laranja, roxas, vermelhas e pretas —, e pego uma caixinha de cada. São trinta ameixas para comer em uma semana,

o que dá um pouco mais de quatro por dia, e sinto que consigo cumprir essa missão. Duas pela manhã, duas à noite. Se eu fosse o tipo de pessoa que faz conserva, teria uma jarra de cada tipo de ameixa só para ficar olhando. Mas provavelmente ficariam cobertas de mofo, como da vez em que tentei fazer uma conserva de pimentas no azeite e a garrafa acabou ficando toda preta. Estou me esquecendo de alguma coisa importante. Acho que é algum produto de limpeza. Sigo em frente; mesmo tentando pensar em algo novo e interessante para cozinhar, acabo no corredor de congelados. Peguei espaguete, tomates e mariscos enlatados. Uma caixa de ovos que nunca vou consumir, pão de forma integral e os temperos. Não quero comer nada disso hoje à noite, mas pelo menos são alimentos que sugerem alguma seriedade. Sou o tipo de mulher que está aqui a trabalho. Que está fazendo um favor para a família, e não o contrário. Não sou mais a pessoa que, em junho, falhou todos os dias em sair da cama antes do meio-dia. Que parou de ver os amigos e atender o telefone, que precisou que a irmã a levasse ao hospital quando o ar parou de entrar e sair, fazendo com que eu só conseguisse emitir um ruído longo e baixo. Não passei sete dias em um quarto seguro, com uma placa na porta que dizia: *Proibido talheres de qualquer tipo (inclusive colheres de chá!)*.

O alto-falante anuncia que o mercado vai fechar dali a cinco minutos, o que parece uma mensagem direcionada especialmente para mim.

Tem uma mulher no corredor de congelados, onde só estou porque é o lugar que demarca o fim das compras. Ela não tem carrinho, nem mesmo cesta, e está examinando os sorvetes de chocolate. Pega uma caixa de quatro unidades daqueles mais caros, com menta, com o desenho de uma boca feminina grande e obscena mastigando chocolate na embalagem.

Ela está toda arrumada, de batom rosa, o cabelo comprido e cacheado bagunçado de propósito e fixado com spray, o visual arrematado por um cigarro apagado na boca. Ela sorri para mim, perguntando: "Vai um sorvetinho noturno?". Fico tão perturbada com aquilo que coro, solto uma risada alta demais e respondo apenas: "Ameixas!". Ela devolve o sorriso e se vira para ir embora. Eu poderia passar a noite inteira ali, me ouvindo repetir isso.

No fim do corredor de congelados tem uma gôndola de geladinhos de laranja. Na minha infância, quando meu pai estava em um dia bom e só queria arrancar uma risada minha e de Katherine, ele cantava a música do comercial de geladinho que passava na TV quando ele era criança: *O geladinho que é uma delicinha, docinho e laranjinha!* É difícil dizer por que isso nos fazia dar tanta risada, mas acho que tinha mais a ver com a vontade dele de nos fazer rir do que com a música em si. De qualquer forma, estou aqui, parada, porque, como tantas outras pequenas coisas que descobrimos todos os dias, estou encarando a realidade de que nunca mais vou ouvir essa música na voz dele. Esqueci a merda do pacote de coxas de frango, então volto correndo para a seção de carnes, onde vejo que os frangos bons já foram levados e que só sobraram aquelas coisas tristes com gosto de peixe e que tiveram uma vida horrível. Boto uma lata de sardinhas no carrinho e devolvo os temperos para a prateleira. Pego queijo suíço fatiado, uma barra de chocolate e um aipo, só para constar.

Só tem um caixa aberto, então formamos uma pequena fila, todos tentando passar a impressão de que fazer compras assim, tão tarde, não é nada comum em nossas vidas. Folheio uma revista. Tem uma imagem deprimente de um homem sensualizando com o dedão no lábio superior, querendo mostrar as abotoaduras ou o relógio. Ele franze a testa de um jeito supostamente sexy. E, na frente dele, tem uma menina muito magra e pálida, com o cabelo partido ao meio e os lábios pintados de vermelho, feito um fantoche. Ela olha para o nada, tristonha. Está ali para ser vista pelo homem das abotoaduras e da testa franzida, mas não para lhe devolver o olhar.

A voz da minha mãe ecoa na minha cabeça. *Por que todas essas mulheres querem parecer paralisadas de medo? Por que todos esses homens querem dar a impressão de que riem alto demais em público?*

É um alívio que já tenha passado a época em que eu gastava meu tempo pensando em como as pessoas reagiam ao meu corpo e ao meu rosto. É estranho, mas, de alguma forma, sou mais velha que minha mãe, porque ela pelo menos tomou as rédeas da própria vida quando tinha a idade que tenho agora. Minha mãe teve marido e filhos, então perdeu parte disso, e agora vive a vida que aparentemente sempre quis: sozinha, tocando seu trabalho. Faz nove meses que ela trabalha com cogumelos venenosos. O único quadro emoldurado que eu tenho em casa foi um presente que ela me deu quando me mudei, há três anos: um cogumelo mata-moscas com um besouro voando atrás, para dar uma sensação de profundidade. O quadro, que ainda não pendurei, fica no meu quarto e deve ter alguma aranha aninhada atrás. Minha mãe encontrou um recomeço em estar sozinha. Vive em uma casa arrumada, come o que bem entende e quando quer — às vezes passa o dia sem comer, então janta um caranguejo fresco às onze da noite, ou saboreia, no café da manhã, uma porção de ervilhas

congeladas, cruas, como se fossem amendoins. Admiro a sol-
teirice que ela abraçou desde que meu pai morreu. Acho que
posso aspirar a ser assim, mas sem precisar primeiro enviuvar.

Só seria legal foder e ser fodida de vez em quando.

Às vezes entro na internet atrás de homens e mulheres sol-
teiros, todos mais velhos que eu. E sempre vou nos mais velhos
não porque esteja procurando alguém maduro ou experiente,
mas porque os jovens usam filtros para se livrarem dos idosos,
o que de repente me tornei, agora tão perto dos 40.

Já dei alguns matches: Steven, de 56 anos, que mora em Har-
ringay; Philip, de 49 anos, que mora em Clapton; Isabella, de
62 anos, que mora em Hampstead. E os poucos jovens que não
usam os filtros, como Marco, de 36 anos, que mora em Tooting,
provavelmente é por que têm algum fetiche. Meu celular ficou
com a memória cheia, então deletei o aplicativo. Fiz isso com a
minha irmã olhando, e ela teve a chance de jogar a cabeça para
trás e soltar uma gargalhada meio exagerada.

A mulher no caixa me dá boa-noite como se estivesse pre-
enchendo minha ficha na delegacia.

Estou carregando minha sacolinha de comida para o carro
quando vejo que a mulher dos sorvetes está ali no estacionamento, bem na frente das portas de correr. Está comendo um
sorvete, a outra mão tamborilando as unhas compridas no
pacote. Meu carro é o único no estacionamento. Ela deve estar esperando alguém. Tento não chamar sua atenção. "Oi!",
cumprimenta ela. Sorrio, mas não faço contato visual, só que
ela vai tentar puxar conversa de novo. Será que é melhor eu
explicar as ameixas?

"Oi!", repete ela. "Bom te ver, garota! Tudo bem com você?"
Deve achar que me conhece.

Talvez ela queira dinheiro. Eu de repente me sinto muito sozinha naquele estacionamento. O segurança já está fechando as grades de metal; dou uma olhada, mas ele não me vê.

"Hum, desculpa, acho que não te conheço", digo e vou andando depressa para o carro; melhor não tirar dinheiro hoje.

"Eu sei", sibila ela, correndo até mim, "mas finge que me conhece, porque tem um homem escondido atrás do seu carro." Paro de repente, e ela esbarra em mim. De onde estou, não consigo ver ninguém perto do carro, mas os caixas eletrônicos estão muito iluminados, o que quer dizer que tudo em volta está escuro.

"Comprei um sorvete pra você!", ela diz em voz alta, estendendo um sorvete da caixa para mim. Eu pego sem nem pensar.

"O que a gente faz? Melhor chamar o segurança." Bem enquanto sussurro isso, as luzes na frente do supermercado se apagam.

Ainda não vi ninguém perto do carro e estou com um péssimo pressentimento. Quem vai ao mercado a esta hora da noite, sem carro, só para comprar sorvete de chocolate? Esse comportamento não é normal. *Você tem que ir para o carro*, penso. *Tem que se livrar dessa mulher. Devolva esse sorvete*, e ficar pensando nisso só torna a situação ainda mais confusa, tanto para meu corpo quanto para minha mente. Aperto o botão de abrir o porta-malas, e a mulher diz: "Nossa, quanto tempo! Não nos vemos desde a escola... O que você anda aprontando?".

Abro a boca, ainda confusa, e, enquanto penso na resposta e logo me lembro de que não importa, pois não estudamos juntas, uma silhueta sai da escuridão do lado do passageiro do meu carro, e só vejo que o homem está com a mão no bolso da jaqueta, usa roupas escuras e se afasta depressa, mas sem correr. Fico parada olhando o cara ir embora, o coração batendo forte no peito. Sinto uma vontade horrível de chorar.

"Sujeitinho esquisito", comenta a mulher, abrindo outro sorvete.

"A gente não devia avisar alguém?", pergunto.

"E vamos falar o quê? Que tem um cara agindo estranho? Tem caras agindo estranho em todo canto, garota. Pode acreditar."

"Hum... Olha, obrigada. E desculpa, eu não tinha entendido o que estava acontecendo."

"Ah, tranquilo", responde ela.

"Toma aqui o seu sorvete", digo.

"Que isso! Pode ficar, garota... Tenho mais dois." Ela dá uma mordida no sorvete que acabou de abrir, e a cobertura de chocolate estala alto. "Bem, se cuida", completa, então sai andando em direção à rua.

"Espera! E se ele voltar? Quer uma carona?" Oferecer carona já não é muito do meu feitio, ainda mais à noite e para uma completa estranha. Mas a oferta escapuliu da minha boca antes que eu pudesse evitar.

A mulher se vira para mim e sorri.

"Ah, quer saber? Seria ótimo!"

Já no carro, eu me pergunto o que estou fazendo.

"Você se importa se eu comer?", pergunta ela, balançando o sorvete.

"Nem um pouco."

Saímos do estacionamento e vamos subindo a encosta.

"Ai, sempre fico doida pra tomar sorvete quando tô chapada, sabia?"

Ela me dá as coordenadas e diz de onde é, então esqueço tudo imediatamente.

"É uma bela merda", diz ela, "mas... é a minha merda."

Balanço a cabeça, concordando. Não consigo pensar em nada para perguntar. Os postes de luz vão sumindo conforme seguimos na direção da costa, e os faróis altos do carro não funcionam há anos. Fico na expectativa de ver alguma coisa se esgueirando atrás de nós, os olhos luminosos e vermelhos dos faróis. A mulher parece indiferente ao que aconteceu no estacionamento. Ah, tenho tanta saudade de casa quanto uma criança de 11 anos.

"O que você faz?", pergunta ela.

"Faço uns frilas, uns trabalhos por fora", respondo, tentando fazer a faxina na casa da minha tia-avó e da minha avó soar como um emprego. "Trabalho principalmente com arquivos, essas coisas. E trabalho mais nos fins de semana, mas logo, logo vou começar um projeto novo." Pigarreio.

"Legal!", responde a mulher. "Arte?"

"Sim. E outras coisas."

Eu disse *coisas* vezes demais.

"Legal. Eu curto arte."

Então vem um silêncio muito, muito longo.

"Como você entrou nessa?"

"Me formei em história da arte", respondo. É quase verdade. Pelo menos frequentei o primeiro ano, e já faz tanto tempo que qualquer influência disso no rumo que minha vida tomou parece ter sido mínima. "Minha mãe é uma artista botânica, então vem de família." Só que não é realmente assim. Quase digo que meu pai acabou de morrer, para tentar ganhar alguma vantagem, falando como se tivesse acontecido hoje de manhã, e não que na verdade é absurdo eu continuar presa nisso, o que ninguém aceita mais, já que já se passaram dois anos. As pessoas não dizem que está na hora de seguir em frente, mas fica estampado na cara delas.

"Tipo plantas e tal?"

"Sim... Cogumelos."

"Ah, entendi." E volta o silêncio.

Tarde demais, reparo que deveria ter perguntado o que ela faz, mas o silêncio acabou com esse fio de conversa. Uma chuva leve começa a cair.

"Meu nome é Maggie. Não é apelido de nada. É Maggie mesmo", diz ela.

"Viv. De Viviane."

"Nunca tinha conhecido uma Viviane", responde ela, parecendo genuinamente surpresa. Fico com vontade de desenrolar a conversa.

"Minha mãe disse que gosta do nome porque tem uma sonoridade forte."

"Ah! Minha mãe achava que Maggie soava como uma menininha fofinha."

Não tenho o que responder, nem nada para dizer. Queria poder parar de falar da minha mãe.

Ela me pede para parar na estrada costeira, perto do campo de golfe.

"Pode deixar que daqui eu vou andando. É uma caminhada bonita sob as estrelas."

"Tem certeza?"

Ela estende a mão, e nós nos cumprimentamos como se tivéssemos fechado um negócio.

"A gente se vê por aí, garota." A estrada está deserta, e fico olhando enquanto ela desaparece, descendo a caminho da praia, com um andar relaxado e tranquilo, como se embalada por alguma música. Em algum lugar lá fora, no escuro, ouço as ondas batendo na ilha de Bass Rock, mesmo sem poder vê-la.

AS **BRUXAS** DE
BASS ROCK
EVIE WYLD

II

No açougue, Ruth comprou carne de panela. Planejava fazer uma torta. Tinha passado o dia todo sentindo o cheiro do pudim de carne que Betty lhes deixara. Parece que é um prato bem popular na Escócia, mas o tal pudim de carne tinha se esgueirado insidiosamente para a mesa de jantar pelo menos quatro vezes durante as cinco semanas desde que tinham chegado ali. Era tão deprimente quanto a torta de peixe que comiam em casa, em outros tempos. Só de pensar naquele negócio cozinhando Ruth ficava com o estômago embrulhado. Ia fazer uma torta de carne simples, com batatas e vagens; uma das receitas de jantar que mantinha nas últimas páginas da agenda. Talvez também assasse um bolo vitoriano para os meninos. Será que iam gostar, ou ficaria parecendo uma espécie de suborno?

Ah, eu podia perder um bom tempo pensando nessas coisas.

O dia brilhava com os resquícios do fim do verão, frio demais para não usar chapéu, mas o sol lhe esquentava tanto as costas que Ruth sentiu o suor escorrendo depois de percorrer a rua principal, então passou um tempo nos degraus de concreto da piscina, ao ar livre, observando os nadadores, com braços e pernas reluzindo embaixo d'água, de tão brancos. Uma das nadadoras se movia tão devagar que mal parecia fazer for-ça. Usando uma touca floral, a mulher mergulhou a cabeça e emergiu, tomando fôlego e cuspindo água. Outros nadadores mais dedicados nadavam em volta. *Ela está aproveitando esse momento de leveza*, pensou Ruth. *E não está pensando em sair.* Um filhote de gaivota se empoleirou no degrau mais alto da escada de acesso para observar os nadadores. A ave choramingou e bateu as patas, desgostosa. Ruth a encarou. "Eles fazem isso para se divertir", explicou, e a pequena ave inclinou a cabeça, encarando Ruth com um olho escuro feito uma bolinha de gude.

No correio, tinha chegado uma carta de Alice. Ruth comprou um cartão-postal da piscina e do Pavilhão, a encosta íngreme da montanha North Berwick Law se assomando logo atrás, como uma presença hostil. Quando viu a montanha pela primeira vez, achou que a inclinação aguda parecia artificial, e a ossada de baleia no topo remetia a algum paganismo terrível. Mas, conforme foi se acostumando, passou a pensar mais nas pessoas que tinham carregado os ossos até lá em cima. Que triunfo devem ter sentido a cada dia, vendo os ossos lá no alto, brilhando à luz do sol. No cartão-postal, porém, a montanha Law deixava a desejar, só aparecendo diminuta, em preto e branco, e mal dava para ver a ossada de baleia no topo (embora Ruth tenha gostado da ideia que teve de desenhar uma cruz para indicar a janela junto a qual estava sentada, escrevendo, naquele mesmo momento). A essa altura, já tinha sido reconhecida no Pavilhão, e a garçonete balançou a cabeça em cumprimento e a levou até uma mesa com vista para a piscina. Ruth procurou a mulher que flutuava na água, mas ela já tinha ido embora, ou talvez tivesse mergulhado. Permanecia, aqui e ali, aquele olhar inconfundível das senhoras ponderando sobre ela. Sabia que não demoraria muito até que precisasse de aliados, ou correria o risco de parecer antissocial. Mas Ruth sempre levava o tempo que precisava para relaxar e via a amizade com Betty, a empregada, como uma tarefa mais urgente, pois Peter tinha dezenas de reclamações sobre a comida — o que precisava ser resolvido com delicadeza.

Os artigos de papelaria de Alice eram de muito bom gosto e bem escolhidos. Uma estampa de salgueiro no forro do envelope, papel branco de boa qualidade, com uma marca d'água ornamentada. As cartas de Alice eram pequenos embrulhos, feitos justamente para serem abertos, conservados e observados por anos a fio. Depois de fazer seu pedido — um bule de prata de chá e um biscoito amanteigado —, Ruth discretamente cheirou o envelope. Talvez tenha sido o creme de mãos caro de Alice, mas ela também podia ter perfumado a carta com o pulverizador cobre e coral que ficava em cima da escrivaninha. Ruth a imaginou escrevendo, usando um robe de tecido fino e saltos altos. O conteúdo, no entanto, não correspondia ao embrulho.

> *Queridinha,*
>
> *Ah, que azar do velho Ludwig: morreu. Deve ter sido veneno de rato, embora o coitadinho já estivesse velho e, da última vez que o vi, parecesse quase completamente cego. Conversei com o pai no fim de semana, ele está fora de si. Não queriam incomodá-la com a notícia, Ruth, a mãe acha que você já está lidando "com morte o bastante em seu casamento", mas respondi por você e revirei os olhos. Sei que você gostaria de ficar a par do que tem acontecido.*
>
> *O pai queria um epitáfio, mas estão todos transtornados, pensando no que colocar na inscrição. A mãe é a favor de "Albert", o pai bate o pé e grita que a guerra acabou e que vai enterrar seu amigo com o nome que era dele mesmo. A mãe tem receio de que vândalos ataquem a sepultura,*

mas eu não sei muito bem quantos desse tipo vivem aqui em Much Hadham. Antony obviamente queria se desfazer do corpo em um enterro no mar.

De qualquer forma, peço desculpas por ter sido a portadora de notícias tristes, minha queridinha. Espero que você continue bem em todos os outros sentidos.

Mark e eu comemoramos nosso quinto aniversário de casamento neste fim de semana, acredita? Queria que você estivesse aqui, tomando um "uisquinho" por nós.

Londres está um inferno.

Com todo o meu amor,

Alice

Ruth dobrou a carta e a devolveu ao envelope com todo o cuidado. Alisou a correspondência na toalha branca de linho que cobria a mesa e a deixou debaixo do saleiro. Olhou pela janela, para além da piscina e do porto, e lá, na água escura, viu outra vez a touca de natação floral, agora vagando no mar aberto — ou talvez fosse apenas uma boia desbotada pelo sol. Em dias bonitos como aquele, a ilha de Bass Rock parecia tão próxima que parecia ser possível chegar lá a nado, e Ruth já ouvira alguns sermões mal-humorados de moradores locais por dizer isso em público. Bebeu o chá sem leite e guardou o biscoito no bolso, para não ser vista como esbanjadora, e contou o dinheiro, deixando uma quantia a mais para compensar o fato de ter ido embora sem se despedir e agradecer. Amarrou o lenço vermelho na cabeça enquanto se encaminhava para sair, as nuvens lá fora ameaçando chuva, mas não conseguiu se obrigar a vestir o sobretudo. Aumentou o barulho do movimento suave dos barcos no porto, com as velas infladas nos mastros, e o vento ficou mais forte. As gaivotas gritavam sem parar.

A caminho de casa, fez uma parada na trilha que enveredava por entre as árvores, em direção à praia. Estava escuro sob o abrigo das árvores, e o vento não penetrava ali. Um pontinho de luz — uma pomba — pousou no galho mais alto de um pinheiro, e a árvore inteira tremeu como se a pomba fosse feita de chumbo. Ruth pendurou a carne de panela e o casaco na cerca e foi até a pomba. Sentia o coração palpitar, mas não de medo, e sim como se ele estivesse sendo puxado para fora do peito em direção à escuridão das árvores. Borboletas brancas, azuis e pretas, que deveriam estar mortas havia muito tempo, voejavam no ar parado. "Digam algo para mim", pediu ela, mas não tinha certeza se às borboletas, à pomba ou às árvores. "Digam o que devo fazer." Silêncio. "Digam *qualquer coisa* que seja. Uma coisinha de nada." Mas a pomba sequer inclinou a cabeça para encará-la, e as árvores eram apenas árvores. Ruth ficou imaginando se tinha enlouquecido de novo; levou um susto quando viu, encolhidinha junto à samambaia, uma raposa adormecida. Talvez estivesse morta. A terra em volta do animal tinha sido cavada e remexida, mas não havia sangue. A criaturinha tinha o pelo cinza, não laranja, como o das raposas nas caçadas ou nos filmes. Não estava morta; Ruth notou o subir e descer de suas pequenas costelas.

Quando voltou para a cerca, a carne e o sobretudo tinham sumido. Ela se sentiu ridícula. Sentiu frio no caminho para casa; a luminosidade da tarde cedera lugar ao vento úmido habitual, então Ruth envolveu o corpo com os braços e caminhou o mais rápido que pôde. Sua casa ainda não lhe parecia natural. Inclusive, ao contornar a esquina do campo de golfe e ver a residência, Ruth pensou que aquele lugar não lhe passava muito a impressão de um *lar*. Parecia pertencer a algum parente perdido no tempo. Era grande demais, o que ela comentou com Peter logo que viram o lugar pela primeira vez. Grande demais para um casal e duas crianças que estudavam em um internato. Os quartos dos empregados eram do tamanho da casa de campo de Peter, em Dummer, se não maiores. E o salão vazio com aquele piano intocado era tão grande quanto a casa que ela alugara em Kensington, antes de conhecer Peter. Pretendia mandar afinar o piano, mas não havia ninguém em North Berwick que fizesse isso; o homem que antes oferecia esse serviço tinha morrido, segundo Betty, então eles precisavam tentar achar alguém em Edimburgo. Ruth enrubesceu depois de perguntar: "Bem, e quem mais o pessoal costuma chamar para afinar o piano?". Betty a encarou de um jeito que a deixava muito ciente, como em tantas outras vezes, de como poderia muito bem ser outra mulher ali, fazendo as coisas que ela fazia. Queria poder rebater com: "Então me diga como *ela* faria, que vou fazer igual".

Entrou pela porta dos fundos, para que ninguém a visse sem o casaco, e precisou passar de mansinho por Bu, o velho cão, largado no chão da cozinha feito um daqueles rolinhos protetores de porta. Fez um carinho no cachorro como se pedisse desculpas, então foi depressa até a cômoda e revirou os bolsos da saia, querendo as chaves e a bolsinha de moedas. Mesmo com as luvas, os dedos estavam gelados, e Ruth os levou ao rosto para esquentá-los. No espelho, notou como a pele das bochechas estava avermelhada por causa do frio e da maresia, e o cabelo, solto do lenço, perdera a forma e não envolvia mais o rosto alongado. Na verdade, estava com uma aparência grosseira e mal-ajambrada. Deu uma ajeitada no cabelo e passou um pouco do batom que guardava na gaveta da cômoda, ao lado dos cigarros. A aparência não melhorou, mas Ruth talvez tenha conseguido parecer um pouco mais decidida.

Peter e os meninos estavam na cozinha, tomando o chá da tarde. No balcão estava o grande bolo vitoriano que Betty fizera no dia anterior. Ruth sabia disso, é claro — Betty sempre lhe dizia o que preparara para as crianças —, mas tinha se esquecido do bolo. Assaria algumas maçãs, então, o que estava longe de ser um prato sofisticado. As maçãs não eram bonitas, mas sentia que precisava contribuir um pouco com o jantar, ainda que apenas para prolongar o momento depois do lamentável pudim de carne.

"Querida", cumprimentou Peter, beijando-lhe a bochecha, "como passou a manhã?"

"Bem", respondeu ela, deixando a carta de Alice em cima do balcão, ainda no envelope. "Mas o açougue estava fechado, então infelizmente teremos de comer o que Betty preparou."

"Ah, que terrível. Quer comer um pedaço de bolo conosco?", perguntou ele. "Parece ser o único talento da Betty, e temos que tirar proveito disso."

"Ah, querido, pare com isso. Ainda não estamos acostumados com a comida escocesa, só isso. As tradições daqui são bem diferentes", rebateu Ruth, servindo-se de um copo d'água para afastar o pensamento do jantar.

"Você só diz isso porque tem medo dela." Peter fez uma careta para os meninos. Michael deu risada, mas Christopher estava em uma fase madura demais para achar graça. Ruth alisou o suéter, ajeitando-o sobre a cintura da saia. Sentia-se um pouco mal.

"Você sabe muito bem que isso é tolice, então vou apenas ignorar." Ela se virou para os meninos: "E como foi o dia de vocês?".

"Vimos um tubarão!", respondeu Michael, de boca cheia.

Ruth piscou para Peter.

"É verdade. O tubarão foi arrastado até a baía de Milsey. A pobre criatura deve ter ficado encalhada quando a maré baixou."

"Estava morto", completou Michael.

"Era grande?" Ruth se serviu mais um copo d'água; o primeiro não estava frio o bastante para surtir o efeito calmante no estômago que ela esperava.

"Muito", respondeu Peter.

"Perguntamos a um pescador que tipo de tubarão era, e o homem disse que era um tubarão-elefante." Foi a maior quantidade de palavras que Christopher lhe dirigia desde a mudança. Ruth sorriu.

"E tinha dentes enormes?"

"Não", respondeu Christopher, "porque não é esse tipo de tubarão."

Peter ergueu as sobrancelhas, e Ruth se sentou ao lado dele, dizendo:

"Talvez eu coma um pedacinho de bolo. E amanhã, meninos, vocês me mostram onde está esse tubarão. Parece bem nojento."

"Tinha uma gaivota comendo o olho dele", revelou Michael.

Depois que os meninos já estavam na cama, Ruth subiu as escadas até o último andar da casa e abriu a porta do quarto com todo o cuidado. Seria o primeiro ano de Michael no internato. O menino deveria ter começado no ano anterior, mas o pulmão fraco o forçou a ficar em casa. Christopher já frequentava o internato havia dois anos, desde o casamento dela e de Peter. Lá perto do mar, as coisas pareciam mais calmas. Como se o vento tivesse varrido para longe certos humores e memórias, de modo que uma pessoa podia se sentir imersa na escuridão e então se ver de repente parada diante da linha de espuma deixada pelas ondas, pensando que escuridão era aquela pela qual passara. Ruth só precisava se estabelecer um pouco mais, se envolver em algum projeto. Pintura, talvez. Notou uma leve sensação de movimento no quarto dos meninos. Via, à luz do luar, as silhuetas das crianças adormecidas, encolhidas como focas na areia. A janela estava entreaberta, e uma brisa entrava pela fresta, pulverizando seus pesadelos. Ruth fechou a porta sem fazer barulho e ficou um tempinho ali, do lado de fora, só escutando. Um sussurro melodioso veio do quarto, um som desconhecido, então cessou. Era coisa do campo de golfe, que carregava os sons que as árvores ao longe não conseguiam filtrar. Ruth desceu pelo lado mais externo da escada, querendo evitar fazer barulho — se tivesse cuidado, a escada não rangia tanto —, e se juntou a Peter na sala de estar, para um drinque antes de dormir.

"Os meninos estavam bem felizes hoje", comentou ele, olhando para cima, agachado junto ao armário de bebidas. Peter lhe ofereceu um conhaque e se serviu de uma dose de uísque. "Acho que estão começando a entender como é esse lugar. Foi como eu lhe falei: os dois só precisavam de uma boa brisa do mar." Ele tomou um gole do uísque e soltou um suspiro alto e satisfeito. "Está fazendo muito bem a todos nós."

"Sim, você tem razão." Ruth sorriu, ergueu o copo em um brinde e bebeu. As férias de verão tinham parecido uma eternidade quando chegaram, tempo de sobra para todos se instalarem, se acostumarem, juntos, com aquela nova etapa da vida. Mas nada parecia resolvido.

"Tenho certeza de que o internato vai fazer bem para o Michael. Ele às vezes é parecido demais comigo, infelizmente." Peter sorriu enquanto levava o copo aos lábios.

"Como assim?"

"Eu o peguei mexendo no bolso de um dos seus casacos, hoje pela manhã."

"O que ele estava procurando?"

"Imagino que dinheiro. Afinal, agora moramos perto de uma loja de doces. Certa vez, afanei uma nota do maço de dinheiro do meu pai. Fui descoberto porque tentei comprar balas, e o vendeiro não tinha troco, então comentou com a minha mãe, quando ela apareceu por lá." Peter riu alto. "Ah, levei a maior bronca da minha vida."

"E você não deu umas palmadas nele?"

"Michael levou um cascudo na cabeça e uma bela bronca. Não tenho mais estômago para nada além disso. Depois de ver um menino levar um tiro por ter roubado uvas, lá na Grécia..." Ele deixou escapar uma risadinha sem muita alegria. "Mas Michael vai ter que parar com isso quando estiver no internato. Por enquanto, é melhor você guardar seus objetos de valor."

Ruth se perguntou se Michael teria se safado apenas com um cascudo de Peter se tivesse feito aquilo antes da guerra. O conflito moldava os homens tão completamente... E também acabava com eles.

Ruth queria que um dos meninos pudesse comemorar o aniversário com uma folga do internato, o que lhe daria um motivo para organizar um piquenique. Parecia exagero fazer um piquenique sem nenhum bom motivo; um exemplo de má criação. Tinha visto uma fotografia de Elspeth com os meninos em uma toalha de piquenique branca... Michael era só um bebê cabeçudo, Christopher tinha aqueles olhos pretos de sempre, como os de uma lontra. Três criaturas apaixonadas em cima de uma toalha.

"Vi uma carta de Alice no balcão. Está tudo bem em Londres?"

"Ah, sim, tudo bem. Vão dar uma festa de aniversário de casamento no fim de semana."

Peter a encarou por um bom tempo. "Você está se sentindo péssima por não ir, não é?"

"Ah. Não. Não muito. Só de pensar em todas aquelas pessoas, a mãe e o pai, todo aquele barulho... Nunca gostei muito desses eventos. E, de qualquer forma, nem é o aniversário de casamento deles de verdade." O casal tinha celebrado o aniversário de casamento passando um mês e meio no Quênia, mas, como Alice não dispensava a oportunidade de fazer uma festa, tiveram a ousadia de dizer a todo mundo que iam comemorar o aniversário de casamento, mesmo não sendo. Às vezes, a confiança de Alice de que todos cederiam aos seus caprichos era um pouco irritante. E eles cederam, porque Ruth não recebera nenhum telefonema irritado da mãe.

"Não consigo imaginar uma situação pior... Todo mundo cuspindo opiniões a torto e a direito, os camaradas fazendo piadas de mau gosto..." Peter se referia à festa que Alice organizara por ocasião do noivado dos dois, quando um dos convidados levou uma caixinha de cigarros de maconha.

"Sim, fiquei muito feliz com a desculpa para não ir." Ruth se perguntou se aquilo era verdade, então pensou que deveria ser. Às vezes era difícil dizer. Alguma coisa naquilo tudo lhe parecia odiosa. "Sim, está quase tudo bem. Ludwig morreu." No instante em que a frase deixou seus lábios, Ruth sentiu um aperto incômodo na garganta.

"O cachorro?"

"Sim."

"Hum... Velhice?"

"Sim. E também teve o veneno de rato."

Peter passou o braço pelas costas de Ruth, deslizando a mão até sua nuca. "Deve ter sido um dia péssimo para o reino animal", comentou.

"Era só um cachorro", retrucou ela, reparando que estava segurando as lágrimas.

"Certo. Mas eu sou só um homem. Um tubarão é só um tubarão." Peter sorriu mais uma vez e foi até a janela que dava para a baía. Estava escuro lá fora, e não havia nada para ver. Através do vidro fechado, ouvia-se as ondas quebrando na praia. Ruth descansou a mão na barriga e desejou que a maré não levasse o tubarão embora antes que Christopher e Michael pudessem mostrá-lo.

Na manhã seguinte, antes que o restante da família despertasse, Ruth foi até a porta dos fundos e analisou o jardim. Não gostava de fumar na frente das crianças, nem na presença de Peter. Era resquício de outra parte de sua vida, de quando se debruçava na varanda em Kensington e batia as cinzas nos vendeiros lá embaixo.

O mato já estava crescendo nas frestas úmidas entre os tijolos da trilha do jardim. O ar daquele dia parecia diferente, uma fera roçando a língua gelada nos braços desnudos de Ruth assim que ela deixou o sol. Tinha telefonado para Alice na noite anterior, bem tarde, querendo felicitá-la pelo falso aniversário. Bodas de madeira. Cinco anos de união. Peter e ela só tinham chegado às bodas de algodão. Materiais frágeis, se pensarmos bem. Alice passou o telefonema todo relembrando, com alegria, do dia em que Mark e ela se casaram — um dia que fora drasticamente diferente para Ruth, a madrinha, com todos esperando a vez de falar com ela. Reviveu esse momento na cama, enquanto Peter dormia.

Durante os discursos, o nome do irmão fora usado mais que vírgula. Ludwig ficara cavando o canteiro de rosas, ignorando os convidados e cuidando de sua própria vida. O cão ainda se deu ao trabalho de comer as bocas-de-leão, que engoliu quase inteiras, deixando só montinhos coloridos espalhados pelo gramado, o que deixou vovó muito chateada. Teria sido incrível sair com Ludwig pelo portão da frente, andar até a lagoa, libertar os pés e ficar lá, deitada, fumando um cigarro e conversando com Antony em pensamento. Em vez disso, Ruth se forçou a sorrir e virou para o médico da família, um senhor com olhos turvos, que lhe disse em voz alta:

"E não é que você está bonita?" Foi quando Ruth notou o olhar de esguelha e as bochechas coradas de uma jovem ao lado dele.

"É muito gentil da sua parte dizer isso", respondeu ela, então pediu licença e encontrou um lugar não muito longe de Alice e Mark. Ele fazia uma exibição de como conseguia envolver a cintura da esposa com as mãos. O cabelo escuro de Alice pendia das têmporas em cachos tão serenos que pareciam uma pintura. Ela se virou para Ruth. "Querida, se puder, vá ao meu quarto e pegue os cigarros na gaveta de cima da cômoda, aí damos uma escapadinha. Estou acabada."

Mas, quando Ruth entrou na casa, a avó lhe entregou uma bandeja de ovos recheados, com a ordem de distribuir os quitutes entre os convidados.

"Contratamos pessoas para isso", protestou Ruth; a avó só respondeu com um olhar fixo e muito sério.

Segurando a bandeja, Ruth caminhou pelo jardim e passou depressa por entre os convidados, para que não vissem o que ela estava servindo, nem tentassem pegar um ovo. Agora que Alice estava casada e Antony não estava mais entre os vivos, ela teria de começar a comprar os próprios cigarros — e, para isso, precisaria do próprio dinheiro. E foram esses os pensamentos horríveis e insignificantes que Ruth se via alimentando desde que o irmão morrera; pensamentos que a pegavam de surpresa e a faziam morder o interior das bochechas, de tanta vergonha. Era mais do que isso, Ruth sabia, mas não conseguia explicar.

O latido de Ludwig soou pela área aberta, e o burburinho das conversas no gramado diminuiu por alguns instantes enquanto todos os olhares se voltavam para o cão, o focinho comprido erguido para um pássaro que o encarava do alto da cerca branca. "Ah, Albert!", exclamou a mãe de Ruth.

Ludwig fez uma dancinha na base da cerca, revelando o interior rosado das orelhas. Mais um latido, e Ruth olhou para o pássaro. "Oi, Antony", disse para a ave, então se perguntou o que havia de errado com ela, por aquele pensamento sem sentido de que o irmão tinha aparecido na festa de casamento disfarçado de passarinho. Tia Josephine não estava muito longe e apenas lhe lançou um olhar de compaixão — mas, um tempo

depois, Ruth descobriu que tia Josephine comentara o acontecido com sua mãe, e a combinação desse acontecimento com
seu comportamento no ano anterior foi usada como motivo
de internação. Ruth passou catorze dias em um sanatório em
Deal, um período humilhante e assustador em que pôde aprender umas coisinhas sobre fingimento.

Ainda não conseguiam ver o tubarão, mas já podiam sentir
o cheiro.

"Pescavam baleias nesta praia", contou Christopher, "e daí
as baleias viravam perfume. O pescador que me contou."

O cheiro do tubarão morto fazia a história parecer impossível, mas o interesse no rosto do menino era enorme, e Ruth
não iria questionar a história.

Michael estava bem atrás, arrastando um graveto pela praia.
O menino vinha fazendo isso desde o campo de golfe, um caminho de quase um quilômetro, e o rastro, uma longa cobra
preta, seguia no encalço deles.

"Você se interessa muito por tubarões e baleias, Christopher?"

O menino refletiu por um instante.

"Nunca pensei muito neles. Mas eu vi um, e agora nós moramos aqui, e eles vivem bem ali... Não sabia que eram tão
grandes. É engraçado como tem tantas coisas grandes embaixo d'água, mas são coisas que não podemos ver."

"É verdade", concordou Ruth.

Primeiro veio o cheiro, depois o barulho — o som das gaivotas convocando umas às outras para o banquete. Ruth e os
meninos contornaram o caminho para a baía Milsey. Viram três
jogadores de golfe no alto de uma falésia, um deles com uma
câmera, olhando para baixo e falando mais do que Ruth acredi-
tava ser normal para jogadores de golfe. A animação não tinha

sido suficiente para fazer os jogadores descerem; eles só ficaram lá em cima, balançando os tacos e especulando baixinho sobre como era possível existir um espetáculo tão revoltante.

Ruth e as crianças foram subindo a duna até o topo, então puderam ver a baía, com a ilha de Bass Rock se assomando logo atrás. Em dias mais claros e com a maré baixa, a ilha parecia tão próxima que dava a impressão de ter encalhado na areia, como se não estivesse presa ali e pudesse ir aonde bem entendesse. Ruth não gostava muito daquela ilha rochosa; via as ilhotas Fidra e Craigleith como enfeites charmosos pontuando o mar cinzento de North, mas Bass Rock tinha uma estranha deformidade, como a cabeça com má-formação de uma criança. Se passasse muito tempo olhando para a ilha, Ruth se via à deriva, incapaz de desviar o olhar. Era como o fascínio que às vezes sentia ao encarar o próprio rosto no espelho, como se olhar mais de perto pudesse fazê-la entender melhor o lugar.

O tubarão estava coberto por um manto de gaivotas, que alçaram voo aos gritos, todas de uma vez, quando Michael correu em sua direção, balançando o graveto e gritando como se conduzisse um cavalo. O tubarão era uma lua crescente enorme e escura, uma forma cinzenta na areia. Um tronco colossal, um peso desesperado na terra, as guelras flácidas e carnosas por dentro. Atrás do tubarão, viram um homem de cabelos brancos com um casaco longo da mesma cor do animal morto e um colarinho clerical. Estava com o cabelo bagunçado, partido ao meio pelo vento. O homem sorriu, mostrando dentes muito separados, as mãos unidas nas costas. Depois que os pássaros se dispersaram, os quatro ficaram em silêncio ao redor do tubarão morto. Os jogadores de golfe no alto da falésia tinham desaparecido junto dos pássaros, e restava apenas o barulho do vento entre eles.

O homem rompeu o silêncio, levantando a mão e perguntando, com um sotaque forte e provavelmente galês: "A senhora deve ser a sra. Hamilton, que mora naquele casarão".

"Sim", respondeu Ruth, sem parecer disposta a contornar o tubarão para ir até o outro lado. "Ruth Hamilton. Esses são meus...", Ruth tentou não deixar a frase morrer, mas aquilo parecia tanto um teste que ela demorou para encontrar a palavra certa, "... meninos. Christopher e Michael." Os garotos ergueram a cabeça e encararam o sujeito, indiferentes. O homem foi até o focinho do tubarão, que era lambido pelas ondas, esperou uma onda quebrar e contornou depressa o nariz do bicho para se juntar a eles. De perto, não era tão velho quanto Ruth pensara, e, embora não fosse muito alto, tinha ombros largos e mantinha os pés muito afastados, como se fosse dar um salto gigante usando botas de sete léguas.[1]

"Reverendo Jon Brown", apresentou-se, estendendo a mão. Ruth o cumprimentou, e o reverendo deu uma boa olhada nos meninos, trocando apertos de mão com cada um e emitindo um grunhido de aprovação enquanto os dois olhavam por cima dos ombros, na direção do tubarão. "Que bom, que bom", continuou, "não tem muitas crianças por aqui, precisamos mesmo de algum vigor por estas bandas. Um pouco de travessuras e brincadeiras. Eles vão ingressar na St. Augustine?"

"Eles vão para Fort Gregory."

"Ah! Faço muitos sermões naquela escola. Esplêndido! Eles se adaptarão muito bem lá. Esplêndido, esplêndido! Há quanto tempo se instalaram?"

"Vai fazer cinco semanas."

---

1   Elemento do folclore europeu citado em histórias como "O Pequeno Polegar", de Charles Perrault, e "A Laranjeira e a Abelha", de Madame d'Aulnoy. É dito que as botas de sete léguas fazem com que a pessoa que as usa seja capaz de dar passos de quase 34 quilômetros. (Nota da editora, de agora em diante N.E.)

"Estou planejando dar uma passada por lá para me apresentar. Sou um velho amigo de Betty, nós nos conhecemos há bastante tempo."

"Mandarei lembranças suas a ela."

"Sim, faça isso." Ele umedeceu os lábios, e Ruth notou seus dentes grandes e cinzentos. "Eu já a vi na missa de domingo?" É claro que chegariam a essa pergunta. O homem deu um sorriso caloroso, mas não desviou o olhar. Apoiou os punhos fechados na cintura, tal qual um pirata.

Ruth se esforçou para não corar.

"Andamos muito ocupados com a mudança. Talvez possamos ir na semana que vem."

"Que bom", respondeu ele, então voltou o olhar para Christopher. "Pensei em escrever meu sermão com base nesse tubarão. Você gosta de tubarões, garoto?"

Christopher confirmou com um aceno de cabeça e olhou outra vez por cima do ombro do reverendo Jon Brown. Michael se virou e saiu correndo até a beira d'água, iniciando a tarefa de desenhar uma linha na areia em volta do animal.

"Tem algo nesses monstros grandes e poderosos que acabam morrendo e sendo devorados por pequenos pássaros brancos...", começou o reverendo. "Tem algo diferente nisso, sabe? Por isso vim até aqui, para ver com meus próprios olhos... Em busca de inspiração, entende?" E voltou o olhar para Ruth.

"Claro", respondeu ela, já que precisava dar uma resposta.

"Bem, foi um prazer conhecê-los. Devo visitá-los em breve para conhecer o sr. Hamilton. Posso entrar em contato com Betty, marcar um horário bom para todos?"

Peter não apreciaria a visita. Teriam muito que explicar, e era tudo de caráter tão íntimo... "Claro", repetiu Ruth. O sujeito tocou um chapéu imaginário e balançou a cabeça para Christopher, que fez o mesmo em resposta.

"Preciso ir. Tenho um chá à minha espera." E foi subindo a duna em direção à cidade. Michael tinha parado de traçar a linha na areia e cutucou a boca do tubarão com um olhar horrorizado e deleitoso.

"Michael!", chamou Ruth.

"Ele fede!", exclamou o menino, se divertindo. Ruth caminhou na direção dele.

"Por favor, não faça isso. E se acabar se sujando com esse negócio? Vai querer ter que se explicar para a Betty?"

As gaivotas foram voltando aos poucos, como se só o reverendo Jon Brown tivesse algum poder sobre elas. Uma ave pousou na cauda do tubarão e iniciou uma exploração um tanto invasiva do que poderia haver em suas partes íntimas.

"Vamos para um lugar mais tranquilo? O que acham de comer uns bolinhos na cidade? Ou um pãozinho... O reverendo Brown me deixou com vontade." Ali, parada, com a bílis subindo e o fedor do peixe entupindo o nariz, Ruth não conseguia pensar em nada mais desagradável que enfiar um bolinho recheado de creme na boca, mas o retorno das gaivotas lhe causou um sentimento estranho. Ela olhou para Christopher, esperando uma resposta, e percebeu que o menino olhava na direção em que o reverendo Jon Brown partira. Parecia um menino perdido no mar ou entre as estrelas.

AS BRUXAS DE BASS ROCK

EVIE WYLD

III

"Estão com uma menina no chiqueiro. Querem queimar a coitada."

De camisola, a viúva Clements bateu à porta, uma linha fina e vermelha atravessando sua bochecha. Meu pai não acorda com o tumulto — cortesia da bebida. Cook coloca um xale nos ombros da mulher e a conduz até uma cadeira, então atiça outra vez o fogo, mas a mulher apenas choraminga e torce as mãos.

"Vá acordar seu pai, menino", manda Cook.

O pai está dormindo com a cara enfiada no travesseiro, a roupa de dormir erguida até o traseiro, e a visão de suas nádegas é quase o suficiente para me fazer sair correndo do quarto — grandes rochas cinzentas com uma rachadura escura e peluda, um urso doente. O quarto tem um cheiro forte de vinho e de outras porcarias que não quero nomear, e meu pai ronca, entre estalos e tremores. Dou um cutucão nas costas dele, que se remexe e muda de posição.

"Pai, acorda."

Ele abre um olho e volta a virar de bruços.

"A viúva Clements está machucada. E disse que querem queimar uma bruxa." Quando ele ouve o nome da viúva, seus olhos se abrem. Ele pisca, tentando encontrar sentido no que

44

vê. Ouvimos um soluço vindo de perto da lareira, no cômodo ao lado. Meu pai pisca de novo, se senta e esfrega a mão no rosto, como se tentasse arrancar a pele.

"O quê?", pergunta ele, mas não espera pela resposta; a viúva começa a chorar alto. "Pegue meus calções." Por um instante, ele é o homem que era antes de Agnes e minha mãe morrerem: corajoso e forte. Meu coração bate forte com essa visão.

Eu o deixo se vestindo e vou ao outro cômodo, onde vejo que o sangue na bochecha da viúva escorreu por seu rosto. Cook tenta limpá-lo com a ponta da camisola, mas a mulher se encolhe. Quando vê o pai na porta, ela se levanta e ergue os braços para ele, como se fosse uma criança. O pai olha de Cook para mim, e percebo que já se passou alguma coisa entre ele e a viúva Clements. Meu pai aceita o abraço dela e a faz se sentar com firmeza, então passa o dedão por sua mandíbula, onde o sangue se acumulou.

"O que aconteceu, Charlotte?", pergunta ele, e tudo se confirma quando diz o nome dela. Não é de agora. Resolvo só pensar nisso mais tarde.

"Disseram que pegaram uma bruxa. E que vão queimá-la."

"Quem disse que pegou uma bruxa?"

"Os gêmeos Browning a pegaram na floresta e a prenderam no chiqueiro. Ela é só uma menina." Meu pai se levanta e, sem dizer nada, sai porta afora. Eu vou atrás.

"Fique aqui, Joseph", ordena ele, mas não obedeço; vou andando um pouco atrás, sem querer ser visto na escuridão.

O chiqueiro dos Browning não é longe. Fica no fim do riacho que corre junto à nossa casa, mas é um caminho lamacento, e tenho de andar com cuidado para conseguir me manter em pé. Vejo meu pai cair duas vezes, mas ele se levanta rápido, sem interromper as passadas largas.

Uma luz fraca vem de dentro do chiqueiro, e meu pai desaparece porta adentro. Espio através de uma fresta na parede; a cena é difícil de discernir. A princípio, não vejo nenhuma menina, nenhuma bruxa.

"Pelas graças do diabo, o que é isso?"

Alguns dos homens que se lembram de como meu pai costumava ser se encolhem de medo, mas os mais jovens continuam imóveis. Esses mais novos só o conhecem como um tolo beberrão. Alguma coisa se mexe no chão, deixando escapar um ruído baixo e horripilante, como uma vaca parindo. Tem uma menina caída, um vestido que não passa de um trapo enrolado ao redor das axilas. Dois homens — um dos gêmeos Browning e outro que não reconheço — a seguram pelos pulsos, e o outro Browning está parado diante dela, erguendo os calções, a camisa desabotoada. É difícil discernir o rosto dela, que está coberta de lama. Há alguns pequenos pontos de cor: o branco dos olhos, o vermelho da boca aberta. É difícil afirmar se está viva. Seu corpo completamente sujo brilha à luz da lamparina. Eu deveria desviar o olhar.

Meu pai se apressa na direção dela, e três homens se adiantam para detê-lo. Ele se livra de todos com facilidade.

"Ela me enfeitiçou!", grita o gêmeo Browning, segurando os calções. Meu pai dá um soco no queixo dele, fazendo sua cabeça pender para trás, e ele perde o equilíbrio. Os outros se afastam um pouco, e meu pai pega a menina e puxa seu vestido para baixo, mesmo com o tecido todo rasgado e grudado no corpo por causa da lama. Ele coloca a garota em cima do ombro, para deixar os braços livres. "Se ela estiver morta, vou voltar aqui para arrancar suas orelhas."

"Ponha a menina no chão", diz alguém. Das sombras sai o outro Browning, carregando um forcado. Meu pai fica imóvel. Sei que ele não vai colocar a jovem no chão. O Browning do forcado avança, apontando o garfo direto para o rosto do meu pai, que avança um passo, encostando a garganta nos dentes do forcado. Basta um movimento de Browning, e meu pai acabaria com a garganta rasgada. Os dois se encaram. Browning abaixa o forcado, então meu pai se vira e sai do chiqueiro, carregando a menina no ombro feito um saco de ossos. Sinto uma onda de orgulho — ali está ele: meu pai, o herói. Senti sua falta.

"Foi a bruxa que me obrigou! Diga a ele!", grunhe o gêmeo Browning, com o queixo machucado. "Ela enfeitiçou os homens e a terra", grita o outro, procurando apoio em meio ao pequeno grupo. Mas meu pai vai embora sem dar chance para explicações.

Browning fica imóvel, desolado, os braços caídos ao lado do corpo. "Ela é nossa, e nós vamos queimá-la", murmura.

De manhã, ficamos agachados junto ao fogo, enquanto Cook cuida da menina em seu quarto. De quando em quando, Cook sai para anunciar: "Ela está limpa", "Ela está comendo aveia", "Ela está dormindo". Não pregamos o olho, atentos à possibilidade de os Browning tentarem incendiar a casa.

O pai está sentado com as mãos no colo, pensativo. Tenho certeza de que pensamos as mesmas coisas. O vilarejo não é mais como antes. Eles estavam aliviados por ter alguém em quem colocar a culpa — o que parecia ser cada vez mais necessário, nesses tempos.

Faz quatro anos e alguns meses que enterramos a mãe, e Cook nos alimenta desde então, mesmo no café da manhã. As duas galinhas dela e seus ovos nos mantiveram de pé quando a cevada não vingou, mas uma delas parou de botar, então Cook a matou para fazer um ensopado. Depois que ela depenou e limpou a ave, a carne começou a apodrecer. Foi a primeira vez, e começou na nossa casa. Pouco depois, aconteceu com todo mundo, com todas as carnes, que logo ganhavam uma cor escura e oleosa. O cheiro é doce e pútrido. Na primeira vez que o nariz o capta o odor, dá para pensar que você encontrou um lírio do campo; então, como um dedo cutucando atrás do olho, o cheiro se crava dentro de você. E, se manejar a carne estragada, o cheiro fica na pele. Todos podem sentir, então todos evitam ficar perto.

Certa manhã, quando abri um ovo que Cook cozinhou, encontrei um pintinho. Parecia um corvo formado que tinha manchado o interior da casca.

É como a lembrança de alguma coisa horrível da infância, algo que veio da floresta. Mas as pessoas estão famintas, e algumas comeram a carne podre. Essas poucas tiveram os mais terríveis ataques de gritos e acabaram vomitando lama. Vi fazendeiros olhando os pastos cobertos de gado morto, com barro enfiado no nariz. Vi pessoas levando os filhos para a floresta e voltando sozinhas, quando voltavam; suas casas permanecem ali, silenciosas e escuras, e ninguém vai ver o que estava acontecendo, porque a luta pela própria sobrevivência se tornou mais importante que a necessidade de cuidar dos outros. Agora chega essa menina, e nós é que vamos salvá-la. A podridão começou em nossa casa, e precisaremos de mais do que o respeito decadente que os aldeões têm pelo meu pai para convencê-los de que essa podridão não deve acabar conosco.

Ouvimos batidas à porta. É um velho amigo do meu pai, o moleiro Fergus. Ele dá uma olhada para trás antes de entrar, como se estivesse com medo de ser visto aqui.

"Estão fazendo uma reunião", ele conta para o meu pai, "e a situação parece complicada para você. Alguns de nós estão firmes, mas os Browning conseguiram cativar a atenção do vilarejo."

"Eles não podem fazer nada. Sou o padre." Meu pai levanta a voz, como se tentasse convencer a si mesmo disso.

"Ah, Callum... Não por muito tempo", responde Fergus. Ninguém o corrige.

Quando encontraram Agnes na floresta, o pai rezou, fez um discurso e se mostrou sábio. Quando a mãe morreu, louca, berrando como se tivesse pássaros costurados embaixo da pele, a força o deixou. Fui o único que restou para ser sábio, mas não fui sábio o bastante.

A menina sai do quarto de Cook. A luz já começou a deixar o céu. Ela está mancando e tem um corte no rosto, onde a carne se abriu da narina até o lábio superior. Ela não se parece com ninguém que eu já tenha visto antes: tem cabelos ruivos, e os lábios são quase roxos, não sei se por causa dos machucados ou do frio ou por ser essa a cor natural. Sou incapaz de desviar o olhar dos pés descalços dela, embora as unhas tenham contornos escuros e a pele apresente um tom de branco que só se vê no peito dos pássaros. É difícil olhar para ela e não ver Agnes, ou a mulher que Agnes poderia ter se tornado.

Cook pousa as mãos nos ombros da menina e fala: "Esta é Sarah. Ela se perdeu da mãe e da irmã no inverno passado".

Sarah tem olhos grandes e castanhos. Não consigo adivinhar sua idade, mas sei, pelo que vi ontem na lama, que é mais velha do que seu rosto aparenta.

Ela fala pouco e responde às perguntas do meu pai com meneios de cabeça e poucas palavras. Sua voz soa como se viesse de longe, e é difícil entendê-la.

O pai coloca um cobertor sobre os ombros da menina e a examina enquanto ela esquenta as mãos no fogo.

Todos olhamos enquanto ela come uma tigela de mingau; Cook não consegue disfarçar a bondade excessiva. Levou um tempo para eu perceber que Sarah está usando um dos velhos vestidos da minha mãe. Quando noto isso, uma pedra gelada se prende ao meu estômago. É o curso natural das coisas; as roupas de Agnes devem ter ficado muito pequenas, e as de Cook, muito grandes. As da minha mãe miúda e de bochechas coradas serviram.

Depois do mingau, Cook leva Sarah de volta para a cama, e ela parece agradecida. Talvez estivéssemos encarando muito fixamente.

O pai se senta e estende as mãos, as palmas viradas para o fogo. Seus olhos estão úmidos.

"Joseph", diz ele, depois de um tempo, "está sentindo?"

"O quê?"

Ele não responde.

Fico em silêncio. Sinto algo.

"Precisamos proteger essa menina", conclui ele. "Precisamos proteger essa menina. É nossa segunda chance."

AS BRUXAS DE BASS ROCK
EVIE WYLD

II

Ruth dormiu mal. Passou a noite acordando, sentindo muito calor ou muito frio, com o cheiro da escola ainda no nariz, um misto de lama grudenta e flores apodrecendo. E, agora, ela não consegue se livrar do cheiro, mesmo com a janela do carro aberta. O forte odor lhe causou dor de cabeça. Michael parecia pálido e hesitante ao lado de Christopher, acenando dos degraus da nova escola, a enfermeira soturna logo atrás, esperando para o caso de haver uma cena. *Eles têm um ao outro*, pensou Ruth. Mas ela sabia que, quando ela e Peter não estivessem mais ali, os meninos seriam separados e colocados em grupos diferentes, de acordo com as idades.

No Natal, os dois estarão mais corajosos, fortes e resilientes, disse o diretor, orgulhoso, enquanto mastigava biscoitos de gengibre. Mas ela e Peter não perguntaram que métodos eram aplicados para criar essa resiliência. Ruth enterrou o pensamento. O diretor era um veterano de guerra e perdera o dedo anelar da mão esquerda. No lugar, usava uma prótese preta, presa por uma faixa ao redor do pulso. Até que era elegante. Ela sempre achou estranho como uma bala pode levar um dedo ou a pessoa inteira. Depois que Antony morreu, ela pegou a bala que o pai usava como peso de papel e a analisou. Como era absurdo que o corpo humano pudesse não sobreviver com um buraco tão pequeno, feito por um objeto tão modesto. Que decepção. Não demorou muito para a conversa no escritório do diretor se voltar para a guerra. Ficou feliz por saber que o homem não estivera na Normandia — uma pequena parte dela sentia um medo profundo de encontrar alguém que tivesse estado lá e segurado Antony enquanto sua vida se esvaía na lama. Aquele cheiro de flores deixadas tempo demais no vaso.

À tarde, fizeram um passeio de carro pela costa. Peter, que dirigia com as mãos no alto do volante, como se a qualquer momento pudesse ser lançado por cima do painel do carro, estava quieto desde que deixaram os meninos.

"Você está triste por ter deixado os meninos?", perguntou Ruth, e Peter mudou de marcha quando começaram a subir uma pequena encosta na estrada.

"Estou tentando não pensar nisso", respondeu ele. "Escute, agora que os meninos voltaram para a escola, tenho bastante trabalho para pôr em dia. Você acharia muito ruim se eu pegasse o trem para Londres amanhã? Acho que uma semana deve ser suficiente eu para voltar aos trilhos. O problema é que eu perderia o seu aniversário."

"Claro." Ruth tinha planejado usar aquele passeio de carro para comentar sobre a perda que sofrera na semana anterior, mas agora pareceria que estava usando o fato como chantagem. Também ainda não se tratava de um bebê, só um aglomerado de coisas presas a ela. Um pintinho coagulando na casca. Só descobriu o que era por causa do momento em que aconteceu e porque Alice uma vez lhe confessou que já tivera três daqueles, então sabia, quando as cólicas chegaram, que havia algo mais que a menstruação. Mas revelar isso agora seria desnecessário, e Peter se sentiria obrigado a ficar para confortá-la, levá-la ao médico, exigir respostas... E Ruth estava bem, de verdade. Um pouco cansada. Na próxima, saberia ser mais gentil consigo mesma, dormiria mais, ou pelo menos ficaria um pouco mais na cama. "Meus pais vão me manter ocupada, tenho certeza."

"Ah, droga!", disse ele, dando um tapa pouco convincente no volante. "Quase esqueci que eles estavam vindo. Que dia chegam?"

Ruth sorriu. Era mais fácil não juntá-los com Peter. Assim, ela evitaria confusão. "Você sabe muito bem que eles chegam na quarta e vão embora na sexta." Peter olhou de esguelha para ela, querendo avaliar sua reação, mas viu que Ruth estava rindo, então pousou a mão no joelho dela.

"Droga, acho que vamos nos desencontrar."

Com a viagem de Peter, Ruth teria alguns dias de sossego para lidar com a casa nova, para finalmente sentir que tinha o controle de tudo, descansar e ficar bem. Era um bom plano, mesmo que Peter não soubesse por quê. Ela cantarolou para mostrar que não estava contrariada.

"Você não é das piores, sabia?" Peter apertou o joelho dela, a mão traçando o caminho das coxas.

"O reverendo Jon Brown está muito ansioso para vê-lo na igreja, querido", comentou Ruth, esperando que o comentário surtisse algum efeito. Ele bufou e voltou a mão para o volante.

"Bem, você vai ter que transmitir minhas desculpas", respondeu ele. "Algum palpite sobre a posição desse seu reverendo quanto à guerra?" Era a pergunta que ele sempre fazia quando não gostava de alguém. E isso porque geralmente a pessoa em questão não estava em combate enquanto a esposa morria de pneumonia, mesmo que ele nunca tenha chegado a ponto de dizer isso.

"Eu não perguntei. Mas acho que ele é velho demais."

Peter bufou de novo.

Ruth fechou os olhos e lhe veio à mente a lembrança feliz de estar na garupa da motocicleta de Antony, com um braço em volta da cintura do irmão e o outro segurando Ludwig, um filhote enrolado em seu vestido. Nem parecia que tinha sido há tanto tempo, e ainda assim restara apenas a motocicleta, coberta com um lençol empoeirado no galpão do pai. E também restara ela mesma, mesmo que não tivesse se tornado o que imaginava que se tornaria.

Na soleira da porta, Ruth dava um beijo de adeus em Peter quando o telefone tocou. Era a mãe.

"Queridinha, é você? Ah, já sei, está com uma gripe horrível." Ruth atendera a ligação dizendo apenas: *Casa dos Hamilton.*

"Dormi mal, só isso. Está tudo bem?" Ligar não era muito do feitio da mãe. Ela costumava mandar recados pelas cartas de Alice.

"Ah, está tudo bem, querida, tudo bem... Só estou ligando para dizer que a visita desta quarta-feira parece um pouco impossível... Seu pai voltou a sofrer com a gota, e a viagem é muito difícil... Você entende, não entente? Acho que seria bom ter a casa só para você no seu aniversário, uma boa oportunidade para ter um pouco de sossego."

Ruth pressionou um pouco o ponto entre as sobrancelhas, então sorriu, para que a voz soasse contente. Na noite anterior, Betty repassara com ela os vários pratos do jantar de aniversário, confirmando que comprara o salmão e a perdiz de um guarda-caça que era seu amigo. Havia até um abacaxi a caminho, em um trem de Fortnum.

"Claro, mamãe."

"Como estão as crianças?"

Ruth achava que a mãe usava *as crianças* para se referir a Christopher e Michael porque não podia se dar ao trabalho de registrar a informação de que eram meninos e tinham nomes. *Você logo terá seus próprios filhos*, dissera a mãe, dando palmadinhas complacentes em seu ombro, bem na frente de Christopher, no dia em que Ruth se casou. Ela estremeceu com a lembrança.

"Estão ótimos."

"Imagino que tenha sido um alívio enviar as crianças para a escola. Bem, seu pai manda lembranças. Visitamos Alice no fim de semana... Ela ganhou algum peso, mas *caiu bem*. E está querendo adotar outro gato, não consigo entender por quê... Já falei que não há como substituir a maternidade, mas ela não me dá ouvidos." Alice nunca falara sobre as perdas com a mãe; as duas sabiam que isso envolveria meses de preocupação superprotetora.

Ruth se examinou no espelho pendurado em cima do telefone e abriu a segunda gaveta da cômoda, buscando um maço de cigarros e uma latinha de balas de menta, para refrescar o hálito depois. Presa ao maço, estava uma caixinha de fósforos de um restaurante em que fora com Alice, da última vez que estivera em Londres. Parecia que tinha sido há séculos. Ruth riscou um fósforo no escuro, em meio ao silêncio, segurando o fone entre o ombro e a orelha.

"Bem, querida, os Winslows estão nos esperando, então tenho que ir me arrumar. Cuide-se e fique aquecida, está bem? Ouvi dizer que o clima aí é macabro. Até mais ver, queridinha."

"Adeus, mamãe. Mande lembranças ao papai." A mãe desligou o telefone prontamente no instante em que Ruth se despediu.

A mãe nunca fora boa em mentir — não porque fosse má atriz ou por se preocupar demais, mas por não se importar nem um pouco que a mentira fosse descoberta. Os Winslows moravam a três horas de viagem de carro da casa dos pais. Eram velhos amigos e excelentes anfitriões que bancavam jantares caros, planejados com antecedência. Os pais já deviam saber há algum tempo que não iriam à Escócia para o aniversário dela, gota ou não. Ruth decidiu que, se Peter telefonasse, não iria contar, porque ele faria uma cena terrível e insistiria em voltar para lhe fazer companhia.

Ruth soprou fumaça no espelho. Quando a pequena nuvem se dispersou, ela encarou o próprio rosto até a imagem formar contornos e sombras, que então desapareceram. Se Antony pudesse estar ali, fazendo-lhe companhia e preparando drinques, em vez de mergulhado na terra em algum lugar do outro lado do oceano...

A mudança tinha sido para melhor; os pais só reclamariam do frio, do vento, *da casa escura e insondável*. Os pais eram do tipo que estavam sempre com frio, e a mãe se negara categoricamente a usar roupas térmicas porque julgara as peças muito masculinas. E os dois só perguntavam sobre sua saúde para questionar por que ela ainda não estava enorme, carregando a *própria* criança. Da última vez que a mãe pressionou sua barriga para sentir se havia alguma coisa se mexendo ali e descobriu que não havia nada, fez algum comentário sobre *comer miúdos de carneiro demais*.

Ruth foi até a porta dos fundos, a frescura do dia uma satisfação em contraste com o calor do cigarro. Quando saiu, assustou Betty, que também tinha um cigarro pinçado entre os dedos. Deve ter sido constrangedor, mas Betty apenas balançou a cabeça para cumprimentá-la. Ruth se recostou na parede de pedra mais próxima, dizendo:

"Um bom dia para fumar."

Notou que Betty tinha tirado os sapatos de ficar dentro de casa e estava descalça. Para quem tinha mãos tão calejadas, os pés eram supreendentemente limpos e bem cuidados.

"Sim... O sol hoje está especial." Betty terminou o cigarro, e Ruth viu como ela o apagou com os dedos, como se fosse o pavio de uma vela.

"Você fumaria outro comigo?", perguntou ela, estendendo o maço. Betty não respondeu, mas pegou um e acendeu com o próprio isqueiro de bolso, muito elegante. Ruth soltou fumaça pelo nariz. "Deixamos os meninos, e a escola tinha um cheiro... Não consigo parar de sentir. Parece cheiro de batata podre, ou alguma coisa assim... Horrível."

"É época de chifres-fedidos. Eles crescem na floresta lá em cima."

"Ah, é?"

As duas ficaram um tempo quietas, apreciando as espirais que a fumaça desenhava no ar gelado.

"Desculpe, Betty. O que é um chifre-fedido?"

A mulher sorriu. "Um cogumelo nojento que cheira a coisa podre. Parece um membro de homem inchado." Ela balançou o cigarro.

"Ah, certo." Mais silêncio. "Betty, peço mil desculpas por avisar em cima da hora... Era minha mãe ao telefone. Meus pais não virão nos visitar no fim de semana."

Betty deu uma tragada longa entre os dentes e soltou um anel de fumaça impressionante.

"Sem problemas para mim, senhora. Vou cancelar algumas coisas, o resto pode ser congelado. E o sr. Hamilton?"

Ruth balançou a cabeça. "Decidi ignorar meu aniversário este ano. Estou cansada de ficar lembrando sempre, ano após ano, que nasci e estou viva. Detesto esse estardalhaço", explicou, tentando avaliar se o que sentia era verdade. Poderia muito bem ser.

Uma gaivota pousou no muro do jardim, logo acima das framboesas, examinando as frutas tardias com o escrutínio de um comprador experiente.

"Pensando bem, eu não gostava muito da minha mãe", comentou Betty, como se as duas estivessem no meio de uma conversa sobre o assunto. "Não acho que temos permissão de perceber essas coisas até que elas estejam mortas e enterradas."

Ruth encarou Betty e notou que a mulher andara chorando.

"Ai, meu Deus, Betty, sua mãe morreu?"

"É", respondeu ela, então sorriu. "Mas as lágrimas não foram por isso. É só que isso faz você pensar na vida."

"Ah, eu sinto muito." Ruth se sentiu boba por seus sentimentos estoicos sobre o cancelamento da festa de aniversário, como se tivesse 9 anos. "Tire o dia de folga e vá ficar com a sua irmã. Tire a semana de folga. Eu estou sozinha mesmo." A irmã mais nova de Betty estava *descansando* em Landbrooke, um lugar que a mãe de Ruth chamaria de *hospício* para a irmã de Betty, mas usaria a palavra *sanatório* se fosse com a própria filha.

"É bondade sua, senhora, de verdade. Mas minha mãe e eu nunca sentimos muito amor uma pela outra. Para ser sincera, as lágrimas são mais por Mary. Esta semana é aniversário da minha sobrinha, e ela sempre tem uma recaída."

"Mary tem uma filha?"

Betty sorveu o ar ruidosamente pelo nariz. "Sim. Bernadette. Faz 11 anos amanhã. Ela passa quase todo o tempo em Musselburgh, com nossa tia."

"Parece uma situação bem difícil, Betty." A gaivota esticou o pescoço para tentar pegar as framboesas. Como não conseguiu alcançá-las, pousou de novo no muro e virou a cabeça para o outro lado, como se encarar a situação com o outro olho pudesse ajudar. "Espero não estar me intrometendo, mas... e o pai da criança?"

"Um dos mistérios do nosso tempo", respondeu a mulher, dando um trago tão forte que o cigarro queimou até a metade. "Andei pensando... A senhora se importaria se eu a trouxesse para cá por uns dias, de vez em quando? A Bernadette. Ela é esperta e muito prestativa. Minha tia está ficando fraca... A menina não leva uma vida boa lá."

"Claro, Betty. Vou falar com o sr. Hamilton. Se pudermos ajudar de alguma forma, tenho certeza que..."

Betty sorriu, uma abertura estranha de se ver naquele no rosto, mas também um tanto adorável. "Seria um presente dos céus, senhora", respondeu, então voltou a olhar para o céu, vazio de pássaros e de nuvens, só com o azul intenso do começo de outono. "Um presente dos céus."

As duas ficaram um tempo quietas. Ruth sentiu o vento balançar seu cabelo, viu os olhos de Betty se estreitarem em pensamentos.

"Você é próxima da sua irmã que mora em Londres?"

Ruth deu de ombros. "Mantemos contato, mas somos muito diferentes. Acredito que, quando se tem as mesmas origens, existe uma afinidade velada. Eu era próxima do meu irmão, mas ele foi para a guerra."

Betty se virou para Ruth, olhando-a como se a visse pela primeira vez na vida.

"Ah, que pena."

Ruth balançou a cabeça.

A gaivota reclamou, bateu os pés de raiva e saiu voando sem as framboesas, fazendo Ruth se lembrar de Rumpelstiltskin.[1] Betty sorriu. Suas lágrimas já tinham secado, restava apenas o mais suave alívio em suas feições duras.

A casa tinha o hábito de crescer em volta dela conforme o sol começava a baixar, ainda mais quando Peter estava fora. Betty se recolhera para os seus aposentos com Bu, então Ruth serviu-se de uma dose de xerez e saiu sem rumo. O quarto de hóspedes no andar de cima da casa, ao lado do quarto dos meninos, estava cheio de caixas fechadas. Estava pensando em colocar um berço ali, em algum momento. Tentou visualizar o quarto decorado, mas nada lhe veio à mente, então ela seguiu para o quarto dos meninos.

Era um quarto imaculado, muito diferente do seu quarto de infância, no qual a avó se recusava a entrar. As camas estavam impecáveis, prontas para dormir. A arrumação não tinha sido

[1]   No desfecho do conto "O Anão Saltador", dos irmãos Grimm, o vilão Rumpelstiltskin vai embora zangado e batendo os pés após perder uma aposta com a rainha. (N.E.)

obra de Betty, e sim algo que Christopher aprendera na escola e ensinara a Michael. Ele arrumava a cama do jeito que se costuma fazer nos hospitais.

Em uma das mesas de cabeceira estava o ursinho do qual Michael não se desgrudava. Ele o mantinha sempre no bolso do casaco ou o arrastava por aí pela pata surrada. O menino devia estar sentindo falta de carregar alguma coisa. Alguns soldadinhos de chumbo estavam dispostos ao redor do urso, para protegê-lo. Ela abriu a gaveta da mesa de cabeceira: três caixas de fósforos parcialmente usadas, alguns carretéis de linha colorida, uma lixa de unhas, dois tocos de lápis e um batom vermelho brilhante em um invólucro dourado. Além disso, um amentilho seco, uma bolota de carvalho, um botão-de-ouro prensado e uma lista escrita em uma caligrafia desconhecida. *Banco, alfaiate (4 libras), pão, salmão, pó dentifrício.* Os resquícios da mãe dos meninos. Talvez Michael não estivesse procurando moedas nos bolsos do casaco dela, só achasse que o casaco era de Elspeth. Ruth herdara dois sobretudos de inverno dela. Ficou aliviada de pensar que o sobretudo que sumira da cerca era dela mesma.

Sentou-se na cama de Michael e passou a mão no travesseiro. Meses depois do desaparecimento de Antony, entrou em pânico de repente porque não conseguia se lembrar do rosto do irmão. Olhar para uma fotografia não ajudava. Seu rosto existia em som e movimento, e a pessoa fotografada era só um jogo de luz e sombra em um papel, nada mais. Tinha pegado tesouras para cortar um retalho do interior de uma das jaquetas dele, então o enfiou embaixo do travesseiro e fingiu que Antony estava ali, deitado com ela e Ludwig, que choramingava tanto que a irritou, só para depois deixá-la triste de novo.

Na mesinha de cabeceira de Christopher, encontrou uma fotografia dele e de Elspeth pouco antes de a mulher adoecer. O braço dela repousava de leve ao redor dos ombrinhos do menino, cujo rosto estava repleto de alegria. Junto da fotografia, encontrou coleções de coisinhas perfeitamente ordenadas: búzios e conchas de caramujo; uma pedrinha com um buraco; três penas de gaio trazidas do jardim da casa de Dummer e dispostas por tamanho, da maior para a menor; um vidro encontrado no mar; um caco de porcelana com o desenho de um salgueiro, mais ou menos da largura de uma moeda de um *penny*. Objetos novos, coletados naquele lugar novo. A respiração de Ruth bagunçou as penas, que se espalharam no tampo polido da mesa. Ela as colocou de volta no lugar, ciente de que eram importantes e de que Christopher estava ali atrás dela, olhando. Ela se preparou, abrindo um sorriso largo, e se virou, já com o nome dele nos lábios. Mas Christopher não estava ali, é claro. Estava a quilômetros de distância, pensando em algo completamente diferente.

O sol quase desapareceu do céu enquanto ela estava no quarto dos meninos. No patamar, pela janela da escada, a vista da praia era perfeita. Ruth viu o último brilho alaranjado no horizonte e pensou, como sempre fazia diante daqueles espetáculos repletos de beleza, nos últimos suspiros do irmão, os segundos antes e os segundos depois. Captou um movimento no canto do olho e se virou, esperando encontrar Betty, envergonhada por ter sido surpreendida no escuro, com uma taça de xerez na mão. Mais uma vez, era nada além do esvoaçar suave de um grou vibrando na janela. Foi verificar o banheiro, a única porta que estava entreaberta, e imaginou ter visto uma figura lá dentro, no canto, mas a imagem sumiu assim que ela acendeu a luz.

Na manhã do aniversário de Ruth, Betty caprichou na mesa do café da manhã, com torradas alinhadas no suporte, dois ovos cozidos e um prato coberto, cheirando a bacon.

"Obrigada, Betty! Mas, de verdade, não há necessidade de se ocupar com o café, agora que Peter e os meninos estão longe. Ainda mais depois da sua mãe."

"Senhora", rebateu ela, uma resposta que poderia ser tanto sim como não. "Aliás, feliz aniversário." E colocou um vaso estreito com um único galho de urze diante do prato de Ruth.

"Ah, que amor, obrigada." Não foi a primeira vez que disse a Betty para não exagerar nos cuidados, mas seus protestos nunca fizeram diferença.

"Para lhe proteger", explicou Betty, como se fosse óbvio. Em seguida, enrolou um lenço em volta da cabeça. "Se estiver tudo bem para a senhora, vou sair para visitar Mary."

"Claro. E muito obrigada."

Betty deu um sorriso nervoso e deixou a sala, os passos ligeiros ecoando pelo corredor até ela sair pela porta dos fundos. Betty nunca usava a entrada principal.

A casa ficou silenciosa. Tentando ficar à vontade, Ruth olhou para a grande extensão da mesa de jantar. Havia uma toalhinha de crochê embaixo da manteigueira de prata. A manteiga, por sua vez, tinha sido moldada em formato de concha. Visualizou Betty ali com a manteiga, pensando em como Ruth comeria uma das curvas no café da manhã, moldando a curva em uma concha, dispondo-a com uma pequena faca prateada na louça igualmente prateada. Ruth cortou a concha, que estalou com o sal, espalhou a manteiga em uma torrada e a colocou no prato.

Um ruído ecoou lá em cima, então outro, como se alguém andasse pelo banheiro. Ruth ficou imóvel, a faca de manteiga na mão. A porta da sala de jantar se abriu bem devagar.

A cabeça de Bu, que lembrava a de uma vaca, surgiu entre suas pernas, e Ruth gritou alto. Ela levou a mão ao rosto, apoiando o topo do nariz no pulso.

"Esqueci de você, velhinho. Desculpe!", disse ela, baixando a faca e segurando as duas orelhas do cachorro para fazer um afago. O hálito de Bu cheirava a peixe, e ele sorria com as gengivas escuras, arfando alegremente e soltando um bafo nojento. Ruth estendeu uma fatia de bacon para ele, que a mastigou com um som oco. Depois descansou o queixo no joelho de Ruth e olhou suplicante, com aqueles olhos embaçados. Ela colocou o prato de bacon no chão e comeu a torrada.

Quando terminou de comer, Bu a olhou por cima do ombro, em agradecimento, e foi gingando bem devagar até a cozinha, para se deitar com as costas no fogão. Ruth se serviu de chá com uma fatia de limão, que flutuou na bebida. O que faria de aniversário? O barulho ecoou outra vez lá em cima, e ela parou para escutar, prendendo a respiração. Era o vento, provavelmente. Afastou a cadeira com calma e saiu da sala de jantar. Bu já roncava no aconchego da cozinha quando Ruth passou por ele e foi até o corredor, de onde olhou para o topo da escada. Um, dois, três estalos. Seria a casa rangendo? Foi subindo as escadas sem fazer barulho. Lá em cima, virou devagar no corredor e encontrou a porta do quarto fechada. Ruth a deixava aberta por força do hábito, pois o pai nunca gostou de portas fechadas, a não ser que estivessem trocando de roupa. Mas Betty podia ter fechado. Betty era o tipo de pessoa que fechava portas.

Quanto mais rápido Ruth fosse conferir o quarto, mais rápido acalmaria o coração acelerado e o sentimento de pavor, que se revelariam bobagem. Abriu a porta. O quarto estava vazio. Não viu a menina perto da janela. Não viu o cabelo ruivo, o rosto pálido e os buracos escuros dos olhos, nem os trapos que vestia, os pés descalços e angulares, os ossos das mãos protuberantes feito gravetos. Mas poderia ter imaginado uma menina como aquela, alguém que nunca vira. Poderia imaginá-la intensamente, mas sabia que seus olhos não podiam vê-la. Assim como sabia que não havia motivo para que não pudesse se mexer, que era só algum truque da mente que a impedia. A impressão era de que todos os móveis do quarto — a cama, as poltronas, a penteadeira e as cortinas — estavam acima do chão, atraídos por algum estranho magnetismo, todos suspensos e presos na altura do teto. Nada disso estava acontecendo, é claro, mas Ruth teve essa impressão. E outra vez aquele cheiro de flores pútridas, o hálito morto que emanavam.

Veio um baque alto do andar de baixo, e ela virou a cabeça — ora, veja só, sabia que podia se mexer. Quando voltou a olhar, não tinha ninguém no quarto, e a mobília estava no chão, onde sempre estivera.

Na porta dos fundos, encontrou um homem de chapéu na mão. "Bom dia, senhora. Betty me pediu para lhe entregar isto aqui. Chegou de trem." O sujeito pegou uma caixa que estava aos seus pés. Dentro dela, um abacaxi enorme.

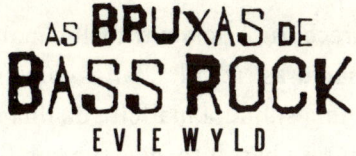

AS BRUXAS DE
BASS ROCK
EVIE WYLD

I

O café instantâneo é do tipo que já vem com leite em pó misturado. A corretora de imóveis deve ter deixado aqui. Não sou nenhuma especialista, mas acho que deve ser um horror. Só que não consigo sair da cama sem tomar um café, por mais que isso me faça parecer uma dessas pessoas que fazem disso um estilo de vida. A questão é que eu fico ali, deitada, pensando nas coisas. Levantar porque estou com a bexiga cheia não adianta, porque não é acordar de verdade. Se eu me levanto só para mijar, acabo voltando para a cama ou me largando no sofá, tentando me esquentar com as almofadas. É um falso despertar. Mas, se eu consigo visualizar um café ideal, uma caneca bem grande de um café que não foi queimado nem requentado, tenho forças para seguir o passo a passo do processo, desse pequeno ato de criação, e, servida de uma caneca, posso enfim vagar pela casa e passar o dia todo protelando para fazer alguma coisa.

Esta manhã vou encarar umas caixas de quadros que costumavam ficar pendurados nessas paredes.

Tem uma aquarela bem amadora de um tubarão ou uma baleia que encalhou na praia. Acho mais provável que seja um tubarão por causa da atenção dada à face, que foi pincelada várias vezes e parece fruto de um trabalho mais paciente. Tem quatro pequenas figuras em volta, feitas com uma simples pincelada, e, atrás, uma silhueta malfeita da ilha de Bass Rock. A sra. Hamilton pintava bastante, mas sua habilidade nunca pareceu progredir muito. Encontro umas pilhas de papéis para aquarela, cada pintura mais malfeita que a anterior. Foi como minha mãe começou, ainda menina. Ela me contou que, depois que o marido da sra. Hamilton a largou, ficava sentada junto dela na praia, cada uma com seu cavalete, a sra. Hamilton falhando em fazer caber tudo no quadro, e minha mãe, pelo contrário, se concentrando demais em alguma coisa pequena — uma bolsa de sereia ou um búzio. Esse companheirismo é algo tão nada a ver com a mulher que eu conheci, que andava pela casa enorme e vazia como uma raposa velha, procurando os cantos mais quietos onde beber e fumar sem ser incomodada. Ela não pintava mais na época em que a conheci, e só a víamos em ocasiões especiais, como em um aniversário ou na vez que fomos passar o Natal lá com ela, na enorme sala de jantar, comendo sopa de cenoura com laranja em um silêncio pavoroso, apesar do barulho da sopa, ou se ela passasse por mim na escada e tentasse parecer menos bêbada, me cumprimentando com um aceno de cabeça e dizendo algo como "Muito bem!", como se eu tivesse feito algo que ela me pedira. A "sra. Hamilton" — nunca "avó", e definitivamente não "vovó" — foi a única representante dos nossos avós que minha irmã e eu conhecemos, embora meu pai tenha dito que, quando eu era bebê, me apresentou ao pai dele e do tio Christopher em uma estação de trem. Uma vez, quando era adolescente, pensei alto, me perguntando se nos referíamos à nossa avó como sra. Hamilton por algum receio de relembrar os outros avós, que eram distantes, falecidos ou loucos. Minha mãe me pediu: *Por favor, deixe de ser tão chata.*

Minha mãe sempre lembrava que, se a sra. Hamilton não tivesse pagado por seus estudos em Londres, teríamos crescido comendo miúdos e ameixas cozidas em Blyth, mas eu e minha irmã nunca vimos essa generosidade. A vez que eu a achei mais calorosa foi quando a vi afagar as orelhas de um dos seus cachorros chamados Bu antes de sussurrar alguma coisa, então o cão balançou o rabo, fazendo subir poeira das almofadas do sofá.

Ela salvou nossas vidas, diria minha mãe, como se isso explicasse tudo — ou melhor, como se explicasse *alguma coisa* — sobre a sra. Hamilton. Se insistíssemos nas perguntas, ela saía do cômodo alegando que precisava fazer isso ou aquilo.

Vários quadros nas caixas que abri no salão trouxeram lampejos de memórias de infância. Eu nunca tinha prestado muita atenção nos quadros espalhados pela casa. Não estava muito interessada nas paisagens cobertas de teias de aranha; eu desenhava abacaxis e cachorros, que coloria com caneta marca-texto, tomando cuidado para não ultrapassar o contorno preto e grosso, e achava todos incríveis. Katherine, que é três anos mais nova, fazia arranjos de natureza-morta de verdade — um vaso de flores secas ou algumas laranjas e uma garrafa verde —, depois se sentava e ficava pensando sobre o desenho. Usava tinta pastel, soprava o pó de um jeito todo sério e usava um velho jaleco de lona que ficava no armário para não sujar as roupas. Ela revirava os olhos para meu abacaxi turquesa e meu cachorro roxo. Eu achava os desenhos dela um desperdício de cor, e aqueles quadros na parede, um desperdício de papel.

Reconheci uma das aquarelas. No verso está escrito: *Paisagem de Lothian com o castelo Tantallon ao fundo*. Nenhuma menção sobre o que acontecia em primeiro plano. O castelo Tantallon é uma manchinha cor de areia logo antes das colinas. Normalmente, quando aparece em algum quadro, o castelo é visto do mar e parece vasto, imponente e tempestuoso. Mas, aqui, parece irrelevante. No primeiro plano, vemos um buraco escuro no chão, uma caverna com uma árvore crescendo no topo, as raízes emaranhadas, sinuosas e grossas, os galhos cheios de folhas balançando ao vento. A boca da caverna não é preta, é escura de um jeito que nos convida a apertar os olhos para dar uma olhada, esperando ver alguma coisa. Esse quadro ficava pendurado em cima da cama da tia Bet, a cama que minha mãe dividia com ela nas noites frias. Botei na pilha de coisas que vão a leilão.

Paro para almoçar tarde e vou até a cozinha, que tem o cheiro de sempre: óleo e gordura velha de milhares de jantares, polidor de metais e detergente. E aqueles pudins de carne horrorosos que tia Bet costumava fazer, até que Katherine anunciou que era vegetariana — o momento da minha infância em que mais a amei e que provavelmente é meu momento preferido até agora.

A geladeira enferrujada enorme foi embora. No lugar, instalaram um frigobar novinho em folha, que a corretora de imóveis encheu de garrafas de água mineral verdes e caras. Vai ser preciso um pouco mais que água mineral para convencer alguém de que essa casa é um oásis moderno. Provavelmente vai ser comprada sem ser vista. Algum bilionário americano que queira uma casa de veraneio perto do campo de golfe vai contratar um empreiteiro para derrubar o que tem dentro e ajeitar tudo, pintando com uma tinta bem branca ou um amarelo-gema. Vão instalar uma torneira de água quente e algumas televisões de tela plana. Sabe-se lá como, vão conseguir consertar o Wi-Fi e resolver o problema do sinal de telefone.

Quase todos os móveis — os sofás velhos, a escrivaninha, os par de divãs onde eu e Katherine líamos nossos quadrinhos — foram enviados para o leilão em Musselburgh. A corretora trouxe um móvel ao qual se referia como "uma peça neutra", tipo um sofá cinza. Tive que tirar algumas garrafas do frigobar mais cedo, para poder guardar o queijo suíço, o aipo e o chocolate, e agora me sirvo de uma fatia de queijo e de quatro quadradinhos de chocolate. Enrolo a fatia de queijo em volta do chocolate. Os fantasmas da tia Bet e da sra. Hamilton me encaram, horrorizados.

A mesa da cozinha ficou, assim como as cadeiras almofadadas de vinil amarelo, cuja fenda nos assentos belisca a parte de trás da coxa quando nos sentamos de shorts. Engraçada essa lembrança... É muito forte, mesmo que dê para contar nos dedos os dias quentes que passamos em North Berwick. Os shorts certamente eram usados com um casaco grosso e esfarrapado e um chapéu. A corretora de imóveis pediu para deixar os assentos rasgados escondidos embaixo da mesa.

O patamar da escada do primeiro andar dá vista para o campo de golfe e o mar. Bass Rock parece bem distante, mas eu me lembro de ter o lugar espreitando por cima do meu ombro enquanto pegava lapas inocentes nas poças de maré. Dava para sentir a ilha se agigantando por cima da piscina pública da cidade, como uma sombra acima de nós.

Itens pessoais foram esquecidos aqui e ali. No patamar dessa janela, escondida por uma grande borla da cortina, tem uma fotografia da sra. Hamilton em uma moldura prateada. Na foto, ela ainda é uma mulher que poderiam considerar bonita; está sentada com tio Christopher e meu pai. Parece ser antes de ele deixar o cabelo crescer, mas, a julgar pelo sorriso, depois que passou a andar sempre chapado.

A sra. Hamilton está com as mãos atrás da cabeça — o que é até meio perigoso, porque dá para ver um pedacinho da ponta de um cigarro aceso bem próxima do que deveria ser um cabelo cheio de laquê. Um filhote amarelo — Bu IV, que bateu as botas depois de comer um quilo de manteiga — dorme sobre seus joelhos. Ela está com a boca fechada e olha para alguma coisa à meia distância. Tio Christopher, de barba cheia e cabelo dividido para o lado, exibe um olhar sério e dircto para a câmera. Ele lembra D. H. Lawrence, e parece errado que a fotografia seja colorida. Nunca o vi com o cabelo tão preto. Nas minhas memórias mais antigas dele, quase todos os fios pretos já tinham ido embora. Meu pai está sentado no chão, na frente dos dois, com o rosto meio embaçado, como tivesse sido chamado bem no instante em que o obturador da câmera abriu. Devolvo a fotografia para o lugar e coloco a borla de volta na frente, para escondê-la. Melhor haver algum resquício das pessoas que moravam aqui, depois que o lugar for vendido.

Saindo do patamar, temos o quarto da sra. Hamilton e um escritório. Sempre pareceu uma invasão de privacidade obscena espiar dentro do quarto dela. Eu entrava bastante por aquela porta quando era criança, isso depois que os aposentos da tia Bet foram fechados para economizar no aquecimento, quando Katherine e eu dormíamos juntas lá em cima, no antigo quarto do meu pai e do tio Christopher. Havia vários quartos para escolher, mas minha mãe foi firme na decisão de que deveríamos dividir um. *Não tem nada nesta casa que possa te machucar, mas várias coisas podem dar medo.* A sra. Hamilton me dava medo. Quando escutava por trás da porta dela, eu ouvia suas conversas consigo mesma, com longas pausas para que alguém respondesse. Lá dentro, a cama dela estava feita, e precisei fazer o esforço de me lembrar de que não estava invadindo. Alguns quadros dessas paredes precisam ser catalogados. Um quadro que é *quase* um Stubbs; dois daguerreótipos elegantes, um de uma mulher corpulenta com uma blusa de gola alta, outro de um collie, um cachorro muito bem-treinado, para ficar parado por tanto tempo... ou talvez fosse empalhado. Encontro outras aquarelas amadoras da sra. Hamilton nas paredes do quarto dela. A ilha de Bass Rock, uma estrela-do-mar e gaivotas. Vai ser difícil saber o que fazer com aquilo. A corretora me pediu para deixar qualquer coisa que pudesse "dar uma sensação neutra em uma casa à beira-mar". Ela enviou um "quadro de inspirações" para mostrar o que queria dizer: gaivotas de madeira pousadas em galhos, madeiras flutuantes trabalhadas, um jarro com listras brancas e vermelhas. Talvez essas pinturas ruins tenham sido obra dela.

Tia Bet já era velha quando a conheci e tinha um corpo de marinheiro: cada pedaço de carne estava no lugar certo. Os bíceps se projetavam como tangerinas. Em retrospecto, parada diante da cama arrumada, acho provável que ela e a sra. Hamilton tenham sido amantes. Talvez no fim da vida tenham sido só companheiras, convivendo em silêncio, mas sempre ali, no canto da vida uma da outra.

Ergo a ponta do edredom, compelida por uma curiosidade prática a respeito da morte. Alguém fez aquela cama depois que a sra. Hamilton morreu, ou a própria sra. Hamilton fez a cama antes de pegar a garrafa de gim no armário e as chaves no gancho ao lado da porta? Não tem lençol embaixo do edredom, e o colchão está manchado de uma cor escura horrível que se acumulou e acabou com o tecido listrado. A mancha se espalhou para as laterais, e as listras azuis ficaram pretas. Ajeito o edredom de volta. Vá saber quais outras doenças a sra. Hamilton enfrentou. Quem bebe excessivamente desse jeito pode sangrar bastante. Mas ela não morreu em casa; morreu sozinha na floresta, em janeiro. Foi encontrada com um cigarro entre os dedos e uma garrafa de gim quase vazia. Bem, pelo menos isso.

Vou até o jardim conferir as mensagens. Só tem sinal se eu subir no banco perto dos arbustos de framboesas, que agora são só tocos marrons emaranhados em uma rede verde, e pegar impulso para me sentar em cima do muro. Três jogadores de golfe me olham, desconfiados, e eu aceno. Nenhum deles acena de volta. Acenar para mulheres não faz parte do jogo.

Meu telefone vibra. É Katherine.

Larguei o Dom. Quer sair para jantar quando voltar?

Típico. Não tenho como dar nenhuma resposta satisfatória.

VC TÁ BEM?

Eu no geral não abrevio as palavras, mas descobri que a melhor maneira de lidar com minha irmã é deixar surgir logo de cara a decepção com meu desleixo. A notícia não foi nenhuma grande surpresa. Katherine não gosta de surpreender os outros e passou os últimos seis meses dando dicas de que as coisas não andavam bem em casa. Quase sempre conversas sobre filhos, sobre como acha que gostaria de ter um, mas está sempre em dúvida se Dom estaria disposto. A resposta é "não", o que deveria ter ficado claro no segundo em que ela o conheceu. Mas Katherine não quer ter filhos, ela só precisa de uma boa desculpa. Minha irmã não é nem um pouco instável e nem do tipo que tem crises — eu que cuido desse departamento. Sua única imprudência foi casar com Dom, que ela conheceu durante umas férias e que precisava de um visto. Dom, cuja ambição era ir de caiaque da Nova Escócia, sua cidade natal, até Cuba, e escrever um livro sobre a jornada. Em seis anos, ele passou a falar sobre isso de um jeito que sugeria que estava tudo prestes a acontecer, ou pelo menos estaria, se aqueles *engravatados cheios da grana* decidissem *parar de pensar no próprio rabo* e financiar a viagem. Ele nunca explicou quem eram esses engravatados e quanto dinheiro custaria essa viagem de caiaque. Não gosto de Dom e não gostei dele muito antes de haver algo entre nós. Mas minha mãe o considerava uma alma perdida, então fingia que o achava fascinante. Os dois acabaram bebendo juntos nas reuniões familiares, e dava para sentir que minha mãe concordava com ele que nossa família era um bando de chatos metidos a besta, mas que ele era especial. Ela achava que Dom precisava disso.

Ótima. Quarta? Na sua casa?

Respondo com um joinha. Senti a reprovação nos três pontinhos indicando que ela estava digitando uma resposta que nunca chegou.

Lá dentro, vejo que o armário de bebidas ainda está no lugar de sempre, na sala. O armário costumava abrigar latinhas de limonada R. White, que a sra. Hamilton deixava ali para aliviar a indigestão matinal. Encontrei uma garrafa de uísque aberta. Terei que comprar outra antes de ir, mas não consigo imaginar quem notaria isso agora. Não são nem três da tarde, então misturo com um pouco de água da torneira da cozinha. Tia Bet não aprovaria, mas é mais prudente. Depois de uma pausa no trabalho, é difícil recomeçar. Talvez um drinque me dê mais foco. Se não funcionar, agora também já é tarde demais.

Nas minhas memórias, tia Bet passava quase todo o tempo sentada em uma cadeira de rodas no salão. Ela mandava minha mãe pegar a cesta de vime cheia de canetas coloridas no escritório e pedia para que eu desenhasse no chão, aos pés dela. Passamos longas manhãs em silêncio, contentes. "Pode ficar desenhando, menina, que eu fico de olho", e fazíamos exatamente isso. Ela ficava olhando pela janela como se esperasse que alguém fosse se arrastar para fora do mar, e eu desenhava meus abacaxis e cachorros, apresentando cada um que eu terminava, inclusive com nome, em troca de um aceno de cabeça, como se eu tivesse desenhado alguma coisa há muito tempo perdida para ela, como se fosse um alívio para Tia Bet finalmente ver aquelas coisas ali na folha. Ela às vezes tracejava as linhas com os dedos tortos, pequeninos e inchados, pálidos como se o sangue tivesse parado de fluir para o pulso.

Estou com a testa quase colada à vidraça quando ouço a porta da frente se abrir. Guardo o copo no armário de bebidas e ando rápido pelo corredor, respirando pelo nariz, agindo como alguém muito atarefado e infinitamente incomodado com as demandas insignificantes das outras pessoas — ou seja, personificando minha irmã. Fico um tempo parada no corredor, confusa, porque não tem ninguém ali. Até que ouço o som de uma gaveta se fechando. Atrás de mim, na porta dos fundos, um homem leva alguma coisa à boca.

"Viv, querida." Com a luz atrás dele, é difícil ver o rosto, mas reconheço as feições de pássaro da minha família. Tio Christopher sai das sombras, mais careca que da última vez que o vi e também mais magro. A pele do rosto parece meio envelhecida. A geração dele não curtia muito o protetor solar, e a neve nas Terras Altas reflete o brilho do sol. Quando eu tinha 16 anos, passamos o Natal em sua pequena cabana de pedras, com a água da chuva entrando por baixo da porta da frente, atravessando a casa e desaparecendo na grelha embaixo da lareira. Katherine varreu a água com uma vassoura; estava à beira das lágrimas e à beira da puberdade. Já eu fingi que tinha adorado tudo; não pulava o riacho, só o atravessava de meias. Lembro dos sacos de dormir molhados e de comer mingau feito com água.

"Oi, bom te ver." Eu me aproximo, e nós nos cumprimentamos com beijos na bochecha. Fico torcendo para que ele não sinta o cheiro de bebida em mim, embora dê para sentir nele, mesmo que disfarçado pelo cheiro de hortelã.

"Estava só pegando umas balas da mãe... Não acho que ela vá se importar. Como vai você? Fico muito feliz por você ter aceitado fazer isso, é muito gentil da sua parte."

"Ah, também fico muito feliz. Fico até mal por ter aceitado o pagamento."

"Bobagem, nós pagaríamos muito mais para outra pessoa fazer isso." São dois comentários mentirosos. Eu não teria topado fazer isso a troco de nada e estou recebendo mais por hora do que a minha irmã, e esse foi o principal motivo de eu ter aceitado. E tenho certeza de que tio Christopher só me ofereceu o trabalho porque sabe da minha temporada no hospital, ano passado.

"Bem." Estendo as mãos e uno as palmas feito uma foca adestrada. Esqueci como me portar perto dele. Nossos encontros têm sido estranhos desde que meu pai morreu.

"Muito bom, muito bom... E o que está achando desta casa velha? Eu dormia muito mal aqui, quando era criança. Mas acho que você não é mais criança, não é?"

"Não. Na verdade, estou perto dos 40." Era para ser um comentário engraçado, mas acho que soou como se eu estivesse me exibindo. Ou, pior, repreendendo meu tio por ele não saber quantos anos tenho.

"É claro, é claro!", responde ele. "Bem, nesse caso, vamos celebrar seu aniversário com uma dose!" Ao passar por mim, ele segura meus cotovelos e aperta de leve. Fico aliviada por ele não ter entendido errado o comentário. O tio vai até a sala, direto para o armário. Fico inquieta quando ele abre a porta, pega o copo quase vazio e solta um grunhido de desaprovação.

"Ah, Deborah... Não é de se admirar que a casa não tenha sido vendida até agora." Mas ele diz isso sorrindo, então reparo que está tentando me deixar confortável, que na verdade sabe que a corretora não está fazendo um bom trabalho.

"Você a conhece bem? A corretora?"

"É minha irmã. Meia-irmã. Eu não tive como deixar a venda da casa nas mãos de mais ninguém. Ela faria um escândalo."

Essa informação acaba deixando a situação ainda mais constrangedora. Já tinha ouvido falar de Deborah, mas nunca a conheci. Fico imaginando se ela vai relatar para ele tudo que eu fizer; também me pergunto o que ela deve saber sobre mim. Então fico com vergonha dos meus próprios pensamentos.

Meu tio serve duas doses, entrega a minha, e brindamos. Ele fecha os olhos enquanto toma um gole.

"Sua avó teria gostado muito de ter você aqui."

Não parece muito improvável. "A sra. Hamilton? Acha mesmo?"

"Ah, sim. Ela gostava muito de você. Era difícil de saber, porque ela era meio estranha, não é? Acho que você e Katherine morriam de medo dela."

"Eu não a conheci direito", digo, o que parece educado e prudente de se dizer.

Ele sorri. "Ela não era bem uma avó de comercial de margarina." À luz da janela, posso ver como ele está magro. "E sua irmã, como vai?"

"Bem. Acho que vai se divorciar."

"Do americano?"

"Canadense."

"Bem... Talvez seja bom. Se eu fosse mulher, daria um fora nos homens. Sempre gostei da ideia de ser lésbica." Ele diz isso com certa nostalgia, como se simplesmente tivesse trilhado a carreira errada.

"E sua mãe?"

"Vai bem. Não mudou nada."

Ele sorri, respondendo: "Perfeito". Então termina a dose, e seu olhar recai em um cachorro de cerâmica marrom e branco em cima da lareira. É um daqueles cachorros feios de focinho achatado que geralmente se encontra aos pares nas casas ricas. "Engraçado, nunca descobrimos o que aconteceu com o outro... Valeriam uma fortuna se tivéssemos os dois. Meu pai achava que eu ou seu pai tínhamos quebrado, mas não me lembro se isso aconteceu. Só lembro que foi uma confusão e tanto, e nós dois fomos acusados." Ele se vira para mim, com os olhos brilhando. "Quando se é criança, não tem nada pior do que ser acusado de uma coisa que você não fez. Acho que você não vai querer isso, ou será que vai? Ele parece bem carente aqui, sem companhia." Ele me passa o cachorro, e eu só pego porque parece falta de educação recusar. Christopher nunca viu minha casa, então não sabe que não tem lugar para peças de cerâmica caras. "Olha, eu vim aqui para lhe dar um dinheiro e lhe pedir mais um favor, se me permite."

"Sim?"

Ele tira um envelope do bolso e começa a mexer em notas de 50 libras.

"Pelo jeito como Deborah está levando as coisas, a casa ainda deve ficar à venda por algum tempo, e é sempre bom ter alguém por aqui... Que tal você cuidar da casa por um tempo? Digo, que tal continuar aqui depois que terminar o inventário? Eu ficaria muito mais tranquilo se soubesse que tem alguém cuidando do lugar." Ele para de contar o dinheiro e me olha. "Não espero que você fique aqui o tempo todo. Claro que vou pagar um extra e cobrir qualquer viagem que você precise fazer. É muito ruim vir de Londres para cá? Porque, se for, posso pedir para a tia Pauline. Ela está sempre por aqui, porque o tio John anda tendo umas recaídas."

"Não, não, tudo bem. Sim, claro. Acho bom." Ainda não sei se gosto ou não da ideia, mas sei que esse é o meu trabalho, não algo para parentes velhos ou distantes. Já estou com aquela sensação horrível de estar fracassando no trabalho, e só agi mal duas vezes. Na primeira, fiquei dirigindo para cima e para baixo bem de manhãzinha, quando as ruas estavam vazias. Depois dormi o dia todo, passei a noite inteira acordada e tive enxaqueca por dois dias. Mas é um dinheiro que eu ganho só para eu ficar de bobeira, o que já faço de qualquer forma.

"Ótimo", responde ele, então enfia o dinheiro no envelope, entrega tudo para mim e aperta meus dedos ao redor do papel, dando duas batidinhas na minha mão. Com certeza houve uma conversa a respeito com a minha mãe. Fico me perguntando se ela talvez não tenha complementado o conteúdo do envelope.

Volto para Londres no fim da tarde. Nunca dormi bem à noite e gosto de agir como se estivesse fugindo. Como se fizesse parte de algum programa de proteção a testemunhas ou escapando de um holocausto nuclear. Na estrada, canto músicas difíceis, como Dolly Parton e Jimmy Somerville, e não tem ninguém para ouvir que não consigo alcançar as notas. Quando fico sem energia para cantar, ouço o rádio. Nenhuma das notícias é boa. *Um estilista em luto pela mãe que se suicidou.* Mudo a estação. Essa reviravolta é bem inquietante. O inverso faz mais sentido, uma mãe em luto pelo filho que se matou. Isso eu consigo entender, e é justamente por isso — pelo menos um dos motivos — que eu nunca quis ter filhos.

Encontro uma estação tocando uma das músicas da fita que ouvíamos no carro, quando Katherine e eu éramos pequenas. *Escavador de ossos, escavador de ossos, cães ao luar,*[1] a longa jornada para a casa do tio Christopher, o silêncio entre nossos pais, Katherine sendo muito madura e ignorando minhas tentativas de irritá-la com o barulho da mastigação das balas de menta. A noite de Natal, depois carne de cervo e repolho roxo, que comi só porque Katherine não comia carne, e me serviram vinho também. Oferecem para Katherine, mas ela recusou, dizendo "Eu só tenho 13 anos?". Mais tarde, minha mãe, Katherine e eu fomos para a cama, daí as vozes altas do meu pai e de Christopher, a boca mole de fala bêbada: *E você é generoso para cacete, não é, Michael?* E o som da porta do carro se abrindo, a fita tocando por muito tempo noite adentro. E, quando fomos embora, dois dias depois, minha mãe ficou sentada no carro de braços cruzados, e Christopher e meu pai se abraçaram rápido em despedida, os dois de olhos vermelhos.

1   Trecho traduzido da música "You Can Call Me Al", de Paul Simon. (Nota do tradutor, de agora em diante N.T.)

Desligo o rádio. É quase meia-noite. Imagino um lobisomem correndo ao lado do carro. Eu fazia isso quando era criança, nas viagens de carro até a Escócia. Quando olhamos para o mato junto à estrada, quando espiamos escuridão adentro, é fácil vê--los à espreita, só aguardando para correr atrás de nós, satisfeitos com nosso desespero. Londres é quente e reconfortante, com os postes de luz nas ruas e a calçada molhada de chuva. Todos dormem, e os lobos não passam de raposas.

A menina está caída, com a boca cheia de terra e nua da cintura para baixo. Para encontrá-la, será preciso um cachorro, que vem junto de um homem. Ela se afastou mais do vilarejo do que pretendia. Ninguém está vindo.

Em vez disso, vem uma gralha, saindo de onde estava empoleirada, de onde podia ver toda a extensão da floresta e até a grande rocha no mar, onde talvez tenha visto a violência e esperado, pensando, com seu cérebro de pássaro, sobre como isso é da natureza humana e que logo terminaria, então logo haveria carne.

A gralha pousa no chão, eriça as penas e caminha em volta da menina, demostrando respeito. Então, com movimentos curtos e delicados, toca a menina com o bico, se afasta, cisca e volta outra vez. É cuidadosa. Os olhos ainda estão bons, e a língua, basta espanar para tirar a terra. A gordura macia do rosto. Mais pássaros se aproximam. Formigas também, no cabelo, nas partes úmidas; moscas-varejeiras e seus bebês carnudos; besouros, com as patinhas ásperas, homenzinhos fofoqueiros, intrometidos, chatos, enxeridos. As pequenas criaturas da floresta se ocupam em conhecer a menina antes que as criaturas maiores venham à noite, as raposas, os abutres, um arminho que se alimenta da pele entre o dedo indicador e o polegar. É um alívio ser limpa, ser livrada do mal da carne.

O buraco no chão não é grande o suficiente para contê-la, ainda mais depois que começa o inchaço, e ela irrompe do buraco, a terra solta deslizando da barriga.

E ninguém vem. Ela precisa que venha um cachorro à caça de um veado, acompanhado pelos homens do vilarejo. O cachorro a encontraria e latiria, então os homens entrariam na floresta. Pegariam seu corpo e a levariam de volta ao vilarejo. Haveria gritos de raiva, de tristeza, de vingança, e alguns diriam que ela mesma causou aquilo, andando sozinha, tão longe do vilarejo.

Uma raposa tira um naco da perna; outra pega das mãos, já quase sem nada agora, mas ainda resta um pouco de carne. Outra raposa tenta abocanhar um braço, mas se afasta depressa quando a menina se mexe, só um farfalhar, o xale ainda mantendo a metade de cima do corpo unida.

Os pequenos seios embaixo do xale se desfizeram completamente, afundaram, diminuíram, secaram e se desintegraram. A neve chega, e na primavera vem a chuva, e a menina é apenas ossos em um buraco no chão. Os ovos da gralha chocam, seus bebês pedem carne. E nada de os homens virem.

AS BRUXAS DE BASS

ILHAS IRMÃS

EVIE WYLD

AS DE BASSROCK

AS BRUXAS DE BASS ROCK
EVIE WYLD

I

Durmo até o meio-dia, quando a campainha toca. Não atendo. Dificilmente atendo a campainha. Nunca é ninguém que eu conheço. A pessoa bate à porta. Saio da cama e derrubo um copo d'água em cima do livro que tinha deixado aberto no chão. Pego o livro, mas, como não encontro um lugar para colocá-lo, devolvo-o ao chão, ao lado da poça de água. Visto o roupão, que larguei há vários dias em uma pilha de roupas úmidas e que usei para secar outro derramamento de água, e tento dar um jeito no cabelo, que secou de um jeito que parece uma peruca torta. Ando até a porta tentando ao máximo não fazer barulho e dou uma espiada pelo olho mágico. É um entregador.

"Desculpa", digo, tentando parecer um ser humano convincente, "eu trabalho à noite." Eu me pergunto se ele consegue ver a mentira se despregando de mim. O homem apenas estende a maquininha para eu assinar; quando colhe minha digital, nós dois notamos que a minha unha não está limpa. Ele não vai acreditar que sou médica ou enfermeira. Poderia ser sangue de uma longa cirurgia. Ele me entrega um pacote e se vira para ir embora, dizendo:

"Pode voltar para a cama agora."

Fecho a porta e vou encarando o pacote até a cozinha. Parece importante ter algum palpite do que é. Sinto uma leve coceira na nuca e dou de ombros. Olho no espelho. Tem uma aranha do tamanho de um rato no meu ombro; dou um berro, derrubo o pacote e jogo o roupão longe. A aranha cai de costas, então se ajeita e sai correndo para a escuridão da manga do roupão. Dou um grito mudo e me olho no espelho de novo. Pelada, de boca aberta, o cabelo emaranhado... Vou ter que pegar essa aranha. Vou ter que limpar a casa e expulsar as aranhas daqui. Volto para a cama, então olho para o livro molhado, que inchou e agora tem duas vezes o tamanho original. Perdi a página em que estava, mas não importa. Eu tinha o hábito de ler, mas agora meus olhos só ficam vagando pelas páginas cheias de texto, sem absorver o que está escrito, sem enviar nenhuma mensagem para o meu cérebro. Fecho os olhos. No meu sonho, aranhas passam a morar dentro das minhas orelhas, tecendo teias atrás dos meus olhos.

Às seis da tarde, acordo e lembro que Katherine vem jantar. Mas não fiz contato com ela, nem ela comigo. O roupão continua no chão da cozinha, e eu o evito, dando a volta devagar e com cuidado. Ainda não abri o pacote. Quando o pego, tenho a impressão de que o que tem dentro, seja lá o que for, se quebrou. Desembrulho uma caixinha de madeira. Uma das dobradiças de latão quebrou, e a está tampa solta. Dentro da caixinha, encontro cinco seixos pequenos e marrons. E um bilhete.

> Viviane,
> É só uma caixinha de joias, mas minha mãe gostava muito dela, e achei que você também pudesse gostar. Estas pedras são dentes de coelho muito, muito velhos, se não me engano!
> Com muito amor e um beijo,
> Christopher

É um presente absurdamente sem graça. Meu tio deve ter enviado antes de nos encontrarmos ontem, e essa história toda me parece um pouco desnecessária. Deixo a caixa em cima da lareira, ao lado do cachorro marrom e branco, de um cartão-postal que larguei ali há tanto tempo que nem lembro quem foi que enviou e de um garfo sujo.

"Pelo menos serve pra guardar minhas bijuterias", digo. Vou jogar o envelope fora, mas a lixeira está cheia e fedorenta, então largo o envelope no chão.

Estou com fome. Fico parada diante da luz da geladeira até o alarme começar a apitar, mas ainda não consigo pensar no que fazer. Daqui a pouquinho, assim que eu conseguir organizar as ideias, vou dar um jeito naquela aranha, tirar o lixo e limpar a pia, que está toda suja e engordurada.

No congelador, encontro um saco de camarões frescos, meio queimados de gelo. Boto-os na água fria e fico de olho no celular. No armário, encontro uma cabeça de alho com brotos verdes despontando em cima e espaguete, em vez de linguine, que Katherine teria preferido, porque é o tipo de macarrão mais apropriado para servir com frutos do mar. Tem pimenta em pó em um pote. Fico meio de olho no celular, esperando que ela cancele. Queria mesmo que ela cancelasse. Não vai ser fácil navegar nas águas desse relacionamento hoje. Queria muito comer os camarões sozinha, largada no sofá, talvez assistir a algum programa de culinária. Na geladeira tem uma garrafa aberta de vinho branco suave que a minha irmã acharia totalmente inaceitável, então bebo uma taça, pensando se não seria melhor ir ao mercadinho comprar uma salada. Katherine vindo ou não, preciso ir urgentemente ao mercadinho. Quero comprar mais vinho.

Calço os sapatos e decido que, se ela não tiver enviado uma mensagem até eu voltar, é sinal de que não vem. Meu cabelo agora ficou mais uniforme: está que nem um ninho dos dois lados. Pelo menos parece proposital. O dinheiro que recebi de Christopher ainda está no envelope. Contei as notas quando ele saiu; são 2 mil libras, mais que o dobro do que combinamos. Pensei em falar com a minha mãe, perguntar como eu faço para devolver um pouco, mas ainda não me mexi para fazer isso. E nunca vou me mexer, porque quero, e muito, ficar com tudo.

Meto o envelope no bolso e vou até o mercadinho mais caro, em vez de ir à cooperativa de produtores locais. Fico esperando na fila, segurando uma cesta com um saco de ameixas (descobri que deixei as outras em North Berwick, e elas já vão ter apodrecido quando eu voltar), um pão de fermentação natural e duas garrafas de vinho, cada uma custando 22 libras. A fila está grande, e o homem na minha frente começou a ter um chilique de pernas inquietas. Vejo uma garrafa de vinho por 15 libras. Eu poderia sair da fila e trocar o vinho, mas não quero parecer que vim no mercadinho caro para comprar o vinho mais barato. O que estou fazendo aqui? Por que não vou para a cooperativa ao lado e compro o meu vinho de sempre, que sai por £5,99? E se, na tentativa de trocar as garrafas, eu acabar derrubando uma no chão e a garrafa quebrar, obrigando o caixa a se comportar como se estivesse tudo bem, mesmo que não esteja? E se eu tentar pegar meu lugar de volta na fila e alguém reclamar? E se eu *não* tentar recuperar o meu lugar e alguém me mandar ir de volta para o meu lugar? Tenho a forte sensação de que deveria ter ficado com o Fat Man's. O cara com as pernas inquietas na minha frente está segurando uma lata de água de coco e um pacote de muçarela de búfala. Ele se vira para mim e revira os olhos, simpático e amigável, já que a mulher sendo atendida está demorando para decidir o sabor de sorvete que quer, perguntando se pode experimentar o de tangerina e estragão, e o caixa é muito educado ao explicar que, infelizmente, se deixar que ela experimente o sorvete, vai ficar com um pote sem poder vender, e a mulher fica irracionalmente incomodada com isso.

Em resposta, levanto as sobrancelhas.

"Pelo menos esse queijo vale a pena", diz ele, não muito baixo.

Sorrio.

"Eu me chamo Vincent", continua o homem.

"Ah. Viv."

"Uau. Dois Vs. Não é todo dia que se vê isso."

Olho para o caixa, determinada. Claramente atingi aquela fase da vida que desperta o desejo das pessoas de falarem comigo nos mercados. Talvez seja hora de cortar o cabelo.

Ele parece ter pegado o casaco da mãe emprestado.

"Vejo que você escolheu o de 22 libras", comenta ele.

"Sim."

"Semana que vem é meu aniversário."

Ergo as sobrancelhas de novo e balanço a cabeça. Isto está fugindo do controle.

"Ano passado, no meu aniversário, eu fiz uma tatuagem. Uma tatuagem de verdade, no meu ombro. Sério." Ele sussurra, como se a informação não pudesse ser ouvida pelas outras pessoas na fila. Tenho a impressão de que estão todos fazendo cara feia para mim por não estar sendo amigável com ele.

"Você tatuou o quê?", pergunto, mas o cara já está tirando o casaco e desabotoando a camisa para me mostrar, isso em pleno mercado, e eu começo a rir, surpresa. Sem nenhum constrangimento, ele expõe um ombro cheio de pelos; não é liso e musculoso, mas também não é excessivamente flácido ou peludo. Só um pouco. Sinto o cheiro dele por baixo do desodorante. O cara dá uma cheirada na axila.

"Merda, desculpa, acho que estou fedendo", diz ele, sem parecer incomodado. "Esqueci de passar desodorante hoje de manhã, então precisei ir à farmácia a caminho do trabalho.

Acho que esqueci esta axila." Imagino como deve ser viver a vida sem se preocupar com o que pensam de você. Lembro de um grupo de meninas na escola que compraram um desodorante roll-on para outra menina. A vergonha que ela sentiu por ter sido traída pelo próprio corpo... Então as meninas saíram pelo pátio patrulhando braço por braço.

Ele abaixa a camisa e me mostra a tatuagem: um cachorrinho. Ninguém parece ofendido por sua nudez, mas ninguém vê graça nisso.

"Eu queria um lobo", explica ele, "que é meu animal de poder, mas a pessoa que tatuou fez o lobo se parecer mais com um terrier, então acabou sendo um cachorro mesmo."

"É legal", digo, já que tenho que dizer alguma coisa, mas não achei tão legal assim.

"Não é tão legal assim", rebate ele. "Ah, merda, desculpa, eu acabei de te mostrar meus mamilos!" Não tem um grama de preocupação na voz dele. "O que você vai fazer hoje?", pergunta, abotoando a camisa.

"Hum..." Dou uma olhada na minha cesta cheia de coisas. "Fazer um jantar. Eu acho."

"Vou sair pra beber. Você deveria vir. Eu fico incrível quando bebo." É assim que as pessoas flertam? Como é que alguém consegue transar desse jeito? Talvez ele não seja inglês. Talvez esteja chapado de metanfetamina.

"Estou cheia de trabalho."

Chegou a vez de Vincent no caixa, então ele apoia a bebida e o queijo no balcão, paga em moedas e diz para o caixa ficar com o troco de dois centavos.

"Ótimo", diz ele, virando-se para mim enquanto ponho minha cesta no balcão. "No Hoopers. Vou chegar lá pelas oito."

"Tá", respondo, porque declinar me parece arrogante. "Vamos ver como as coisas andam."

"Ótimo, então até mais", arremata ele, e sai apressado, como se eu o estivesse atrasando. Quando alcança a porta, acena sem olhar para trás, e eu levanto a mão, o que não faz sentido.

As pessoas atrás de mim na fila se remexem e limpam a garganta, claramente constrangidas com a cena de comédia romântica que acabou de se passar na frente delas, embora sem o requisito de beleza no elenco, então eu me viro para o caixa e vasculho meu envelope de dinheiro.

Ainda nada de Katherine. Coloco na mesa o saco de ameixas e o vinho, que quase abriu um buraco no saco de papel. Vou esvaziar o lixo reciclável, que está transbordando, e aproveito para jogar fora o saco rasgado.

Tomo outro banho, porque estar limpa já é meio caminho andado. O roupão continua no chão. Visto uma saia, meia-calça e uma camiseta. A ideia é fazer parecer que passei o dia todo trabalhando.

Fervo uma panela com água e sal, jogo os camarões dentro e assisto enquanto eles adquirem uma cor alaranjada. Depois coloco-os em uma tigela e, assim que esfriam, corto a tampa do pão e pego um vinagre maltado. Ainda nada da Katherine. Abro uma garrafa de vinho e tomo uma taça de uma só vez enquanto tiro a saia, que é bem desconfortável, e me sento no sofá só de meia-calça e camiseta. Tem um buraco na ponta da meia-calça e um desfiado que começa bem acima do joelho. Eu me levanto e recomeço o ciclo da máquina de lavar porque deixei umas roupas lá dentro enquanto estive fora, e a sala está fedendo. Sirvo mais uma taça de vinho e folheio o caderno colorido do jornal da semana passada. Quando termino, já não lembro nada do que li. Pesquiso no celular sintomas de demência precoce e fico satisfeita ao descobrir que incluem *perda da capacidade para realizar atividades do dia a dia*, daí acesso um link com uma lista de alimentos que previnem a doença. Depois pesquiso o significado de *crucífero*. Estou com um eczema na canela; algo que esteve ali quase toda a minha vida, mas se eu passo pomada todos os dias, não bebo muito, evito consumir muito açúcar e não fico coçando, ele vai embora. No momento, está do tamanho de uma pena de passarinho e gera uma coceira constante e incômoda. No hospital, coloca-se um curativo de gel e enfaixa-se a área, o que alivia muito. Se eu comesse os vegetais crucíferos e passasse a pomada nesta perna nojenta, eu me sentiria melhor, minha aparência ficaria melhor, e eu estaria melhor. Coço a perna através da meia-calça até sentir a iluminada satisfação da pele machucada.

Fico ali, sentada, assistindo à poeira flutuar sobre a lâmpada da mesa da cozinha. Não vejo nenhum movimento vindo do roupão. Não consigo decidir se encontrar um homem que conheci em um mercadinho é coisa de gente louca ou se é justamente o oposto disso. Fico me perguntando o que a Maggie, do mercado, faria. Preciso tomar uma iniciativa. Qualquer que seja. Dizer "sim" para a vida. A Maggie faria isso, não faria? Se fosse um filme, Vincent poderia interpretar um protagonista charmoso e incompreendido que em algum momento sairia como vencedor. Eu não interpretaria papel nenhum. Minha irmã poderia muito bem ser a putinha arrogante que se derrete por um nerd de computador que faz piadas de peido. Na verdade, pode ter sido esse o caso com Dom. A Maggie poderia interpretar a personagem de espírito livre, que sente muita tristeza pela morte da mãe — ou melhor, que tem *probleminhas paternos*. Em um filme em que o Vincent é o protagonista, a Maggie seria desmascarada, e veríamos que ela só levava uma vida intensa daquele jeito porque tinha medo de morrer. Katherine acabaria admitindo que faltava, em sua vida, o prazer de assistir a *Duro de Matar* só de calcinha e comendo queijo processado. *Obrigada, Vincent, obrigada.* Eu faço parte de outro filme, um que não conseguiu financiamento.

Os camarões esfriaram, então tiro as cabeças e os rabos e os descasco. Dou uma mordida em um deles enquanto limpo — ainda não limpei as tripas, mas com certeza já comi coisas piores que merda de camarão. A carne do camarão é a parte mais branquinha dele. Branco-camarão; poderia ser uma cor de tinta. Imagina ter uma pele dessa cor.

Como o restante do camarão e coloco os outros na fatia de pão com manteiga, tempero com muito vinagre e me sento no sofá para comer. Quando pego o celular, vejo uma mensagem da Katherine. Ela diz que está a caminho e pergunta se precisa levar alguma coisa. Apago as luzes, como meu sanduíche e bebo meu vinho só com a iluminação alaranjada do poste lá de fora. Penso que é uma coisa ridícula de fazer, sem falar que perigosa. Às 20h15, visto a saia outra vez, lavo os dedos sujos de camarão e vou para o bar.

O Hoopers está vazio, a não ser por Vincent, que lê um jornal com uma Guinness diante de si. Ele não ergue os olhos quando entro, então tenho que me aproximar e limpar a garganta.

"Oi", digo, e ele olha para cima, com uma ruga de confusão na testa.

"Ah! É você! Oi!", cumprimenta ele.

"Bem, eu estava só de passagem, então..."

"Ah, sim", continua ele. "Eu te convidei."

Ficamos em silêncio.

"Vou pegar uma bebida. Você...?" Aponto para o copo dele, achando que vai dizer "não" ou insistir para me pagar uma bebida, mas ele diz apenas "O mesmo", então vou até o balcão, e ele volta a ler o jornal.

Levo as bebidas para a mesa, desejando que já não estivesse bêbada. Ele está sentado em uma banqueta, e o outro assento é um tamborete, então eu me abaixo para me sentar. Parece mais baixo que os outros bancos. Vincent não tira os olhos do jornal. Ele fica assim por uma, duas, três, quatro longas batidas do coração, então dobra o jornal e o coloca de lado, soltando um longo suspiro.

"Desculpa", diz ele, "as coisas estão uma merda."

Ele não agradece a bebida, mas brinda com um *saúde*.

"Estava lendo sobre o quê?"

"Ah...", ele limpa a espuma do bigode, "pra ser sincero, eu só estava tentando parecer ocupado e intenso até você chegar, na esperança de te impressionar. Não sou bom em mentir, me dá coceira". Depois de dizer isso, ele apoia o copo na mesa, faz contato visual e finalmente ri da minha cara. "Funcionou?"

Dou um gole demorado e abaixo o copo.

"É um lobo, então?"

"Um lobo?"

"Seu animal de poder?"

"Ah. Eu só estava puxando papo. Sou só um rascunho de cachorro, mas acho que, quando estou nervoso, tendo a deixar minha boca falar por mim. Já disse, não sou bom com mentiras."

"Ah. Você estava nervoso?"

"Eu estava com fome. Queria comer o queijo que estava comprando. Cheguei em casa, coloquei toda aquela muçarela em um prato com um pouco de sal e comi."

"Ah... Fui pra casa e comi camarões. Do mesmo jeito."

"Viu?", rebate ele, como se tivéssemos revelado algo fundamental a respeito da existência humana. Ele pega a bebida, aproxima o copo da boca e olha para um ponto acima da minha cabeça, então diz, quase para si mesmo: "É disso que estou falando".

Não é a sensação de estar bêbada com a qual estou acostumada, de ter um balão cheio de água sob o peito.

Por uma noite, sou a mulher que sempre pensei que seria, estudiosa e engraçada. Conto histórias da minha família, falo sobre o trabalho que estou fazendo, sobre a sra. Hamilton. Exagero a descrição até ela quase se tornar uma personagem. A mulher elegante, distante e amarga. Faço vozinha. Falo sobre meu trabalho como se tivesse alguma competência e como se o que faço se tratasse de um trabalho de verdade. Sou generosa com a família, eles precisam de mim. Vincent parece decepcionado quando digo que vou passar mais um tempo na Escócia, e dá para notar. Eu me imagino fazendo exercícios para manter a saúde, consultando um dermatologista. Faço Vincent rir quando conto que meu pai me levou para um café da manhã com champanhe em Picadilly para comemorar minha primeira menstruação.

Quando o bar fecha, ficamos do lado de fora, no frio. A nuvem branca da respiração mede o espaço entre nós. Vincent pega o celular e pede meu número. Ele não tenta me beijar antes de ir, só me abraça, rindo para si mesmo. Penso que ele poderia ter tentado me beijar e finjo não transparecer que o pensamento me ocorreu.

Uma cara de tudo-bem-que-você-não-me-beijou.

Ele não se oferece para me acompanhar até em casa, e tudo bem com isso também, só desaparece rua afora, assobiando. Penso naqueles momentos de silêncio bebendo champanhe com meu pai, quando ele começou a perceber que levar a filha de 14 anos para tomar café da manhã por aquela ocasião talvez não fosse esperado dele. "Muito bem", disse ele, encobrindo o silêncio. "Vamos comemorar outra coisa?", e deu uma olhada nos jornais pendurados na parede para os clientes lerem. "Que tal brindarmos aos patinadores Torvill e Dean?"

Volto para minha casa escura, rindo disso. E, sem parar de rir, já estou chorando — o que acontece sempre que bebo gim e depois misturo com cerveja.

AS BRUXAS DE BASS ROCK
EVIE WYLD

II

Ao que parece, não havia como fazer Peter se sentir culpado para que fosse à missa de domingo.

"Vai ser muito estranho na próxima vez que virmos o reverendo. E esta é uma cidade pequena, as pessoas gostam de saber que todos acreditam na mesma coisa e seguem na mesma direção." Ruth estava sentada em frente ao espelho do quarto, prendendo o cabelo com grampos, para que os fios não se soltassem na caminhada até St. Baldred's.

"Mas nem todos acreditam na mesma coisa, certo?", questionou ele.

Ruth ficava tensa quando Peter falava de sua falta de fé. Era como se ele decidisse ficar para trás em uma ilha, bebendo gim alegremente embaixo de uma palmeira, enquanto ela e quase todos os conhecidos iam embora de barco. Foi o momento antes da chegada da encomenda do abacaxi que a deixou mais inclinada a ir à igreja, embora ela não tenha falado com Peter sobre isso, é claro. Imaginava que a reação dele giraria em torno de querer enviá-la imediatamente a Landbrooke, para se juntar a Mary.

"Minha querida, vá em frente, fique lá sentada naquela igreja gelada e morra de tédio até não poder mais. Enquanto isso, vou ler meu jornal, comer minha torrada e beber meu chá."

Nos momentos mais difíceis, Ruth considerava isso um ato de infidelidade. Que a morte de Elspeth poderia ter colocado Peter contra Deus, mas que o amor que ele sentia por ela não era capaz de fazê-lo seguir pelo caminho contrário. E isso tinha bem pouco a ver com a maneira como Ruth se sentia em relação a Deus.

Ele chegou tarde no sábado à noite, um dia e meio mais tarde que o esperado. Também chegou um pouco bêbado, o que só incomodou Ruth porque ele pegou no sono antes que os dois tivessem chance de conversar. Ruth estava usando o quimono de seda curto que ganhara de presente da irmã para usar na lua de mel. Planejara levantar para cumprimentá-lo, mas acabou ficando enfiada debaixo da colcha enquanto ele se atrapalhava para tirar a gravata e declarava como estava exausto. Para falar a verdade, Ruth ficou um tanto irritada e, pela manhã, relutou em se comportar da maneira como ele esperava, mas Peter não pareceu se incomodar. Ruth acabou olhando pela janela, assistindo ao amanhecer, volta e meia dando um sorriso encorajador para o marido, sempre que achava que deveria ser apropriado. Uma mulher não deveria achar as atenções do marido irritantes.

Betty se ausentara durante quase todo o dia na semana posterior à morte da mãe, e Ruth acabou vagando por North Berwick como um cão sem dono. Embora tivesse pedido a Betty que não exagerasse nos cuidados, Ruth acordava com um café da manhã desnecessariamente rebuscado, que acabava quase todo na barriga do cachorro, então ficava andando de um cômodo para o outro, a determinação que sentira ao acordar minguando pouco a pouco. Passou um longo tempo olhando para o cômodo que imaginara como berçário e que estava cheio de caixas, então decidiu que transformar aquele lugar em um quarto de criança talvez fosse má ideia. Porque, em algum momento, teria que desistir e transformá-lo em outra coisa, e isso seria um marco no qual ela não gostava muito de pensar. Cada vez que a menstruação chegava, Ruth sentia que falhara em algo fundamental. Caminhava pelo campo de golfe até a areia, para ver a rocha acuada embaixo da camada branca de imundícies de pássaros. Havia um sentimento, porém, de alguma coisa esquecida, fora do alcance, uma desordem ou um equívoco angustiante. Visitava o Pavilhão, bebia o chá, então vagava pelas linhas de uma página. Tinha sonhos muito vívidos sobre um bebê que esquecera que havia parido. Neles, caminhava pelas pedras e se lembrava de que o bebê estava sozinho, com frio e com fome. Nos segundos que antecediam o despertar, sentia que não queria ter um filho seu, fruto de suas raízes e de sua carne, seu coração no corpo de outra pessoa, afastando-se dela. Seu coração nunca quis ser tomado. Descobriu isso porque não conseguia expressar seus sentimentos de justiça em palavras, não conseguia apresentar essas ideias a Deus, e, depois de vários dias, parou de rezar. E tudo isso tornou aquela ida à igreja ainda mais importante; era uma tentativa de agarrar alguns daqueles fios soltos.

"Antes que você vá..." Peter estendeu o braço para pegar uma caixinha na mesa de cabeceira. Então balançou a caixa para ela, como se Ruth fosse uma criança e a caixa contivesse um chocolate. Ela ficou um pouco incomodada, mas era assim que acontecia depois de uma separação: era preciso se acostumar outra vez com o outro. Também sentiu falta de ter alguém com quem conversar, para pôr os pensamentos em ordem.

"Feliz aniversário, querida. Peço desculpas por não estar aqui."

Dentro da caixa não havia um colar, um anel, nem mesmo um bracelete. Era um broche. Parecia algo que a mãe dela usaria para prender um lenço junto ao ombro, para transmitir uma sensação de *jovialidade*. Era um cachorrinho de peltre, um terrier com esmeraldas no lugar dos olhos e uma coleira de diamantes. E era, sem sombra de dúvida, feio.

"Ah!", exclamou Ruth, tentando tirar o broche da caixa de um jeito que fizesse parecer que o objeto era absurdamente bonito e delicado. Foi com facilidade que exclamou: "Amei!".

"Venha cá, vou colocar em você", ofereceu Peter, com carinho. Ele prendeu o broche um pouco baixo demais no pulôver dela, de modo que ficou meio pendurado.

Ruth se virou para o espelho e deu uma olhada.

"É o mesmo, não é?", indagou ele.

Tomada de pânico, Ruth pensou no que ele poderia estar falando.

"Eu amei", repetiu ela.

"O cachorro", explicou o marido, balançando a cabeça, tentando fazer com que ela fizesse o mesmo. "Seu cachorro. O do veneno. Ele era dessa raça. Estou errado?"

"Ah!" O equívoco dele e a feiura do broche foram colocados de lado, e Ruth se sentiu tocada pelo esforço de Peter. "Ah, é perfeito. Obrigada, querido." Ela alisou o broche e ficou se observando no espelho.

Houve uma pausa.

"Eu errei a raça, não errei?" Ele pareceu profundamente triste com o erro.

"É perfeito. Eu amei. Vou chamá-lo de Ludwig."

"Certeza? Eu só... Eu vi o broche e logo pensei em você."

Por um segundo, ao ver seu reflexo enquanto ouvia essas palavras, Ruth achou que cairia na gargalhada; em vez disso, conseguiu se virar e beijar os lábios de Peter.

"Semana passada, as águas arrastaram um animal até nós. Um kraken." O reverendo Jon Brown ergueu os olhos, sorrindo, e piscou para a congregação. "Muitos de vocês desceram até lá para ver, ou ao menos ouviram falar sobre o grande tubarão encalhado na baía Milsey. Talvez o restante tenha sentido o cheiro."

Houve um murmúrio de concordância e uma gargalhada desnecessária de um homem na primeira fila.

"Bem, eu desci até lá para ver o tubarão, depois da missa de domingo passado, e fiquei olhando as ondas batendo em seu focinho, os pássaros bicando os olhos, e pensei: *Que criatura magnífica. Por que está aqui? Na terra, tão impotente quanto qualquer um de nós, vagando pelo mundo em busca de Deus.* Talvez tenha sido essa busca que trouxe o tubarão à terra. Então pensei no quanto a natureza é aberta a interpretações."

Ruth pensou nos meninos, em como foi puro o espanto deles. As cartas dos dois tinham chegado, breves e simples; eram endereçadas a Peter, mas ele as deixou em cima da mesa, então Ruth leu. Os dois não pareciam sentir falta de casa, mas provavelmente disseram aquilo para não tocar no assunto. Ela se perguntou se alguém lia as cartas antes enviar, como faziam com as cartas de Antony, no exército. Aquele sentimento peculiar de que alguém mais moldara as palavras e pensamentos, para que ficassem universalmente mais palatáveis.

Um homem tossiu e foi repreendido pela mulher. Ele ergueu as mãos. *O que quer que eu faça? Que engasgue até morrer?* E a mulher balançou a cabeça. *Não estou ouvindo. Estou cansada de ouvir você.* O homem se recostou no banco, e a mulher permaneceu tão imóvel e ereta que passava a impressão de que poderia flutuar de raiva do banco até o teto da igreja.

"Talvez", continuou o reverendo Jon Brown, "a criatura tenha ouvido os sinos da igreja tocarem e pensou: *Estou cansada. Cansada de comer e nadar.* E de fazer as coisas que um tubarão faz.

E pensou: *É ali onde vou encontrar minha paz. Ali, com aquele povo peludo de duas pernas.* Então arrastou seu corpo enorme até a areia, se afogando no ar, enquanto os pássaros chegavam para bicá-la, insultá-la, depois o sol se levantou e queimou sua pele molhada. Morre um tubarão cansado de ser tubarão. Mas o que ele se torna? Algo como Nosso Senhor Jesus Cristo na cruz, talvez, mas por quem esse tubarão se sacrificou?"

Ao lado do homem que tossia e sua esposa, Ruth reconheceu Betty, o cabelo bagunçado envolto por um lenço verde. Ruth se sobressaltou quando viu que a mulher ao lado de Betty se virara e olhava diretamente para ela, o queixo afundado no peito, os cabelos acaju puxados para trás, sob um lenço azul. Ela deu um sorriso frouxo. Então essa era Mary. Ruth tentou sorrir de volta, mas, bem na hora, Betty notou a irmã olhando e virou o rosto dela para o reverendo Jon Brown. Pelo formato do rosto de Mary, Ruth percebeu que ela ainda sorria.

"Ou talvez o tubarão tenha sido atraído por outra coisa, talvez tenham lhe jogado um feitiço, então ele nadou, em seu sono, até a baía e só se deu conta quando era tarde demais. Talvez o tubarão morto simbolize um peregrino. Pensem em Jonas e a baleia. Talvez esse tubarão tenha encalhado para que outro saísse rastejando de sua barriga, para ficar entre nós. Talvez essa alma esteja aqui por bondade, mas que maneira de chegar. Um tubarão, esse peixe violento e sem escrúpulos. Não uma baleia, como na história de Jonas, mas uma criatura infernal e cheia de dentes."

O comentário fez Ruth sorrir; imaginou que poderia comentar os ensinamentos do reverendo Jon Brown sobre espécies de tubarão com Christopher, quando o menino voltasse para o Natal. Para Ruth, o sermão pareceu confuso e até mesmo idiota em alguns pontos, como se o reverendo não tivesse muito a dizer, mas achasse que deveria dar um jeito de explorar o tubarão. Não fosse pela voz melodiosa, ela duvidava que qualquer um ali fosse conseguir prestar muita atenção.

Um movimento captou o olhar de Ruth, descendo do púlpito e passando por trás dos pilares de pedra. Seria um gato? Ela estreitou os olhos para discernir o que havia no escuro. Perto da parede, avistou uma raposa pequena e ofegante. Estava encolhida contra a pedra, os olhos escuros arregalados, a língua pendurada, as costelas subindo e descendo, subindo e descendo, os dentes brancos e afiados, a cauda esticada como um dardo. Ninguém mais pareceu notar. O filhote de raposa balançou a cabeça, assentou os pelos e ergueu uma pata preta.

Minha criança.

Antes que Ruth pudesse analisar o pensamento, algo apertou seu tornozelo, e ela soltou um guincho de medo profundo. Não foi alto, mas a congregação virou a cabeça para encará-la. Não havia nada debaixo do banco, nem nenhum lugar para uma criança se esconder ali. Podia ter sido uma contração de seu próprio corpo que a fez sentir como se a mãozinha estivesse envolvendo seu tornozelo bem depressa. Estava com muito calor e tossiu duas vezes na mão fechada, tentando passar a impressão de que o som tinha vindo da tosse. Em seguida deu um sorriso tímido para os vizinhos, sem olhá-los nos olhos, e, com a testa franzida, encarou o reverendo Jon Brown, que tinha mandado passar a caixa de coleta, dizendo: "Aí vem ela, e lembrem-se: 'Aquele que confia nas suas riquezas cairá, mas os justos reverdecerão como a folhagem'".

A raposa sumiu, e Ruth ficou se perguntando se ela sequer estivera ali.

"E por falar em generosidade", continuou o reverendo Jon Brown, "peço um minuto de silêncio em memória da sra. Andrea Whitekirk, que deixou esta terra para encontrar um lugar melhor. Muitos de vocês devem se lembrar dos pudins de miúdos deliciosos que Andrea preparava e de sua incrível atenção com os detalhes do festival da colheita e do piquenique de inverno, que aconteciam em seu casarão." Mais uma vez, Ruth sentiu rostos se virando em sua direção. "Andrea deixou as amadas filhas Elizabeth e Mary, trabalhadoras e guerreiras em Cristo, para se juntar ao marido Declan, aos pés de Deus Todo-Poderoso. Oremos pelas filhas que foram deixadas para trás."

Cabeças se curvaram, alguns se ajoelharam nas almofadas. A esposa do homem com tosse ficou de joelhos, então todos em volta a imitaram, mas ela teve de puxar o marido para que se ajoelhasse ao lado dela. Betty e Mary permaneceram sentadas durante a breve reza murmurada.

"Sra. Hamilton", começou o reverendo, segurando a mão de Ruth entre as dele enquanto ela tentava se enfileirar com o restante da congregação, "eu poderia ter um minutinho da sua atenção? Gostaria de conversar sobre um assunto. A senhora pode me esperar perto dos portões, e eu a acompanho na volta para casa. Vou almoçar na marina hoje."

"É claro", respondeu Ruth, sentindo que seria repreendida.

Ela observou enquanto ele se despedia do último grupo, viu quando ele tocou o braço de Mary, enquanto Betty, de braços dados com a irmã, dava um sorriso cheio de dentes que Ruth nunca vira antes. Ele tocava muito nas pessoas, um toque forte em um braço, uma palma no rosto de uma criança, uma palmadinha nas costas de uma idosa. Com um adeus elegante e uma batidinha no ombro do jovem vigário, o reverendo o deixou a cargo das demais tarefas. O rapaz deu as costas e desapareceu igreja adentro com as orelhas enormes muito vermelhas.

"Sra. Hamilton", disse o reverendo, indo na direção dela, "onde está seu marido?"

"Ah." Ela pensou em mentir. "Ele não é uma pessoa dada à igreja."

"Acho que metade da minha congregação não é dada à igreja, mas as pessoas vêm mesmo assim, para manter as aparências. Admiro seu marido por ser tão resoluto."

Ruth não sabia bem como interpretar a afirmação.

"O senhor queria conversar comigo?"

Eles foram descendo a alameda que levava à orla. Gaivotas brancas pairavam por entre os telhados, bonitas contra o azul-claro do céu.

"É isso, bem, você já está instalada na nova casa há uns bons meses, certo?" *Instalada* era uma palavra que implicava uma porção de coisas que Ruth não sentia no momento, mas ela concordou. Havia alguma nuance na pergunta cujo significado ela não conseguiu identificar muito bem. Pensou na menina escondida em seu quarto e afastou o pensamento depressa.

"Está tudo indo muito bem, obrigada, reverendo."

"Você chegou a conhecer pessoas, a fazer amigos na cidade?"

"Não, não creio que eu..."

"Sei que frequenta o Pavilhão e que faz suas caminhadas na orla, mas a senhora não ficaria feliz em fazer algo além disso? Talvez compartilhar a mesa com uma amiga? Alguém com quem dividir as dificuldades?"

"Eu tenho marido."

"É claro. Então alguém para ficar sentado ao seu lado na missa de domingo?"

Não era nenhum segredo, mas Ruth se sentiu desconfortável ao perceber que suas idas ao Pavilhão haviam sido notadas. Será que as pessoas comentavam que ela ia até lá com frequência? Não era todo dia. Gostava de observar os nadadores. Ruth se aborreceu ao concluir que alguém tinha achado esse comportamento estranho a ponto de reportá-lo à igreja.

"Não consigo entender por que alguém se preocuparia tanto com o lugar onde tomo meu chá ou com quem me sento na igreja." Ela tentou parecer tranquila em relação ao comentário e sorriu quando acabou de falar, para demonstrar que não estava tão irritada quanto se sentia. Uma brisa soprou quando eles deixaram o abrigo da rua principal e passaram pelo porto. Ruth segurou o colarinho do casaco com força, mas o reverendo deixou a jaqueta bem aberta, expondo o peito ao ar gelado.

"Não é nada disso. É só que... A senhora ficar sozinha desperta a curiosidade das pessoas. O que me traz de volta à pergunta..." Ele se virou para Ruth como se fosse pedir a mão dela em casamento. "A senhora faria a gentileza de sediar o piquenique de inverno deste ano em sua praia?"

"Piquenique de inverno?"

"Todos os anos, organizamos um piquenique no início de dezembro. Costumamos fazê-lo na praia que fica bem em frente à sua casa, e descobri que o lugar é uma propriedade privada. As dunas protegem das rajadas geladas de vento. A antiga dona, sra. Beech, tinha o hábito de fazer o piquenique para dar as boas-vindas às crianças que retornavam para as festividades natalinas. Fazemos uma fogueira, servimos batatas assadas, organizamos jogos... Todos se divertem bastante."

"O que eu precisaria fazer?"

"Betty sabe o que é necessário. A mãe dela preparou o bufê para muitos piqueniques de inverno. A sra. Whitekirk organizava esse tipo de banquete. É comida para umas trinta pessoas e talvez uma ou outra garrafa de bebida. A sra. Cleaver cede alguns tapetes para nos sentarmos, e os Allen trazem aros, tacos e uma bola. Um amigo do porto cede o barco... Não sei se a senhora sabe, mas sou um ótimo capitão; na minha vida pregressa, naveguei por todo o mar da Irlanda. Levo as crianças para verem as focas e os papagaios-do-mar, e os adultos ficam em terra para beber um conhaque. É bem divertido. Um evento bem simples de organizar e muito esperado. Nos últimos anos, tivemos que realizar o piquenique em outros lugares, desde que o pobre sr. Beech nos deixou. Mas acho que agora é o momento certo para exorcizar esses velhos fantasmas."

"Fantasmas?"

O reverendo Jon Brown deu um sorriso caloroso. "É apenas modo de dizer, claro. O que a senhora acha? Seria uma maneira de se apresentar, e a senhora estaria fazendo um enorme favor para a cidade."

"Vou perguntar o que o sr. Hamilton pensa disso, mas acho que ele não vai se opor." Ruth não sabia que havia tantas crianças na cidade. Seria bom para os meninos.

"Que notícia maravilhosa. Todos ficarão muito animados." Ele se virou de volta para Ruth, os olhos iluminados e úmidos de empolgação. O vento abriu o colarinho do casaco dela. "Ah!", exclamou o reverendo, tocando o broche de Ruth. "Greyfriars Bobby. Bela peça."

"Presente do meu marido. Ele estava em Londres no dia do meu aniversário e fez uma surpresa para mim hoje de manhã." Ruth não queria que o reverendo pensasse que ela mesma escolhera o broche.

"Edimburgo", afirmou ele.

"Perdão?"

"Ele deve ter comprado o broche em Edimburgo. Conheço o lugar. Se chama Clark's, fica na cidade velha. Uma tia minha que vive nos Estados Unidos comprou um quase igual. Mas acho que o dela não tem os olhos verdes." Ele olhou animado para Ruth: "E a senhora conhece a história, claro. O dono do cachorro morreu, e o pobrezinho abandonado passou o resto da vida guardando o túmulo. Esse cachorro nos ensina sobre lealdade e dedicação, se me permite dizer. Certa vez, fiz um sermão sobre ele que caiu muito bem. Talvez eu até desenterre esse sermão. Gosto de usar o reino animal como exemplo. Eles sempre seguem sua natureza, não é?".

Betty já tinha colocado o carneiro no forno, e, quando Ruth voltou para casa, tudo que restava a fazer era cortar a carne, o que ficou a cargo de Peter, enquanto ela tirava alguns grampos do arsenal em seu cabelo.

"Como foi na igreja?", perguntou ele, sem disfarçar o riso. A princípio, Ruth ficou irritada com a zombaria, mas soltou o ar e cedeu.

"Foi bem horrível. Fui persuadida a organizar um piquenique."

"Um piquenique?" Ele fez uma pausa, ajeitou as fatias de carne na travessa e olhou pela janela, onde uma gaivota atravessava o campo de golfe em um voo elegante. "No inverno?"

"Parece que sim. É algo que costumam fazer por aqui."

Peter balançou a cabeça. "Esses escoceses estão sempre tentando provar que são os mais durões." Ele pôs a travessa na mesa e se sentou.

"Bem, na verdade, ele é galês."

"São todos iguais, tenho certeza." Irritado, Peter olhou para as tigelas cobertas em cima da mesa. "Betty já foi de novo. Parece que ela quase nunca está aqui."

"Ah... A mãe dela faleceu no começo da semana passada. Acho que ela tem muitas coisas para resolver. E a irmã está internada no sanatório, então imagino que esteja sendo um período muito difícil para ela."

"É mesmo?" Ele ergueu os olhos, talvez fazendo um minuto de silêncio para Betty e sua mãe. "Pobre mulher", comentou, e Ruth percebeu o corpo contraído do marido, como se quisesse se livrar de alguma coisa.

"Acho que já era bem velha. E as duas não se davam bem", continuou Ruth, como uma espécie de consolo.

Peter se serviu de carneiro e alho-poró. "Ah, que triste... Isso aqui é nabo?", perguntou. Então, tirando a tampa de uma sopeira: "Droga, batata cozida de novo. Temos que falar com a Betty sobre batatas assadas. Assim que o período de luto terminar, claro".

"Quero lhe perguntar uma coisa sobre Betty."

Peter a encarou, ríspido. "Ai, meu Deus, você não quer dispensar a mulher, quer? Não posso arcar com os custos, e ela trabalha nesta casa desde sempre. Batatas cozidas não são o fim do mundo", emendou, como se tivesse sido ela quem puxara o assunto das batatas.

"Não, querido. Eu só pensei que... A sobrinha de Betty precisa de um lugar para ficar. Betty perguntou se ela pode nos visitar às vezes, mas achei que poderíamos oferecer um lugar aqui em casa. Talvez ela possa ajudar Betty, e tem bastante espaço nos aposentos dos empregados. Seria um problema?"

Peter cheirou a carne espetada em seu garfo e foi tomado por um olhar de tristeza antes que ele a colocasse na boca.

"Quantos anos tem a sobrinha?", perguntou ele, de boca cheia.

"Dez, creio eu."

"Você não acha que ela... distrairia os meninos?"

"Acho que todos são jovens demais para isso. Além do mais, eles só a veriam nos feriados."

"Bem...", a atenção de Peter estava voltada para o molho aguado, "talvez ela seja mais útil na cozinha que a tia. Desde que não tenhamos que pagar nada, não vejo problema. E, quando der as notícias a Betty, poderia pedir bife para o próximo domingo, com pudim de Yorkshire? Essa comida toda nadando em molho está me dando frieira."

Naquela noite, quando Ruth contou a Betty que a sobrinha poderia ficar com eles, se ela quisesse, Betty estendeu a mão pequena e gelada e segurou a de Ruth por um tempo, sem dizer nada.

"Prometo que ela não dará trabalho nenhum, senhora", disse ela. Seus olhos não estavam marejados; havia algo mais forte naquele olhar.

"Sei que não", disse Ruth.

Betty tomou fôlego para dizer mais alguma coisa, mas deve ter percebido que ainda segurava a mão de Ruth, então soltou-a depressa e alisou o avental.

"Vai ser muito bom ter a menina aqui, onde posso ficar de olho. Está sendo difícil para ela."

Ruth sorriu. Para ser sincera, gostaria de ter outra pessoa na casa, ainda mais com os meninos fora. "E, Betty, o sr. Hamilton está com muita vontade de comer batatas assadas. E poderíamos ter bife no próximo domingo?"

"Vou cuidar dos preparativos, senhora." E Betty e se retirou para a cozinha; Ruth pôde ouvi-la fungando alto por um bom tempo.

Ruth escovou os cabelos, atenta ao espelho. Era um pouco desconfortável a maneira como podia afetar a vida de outra pessoa sem que isso gerasse nenhum impacto para ela mesma. O que teria acontecido se a mãe não tivesse telefonado para cancelar a visita? Não teria ido lá fora e encontrado Betty com um humor excepcionalmente triste e uma disposição incomum para falar? Como é possível notar esse tipo de coisa sem estar cara a cara com a pessoa?

III

A menina passa o dia todo no quarto, mas ouvi sua tosse e os movimentos na cama. Fiquei sentado durante toda a noite, encarando o fogo. Pensando em ir embora desta casa, deste vilarejo. Em deixar minha mãe e Agnes enterradas sozinhas. As alternativas, quando chegasse a hora, seriam desistir da menina ou partir. Meu pai escolheria a menina. Eu o vejo revirando esses pensamentos na cabeça. Ele está com um brilho nos olhos e fala sobre graça e redenção, mas só consigo pensar nas pernas nuas dela embaixo do vestido da minha mãe.

Vou ao vilarejo durante o dia e tento não notar o movimento das cabeças, as cuspidas na lama. Os danos que eu causaria a eles, se fosse adulto... Um galho batendo em seus crânios, fazendo um barulho alto. Agnes e eu brincávamos sempre no palheiro, e o ar espesso ficava cheio de poeira quando a luz entrava. Quando parei de brincar com ela, Agnes ficou ofendida, sem saber o que havia mudado. Eu nunca disse o porquê, só falei que estávamos ficando velhos demais.

Ergo os olhos. A menina está parada à porta com um cobertor nos ombros. Ela olha para além de mim.

"Tive um sonho", anuncia ela.

Não digo nada, só me viro de volta para o fogo.

"Naufrágios."

Ela puxa uma cadeira para perto da quentura, arranhando o chão no silêncio. Presto atenção para ver se ouço algum movimento, mas a casa está quieta.

"Eu os vi, os homens, sendo arrastados para baixo, os corações ávidos de amor pela vida, pelo ar. Água congelada descendo por suas gargantas e esôfagos como espinhos, enchendo as entranhas como pedra."

Ela não olha para mim. Eu a observo de relance, sob a luz do fogo. Seu rosto está mais brando à luz; ela é muito jovem, mas há certa canseira em seu rosto. A pele das bochechas é áspera, castigada pelo vento. O cobertor deslizou do ombro, onde vejo uma cicatriz do tamanho da articulação superior do meu dedo. Comprimo os lábios, porque sinto vontade de tocar a cicatriz.

"Fiquei na praia, olhando, mas ninguém voltou. Não tinha nada para enterrar."

Ela me encara pela primeira vez.

"Você é uma raposa ou um lobo?"

Não digo nada.

"As raposas sentem cheiro de morte. Elas vêm correndo."

Tusso na mão. Fico feliz que ela tenha se referido a mim como um homem. A menina sorve o ar, inflando o corpo inteiro, e, quando solta, relaxa um pouco.

"Minha mãe fazia as pessoas ficarem boas quando estavam doentes." A menina fala como se eu tivesse pedido para ela me contar uma história. "Ela não tinha um homem. Os homens iam até ela se tinham um furúnculo para punçar ou um dente para arrancar. Como um cachorro com um corte na pata. Mas isso era antes."

A menina fica quieta por tanto tempo que acho que ela adormeceu de olhos abertos.

"Mas todas aquelas gordas malditas do vilarejo, enciumadas porque seus maridos procuravam minha mãe, disseram que ela era a culpada pela tempestade e pelo navio ter afundado. Então vieram atrás de nós. Eu me escondi em um canto do campo. Enterrada na lama. Ouvi os homens, que primeiro gritaram: *Diga seu nome, diga seu nome, seu verdadeiro nome. Cócegas, façam cócegas nela.* Várias e várias vezes. Depois não havia mais as palavras, só os sons deles. Como homens conversando sobre a melhor forma de consertar um arado. Esperei até escurecer e fui embora. Não sei o que aconteceu com a minha irmã."

Vou até a mesa e lhe sirvo um copo de água quente.

"Beba antes que esfrie."

Observo o movimento da garganta dela enquanto bebe. Ela se levanta e faz uma cara que não consigo entender.

Quando vai embora, o fogo se retrai, escurecendo das extremidades até o centro. Pode ter sido tudo fruto da minha imaginação.

AS BRUXAS DE BASS ROCK
EVIE WYLD

II

Ruth acorda por volta das três da manhã com a sensação de que alguém se sentou na ponta da cama e rastejou em cima dela. No fundo da garganta resta um gosto salgado, que no sonho era de afogamento. Ela se senta e toma um copo d'água para tirar o gosto. Peter não está por perto; deve ter dormido no divã do escritório, onde já o encontrara mais de uma vez nas últimas semanas. Quando se deu conta de que estava sozinha na cama e que a sensação devia ser de dentro do sonho, compreendeu que não conseguiria voltar a dormir. Estava preocupada com o berçário; como seria para os meninos se, quando voltassem para o Natal, o lugar ainda fosse um quarto cheio de caixas da antiga casa? Não era melhor viver sem lembretes da vida passada e abrir espaço para uma nova vida? Se desse alguns passos em direção a essa nova vida, talvez um bebê viesse naturalmente. Será que estava grávida naquele exato momento? Será que pelo menos demonstrava alguma vontade de engravidar?

Começou a arrumação assim que o sol se levantou. No meio da manhã, Peter surgiu à porta.

"O que é isso tudo?", perguntou, animado. "Está planejando um bazar?"

Ruth achou que diria: *Estou abrindo espaço para um quarto de bebê*. Contudo, o que saiu foi:

"Decidi que quero um quarto só meu."

Peter assentiu de novo.

"Está bem, Virginia,[1] e o que acha de eu lhe buscar para almoçarmos?"

As fotografias eram o maior desafio. Pelo menos um terço era de Elspeth, que Ruth empilhou e tentou não olhar por muito tempo. A mulher tinha um olhar extraordinário que sugeria que tinha sido uma pessoa extraordinária. Ruth se demorou um pouco na foto do casamento dos dois, tão diferente daquela que tinha em sua mesa de cabeceira, embora tão similar a princípio. Elspeth não parecia intimidada com a câmera; parecia ter sido capturada em meio a um brado, e Ruth encarava as lentes com o olhar fixo, desesperada para se lembrar de como se sorria. Mas a grande diferença estava em Peter. Vinte anos, dois filhos, uma guerra e uma esposa morta. Tudo isso visível no rosto dele, na tensão da mão em uma bengala. No sorriso fechado.

Encontrou um álbum que os pais tinham feito para ela. Tinha suas iniciais na capa. Dentro, viu uma fotografia de si mesma ainda bebê no colo da avó, na frente do hospital. Gostava de olhar aquele álbum quando era criança, pois a ajudava a perceber seu próprio valor.

O álbum documentava uma seleção de aniversários e outras datas até Ruth completar uns 14 anos, embora tivesse uma foto solta no fundo em que parecia soturna e emburrada no casamento de Alice. Decidiu tirar do álbum e colocar em uma

---

[1]   O diálogo faz referência ao ensaio "Um Quarto Só Seu", de Virginia Woolf, publicado em 1929. (N.E.)

moldura uma fotografia que achou de si mesma com Alice e Antony, enfileirados contra a parede do quarto deles, em Kensington. Ela não deveria ter mais que 4 anos, então Antony deveria ter 7, e Alice, 9. A avó provavelmente havia batido a foto; os três estavam entretidos com uma caixinha de madeira que Antony segurava. Alice estava com a mão no ombro dele, querendo ver melhor o que havia ali dentro, e Ruth puxava a camisa dele. Todos os três sorriam, pois o conteúdo da caixa confirmava que a mágica existia. O rosto de Antony estava iluminado, como se a coisa dentro da caixa brilhasse. Talvez a avó tenha tirado aquela fotografia para usar no cartão de Natal. Ruth não se lembrava do momento em que aquela fotografia tinha sido tirada, mas podia sentir a flanela da camisa de Antony na mão.

Às três da tarde, Peter saiu do escritório e bateu no batente da porta. Assobiou. "Meu Deus! Você pôs mesmo as coisas em ordem, hein, senhora? Vamos, vamos, hora do almoço! Já estou ouvindo as fatias de presunto sendo enroladas daqui."

Depois do almoço, que Betty sempre servia ao meio-dia em ponto, não importava que horas quisessem comer, os dois se enrolaram em cachecóis e casacos e atravessaram o campo de golfe, indo em direção à praia. A maré estava baixa, e eles viraram à esquerda para andar até a ponta da praia e ficar de frente para o vento, que cheirava a alcatrão. Peter tinha um frasco de conhaque, que passou para Ruth.

"Como foi no trabalho hoje?", perguntou ela.

"Ah...", ele soltou o ar, aparentando um enorme cansaço, "ainda tenho muita coisa para fazer. Acho que precisarei voltar a Londres por uma semana ou um pouco mais, antes do Natal."

"Entendo."

Peter olhou na direção da ilha Fidra. O céu começou a ficar mais nublado. O guarda do farol acenderia a luz mais cedo naquela noite.

"Sim. Muito chato."

Ruth devolveu o frasco para ele, que tomou mais um gole e o guardou. Os dois deram os braços.

"Durante a arrumação, mais cedo, encontrei algumas fotografias de Elspeth. Não sei muito bem o que fazer com elas." Ruth manteve os olhos no chão, querendo evitar pisar nas algas; então sentiu uma leve tensão atravessar o corpo de Peter.

"Acho que vou guardá-las."

"Ah, é claro, eu não estava sugerindo..."

"Não, eu entendo, mas talvez eu devesse guardá-las em alguma gaveta, para quando os meninos estiverem mais velhos."

"Tudo bem. Claro." Ruth queria ter dito que não se importaria se Peter quisesse olhá-las, mas podia sentir o desconforto que isso causava nele. "A sobrinha de Betty chega no próximo domingo", disse, em vez de falar o que queria.

"Ah, sim. Qual é o nome dela mesmo?"

"Bernadette."

"Bernadette. Nome grandioso. Ou talvez o pai se chame Bernard. Onde está o sujeito, aliás?"

Ruth deu de ombros. "Acho que é um assunto um tanto delicado, dada a situação da irmã de Betty."

"Que situação?"

"Ela vive em um manicômio. Pelo que entendi, é um pouco perturbada."

"É mesmo? Por que eu não fiquei sabendo disso?" Uma irritação na voz de Peter fez Ruth se sobressaltar. Tinha dito a ele. Conseguia até se lembrar da cena, os dois na mesa de jantar.

Ele tinha reagido com muita tranquilidade.

"Eu mencionei isso para você um dia desses, quando estávamos almoçando. Quando comemos carneiro e batatas cozidas."

"Não, acho que eu me lembraria disso. Estou preocupado com os meus filhos. E se for contagioso? Por que ela foi parar lá? Você tem como descobrir?"

Ruth sentiu o pânico crescente diante da perspectiva de ter que falar para Betty que Bernadette, na verdade, não poderia ficar com eles.

"Escute, não é bem assim..."

"Assim como? Não posso acreditar que você convidou essa pessoa para morar conosco, e de repente descobrimos que é louca." Ruth notou um tom na voz dele que já o ouvira usar em um telefonema com alguém do escritório. Era uma surpresa estar do outro lado da linha. Talvez não tivesse sido clara. Não conseguia mais falar, e, depois de um minuto de silêncio, Peter suspirou e passou a mão no cabelo.

"Desculpe, querida, estou em passando por um período muito atribulado. Eu não deveria culpar você."

De novo foi difícil falar, porque só de pensar em Peter culpando-a pelo excesso de pressão era terrível. Em vez disso, Ruth pousou a mão no braço dele. Sentia uma parcela de culpa, mas era algo mais... Talvez *perturbada* fosse a palavra certa.

Antes que Ruth conseguisse formular uma resposta, Peter disse:

"Jesus, acho que aquele ali é o seu amigo vigário."

Ruth viu, surpresa, um homem ao longe, parado à beira d'água. Primeiro pensara que fosse apenas o contorno imóvel de uma rocha, mas agora via o reverendo andando a passos largos na direção deles dois, a mão já estendida para apertar a de Peter, dando um sorriso largo e cheio de dentes.

Ele começou a falar quando estava ainda muito longe para que o som alcançasse o casal, de modo que apertou o passo para ser ouvido.

"Ora, vejam só, o misterioso sr. Hamilton! Finalmente nos conhecemos!", então já estava perto o suficiente para apertar a mão de Peter.

"Olá", respondeu Peter, muito educadamente, sem nenhum sinal do estado de espírito anterior.

"Estou muito satisfeito por encontrar os senhores."

"Ah, bem, podemos dizer o mesmo."

O reverendo se virou para Ruth, assentiu com a cabeça e sorriu.

"O senhor está pescando?", perguntou ela.

"Por que eu estaria pescando?"

"Quero dizer, o senhor estava agachado ali. Fiquei me perguntando se não teria nenhuma linha escondida."

"Ah, sim. Mas não. Perdoem minha excentricidade, estava apenas rezando. Gosto de vir até aqui e ficar de ouvidos atentos na beira d'água. Se escutarmos por tempo suficiente, é possível ouvir Deus através das ondas."

Houve um longo momento de silêncio. O reverendo Jon Brown começou a rir. "Ah, peço desculpas, eu fico um tanto exuberante depois de passar bastante tempo perto da água."

Ruth sorriu e olhou para baixo, então arquejou: "Meu Deus, seus pés!". O homem estava sem sapatos, os dedões bem amarelos e roxos nas extremidades, o peito dos pés nus e brancos. "O senhor está bem?"

"Meu Deus, homem!", exclamou Peter, rindo, "o senhor é mesmo um entusiasta."

Peter e o reverendo Jon Brown riram juntos. Quando as risadas ameaçaram esmorecer, o reverendo começou a rir de novo, até que por fim se curvou, com as mãos nos joelhos, e soltou um grunhido alto. Ele era um pouco mais velho do que Ruth achara. As rugas na nuca atestavam isso. Peter lançou a ela um olhar que a fez morder o lábio, temendo começar a rir também.

O reverendo Jon Brown se endireitou, espirrando a água do mar do cabelo, que penteou para trás com as mãos. "Pelos céus!", exclamou, "estou aqui faz muito tempo. É que..." Ele estendeu os braços e apontou para o céu, para o mar e para o ar.

"Imagino", respondeu Peter, sorrindo de tal maneira que Ruth soube que era hora de ir. "Ah, a propósito, reverendo, já que estamos aqui: nossa Betty frequenta a sua igreja, certo?"

"De fato, a jovem Elisabeth é temente a Deus, como todos devem ser."

"A irmã dela também?"

"Ah, Peter, não acho que nós..."

Mas Peter continuou. "Acontece que vamos receber a sobrinha de Betty em nossa casa, e parece que minha amada esposa mencionou o assunto, mas não a ouvi... Ao que tudo indica, a irmã dela está internada em um manicômio?"

O reverendo Jon Brown assentiu, mantendo o olhar atento, a boca meio aberta.

"Não tomei conhecimento", respondeu, lenta e calmamente, como se soltasse espuma pela boca. "Sobre os senhores acolherem Bernadette." Houve uma pausa. O reverendo deu a impressão de que deveriam ter pedido permissão. Ele limpou o nariz na mão e fungou bruscamente. "Certo. Certo, é muito bondoso da parte dos senhores. Betty não comentou nada comigo."

"Ah, foi um arranjo bem recente. Bernadette vai chegar no próximo domingo", explicou Ruth, tentando examinar a reação de Peter. Dizer aquilo em voz alta pareceu importante. Peter pareceu indiferente, o que era encorajador.

"E eu me pergunto se o senhor sabe... Se poderia nos dar alguma indicação da condição da mãe dela? Veja bem, só estou um pouco preocupado com os meninos."

Ruth ficou extremamente constrangida ao ouvir Peter perguntar aquilo, mas também se deu conta de que ela mesma queria saber.

"Entendo, sr. Hamilton. O senhor não gostaria que a jovem Bernadette se esgueirasse até sua cama de madrugada para matá-lo com uma faca de cozinha. É bem compreensível. Não. Não acho que ela faria qualquer coisa do tipo."

Peter corou. "Não, não foi o que..."

"É compreensível que o senhor queira proteger seus filhos, sr. Hamilton. Mas se há algo para lembrarmos sobre as pessoas é: quanto mais fiéis à sua natureza, quanto mais seu lado animalesco se revela, mais inocentes as pessoas se tornam, e, dessa forma, mais elas se aproximam de Deus. Mary apenas se aproximou demais do seu lado animalesco para permanecer entre as pessoas, mas isso não é algo digno de culpa. Ah, não." Agora ele parecia falar consigo mesmo.

Ruth limpou a garganta.

"É isso!" O reverendo bateu as mãos alto o suficiente para sobressaltar o casal.

"Certo, sim, claro", concordou Peter, como se o homem tivesse falado coisas muito sensatas para tranquilizá-lo.

"Como vão os meninos, sr. Hamilton? Cheios de histórias sobre as brincadeiras, imagino."

"Hum, sim, isso mesmo."

"Preciso ir", arrematou o reverendo. "Tenho uma ave no forno e pretendo me banquetear." Ele saiu andando de costas pela praia, acenando e falando enquanto se afastava. "Sr. Hamilton, foi um prazer conhecê-lo. Quero muito vê-lo em algum domingo. Se não, no piquenique de inverno, que os senhores muito gentilmente aceitaram sediar."

Quando ele estava longe o suficiente para não ouvir, Peter pegou o frasco e deu um gole, dizendo:

"Meu Deus, que fanático."

"Parece que nem trouxe os sapatos", observou Ruth. Não via nenhuma pilha de roupas na praia. "Melhor voltarmos, para não ficarmos encarando o homem enquanto ele vai embora." Mas os dois se demoraram um pouco mais ali. O reverendo Jon Brown se movia de uma maneira curiosa.

"Que animal você acha que ele seria?"

"Um peixe bem esquisito, eu diria", sugeriu Ruth. Os dois deram risada, e Peter estendeu o frasco para ela, que tomou um gole, então seguiram para casa, o ar desagradável da conversa de mais cedo sendo varrido para o mar.

"Você acha que o seu vigário por acaso tem uma queda pela bebida?"

"Tomara."

Ela levou quatro dias para limpar o quarto. Ruth usou os armários grandes para guardar as coisas que não harmonizavam com o restante da casa, mas era sentimental demais para se desfazer de tudo. Terminado o serviço, sentou-se à mesinha que Betty ajudara a trazer da sala de estar. Posicionou o móvel perto da janela e decidiu não colocar cortinas. Cortinas seriam boas para um quarto de bebê, para bloquear a luz, pois quartos de bebê eram lugares confortáveis e tranquilos. A luz não filtrada de seu escritório era enérgica e fria. Ruth colocou uma folha de papel diante de si e se perguntou o que fazer com aquilo. Então endireitou a fotografia dela mesma com Antony e Alice e abriu bem a janela, para deixar o ar gelado entrar. Pegou um lápis da mesa de desenho. Segurou-o um pouco firme demais e o apontou para o papel, para desenhar ou escrever, não sabia ao certo. Algo nela vibrou e se contraiu. Um impulso vindo de dentro. Uma gaivota aos gritos afastava seus pensamentos conforme surgiam, então ela se levantou e fechou a janela de repente; o vidro tremeu na moldura. A casa estava silenciosa outra vez, mas nada lhe vinha à mente. E por que deveria?

Deixou o papel de lado e pegou o livro que andava lendo, um romance de Austen dos tempos de escola; mas, quando não ficava irritada com as falas das personagens, era por serem desinteressantes. Horas depois, Ruth se pegou olhando fixamente pela janela, na direção de Bass Rock, vendo o céu escurecer ao redor da ilha. Olhou para a porta, sentindo a presença de Peter, pronta para lhe explicar por que estava sentada no escuro, com os pés em cima da mesa, mas não havia ninguém lá. Então teve a nítida impressão de que Peter realmente entrara no quarto e estava prestes a pousar as mãos em seus ombros, tão nítida que teve um leve sobressalto, mas não havia ninguém ali.

Ruth apagou a luz e espanou o corpo, como se tivesse ficado coberta de poeira durante aquelas poucas horas imóvel, em silêncio. Não fazia ideia de em que diabos andara pensando. Deu uma olhada no quarto, arrumado e pronto para alguma coisa, e pensou se não seria melhor tentarem ter outro bebê. Ao pensar naquilo, sentiu-se imensamente vazia.

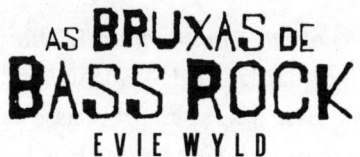

I

Se terei que passar uma temporada aqui, melhor encontrar onde dormir. Primeiro pensei em ficar no último andar da casa, no escritório da sra. Hamilton, já que dormir na cama de infância do meu pai me parece um teste de resistência de traumas emocionais. Tentando sugerir a imagem de uma jovem artista pintando em seu escritório, Deborah deixou ali um dos cavaletes da sra. Hamilton com a tela de um farol todo torto perto da janela pequena. Me vem uma memória repentina de quando era pequena e a encontrei debruçada em sua mesa, dormindo, com um cigarro queimado até o filtro entre os dedos. Ela acordou de repente e, ao me ver ali, me mandou sair, aos berros. Fecho a porta com o coração aos pulos e decido pensar na roupa de cama.

Meu saco de dormir parece meio fino e está cheio de areia, já que entrei na água e dormi nele molhada. Deborah expressou desconfiança nos e-mails que trocamos enquanto eu estava em Londres, quando a informei de que passaria a cuidar mais regularmente da casa. Ela disse que *infelizmente* tinha precisado jogar fora o meu aipo, que tinha ficado encostado no fundo do frigobar e começado a produzir cristais de gelo, fazendo uma bagunça. *São as pequenas coisas*, explicou, por e-mail, *que fazem a diferença para os possíveis compradores.* Ela me pediu para manter a roupa de cama guardada e dobrada no armário quando não estivesse usando e disse que, se eu precisasse usar a máquina de lavar, fizesse o favor de só ligá-la à noite e de me certificar de ter tirado as roupas antes de sair da casa. Parece que os possíveis compradores não gostam de presenciar nenhum sinal de vida em uma casa que possam se interessar em adquirir.

Claro.

E sei que a casa tem aquele problema de sinal de celular, então prefiro ter a certeza de que essas questões de limpeza vão receber atenção constante, porque nem sempre vou conseguir avisar que estou a caminho.

Subindo no muro, consigo ler as mensagens, escrevo em resposta.

Mesmo assim, veio a resposta, na mesma hora.

Mesmo assim.

Fico me perguntando o que eu fiz para ela me achar tão suja. O aipo que esqueci no frigobar deve ter causado um incômodo muito maior do que ela deixou transparecer.

Segundo Deborah, a roupa de cama está no armário do quarto principal. Tem um edredom na cama de casal, que eu não tenho a menor intenção de usar, e dois travesseiros macios demais. O quarto tem três armários; os dois primeiros estão cheios de caixas de sapatos, dentro das quais encontro decorações de Natal, brinquedos de criança e um ursinho de pelúcia surrado de olhos alaranjados. Por um segundo, o ursinho me impediu de olhar para qualquer outra coisa. Não gosto de pensar em Deborah encontrando esse brinquedo, então o guardo no bolso, pois parece cruel trancá-lo de novo.

No terceiro armário, encontro uma colcha amarela e outra rosa-clara com barras de cetim horríveis que, quando eu era criança, faziam cócegas no nariz. Tem uma toalha de mesa que posso usar de lençol e umas almofadas no sofá que eu poderia usar de travesseiro.

Fico parada na porta do quarto do meu pai e de Christopher: duas camas iguais lado a lado, cada uma com sua mesa de cabeceira e abajur de cúpula amarela plissada combinando com as colchas que peguei no armário. Katherine e eu costumávamos dormir neste quarto, com a mãe e o pai no cômodo ao lado, no sofá-cama do escritório. Eu me lembro do som do vento descendo pela chaminé. Não me incomodava, mas Katherine às vezes acordava com medo e vinha para a minha cama, me permitindo um breve momento de superioridade, então de manhã se explicava dizendo que sentia mais frio que eu, como se a minha pouca sensibilidade ao frio fosse grosseira.

Jogo a colcha em cima da cama e deixo o urso na cômoda. Não tenho nenhuma intenção de dormir com esse brinquedo, se era isso que ele estava querendo. Já dormi nessa cama milhares de vezes, mas nunca mais depois que meu pai morreu, e não posso deixar de notar a marca de seu corpinho infantil ali. Aliso a colcha várias vezes, mas a marca sempre volta.

Sentada em cima do muro, continuo tentando me explicar para Katherine, mas sem me desculpar nem admitir que fiz algo de errado por não estar em casa quando ela foi até lá para jantar. Tentei dizer que achava que o jantar seria na quinta, e ela me encaminhou uma mensagem que dizia quarta. Também dei a entender que não estava muito bem, mas sem especificar se era um resfriado ou uma crise nervosa. Ela não respondeu. Enquanto descia do muro, notei um corvo fazendo ninho no topo da chaminé. Quando éramos pequenas, Bet sempre deixava o aquecimento ligado, porque a casa precisava ser mantida sempre seca. *A maresia penetra nos tijolos*, ela costumava dizer. *Sem o aquecimento, estaríamos sentindo cheiro de algas.* E às vezes a casa tinha mesmo um cheiro meio salgado, uma lama antiga e mineral. Não era um cheiro ruim, mas também não era o cheiro de um lar.

Vincent me mandou uma mensagem sugerindo um encontro na semana que vem, quando eu voltar para Londres. A ideia é sair para ver um filme, mas eu preferiria beber. Só gosto de ir ao cinema sozinha. Não me agrada a conversa depois do filme, quando já está tarde demais para jantar, ou mesmo para beber, e precisamos ficar falando alguma coisa sobre o que acabamos de assistir. Sempre me saio mal, dizendo que adorei o filme que a outra pessoa odiou, ou que odiei, quando o filme foi transformador na vida da outra pessoa. Na verdade, quase nunca é um filme desse tipo, só uma história e uma desculpa para passar duas horas no escuro sem alarmar ninguém.

O corvo se prepara e sai voando para os galhos mais altos de uma araucária. Então grita para mim lá de cima.

"Tudo bem, não vou contar!", respondo, mas o corvo continua me encarando. "Só não venha me culpar se ela acender o fogo e acabar te assando."

Lá dentro, o cheiro permanente dos Bus permeia o ar. *Nada como um cachorro molhado secando no calor.* Sem a lareira e o fogão, o sangue para de fluir pela casa. Fico sabendo que, quando tem visita de algum possível comprador, Deborah chega uma hora mais cedo para ligar os aquecedores e abrir as janelas dos quartos. Ela usa um spray que deveria ter aroma de café, mas cheira a posto de gasolina. O aquecimento central não dá conta da casa inteira. Na cozinha, ponho a chaleira para esquentar e me sento à mesa com uma caneca de água quente. Tem um gosto salgado, e descarto a água na pia. Pego uma das garrafas d'água de Deborah no frigobar e abro a tampa. Não me lembro de ter bebido um mísero copo d'água o dia todo. Cozinho um pouco de macarrão, misturo meia lata de mariscos e finalizo com azeite. Fico um tempo com a meia lata de mariscos na mão, então a enfio no espaço deixado pela garrafa d'água. Isso vai deixar Deborah louca.

Se isso fosse um filme ou livro, eu me sentaria e comeria meu espaguete com mariscos diante do fogo e leria alguma coisa. Mas tem um ninho de corvo lá em cima, e, se eu derrubar óleo no sofá cinza, nunca mais vou dormir. Não consigo ler há meses; acabo sempre com o livro na mão, encarando a parede, pensando em nada. Como minha comida, bebo outro copo d'água e vou até a sala pegar o uísque. Christopher apertou demais a rolha, então vasculho a gaveta de talheres atrás de um saca-rolhas. A prataria já se foi há muito tempo; só sobrou um jogo barato que poderia ter sido roubado de um refeitório. A gaveta seguinte guarda algumas coisas que foram de Betty, e eu me pergunto se minha mãe iria querer algo. A caixa de óculos vermelho-escura e surrada, um apito que ela carregava por aí e assoprava sempre que queria poupar a voz ao nos chamar para jantar. Um caderninho em que ela listava horas, datas e pesos com a seriedade de alguém que toma notas sobre medicação. Um panfleto brilhante em uma pasta de acrílico que também continha um monte de receitas. Era um panfleto da casa de repouso que vi sinalizada na estrada para Musselburgh. E, escrito em uma letra cheia de curvas reservada aos asilos: *Lidar com a Morte de um Ente Querido — O Guia do Lar Landbrooke*. Abro o panfleto e encontro um formulário, que foi preenchido por Bet.

Nunca cheguei a conhecer minha avó, Mary. Só fiquei sabendo vagamente sobre sua morte, que, a julgar pelo formulário, aconteceu há vinte anos, durante o verão. Minha mãe nunca escondeu nada sobre a mãe dela, mas não fala muito sobre o assunto. A história que conheço e sei que não é toda a verdade é que Mary era epiléptica e teve muitas crises, e que Landbrooke, onde ela foi internada pouco depois da minha mãe nascer, não era chamado de casa de repouso, e sim de algo mais sinistro. Sobre o pai, minha mãe não sabe nada. Somos uma família desajustada — minha mãe e meu pai eram quase irmãos, mas não de sangue. Ela era a filha da empregada, e meu pai dizia isso de brincadeira sempre que ela fazia torta de peixe. A história do reencontro dos dois sempre me surpreendeu: minha mãe tinha sido enviada para uma escola em Londres depois que nosso lendário avô foi embora, e, sete anos depois, tio Christopher a encontrou vendendo meias-calças no hipermercado. Os três se mudaram juntos para uma casa, e não sei o que aconteceu, mas o que quer que tenha sido foi interrompido pela minha chegada.

O panfleto fez vir à tona uma lembrança súbita do meu pai no hospital, rouco e muito amarelo. Caminho bem rápido em volta da mesa da cozinha até a imagem desaparecer, então a substituo pela imagem de uma foto que tenho dele, com óculos escuros e um chapéu panamá, sorrindo. Seu rosto não está muito visível, mas dá para o gasto. Depois que ele morreu, quando passei aqueles dias estranhos na ala psiquiátrica, um médico disse que pode levar alguns anos para a memória da pessoa doente se dissipar e dar lugar às memórias mais antigas. Eles pediram à minha mãe que levasse uma foto dele e disseram para eu ficar olhando até as memórias voltarem. Agora, quando sonho com ele, eu o vejo como era antes de adoecer. Mas, nos sonhos, sempre sei que há algo a mais ali com a gente, embora não consiga lembrar o quê. Foi uma vergonha tão grande fazer aquele escândalo enquanto minha mãe e minha irmã lidavam com tudo sozinhas, sem contar o fardo da minha internação. Mais uma vez essa toca de coelho. Encontro um canivete e tiro a rolha com aquela parte feita para tirar pedras de cascos de cavalos.

Às quatro da manhã, fico cansada o suficiente para dormir. Não tomei uma quantidade exorbitante de bebida, e isso já é alguma coisa. Apagar as luzes e sair da cozinha me causa uma sensação ruim; o restante da casa me engole. Deito na cama e só então lembro que não escovei os dentes. Nem vou. Apago a luz e, embora o quarto esteja totalmente escuro, eu me levanto e viro a cara do urso para a parede, porque ele não me deixa dormir.

Os pássaros vivem sua rotina lá fora, e a enorme janela sem cortinas deixa entrar uma luz branca e fria. Assim que acordo, fico satisfeita ao lembrar que passei a noite na casa e que consegui dormir, mas levo um susto quando percebo que estou no quarto da sra. Hamilton, embaixo da colcha. Eu me sento, em pânico, e arranco as cobertas. Não tem nenhuma mancha escura; Deborah deve ter trocado o colchão. Que bom. Mas resta o pequeno problema de ter acordado no quarto errado. Talvez eu estivesse mais bêbada do que imaginei e tenha deitado na cama errada. O urso está aqui comigo, nas minhas mãos.

Quando terminam, os três homens olham para a menina. Não há muito para ver; a escuridão transforma todo aquele sangue em só mais uma textura, e a brisa do mar garante que o cheiro de morte seja varrido para longe.

"Eu não queria que ela morresse." O jovem esconde as lágrimas na voz. A menina agora parece um pouco sua mãe. E também deve ter filhos. Uma pergunta aguda o invade: "O que vai acontecer conosco?".

"Conosco?", repete o mais baixo. "Eu mal toquei na mulher!" Ele tira um pedaço de pano do casaco e limpa a boca de novo, como se tivesse acabado de fazer uma boa refeição. As ondas prosseguem, incessantes, e os três continuam ali, acima da menina. Pássaros brancos saem voando da pedra preta, visíveis apenas à beira da escuridão.

"Os olhos de Rome estão virados para outro lugar nesta noite", diz o de testa alta, então se abaixa e pega a menina pelas axilas. Ela resmunga, pois não está totalmente morta, então ele a segura embaixo d'água por mais algum tempo. Ela não dá sinais de resistência.

"Não queremos mais problemas", diz ele. "Me ajudem a levá-la mais para o fundo, e o mar vai cuidar do resto quando a maré subir."

O jovem tira o casaco e ergue as pernas da mulher. Estava triste, mas é outra coisa que o domina agora. Raiva, talvez. Foi uma ideia estúpida sair à noite para pegar algas perto do mato. O que ela esperava encontrar? Os três entram na água, mas não vão muito longe, só até a altura dos quadris. O trecho é pedregoso, e algumas pedras estão soltas. O de testa alta pega quatro pedras grandes e as coloca no peito da menina. Faz frio, mas o estranho é que o corpo dela está morno, mesmo embaixo d'água. O de testa alta solta um grunhido, dizendo:

"Vai servir. A julgar pela maré, a água deve ir até as dunas. Ela vai ser levada antes de amanhecer."

Então bate nas costas do mais jovem. "Não fique tão mal. Ela fez muito barulho, não tinha outro jeito." O jovem assente. Não tinha outro jeito, ele só queria que a menina ficasse quieta, mas ela não entendeu. De volta para a areia, os três olham para a cesta de algas dela.

"Devo me livrar disso?", pergunta o mais baixo. Os três se entreolham por mais um tempo.

"Não", responde o de testa alta. "Não, nada indica que isso era dela. E, mesmo que seja encontrada, mesmo que tenha alguém querendo encontrá-la, vão achar que ela só se afogou."

"E o machucado na cabeça?", pergunta o jovem.

"Foi só o corpo batendo nas pedras."

Os três ajeitam as capas e voltam para o mato, onde as fogueiras queimam, fracas. Alguém pegou uma lebre e está assando a carne, e o cheiro faz o mais jovem se lembrar de casa.

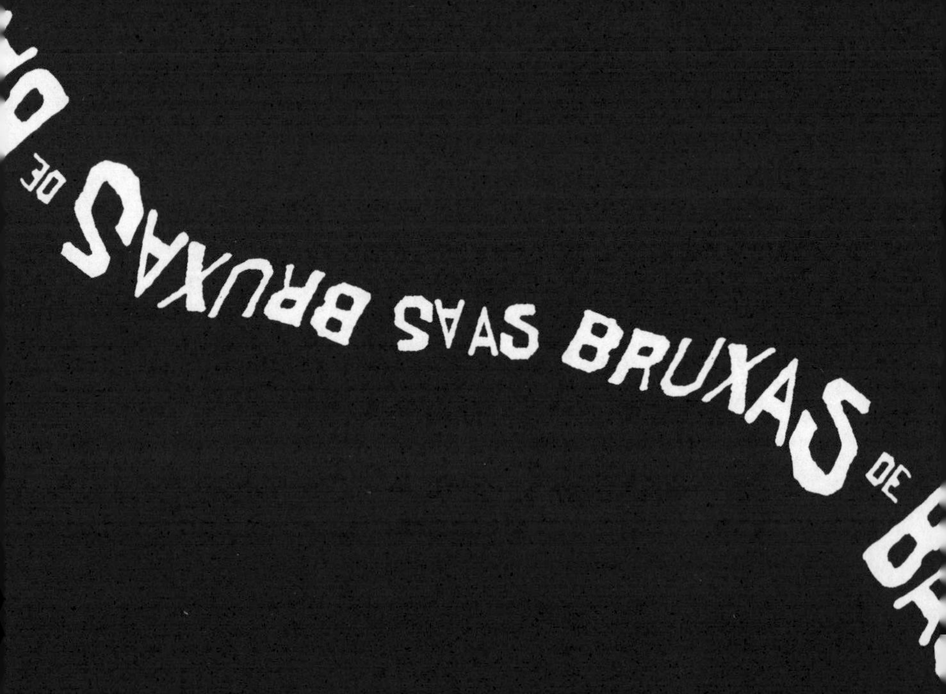
BRUXAS DE

ILHA DE ST. BALDRED'S

AS BRUXAS DE BASS ROCK

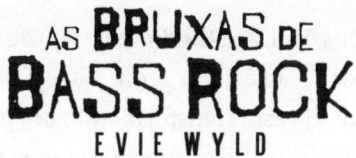

AS BRUXAS DE
BASS ROCK
EVIE WYLD

I

Minha mãe passa um tempinho suspirando alto enquanto completa um sudoku à mesa da cozinha. Passei para entregar os pertences de Betty que achei que ela poderia querer, mas cheguei antes de ela terminar os passatempos matinais, e minha mãe não aceita distrações. Não consegui dormir à noite, então fiquei rondando a casa dela por quase uma hora, esperando o café abrir, com a sensação perturbadora de que eu precisava falar com alguém, só para provar que sou capaz. Não seria bom entrar na casa enquanto ela estivesse dormindo, porque denunciaria meu estado, e ela ficaria preocupada. Se chegasse com cafés, poderia fingir costume.

Sem contar uns poucos nas prateleiras do quarto, quase todos os livros são sobre cogumelos ou líquens. Alguns estão um pouco úmidos e precisam ser virados, mas qualquer um levaria o dia todo fazendo isso. Minha mãe já adquiriu certa imunidade e nem nota quando ergo *Cogumelos Venenosos das Hébridas Exteriores* pinçado entre o dedão e o indicador, porque o livro está coberto de um mofo escuro que parece líquen.

"Mãe, tem cogumelos brotando nos seus livros sobre cogumelos", aviso, mas ela parece não ter ouvido e só inspira ruidosamente.

"Quer dizer que você e a Katherine pararam de se falar de novo?"

Dou de ombros. "Não é que a gente não esteja se falando, é só que, como sempre, ela está transformando um pequeno mal-entendido em um tratado sobre como eu sou uma pessoa horrível."

Minha mãe me encara por cima dos óculos. "*Tente* não aborrecer sua irmã, você sabe como ela fica." Fico profunda e irracionalmente irritada com o comentário. Minha mãe continua, voltando o olhar para o sudoku do jornal e rolando o lápis entre as palmas das mãos: "Querida, eu estava para comentar... Às vezes, eu acho mesmo que tem alguém morando lá em cima."

"Lá em cima onde?" Ponho o livro a uma distância segura da caneca enquanto imagino esporos boiando na superfície do café.

"O que eu não entendo", continua ela, limpando uma mancha dos óculos como se isso fosse ajudar a resolver o sudoku, "é por que toda..."

Ela faz isso. Começa uma frase em voz alta e conclui dentro da própria cabeça. Fico esperando ela revelar o que quer saber, mas sei que, no fim das contas, não terá nada a ver comigo. Faz um tempo que minha mãe tem internalizado grande parte da vida.

"O quê?", pergunto.

Ela ergue os olhos.

"Hum?"

"O que você não entende?" Tento não parecer irritada.

"Ah, bem, eu não sei por que... toda hora... Ah!" Ela escreve um número em um quadrado. "Te peguei, seu sacana." Então ergue os olhos e me encara por cima dos óculos. "Desculpa... Estou falando sozinha."

"Está mesmo."

"Então... eu não sei o que anda acontecendo no sótão. Parece que agora é habitado por uma família de boçais."

Ligo para a dedetizadora enquanto minha mãe tira a louça da máquina.

"E a gente já tem alguma ideia de que animal está fazendo esse barulho?"

Minha vontade é dizer que é uma família de boçais.

"Devem ser esquilos... Tem uma árvore grande na frente da casa."

"Sim, bem, às vezes pode entrar um gato... E já temos certeza de que não ouvimos nenhum som de gato vindo lá de cima? Já abrimos o sótão para olhar?"

"Sim", minto.

"Ok. Muito bem, mandaremos alguém aí para falar com você entre as quatro e as seis da tarde de hoje."

"Com a gente", corrijo.

"Perdão, senhora?"

"Nada. Obrigada."

Minha mãe entra na cozinha bem quando desligo o telefone.

"Entre quatro e seis de hoje à tarde. O cara da dedetizadora."

Ela franze a testa. "Você vai ter que ficar. Tenho uma consulta às quatro e meia, vou ver meu quadril."

"O que tem de errado com o seu quadril?"

"Se eu soubesse, não precisava de uma consulta." Ela olha para mim. "E então? Você pode ficar?"

Eu ia encontrar o Vincent às cinco. Íamos dar uma olhada em um estúdio aberto de cerâmica — sugestão dele. O encontro no cinema não deu certo. O filme era sobre uma professora de piano que queria ser estuprada pelo aluno. Concordamos que, na próxima, talvez seja melhor não ir ao cinema.

"E então?"

"Tá."

"Ótimo." Um silêncio se instala entre nós.

"Como estão as coisas naquela casa velha, querida? Como você está ficando lá sozinha? Tem dormido bem?"

Dou de ombros. "Nunca durmo muito bem."

"Não, claro que não... Sabe, eu via uma fantasminha lá quando era moça."

"O quê?"

"Uma menina."

"Mãe..."

"Você ainda anda por aí dormindo?"

"Mãe..."

"Ah, entendi. Não se preocupe, ela é bem amigável, só um pouco solitária. Eu costumava sonhar que a seguia até a praia durante a noite, e, quando acordava, ela estava lá, e eu tinha andado do quarto até o último andar da casa!"

"Mãe..."

"Ah, querida, não há nada com o que se preocupar. Na verdade, achei até que você iria gostar. Ela costumava ficar naquele banheiro perto do quarto do Christopher e do seu pai, aquele que você e a Katherine dividiam. Seu pai e Christopher também começaram a ver a menina, depois de viverem aquele horror no colégio interno. Não é de se admirar..."

A escola que meu pai e Christopher frequentavam dominou os jornais dez anos atrás, quando descobriram que o lugar estava envolvido no que a imprensa chamou de círculo de pedofilia.

Minha mãe desaprovava o termo. "Acho que é mais um jeito glamuroso de explicar o que aconteceu. Eles sempre me contavam nas férias. A gente ficava quebrando cascas de caranguejo nas poças de maré enquanto falávamos sobre o assunto. Sempre me senti muito mal pelos caranguejos." Ela se levanta, sinalizando que a conversa acabou. Eu queria que continuasse.

"Como era a sra. Hamilton, quando vocês eram crianças?"

"Ah, você sabe...", minha mãe solta um suspiro. "Ela não era uma mulher fácil, mas a verdade é que salvou todos nós. Era uma pessoa solitária, acho. Que nem a Betty. Sempre senti que a decepcionei."

"Decepcionou?"

"Acho que ela queria que eu me tornasse algo mais espetacular, já que eu era a única criança sobre quem Betty tinha alguma influência. Ela não podia tirar os meninos do colégio interno, já que o pai deles queria mantê-los lá. Então gastou muita energia para me fazer feliz."

"Mas você é feliz."

"Sim, querida, claro que sou. Mas acho que ela pensava que isso também a faria feliz. E não sei dizer se, depois de tanto esforço, ela foi mesmo feliz."

Minha mãe começa a mexer nos papéis em cima da mesa, um sinal de que está prestes a terminar a conversa.

"A Deborah quer vender a casa. Digo, está tentando vender."

Minha mãe ergue o rosto e revira os olhos.

"Ai, Jesus! E vocês estão tendo muitos problemas?"

"Ela fica me mandando e-mails pra avisar que sou porca."

"Ah, sim, isso é típico da Deborah. Ela é meio obcecada por germes. Se bem me lembro, ela sempre carrega lenços umedecidos." Minha mãe diz isso como se fosse a pior coisa do mundo.

"Acho que o Christopher está tentando cuidar dela."

"Ah, que bobinho...", rebate minha mãe, mas não de um jeito grosseiro.

"Qual é a da Deborah?"

"Acho que tem a ver com aquela história horrível do sr. Hamilton. Seu pai não a suportava, claro."

Há um longo silêncio. Penso em como uma relação distante poderia definir a minha vida daqui a trinta anos. *Bem, ela cuidou da casa por um tempo, mas acabou passando a vida quase toda lá dentro.*

"Não é nada bom, certo?", pergunto, em voz alta.

"Não mesmo." Minha mãe dá um tapa ruidoso nas coxas. "Vamos lá, sua cabra velha", diz para a cachorra, que ergue a cabeça estreita e a encara. "Vamos dar uma volta no parque, para você poder matar alguma coisa." A cachorra se arrasta para fora da cama e boceja, curvando a língua, então estica os dedos dos pés para trás, como uma bailarina. Ela me dá uma cheirada amigável, e afago sua bochecha verruguenta. O focinho ficou grisalho nos últimos seis meses, e as patas traseiras parecem sofrer de uma tremedeira sobre a qual não falamos. Minha mãe põe a mão na minha cabeça ao passar por mim. "Eu não deveria ter dito nada sobre a fantasma. Ela é tão inofensiva quanto o ar."

A cachorra solta um espirro. "Saquinhos, chaves, coleira", enumera minha mãe, então vai descendo as escadas, e eu digo: "Tudo bem, eu não acredito em fantasmas". Mas ou ela não ouve, ou só não responde.

É bem típico da minha mãe vir com essa história de que tem um fantasma na casa onde estou hospedada sozinha, só para depois dizer que não há nada com o que se preocupar. É exatamente o tipo de joguinho que ela faz.

"Coma uma fruta!", grita ela, da porta da frente. "Sua irmã ainda me manda aquelas caixas horríveis! Tem um monte de pera verde e umas merdas de couve-rábano. Nem sei o que fazer com isso!" Ela bate a porta, e ouço seus passos descendo a escada até a calçada. Minha mãe não tem passos leves e anda sempre fazendo barulho. Também é bem típico dela sair assim que recebe uma visita.

Mando uma mensagem para Vincent, perguntando se podemos trocar o combinado por um drinque.

Graças a Deus! Eu não sabia que "cerâmicas" fossem tigelas e canecas.

E achou que seria o quê?

Sei lá, alguma coisa interessante. Algo a ver com doces.

O dedetizador chega às cinco. É um cara bem novo, com sotaque forte. Parece animado com o trabalho.

"Visito uns lugares bem interessantes", explica ele, empolgado, enquanto mostro o quarto da minha mãe.

"Aposto que sim", respondo, então fico preocupada de ter parecido que dei em cima dele. O cara está meio enfiado no sótão, só as pernas visíveis na escada, as botas grandes e amarelas. Seria estranho oferecer chá, porque ele vai ficar em cima da escada, talvez mexendo com veneno de rato, e odeio fazer chá para os outros. Também não acho uma boa ideia deixar o cara sozinho no quarto da minha mãe, então tento puxar conversa.

"Qual foi a... a coisa mais estranha que você achou no sótão de alguém?"

Ele enfia a cabeça para baixo da abertura, para que eu possa vê-lo, e responde, entusiasmado: "Uma vez eu achei um cadáver. Foi doideira!". E levanta a cabeça de novo.

Sinto um jorro enorme de simpatia por ele, mas respondo apenas: "Ah". Tenho tanta perguntas que nem consigo começar a formular uma só. Quero dizer: *Eu também já achei um.* Ou: *E ficou tudo bem com você?* Mas então ele poderia perguntar se estava tudo bem comigo.

"É... Fiquei o dia todo com a polícia, era outubro e tinha muito trabalho. Os bichos começam a se entocar no outono."

"Ah, claro!", respondo. Reparo que estou sentada na cama e penso em como isso poderia ser inapropriado. Mas ele me viu quando abaixou a cabeça, então seria estranho mudar de lugar agora. "Eu também já achei um cadáver, uma vez", comento, mas não falo muito alto, então ele não ouve.

"Tudo limpo", declara ele, e por um segundo não sei do que está falando. Então vai descendo a escada com a lanterna na mão. "Não encontrei nada, mas vou deixar umas ratoeiras, para o caso de terem acabado de se entocar."

Eu me levanto. "Ótimo."

"Vou dar um pulo na van para pegar as ratoeiras", explica o dedetizador, sorrindo. Ele tem sardas escuras em cima do lábio superior.

"O que aconteceu com o cara que você encontrou?"

Ele dá de ombros, como se a pergunta nunca tivesse passado pela sua cabeça. "Era mulher. Não sei direito, parece que ela só morreu lá em cima. Todo mundo um dia tem que partir, não é mesmo?" Então sai do quarto e desce as escadas assobiando uma canção familiar.

Todo mundo um dia tem que partir. E, na verdade, não foi a morte em si, e sim a maneira de descartar do corpo, a ideia de enfiar a mulher em uma mala só um pouco maior que a bagagem de mão permitida em voos domésticos. Eu me sento de volta na cama. O namorado a matou com um fio, enfiou o corpo na mala e fez uma fogueira no quintal dos fundos, então jogou o resto no mar. Morrer é assim, fácil. Mas tinha uma foto e um nome e toda a história do que aconteceu naquele dia, de como ela morreu, de como o namorado se enforcou depois, na cela, da criança deixada para trás.

A escada ainda está apoiada na abertura do sótão. O quadrado escuro do alçapão é maior do que eu pensava. Quando está fechado, ele desaparece, se torna apenas parte do teto, mas agora parece que a casa cresceu. Parece maior dentro do que fora. Subo devagar, prestando atenção no som dos passos do dedetizador na escada lá embaixo. A escuridão é densa, como se estivesse presa lá em cima. Cheira a fotos mofadas e um leve aroma de cânfora. Não dá para ver nada sem lanterna. Nem o vento lá fora penetra no espaço, não há nenhum barulho de trânsito, nenhum rangido da casa, nem sequer um alarme antifurto, mas sinto cada poro da minha pele se arrepiar, cada pelo e fio de cabelo se eriçar, como se estivessem magnetizados. Vou descendo devagar e quase caio quando vejo o dedetizador ali, segurando a lanterna.

"Opa", diz ele. "Cuidado aí." E me ajuda a descer colocando a mão na minha coxa; eu fico vermelha.

"Desculpa", digo, descendo e tentando fazer parecer que não foi nada, mas tenho a estranha sensação de que ele percebeu que eu ruborizei. "Eu só..."

"Ah, todo mundo é curioso", responde ele, com gentileza. "Todo mundo sempre quer dar uma olhadinha... É normal." Ele está bem próximo, e noto uma intensidade repentina e perturbadora. O cara está falando sobre outra coisa? Não tem cheiro nenhum vindo dele, nenhum pós-barba, desodorante, suor ou hálito de café. Nada de pasta de dente ou detergente.

"Eu queria ver se é tão grande quanto parece." Tudo soava como o começo de um filme pornô.

Ele sorri, e as sardas se erguem no rosto. Dou um passo para o lado, para não ficar entre ele e a escada. Tomo o cuidado de ir para longe da cama.

Ele ergue as duas ratoeiras de metal, e a atmosfera parece surreal.

"Manteiga de amendoim é o petisco favorito dos esquilos. Ou dos ratos. Com isso, vamos pegar qualquer um que passar pela armadilha."

Ele sobe, ainda cantarolando.

"Agora, se você ouvir a ratoeira desarmando, o que é tipo um baque alto, noventa por cento das vezes vai ser só isso: acabou, não tem mais nada. Essas coisas funcionam muito bem. Mas, se você ouvir a ratoeira desarmando e alguma coisa arranhando depois, teremos que voltar e despachar os bichinhos. É claro que torcemos para isso não acontecer, e, sinceramente, noventa por cento das vezes a ratoeira pega na nuca, aí acabou. E isso pode não acontecer à noite, com você em casa, então, se não ouvir nada, mas sentir um cheiro..."

Ele desce a escada, fechando a tampa de um pote de manteiga de amendoim, então lambe os dedos. "De qualquer forma, volto para dar uma olhada daqui a mais ou menos uma semana. Mas, se ouvir alguma coisa ou sentir algum cheiro, só me ligar, que eu venho antes." Ele sorri e eu sorrio, então o levo até a porta da frente.

Antes de descer as escadas para o jardim, ele se vira e diz: "Foi um prazer". Por um segundo, a coisa está lá de novo, forte o suficiente para eu fechar a porta, apoiar as costas nela e me perguntar *o que aconteceu*. Ouço o cara assobiar a caminho da van, então canto junto: *Quando um homem ama uma mulher profundamente, ela pode torná-lo muito infeliz.*[1]

Estou vinte minutos atrasada para o encontro com Vincent, mas ele se atrasa ainda mais dez minutos. Eu me atrasei porque não lavo roupa faz um tempo e tive que passar numas lojas para encontrar o que vestir. Foi mais difícil do que eu lembrava. Tenho certeza de que houve um tempo em que qualquer porcaria velha me caía bem, mas de repente uma camiseta preta comum faz parecer que eu me importo demais comigo mesma. *Quando foi que meus peitos ficaram tão estranhos?*, eu me pergunto, encarando o espelho do provador.

Acabo escolhendo uma blusa grande demais, porque os tamanhos menores destacam coisas ruins sobre as quais não quero pensar. A blusa é toda estampada. Quase tudo na loja é estampado. É o tipo de lugar que só vende calças capri, com uns bordadinhos aqui e ali em peças que poderiam ser comuns. É uma loja para mães. Toda roupa tem poás, até o forro das jaquetas. Pareço uma virgem nessa blusa enorme, o tipo de menina

---

[1]   Trecho traduzido da música "When a Man Loves a
        Woman", composta por Calvin Lewis e Andrew Wright, e
        originalmente gravada por Percy Sledge em 1966. (N.T.)

que gosta de andar ao ar livre, talvez até um pouco cristã, mas pelo menos não estou cheirando a sopa. A blusa tem estampa de folhas escandinavas e um bolso inútil no busto.

"Acho legal que você use essas coisas", comenta Vincent, quando nos acomodamos em uma mesinha nos fundos do bar.

"Que coisas?"

"Ah, você sabe como é, um estilo de jovem e velha ao mesmo tempo. Acho maneiro."

Vincent usa uma camiseta com o desenho de dois lobos uivando. Eu diria que poderia haver uma ironia aí, mas ele às vezes me deixa tão confusa que não dá para ter certeza.

Ficamos na rua até tarde e bebemos rápido. Damos uns beijos, e ele deixa o troco do bar no bolso da minha blusa, mas acordo sozinha. Não lembro que tipo de beijo foi. Se ele não está aqui, eu não devo ter mandado tão bem. Resta uma bolha de excitação, mas logo estoura com a ressaca, então tomo um antialérgico e um punhado de calmantes fitoterápicos e volto para a cama, onde passo o resto do dia. Quando acordo de novo, já está escuro lá fora, e me sinto confusa, mas sei que preciso levantar e ir para a Escócia. No chuveiro, deixo a água cair no rosto. Eu deveria comer. Cozinho macarrão e como direto da panela, só com um pouco de azeite e sal. Como rápido demais e fico querendo voltar para a cama, mas, em vez disso, calço os sapatos.

A viagem noturna de carro até a Escócia é bem silenciosa. Não sinto vontade de cantar. Não gosto da ideia de voltar a dormir naquela casa. Estou de ressaca e vou só ficar pensando no fantasma que minha mãe disse que via. Imagino uma criança vitoriana horrível, com grandes olheiras roxas e o pescoço quebrado. É um cansaço bem desanimador. De uns tempos para cá, as ressacas se tornaram longas e traiçoeiras. Lembro de como eram antes da culpa. Aqueles dias em que eu acordava ao meio-dia e comia um hambúrguer vendo TV, talvez com algumas amigas. Quando dávamos risada sobre como tínhamos nos comportado mal na noite anterior e fazíamos planos de beber de novo na semana seguinte. Agora, minhas mãos tremem, e sinto como se alguém chacoalhasse a minha cabeça e batesse com ela no volante enquanto me conta cada detalhe asqueroso do meu comportamento na noite anterior e como isso combina com a maldade que brota dentro de mim. Eu sou má como um cachorro malcomportado.

Toda vez que passo por uma dessas placas que dizem que o cansaço pode matar, penso em todas as outras coisas que podem matar de maneiras tão simples e diversas. Se o dedetizador tivesse me beijado, eu teria correspondido; quando Vincent me beija, eu correspondo. Qual é a diferença? Certa vez, Dom pôs a mão nas minhas costas e me puxou para perto; quando evitei sua boca, ele murmurou no meu pescoço: "Sua vaca, adoro esse seu jeito, é muito sexy.. Aposto que você fode que nem um bicho". E eu o fiz parar de falar com um beijo, depois me dei conta de que estaríamos transando se eu não fosse irmã da esposa dele. Ele gostou. Às vezes eu me imagino explicando o que aconteceu a Katherine. Só fiz aquilo para ele parar. Dom só gosta de mim porque sou uma versão diferente de você. É aquela dieta variada da qual ele sempre fala. Kombucha, feijão preto, uma menina negra, uma ruiva, irmãs problemáticas, mas com problemas totalmente diferentes.

Quando chego na casa, fico um tempo parada do lado de fora, no escuro. Dá para ouvir as ondas na praia, o vento sacudindo as janelas. Eu me viro e olho para as estrelas, vejo como emolduram a montanha de Berwick Law, e a lua ilumina a ossada de baleia no topo com uma luz fria, branca e bonita.

Não acendo nenhuma luz na casa, só subo as escadas e me enfio embaixo do edredom, na cama da sra. Hamilton, muito grata por sentir o peso do sono nas costas, como se alguém tivesse deitado em cima de mim. Se sonhei, os sonhos me deixaram em paz.

Acordo com batidas altas na porta aberta do quarto, com Deborah olhando horrorizada para mim.

"Eu te mandei um e-mail! Alguns compradores vão chegar daqui a quinze minutos!" Ela se vira e sai, e eu a ouço correndo pela casa, mal-humorada, ligando os aquecedores, pulverizando os quartos que cheiram a umidade e escondendo, com estardalhaço, os estofados das cadeiras embaixo da mesa da cozinha. Quando desço as escadas, ela está acendendo fósforos na sala.

"Para dar uma sensação de fogo aceso", explica, gesticulando, como se esperasse que eu ficasse impressionada. "Enfim, você arrumou a cama?"

"Sim. Cheguei ontem à noite e..."

Ela me olha de cima a baixo. O significado do olhar é claro, e entendo por que meu pai não gostava dela. Deborah parece muito uma antiga professora de francês que obrigava todas as meninas a memorizarem: *Excusez-moi, madame, j'ai mes règles, s'il vous plaît, permettez-moi d'avoir une serviette hygiénique et de me diriger vers les toilettes.*

"Tudo bem. Terminaremos em uma hora." Deborah não quer saber dos detalhes, só me encara com expectativa. Está esperando que eu saia. Obviamente não quer que os possíveis compradores pensem que alguém como eu mora aqui.

Tomo um café em uma cafeteria que se chama Pavilhão. Eu me lembro bem do antigo Pavilhão, antes de aterrarem a piscina ao ar livre. O lugar não tinha fotografias de jovens casais italianos se divertindo em cafés de beira de estrada sob o olhar atento dos mais velhos. Também não vendia paninis listrados da chapa, e não havia palavras inspiradoras escritas nas paredes. *Energia, Bons momentos, Cappuccino, Risadas, Amor* — e então, como se um estrangeiro tivesse invadido o encontro —, *Bicicleta*. A janela perto de mim está pontilhada de condensação. Uma vez, meu pai entrou no meu quarto sem bater e viu o que eu andava fazendo com as pernas, então gritou feito um cachorro latindo para um carro. Mais tarde, eu o ouvi ao telefone, bêbado, furioso, deixando uma mensagem na secretária eletrônica da escola: *O que vocês fizeram com a minha filha, seus escrotos?* Eu fingi não saber dessa ligação, mas mudei de escola e nunca mais passei temporadas na França.

Ouço Maggie antes de vê-la. Ela forçou a jovem atrás do balcão a cumprimentá-la com um *toca aqui* e dizer "O sonho não acabou!" tão alto que todo mundo se vira para ouvir. A atendente vira as costas para ela e dá um sorriso frouxo. Maggie está com um macacão cinza da aeronáutica e carrega uma mochila de lona preta no ombro. O cabelo está tão bagunçado que sugere horas transando e quase nem um minuto se penteando. Ela está de óculos escuros, mesmo aqui dentro, e os cadarços dos tênis de corrida de couro vermelho estão desamarrados. O batom é rosa neon. As roupas deixam bem evidente o quanto nós, os outros, estamos só de jaquetas impermeáveis e coletes esportivos vendidos aos milhares. Ela é linda, e, como todos os outros no café, quero que vá embora.

Ainda assim, quando ela se vira para dar uma olhada nas pessoas, enquanto espera seu café para viagem, levanto a mão. Ela me vê, e eu coro na hora, porque agora todos vão pensar que somos amigas.

"Caramba, garota, como você tá?!" Maggie quase grita, evocando um grunhido de desaprovação de uma mulher que alimenta uma criancinha com um pão doce. Então ela puxa uma cadeira da mesa ao lado, que está ocupada por um homem que toma seu café da manhã. Maggie não pergunta se pode pegar a cadeira, e tem um banco na minha mesa, mas ela pega a cadeira de encosto alto e se senta com o assento virado para a frente, como se fosse o Arthur Fonzarelli, da série *Happy Days*. O silêncio pesa como se alguém tivesse arquejado de surpresa. O homem tomando café da manhã olha para a cena, incrédulo, mas não tem nada a dizer. Ele não estava usando a cadeira, que também não é dele. Mesmo assim, parece pronto para jogar os talheres no chão, furioso, exigindo uma explicação.

Maggie cheira a cigarro e a fumaça de madeira queimada. Será que estava acampando?

"Estou bem, obrigada." Balanço a cabeça de um jeito animado demais, sussurrando alto, na esperança de que isso a faça pensar em baixar o tom de voz.

"E aí, mais algum homem estranho anda atrás de você?", ela praticamente grita.

"Ah, não... E você, mais sorvetes?"

"Oi?"

"Nada..."

A garçonete traz a bebida em um copo de viagem, e Maggie a irrita bebendo o café comigo, em vez de ir embora. Custa 15 *pence* a mais beber aqui dentro, então Maggie tecnicamente está roubando. Vou deixar uma gorjeta para acertar as contas.

"O que vai fazer hoje?", pergunta, depois de assoprar a bebida.

"Só tomando um café antes de mergulhar no trabalho", digo.

"Parece que você está precisando de uma de folguinha." Ela solta quatro cubos de açúcar refinado no café.

"Estou bem. E você, o que anda fazendo?"

"Tirando um dia de folga." Ela sorri por sobre a borda do copo de papel.

"O que você faz?" Se ela disse naquele dia no carro, já esqueci.

"Sou bruxa", responde ela, de um jeito simples e confiante, e foi a coisa mais irritante que eu já ouvi alguém dizer.

"Ah, sério?" Tento pensar no que poderia ser uma pergunta aceitável depois disso. "E dá pra ganhar dinheiro com isso?"

Maggie faz uma careta, engolindo o café. Ela deixa uma grande mancha de batom no copo, mas isso não parece ter afetado a cor em seus lábios.

"Que nada! Tô desempregada ou trabalhando como autônoma, depende do ponto de vista. Mas e você? Por que está adiando esse dia de folga?"

"Ah, não estou adiando... Só tenho que trabalhar." Tento dar um sorriso triste, e Maggie ri como se eu tivesse contado uma piada.

"E o que vamos fazer nesse seu dia de folga?"

"É sério, eu..."

"Escuta", interrompe ela, "tô pensando em beber este café, depois fazer uma caminhada subindo Berwick Law e fumar um baseado lá em cima. Depois vou comprar peixe e fritas na praia e alimentar as gaivotas. Daí vou beber alguma coisa no bar. Vou fazer isso porque tô meio cansada e meio enjoada de mim mesma. Agora, querida...", ela aponta para mim, "eu adoraria uma ajudinha com isso." E começa a cantar. Não muito alto, mas alguns clientes podem ouvir. Ela canta diretamente para mim, com uma voz boa, e fico ali, sentada, bebendo meu café rápido demais, para não ter que pensar no que fazer.

"Sou uma vadia de aluguel, mesmo que estejamos apenas dançando no parque."[2] Ela termina o café e grita: "Vamos nessa, garota!". Então levanta e estende a mão para mim, como se eu fosse uma criança, e ela, minha mãe.

Seguro a mão dela porque não tenho outra opção.

---

2   Letra traduzida da música "Dancing in the Dark", de Bruce Springsteen, cantada equivocadamente pela personagem. A letra correta seria: *Sou um assassino de aluguel, mesmo que estejamos apenas dançando no escuro.* (N.T.)

Mal falamos durante a subida da montanha. Vamos caminhando uma atrás da outra. Fico me perguntando o que estou fazendo. Não faço exercício nenhum há uns sete anos. Maggie anda na minha frente a passos largos, fumando sem parar, as pernas das calças enroladas de maneira que dá para ver suas panturrilhas musculosas e cobertas por pelos pretos. Ela salta as pedras como uma cabra das montanhas. Sinto bolhas nos calcanhares e uma na parte interior da coxa, e tropeço algumas vezes, embora a subida nem seja assim tão íngreme. O vento açoita os arbustos floridos que cobrem o chão e empurra as gaivotas para a costa. Quando chegamos na ossada de baleia, Maggie se vira para mim, com o rosto vermelho, mas não suado, e pergunta: "Está sentindo?".

"Sentindo o quê?"

Um segundo se passa, e posso jurar que as cores em volta mudam, como se a terra fosse em sépia; o mar ao longe fica escuro e oleoso, as árvores passam de verdes a azuis, então voltam outra vez para o verde; o céu cintila em amarelo. Encaro o rosto de Maggie, seus olhos são opalas. Então tudo desaparece.

"Esse fogo! O lance da endorfina! Quando a gente não tem grana, tem que contar com o próprio corpo pra sentir um barato!" Ela sorri, e o momento de espanto pode ter sido só meu sangue assentando depois do esforço físico. Maggie pega um baseado de dentro de uma bolsinha de fumo.

"Ainda bem que não estou completamente sem grana." Maggie acende o baseado. Como não tem nenhuma brisa, mesmo tão alto, como estamos, ela não precisa proteger o cigarro, então só traga e deixa a fumaça sair da boca. E a fumaça sobe, branca, apontando para cima como uma lança.

Em algum momento da noite, vejo uma linha clara ser traçada — ou seria uma bifurcação na estrada? Seja o que for, peço outra garrafa de vinho no bar enquanto Maggie enrola dois cigarros para a gente. Falei que não fumava mais, mas ela não quis saber e passou o dia me oferecendo um cigarro atrás do outro. Ela tira um dos tênis e deixa em cima da mesa, para marcar lugar, embora só haja seis homens no bar. Depois sai mancando pela rua para fumar, me chamando com um dedo. Pego as taças e o vinho e vou. Ela acende o meu cigarro com o dela. Somos as únicas pessoas na rua. Faz muito frio, e Maggie está com os braços nus, o peitoral exposto, tranquilo. Estou tão contraída quanto um cu de gato, as mãos dentro das mangas, o nariz enfiado no casaco, tentando desesperadamente soltar algum ar quente do corpo. O céu está limpo e tem uma lua enorme pendurada lá em cima.

"Ninguém mais faz isso", diz ela, pegando a garrafa da minha mão e colocando o cigarro no canto da boca enquanto enche as taças. "Não entendo."

"Todo mundo está mais saudável", digo, "todo mundo quer viver mais."

Ela sorri e solta uma nuvem de fumaça azul bem em cima de mim.

"Fumar salvou minha pele milhares de vezes." Ela toma um longo gole de vinho, mais por sede que por prazer. Não faço perguntas; aprendi que Maggie não precisa disso. Ela me conta o que quer. Não precisa de conversas desse tipo. Maggie tem respostas para as coisas que você diz, mas essas respostas não giram em torno de perguntas, como acontece com as outras pessoas. Ela às vezes diz umas coisas que eu não gosto, como "Não gosto muito de conversa fiada", o que me ofendeu e me fez pensar que ela não é alguém com quem eu queira sair. Mas, no decorrer do dia, entendi. Ela é incapaz de ficar de conversa fiada; às vezes até tenta, mas falha.

Depois de uma conversa praticamente igual a que tivemos no carro, na outra noite, fico distraída. Tem um mural na parede do outro lado da rua com um papagaio-do-mar com o bico cheio de espadilhas, o que me deixa com fome.

"Posso listar todos os lugares e situações dos quais me livrei porque disse que ia sair pra fumar. Posso até ver os caras que me imaginaram amarrada no porta-malas do carro deles e, quando foram me procurar, eu já tinha dado no pé, deixando só uma baforada de fumaça."

Desvio o olhar do mural.

"Então você usa o cigarro como uma desculpa pra ir embora?"

"Às vezes. Às vezes também uso pra cegar uns caras." Maggie sorri, e entendo o que ela quer dizer com a fumaça, até que ela ergue a brasa do cigarro e solta um sibilo.

"Você já queimou alguém? Os olhos de alguém?" Sinto que não entendi a piada, mas ela afasta essa impressão com um aceno.

"Precisamos de muitos métodos, porque eles às vezes estão preparados pra umas duas das nossas soluções. É preciso conhecer todas as nossas armas, ainda mais em um lugar como este, onde não se pode carregar uma arma de verdade. Os caras já esperam as chaves entre os dedos, porque leram os mesmos artigos que você. Eles sabem que você vai tentar acertar as bolas ou furar os olhos... Se a pessoa está planejando fazer alguma coisa assim, com certeza pesquisa antes."

"Aham", concordo. Estou com a boca seca e penso que o último cigarro não foi uma boa ideia. Ou os três cafés, ou as três garrafas de vinho. Comemos em algum momento, mas não consigo lembrar o quê. Acho que preciso me sentar.

"Você teve alguma experiência que indique o contrário, garota?", pergunta ela. Engulo em seco e me aprumo, mas não estou pronta para dar uma resposta. Maggie mexe na bolsa. Ela tem um mapa dobrável de East Lothian. No mapa, há pequenas cruzes desenhadas com canetas esferográficas de cores diferentes. "Tá vendo isto aqui? Isso tudo foi só este ano, começando em janeiro. Todas mulheres..." Olho o mapa mais uma vez. Não faz o menor sentido. "Mulheres mortas", esclarece ela. "Assassinadas. Todas do mesmo jeito."

Olho de novo para as cruzes. "Um assassino em série?"

"Sim. É preciso matar três pessoas do mesmo jeito pra ser considerado um assassino em série. Tem doze cruzes neste mapa."

"Eu não sabia que..."

Ela começa a responder antes que eu comece a perguntar. "Você não ouviu falar nada porque todas as mortes foram consideradas 'um evento isolado sem maiores ameaças para a população'." Pisco, sem saber muito bem o que dizer.

Maggie balança o papel e aponta para uma cruz em Dunbar. "Aqui. Uma mulher de 35 anos foi morta a facadas pelo namorado, bem no Dia dos Namorados, os jornais disseram que foi um crime passional. Seja lá que merda isso quer dizer. Essa aqui...", ela aponta para outra cruz, "era uma profissional do sexo. Foi amarrada e morta por sufocamento... com uma sacola na cabeça... Aqui...", ela aponta de novo.

"Espera."

Maggie ergue os olhos, como se tivesse esquecido de que estou aqui.

"São pessoas diferentes? Pessoas totalmente diferentes usando métodos diferentes? Então não se trata de um assassino em série!"

O silêncio é denso.

"Olha o que você está dizendo", rebate ela, hesitante. "Está usando as palavras que eles te deram."

"Eles?"

"A polícia falou que as mortes foram *eventos isolados que não oferecem ameaça para a população*", repete ela.

"Sim, mas não é certeza que... Se essa mulher foi assassinada pelo namorado, que foi preso, como podemos dizer que esse crime está relacionado a essa situação que você mencionou?"

Maggie me encara.

"O problema é que ela era mulher e ele é homem."

"Mas um assassino em série é uma pessoa que trabalha sozinha e mata um monte de gente."

"Errado. E Ottis Toole e Henry Lee Lucas? E os assassinos do pântano? E os West? Uns fodidos... O Estripador de Yorkshire matou mulheres com um martelo enquanto seus camaradas assistiam, só imaginando pra que todo aquele estardalhaço. E a merda do Manson? Quando investigamos, vemos um grande buraco negro."

"Investigamos o quê?"

"A vida. A nossa vida e a nossa morte."

Há uma longa pausa. Quero vomitar.

"Sabe qual é a faixa de idade das mulheres que mais morrem nas mãos dos homens?"

"Não."

"Trinta e seis a 45 anos. E sabe por quê?"

"Não faço ideia."

Ela se aproxima do meu rosto; sinto o seu hálito, algo além do vinho e da fumaça, alguma coisa a mais, algo mais velho e amargo. "Eles não procriam mais com a gente, mas ainda somos comíveis." Ela volta a se sentar e espera minha reação. Tento não reagir. "Sabe o que as pessoas querem dizer com *não comível*? Querem dizer *descartável*. Elas querem dizer *incinerável*."

"Olha, eu tenho que ir", digo. "Tenho que acordar cedo."

"Claro", responde ela, sem demonstrar nenhum sinal de que ficou ofendida. "Deixa eu pegar meu sapato." E sai antes que eu possa dizer que não foi um convite para ela vir comigo.

Quando Maggie volta, já calçada com os dois tênis, digo:

"Não precisa me acompanhar até em casa, sério."

"Ah, vá se foder", responde ela. "Acabei de dizer que você pode ser assassinada! Posso pelo menos te levar em casa."

Ela me segue durante todo o caminho, falando sem esperar minhas respostas. Ouvi-la me deixa sóbria. Ela parece brava. Praticamente grita.

"É sobre esquecimento, sobre uma amnésia enorme. Nós esquecemos a tortura, o estupro, os peitos mutilados, a violência, a perda das unhas dos dedos, uma por uma, e depois dos próprios dedos. A morte das nossas crianças que não puderam nascer, nossas bocetas queimadas e arregaçadas. Não existe volta pra casa, não existe nenhuma salvação, não tem essa de ter o resto da vida pra superar, porque o que vem depois é sufocamento e incineração, somos tragadas pelo ar, sorvidas e mijadas e cagadas pelos homens que fazem dinheiro com nossos restos carbonizados. E, com o passar do tempo, somos ridicularizadas, transformadas em feriado, em piada, em uma fantasia fofa, em uma comédia romântica, em um lugar pra onde levar as crianças em dias de folga. Uma piada ou, no melhor dos casos, algo pra endurecer o pau de meninos e de velhos esquisitões... *Qual é a sua? Gosto de meninas com algo mais, sabe, um gostinho de mistério*. Mas querem o sexo dilacerado, os peitos sem mamilos, a bunda queimada em carne viva, as órbitas sem olhos? Não! Querem um sutiã pra levantar os peitos e querem batom preto. Querem chapéu pontudo e olho de gato. E a gente vai deixando isso de lado até aquelas cinzas não serem mais cinzas, serem só o ar que respiramos todos os dias, e vão dizer que está tudo tão diferente agora, que aquilo era barbárie; e dizem isso enquanto cortam nosso clitóris, enquanto queimam a carne do rosto e dos seios com ácido e nos fodem devagar e bem forte com toda essa propriedade enfiada no nosso cu e na nossa garganta. Eles querem é ver o próprio pau dentro da gente, ver nossa garganta cheia, ver nossa barriguinha sarada inchar enquanto metem. Ver eles mesmos refletidos, ver como ficariam na pele de uma mulher. E, se beijam a nossa boca depois, é só pra saber que gosto eles mesmos têm."

Maggie parece em transe.

"O que aconteceria?", pergunta ela. "E se todas as mulheres da história que foram mortas por homens ficassem visíveis pra nós, todas de uma vez? Se pudéssemos ver essas mulheres caídas. E se você pudesse projetar um holograma dos corpos nos lugares onde foram mortas?"

"Olha, todo mundo um dia tem que partir, não é mesmo?" Começo a acompanhar os passos dela. "A história é cruel... Já tivemos guerras, a vida era diferente." Sinto que não estou dizendo o que gostaria de dizer. Maggie para e me encara. O silêncio cresce, meus pés tremem dentro dos sapatos.

"Quando foi que uma morte dolorosa e terrível se tornou agradável e sem importância? Foi antes de se tornar engraçada? Nas Bruxas? No Jack, o Estripador? Nas guerras? Em 1977?"

"Olha, eu realmente não estou entendendo o que você quer dizer."

Maggie parece abatida de um jeito que eu não poderia imaginar que fosse possível uma hora atrás.

"Eu sei", responde ela. "Eu sei, eu sei. Nem eu... Não consigo organizar direito esses pensamentos, é só um sentimento que tenho toda vez que penso nessas mortes, e acho que deveria pelo menos pensar nisso. E deveria pensar nisso porque ainda não estou morta e não tem nenhuma diferença entre aquelas mulheres e eu. Ou você, ou sua mãe ou a senhora na loja de chá. Estamos só entrando e saindo dessa zona de morte, como uma brisa. Vagando pela morte. Sabe quando você consegue sentir isso em um homem? Às vezes você só sabe... Se ele te pegasse sozinha, se ele tivesse uma pedra... Você reconhece essa sensação? É como se o seu sangue soubesse. Eu tento anotar algumas coisas, porque isso é tudo que eu posso fazer: testemunhar e registrar. Olhar para as fotos das cenas de crime e saber que aconteceu, que está acontecendo e que vai acontecer no futuro. As manchas, as feridas. Os filhos."

Chegamos na casa, no caminho escuro que leva até a porta da frente. Maggie esfrega o nariz tão forte que eu me encolho.

"Desculpa", diz ela. "Acho que estou meio zoada."

Maggie olha em volta, percebendo que paramos.

"Espera... Mas que merda... É essa a casa?"

"Estou passando um tempo aqui. Não é minha."

Ela olha para as janelas escuras no andar de cima e sorri. "Tem um sofá onde eu possa dormir?"

AS BRUXAS DE BASS ROCK

EVIE WYLD

II

No dia do piquenique de inverno, quatro mulheres apareceram à porta. Tinham abordado Ruth no Pavilhão, na semana anterior, e oferecido ajuda de um jeito impossível de recusar.

Annabelle, Maura, Jayne e Janet chegaram uma hora antes do horário combinado. Janet era a líder e trazia uma lista de afazeres.

"Por favor, sentem-se." Ruth as conduziu até a sala de estar, onde teve a sensação de que as mulheres inspecionavam a decoração. Suspeitou que Maura tivesse ajeitado a cortina para ficar mais a seu gosto. A mulher segurou a borla na ponta, como se medisse o peso para determinar o valor do objeto. Quando estavam todas sentadas, com as bolsas de mão empertigadas no colo, os dedões dos pés unidos e alinhados lado a lado, os rostos intensos e cheios de expectativa, Ruth escapou para a cozinha, prestando atenção para ouvir o que diriam sobre ela e a casa. Betty já montava uma bandeja, e a menina Bernadette estava na pia lavando os talheres. Elas sorriram uma para a outra. Devia tirar um tempo para conhecer melhor a menina — Betty a mantivera tão ocupada que Ruth não a vira descansar em nenhum momento.

"Ah, obrigada, Betty. Desculpe, eu não esperava que chegassem tão cedo."

Betty deu um sorriso soturno e colocou guardanapos junto dos biscoitos redondos amanteigados que tinham acabado de sair do forno.

"Não tem problema, senhora", respondeu ela. "Já lidei com essas mulheres antes."

Quando o chá chegou, a atmosfera ficou mais suave. Era mais fácil lidar com as dificuldades sociais quando os silêncios podiam ser explicados por bocas cheias e elogios a coisas triviais, como os biscoitos amanteigados.

"Eu sempre disse que Betty faz os melhores biscoitos de North Berwick", comentou Annabelle. "Tenho certeza de que a comida dela é um dos grandes motivos pelos quais o reverendo Jon Brown insiste que o piquenique de inverno aconteça nessa praia."

Depois de um momento constrangedor que Ruth não compreendeu muito bem, Jayne esclareceu as coisas:

"Annabelle fez o piquenique ano passado, e as coisas não deram muito certo, não é?"

Annabelle pousou gentilmente sua xícara no pires.

"Bem", continuou Janet, tirando a lista de afazeres da bolsa de mão. "Podemos começar? Vamos aos petiscos primeiro. Imagino que Betty tenha organizado os sanduíches de pasta de peixe e pepino...". Ela olhou para Ruth, que assentiu. "Se puder dizer que sim, querida, isso me pouparia de levantar a cabeça a cada item, obrigada. Tortas de porco e ovos, então?"

Ruth se sentiu severamente repreendida.

"Sim."

"Pão preto?"

"Sim."

"Pães de aveia e queijo."

"Sim."

"Ótimo. E, de sobremesa, pão de gengibre e torta de melado."

"Sim."

Janet ticava o papel, animada.

"Agora a fantasia, Ruth, querida."

"Fantasia?"

"Parece que ninguém lhe informou disso."

"Ah, ninguém disse nada?", perguntou Jayne.

"As mulheres usam roupas formais", explicou Annabelle.

"Faz parte do jogo de pique-esconde. É muito divertido", disse Maura.

"Ah, não, eu não sabia! Mas tudo bem, já fico ciente para o próximo ano."

Janet se levantou e soltou o ar com força.

"Não se preocupe, tenho peças sobrando, vamos nos vestir no seu quarto, está bem? Senhoras, por que não se aprontam no salão, se nossa anfitriã julgar adequado?"

"É claro, mas..."

"Não se preocupe, elas estarão com os uniformes por baixo da roupa. Nada que vá assustar os cavalos."

Annabelle, Maura e Jayne pareceram um pouco incomodadas com o comentário.

Janet foi até a porta, e Ruth pousou a xícara de chá.

"Vamos", mandou Janet, e Ruth se viu obedecendo.

"Não preciso mostrar a vocês onde fica o salão, certo?", perguntou ela para as mulheres, que tinham se sentado alegremente ao redor da bandeja de biscoitos.

"Senhoras", ralhou Janet, "não fiquem aí só enchendo a barriga." As mulheres se levantaram na hora e se enfileiraram em direção ao salão. "Honestamente..." Janet revirou os olhos e fez um som de reprovação para Ruth.

Ruth foi depressa até o quarto, pois não queria ser conduzida por Janet. A escada rangia sob seus pés.

"Ah, veja!", exclamou Janet, parando na janela do patamar. "O reverendo Brown e os meninos já montaram a fogueira. Que graça! Estão tão empenhados!"

A fogueira era bem impressionante, mesmo apagada. Não foi o que Ruth imaginou quando o reverendo falou das "batatas assadas na fogueira". Era mais alta, como um farol.

"É mesmo impressionante", concordou ela. "Devem ter trabalhado nela durante horas. Eu deveria ter mandado os meninos descerem para ajudar."

"Ah, não se preocupe, eles ajudaram", explicou Janet. "O reverendo Brown veio buscá-los antes do amanhecer."

Janet subiu até os últimos degraus, e Ruth ficou parada no patamar, com um sentimento desagradável no peito.

"Eu não sabia. Ninguém me consultou."

Desde que os meninos tinham chegado da escola, na semana anterior, Ruth sentia uma ansiedade peculiar em relação a eles, como se todo o relacionamento familiar até aquele momento tivesse que ser refeito. Notou cada pequena mudança na personalidade dos dois como um fracasso pessoal próprio. Eles estavam sendo moldados por alguma outra pessoa ou fato.

"Ah, bem, temos muito o que organizar." Janet estava parada à porta, acenando com a cabeça para Ruth se apressar, então entrou no quarto por conta própria, sem se incomodar que o lugar não era dela para entrar daquela maneira. Ruth sentiu um medo terrível de que Peter ainda estivesse na cama, então subiu as escadas três degraus por vez. Mas ele já deveria estar no escritório, porque, quando chegou no quarto, Janet estava fazendo a cama com esmero. A raiva de Ruth arrefeceu com aquela sensação de estar perdida — tão perdida que ela se perguntou se não deveria se sentir grata por Janet ter tomado o controle da situação.

"Bem, agora tire isso", ordenou a mulher, "e vista isto." Ela tirou da mala uma saia cinza longa e uma blusa de flanela verde-escura.

"Obrigada, mas você com certeza vai precisar dessas roupas. Eu posso encontrar algo..."

"Não, nada disso", respondeu a mulher. "Trouxe essas roupas especialmente para você. É uma tradição, na verdade. Todas nos vestimos do mesmo jeito." Ela deixou as roupas e se voltou para Ruth enquanto desabotoava a própria blusa.

Parecia que não havia muito que Ruth pudesse fazer além de se despir. Teve medo de que Janet resolvesse ajudá-la naquilo, então abriu a porta do guarda-roupa para ter um pouco de privacidade, o que fez Janet se virar depressa, com um olhar que Ruth não conseguiu interpretar, antes de dar um sorriso encorajador. Ruth tentou não esconder os seios com os braços, mas, mesmo com Janet de costas, se sentia exposta. Furtou alguns olhares do corpo de Janet, que também se trocava: uma curiosa mistura de partes magras e gordas, os braços finos como arame, os quadris largos. Ela tirou as meias, revelando pernas brancas e finas. Quando terminou de se vestir, Janet se virou e inspecionou Ruth.

"Vai ter que tirar as meias", disse ela.

"Ah, vou ficar com elas, obrigada. Senão vou congelar."

"Como quiser", respondeu Janet, mas de um jeito que fez Ruth acabar tirando as meias enquanto ela se sentava à penteadeira. Janet enfiou o cabelo em um capuz grosso e preto, o tipo de coisa que uma freira usaria por baixo do hábito, então se virou para a mala e pegou um para Ruth.

"Isto vai mantê-la aquecida. Perdemos quase todo o calor corporal pela cabeça, sabe."

Ruth vestiu o capuz e enfiou o cabelo por baixo. Sentiu-se como um homem-rã.

"O que é isso?", perguntou Ruth, vendo a meia-máscara preta que terminava logo abaixo do nariz, que Janet estendia para ela.

"Temos que estar todas iguais."

Quando desceram as escadas, encontraram Peter no corredor, olhando um pouco confuso para o salão, onde Ruth ouviu as demais senhoras conversarem.

"Bom dia, sr. Hamilton", cumprimentou Janet, movendo-se suavemente, como se fosse a dona da casa.

"Acho que sim", respondeu Peter, como se acordasse de um sonho. "Querida, mas que diabos são essas roupas? Você parece uma freira medieval."

"É uma fantasia. Faz parte do piquenique."

"Certo", disse ele. Ruth pensou que o marido acharia graça de tudo, mas seu olhar era sombrio. Peter a pegou pelo pulso e a levou até a sala de jantar, onde as mulheres não poderiam ouvi-los, embora Ruth tenha notado a conversa delas diminuir aos poucos, até por fim silenciar.

"Você sabia que os meninos foram tirados da cama ontem à noite?"

"Sim, eu..."

"Você acha que poderia me pôr a par desse tipo de maluquice, antes de deixá-los sair no escuro, em um frio desses, na companhia de um maníaco?"

"Eu não sabia..."

"É inacreditável. Você sabe o que matou a mãe deles, não sabe? Sabe que nos mudamos para cá só para proteger os pulmões dos dois, não para enfraquecê-los?"

As palavras a afogaram por um instante.

"Eu não sabia que eles seriam acordados para ajudar. E não foi de madrugada, foi logo antes de amanhecer..." Ela ouviu a própria voz na defensiva, mesmo que não se sentisse assim. "E havia outros meninos junto."

"Não me importo." As palavras foram ditas com um ar tão definitivo como um golpe de espada. Ele inspirou profundamente e soltou o ar devagar, encarando o relógio. "Escute, tenho que ir ao escritório. Em Londres. Branning ligou, e eles não conseguem fazer o trabalho sem mim. É o arquivo de Howard mais uma vez. Tenho que sair em quinze minutos para pegar o trem." E ele saiu da sala dobrando o jornal.

"Peter", chamou Ruth, sem saber o que viria a seguir. Ele parou e a encarou através dos óculos.

"Hmm?"

"O piquenique. Eu..."

"Podem continuar sem mim. Com certeza vão se divertir muito."

"Mas os meninos... Digo, todos nós... Nós estamos contando com você."

Peter tirou os óculos e esfregou a ponte do nariz.

"Você não faz ideia da quantidade de trabalho que preciso pôr em dia para você poder brincar de piquenique na praia com essa roupa elegante. Faça como eu mandei, só continuem."

Ruth sentiu o chão a engolir, prendendo-a ali, sem chance de escapar.

"Desculpe", pediu ela, com a voz calma, mas alta. "Estou aqui porque você me trouxe para cá para eu cuidar dos seus filhos enquanto você segue a vida como se não tivesse família."

Peter virou as costas para ela bem devagar. Ruth se perguntou se ele lhe bateria. Também sentiu quando o pensamento passou por ele, mas Peter apenas passou o jornal de uma das mãos à outra. De repente, pareceu que aquilo não seria o pior.

"Eu não sou uma merda de uma babá", insistiu Ruth, as mandíbulas cerradas. O linguajar inadequado ecoou entre os dois. Ela se perguntou se as senhoras tinham ouvido e decidiu que não se importava.

"Isso é óbvio", respondeu ele. Então olhou outra vez para o relógio, muito calmo, andou até a porta e pegou a maleta, o chapéu e o casaco em um só movimento.

O chão não libertou Ruth por um bom tempo. Queria não estar com uma roupa tão ridícula durante aquela batalha. Tirou o capuz e ficou ali, ouvindo os passos de Peter cada vez mais distantes, o tamborilar da chuva na janela, uma repentina rajada de vento. A partida do marido para Londres lhe pareceu tão errada. Entrou na cozinha e ficou um tempinho ali, antes de pegar uma tigela marrom e pesada e atirá-la ao chão.

"Que inferno!", gritou ela, olhando para a tigela estilhaçada.

"Merda!" Ruth ouviu uma voz baixinha e viu que Michael estava na despensa, segurando um pão doce e olhando para ela. Nenhum dos dois soube o que fazer. Christopher surgiu atrás dele.

"Sim", concordou Ruth. "Sim, merda também. Merda!" E os três sorriram juntos, no que deve ter sido a primeira vez em todo aquele tempo.

AS BRUXAS DE
BASS ROCK
EVIE WYLD

III

"Meu Deus! Jesus! Inferno!", lamenta um homem, e um grito percorre os riachos. Saímos de casa correndo, enrolados nos lençóis, com a viúva Clements entre nós, mesmo que ela não tivesse nada que fazer em nossa casa. Dá para sentir o cheiro. O chiqueiro está em chamas — o grito é uma alquimia de porcos e fogo.

Um homem sai cambaleando, então outro, ambos com os braços estendidos, clamando aos céus. Alguém joga um balde d'água em um deles, rolando-o na lama, mas não há balde para o segundo homem. Ele cai de joelhos e desaba, o rosto em chamas ficando imóvel. E continua queimando, morto ali no chão, enquanto o primeiro homem grita e grita, até que fica em silêncio e morre também. Fumaça sai de ambos. Todos ficamos ali, segurando os lençóis ao redor do corpo, incapazes de voltar a atenção para o incêndio porque, apesar das abominações e da maldade de tudo que acabamos de ver, o estômago se agita com o cheiro de carne assada, e a boca saliva. Rezo para que os porcos também tenham morrido no incêndio, para que seja esse o cheiro que estamos sentindo.

"Virão atrás dela. E atrás de nós", diz meu pai, virando as costas para o fogo e falando baixo, para ninguém mais ouvir. "Peguem apenas o que puderem carregar. Vejam se a menina tem botas."

Sarah não saiu do quarto. Sei disso porque fiquei a noite toda sentado do lado de fora.

Mudos, adentramos a floresta. Meu pai vai na frente, seguido pela viúva Clements, então por Sarah, Cook e eu, logo atrás. Não corremos, mas quase. Não temos velas para iluminar o caminho e caímos muitas vezes, espalmando as mãos cegas e estendidas na lama, nas folhas, nas cascas das árvores. Começo a andar curvado, como se fosse meio animal. As panturrilhas brancas de Cook brilham no escuro, e vejo sangue, resultado de um arranhão em uma amoreira. Ela não consegue parar de tossir, mesmo que estejamos tentando não fazer barulho, para o caso de ter alguém em nosso encalço.

Todos levamos o que podemos carregar — no caso de Cook, uma panela grande e alguns copos e tigelas. O ruído dos utensílios e a tosse dela são os únicos sons além dos estalos e do farfalhar das samambaias e do resfolegar da nossa respiração. Descubro que trouxe só uma faca cega embrulhada em um pedaço de tecido grosso no qual minha mãe ensinava Agnes a costurar. Desde que minha mãe morreu, durmo com esse pedaço de tecido embaixo do travesseiro. Nas linhas mal costuradas da minha irmã e nos pontos certeiros da minha mãe, eu as vejo perto do fogo, e elas ainda são minhas.

Há relatos de lobos neste canto da floresta. Agnes foi encontrada bem além da linha de bétulas brancas, onde não há luz, mesmo ao meio-dia. Dá para sentir os lobos, ou os fantasmas deles, nos arredores, observando.

Tateamos pelo chão da floresta por horas, ao que parece, rastejando por cima de troncos caídos, afastando-nos mais e mais do vilarejo. Não há mais o menor lampejo de fogo, e a viúva Clements está tentando acalmar meu pai. "Vão perceber que fomos embora e ficarão satisfeitos. Com certeza não virão atrás de nós. A menina se foi, a ameaça não está mais lá. Vão ficar preocupados em apagar aquele fogo até o amanhecer."

Nosso ritmo diminui, e uma hora mais tarde chegamos em uma clareira. "Nada de fogo", meu pai diz para Cook, que já tinha começado a limpar o terreno para acender uma fogueira. Está frio e úmido, e uma fogueira seria muitíssimo bem-vinda.

Cook e a viúva se deitam perto uma da outra. Sarah se recosta em uma árvore, sentada com os braços ao redor dos joelhos. Ela treme, e, antes que eu tenha tempo de lhe oferecer meu casaco, meu pai já colocara o dele sobre os ombros dela. A menina ergue os olhos e sorri para ele. Acho que meu pai não consegue evitar ver Agnes em Sarah. Seu corpinho, que ele pegou com os homens que a encontraram, para então deitá-la no chão e cobrir com o casaco, para que minha mãe não a visse. Eu me enfio embaixo de uma árvore caída. Não é nada confortável, mas adormeço instantaneamente. Acordo com um barulho baixo, que soa apenas uma vez, e digo a mim mesmo que é só alguém gritando enquanto dorme. Tenho que acreditar que todos ainda estão aqui, porque a escuridão é total e opaca. Tento ficar acordado; espero que ela venha falar comigo. Passo horas pensando que cada barulho na noite é ela. O grito não soa outra vez, só do ronco de Cook, que me embala até eu voltar a pegar no sono.

AS BRUXAS DE BASS ROCK
EVIE WYLD

II

As senhoras já tinham ido embora quando Ruth voltou para a sala de estar, e ela soltou um suspiro de alívio, infeliz com a ideia de ter que dar alguma explicação. Elas que tirassem as próprias conclusões, pois Ruth não diria uma palavra a respeito. Agiria como se nada tivesse acontecido. Era o que acontecia quando se chegava cedo demais na casa de alguém e ainda obrigava esse alguém a usar roupas estapafúrdias.

Os meninos voltaram da praia porque estavam com fome, então Ruth voltou à cozinha para recolher a tigela quebrada e preparar um sanduíche de queijo, tostando o pão na chapa do fogão.

"Por que você jogou a tigela no chão?", perguntou Michael, de boca cheia.

"Foi um acidente esquisito", explicou Ruth, mudando de assunto o mais rápido possível. "Vocês sabiam que o reverendo Jon Brown viria atrás de vocês hoje de manhã?"

"Ele disse que viria", explicou Christopher, "mas que não era para contarmos a ninguém. Para não estragar a surpresa."

Ruth decidiu que falaria com Betty sobre trancar as portas à noite. Sentiu um leve mal-estar, mas respirou fundo. Tinha sido só um desentendimento. Eles fariam as pazes quando Peter voltasse.

"Teremos nossas próprias tochas!", comentou Michael, animado.

Ruth analisou o rostinho deles, procurando algum sinal de desconforto. Tinha se arrependido de se referir a eles para Peter como *seus filhos*. Descobriu que não sabia o que procurar, não sabia como o desconforto de uma criança se apresentava. Talvez estivesse tudo bem. A reação tinha sido exagerada. No ano seguinte, os dois talvez ficassem animados com o evento. Talvez. Comeu as cascas do sanduíche de Michael. "Vocês acham que esse piquenique trará algum inconveniente?"

"Não gosto de piqueniques", disse Christopher. "Temos que comer na frente de todos, e sempre tem torta."

"Vai ter bolo?", perguntou Michael.

"Betty fez torta de melado."

"Imagina a torta cheia de areia", observou Christopher.

Ruth encontrou alguns doces na despensa e dividiu entre os dois.

"Então o pai não vai vir?", indagou Christopher. Ruth percebeu que aquela tinha sido a primeira vez que o ouvia chamar Peter de "pai". Pareceu um tanto vitoriano.

"Ele teve que ir a Londres."

"Foi por isso que você quebrou a tigela?", perguntou Michael. "Porque queria que ele brincasse de pique-esconde?"

Ruth sorriu.

"Cá entre nós, não estou muito animada com o pique-esconde. Quebrei a tigela porque estava sendo dramática e tive uma manhã muito cansativa. E pareceu que a tigela quebrando seria bem satisfatória."

"E foi?", perguntou Michael.

"Bastante. Mas vamos dizer a Betty que foi um acidente."

Os meninos assentiram, muito sérios.

A caminho da praia, com o capuz de volta na cabeça e levando cobertores e cachecóis da lavanderia, passaram por Betty e Bernadette, que voltavam para casa. Betty parou quando reconheceu Ruth.

"Pois é", disse Ruth. "Fizeram com que eu me fantasiasse."

"Fizeram mesmo, senhora." Betty parecia bem triste.

"Betty, vocês duas não querem se juntar a nós?"

"Ah, não, eu tenho muito o que fazer. Vou daqui a pouco."

"A Bernadette pode vir? Podemos nos conhecer melhor! Acho que a ideia é proporcionar diversão para as crianças." A menina já estava na casa havia quase um mês, e Betty a mantivera tão fora de vista que Ruth não sabia se conseguiria reconhecê-la em um grupo de crianças.

"É muito gentil da sua parte, mas não quero abusar da sua boa vontade."

"Imagine, não vai me dar trabalho nenhum. Os meninos com certeza vão gostar da companhia."

Betty olhou para Bernadette, que se balançava de um lado para o outro, então se aproximou de Ruth, em uma tentativa de impedir que as crianças ouvissem. As crianças se encaravam timidamente. Bernadette obviamente queria ir.

"Senhora, fico preocupada com a menina. Ela não sabe nadar, e o reverendo Jon Brown às vezes se empolga."

"Vou ficar de olho nela, não se preocupe. Sei bem como o reverendo Jon Brown se comporta." Ela sorriu para confortar Betty. "Vou me certificar de que ela coma e beba, jogue críquete e volte sã e salva para você."

Betty se virou para Bernadette, que entrelaçou os dedos na frente do corpinho, como se tentasse controlá-los. A empregada se curvou e foi firme ao falar com a menina, que assentiu, mantendo os olhos no chão.

"Ela disse que não está se sentindo muito bem", declarou Betty. As três crianças encaravam os sapatos na areia. "Vamos deixar para outra hora. Talvez amanhã ela esteja se sentindo melhor."

"Como quiser." Talvez essa regra de não misturar empregados com seus patrões fosse algum resquício vitoriano medonho. Bernadette acenou timidamente para os meninos, que devolveram o cumprimento, e foi andando em direção à casa. Olhando para a residência, Ruth notou a silhueta de alguém na janela de seu escritório e se perguntou, aborrecida, se uma das mulheres tinha ido até lá inspecionar alguma coisa. Então percebeu que havia algo meio estranho em relação ao vulto. Betty tocou seu braço, e ela teve um sobressalto. A figura sumiu.

"Senhora...", começou Betty. "Cuide-se. E não tire os olhos dos meninos."

Seis grandes tapetes de tecido xadrez tinham sido dispostos na base de uma duna, ao abrigo do vento, que soprava forte como sempre. Duas grandes mesas estavam dispostas sobre cavaletes e comportavam as comidas, cobertas por travessas, além de os talheres e garrafas, por sobre panos de prato.

Cerca de vinte pessoas já estavam reunidas quando Ruth e os meninos chegaram. Mais da metade eram mulheres vestidas exatamente como ela. Os homens usavam coroas de papel com recortes de orelhas de animais — lebres e raposas, talvez.

"Sua máscara!", gritou um deles, e Ruth levou um susto com a seriedade do tom. Ela pegou a máscara do bolso e a colocou. Não era confortável, mas pelo menos não precisaria tentar parecer feliz por estar ali. Alguém lhe estendeu uma taça de champanhe e bateu os copos. O reverendo Jon Brown apareceu com um chapéu de capitão e um lenço no pescoço e pousou os braços nos ombros dos meninos.

"Ahá!", disse ele. "Meus prezados ajudantes, vamos armar o críquete com os outros meninos e meninas. Tem refrigerante esperando por vocês!" Ele conduziu os dois garotos até um pequeno grupo de crianças, junto de um barco a remo na areia. Um pouco mais adiante, no mar, havia uma linda escuna atracada. O reverendo Jon Brown tirou um taco de críquete do barco e começou a orquestrar um jogo. Sem os meninos, Ruth se sentiu perdida.

"Prazer em vê-la", disse um homem, oferecendo a mão. "Meu nome é Aidan White, sou diretor da Carlekemp Priory."

Ruth abriu a boca para responder, mas foi surpreendida por um dedo de Aidan White em seus lábios. Ela deu um passo para trás.

"Preciso lembrá-la de que a senhora não pode dizer seu nome... Não vamos entregar o jogo tão rápido!" Ele sorriu, e outro homem atrás dele riu e se aproximou, estendendo a mão.

"Richard Duggan", disse o outro, "governador de Fort Augustus. Não se preocupe conosco, tudo isso deve parecer muito estranho..."

Uma mulher se aproximava do grupo, e Ruth soube que era Janet. O andar dela era bem específico, um dos braços sempre em um ângulo reto e rente ao corpo, como se segurasse uma bolsa de mão invisível.

"Estes homens estão chateando você, querida?", perguntou Janet, brandindo uma garrafa de champanhe. Os dois homens riram, animados.

Ruth sorriu, o que pareceu a coisa mais cordial a fazer.

"Não sei se entendi muito bem", explicou ela. Janet encheu sua taça já vazia; o desconforto fazia Ruth beber rápido.

"Isso tudo isso é só uma tradição ridícula que certas pessoas...", ela gesticulou, mostrando que pelo menos duas dessas pessoas estavam diante dela, "encaram com grande empolgação. Todos comemos e bebemos, então as mulheres se escondem, e os homens tentam nos encontrar. É muito idiota, mas bem divertido."

"Por que temos que nos fantasiar para isso?"

"Depois que a pegamos, temos que adivinhar quem você é", explicou Duggan, sorrindo. Uma bola quicou atrás dele, e Ruth olhou enquanto Christopher saía correndo. As vozes das outras crianças eram carregadas pelo vento. Nunca o vira correr tão rápido.

"O principal é esquecer disso, se divertir e dar umas boas risadas. Sei que não devo dizer quem você é, mas, francamente, esses dois sentem cheiro de carne nova a um quilômetro de distância. O sr. Hamilton está indisposto?"

Essa talvez tenha sido uma pergunta calculada, que deu a Ruth uma saída.

"Ele foi chamado para ir a Londres de última hora. Infelizmente", acrescentou Ruth, um pouco tarde demais.

"Venha, venha, querida", disse Janet, puxando-a para as toalhas de piquenique, onde um pequeno grupo de mulheres bebia.

"Olá a todas", cumprimentou Ruth, sentando-se. Ouviu um burburinho amigável e notou a movimentação para abrir espaço. Ruth se virou para alguém que pensou que era Janet e disse: "Achei que haveria mais crianças".

A mulher que respondeu tinha um sotaque escocês forte.

"Ah, você sabe como é, o piquenique é cada vez menos para as crianças... Não restam muitas por aqui. Mas elas se divertem. Aquele Jon Brown é um animador nato."

Olharam para o jogo de críquete, que tinha virado um tipo de pega-pega, com o reverendo Jon Brown no meio do campo. Ele rosnava e se agachava e corria atrás das crianças, que gritavam. Os que ele conseguia pegar ficavam em um canto, com as mãos nos joelhos, ofegantes, observando o jogo e torcendo pelos companheiros. Parecia uma versão escocesa do jogo, e só o reverendo Jon Brown é quem pegava. Michael tinha sido capturado bem no começo e estava ao lado de uma menina mais velha, olhando-a enquanto ela torcia pelos amigos. Ruth o viu tirar uma concha do bolso e oferecê-la à menina, que parou de torcer e examinou o objeto. Ela disse algo no ouvido de Michael, sorriu e devolveu a concha.

Christopher foi um dos últimos a serem pegos. Parecia ser mais que um pega-pega normal: o reverendo Jon Brown tinha que *pegar* as crianças de verdade, e foram necessárias muitas idas e vindas para capturar Christopher. Demorou tanto que algumas crianças perderam o interesse e começaram a andar pela praia. Alguém tocou o ombro de Ruth, que ergueu os olhos e viu Bernadette.

"Tia Betty me deixou vir", explicou a menina.

"Ah", exclamou Ruth, "maravilha! Como você sabia que era eu?"

Bernadette olhou muito séria para as outras mulheres, então disse baixinho: "Você não parece com elas". Era um prazer extraordinário ouvir aquilo, e Ruth se perguntou se estava um pouco bêbada.

O reverendo Jon Brown chegou por trás, agarrou o pulso de Christopher e o levantou do chão, segurando-o bem perto do corpo antes de soltá-lo. Christopher deu um giro, como se estivesse pronto para lutar, e o reverendo Jon Brown fez umas gracinhas, até o corpo do menino se endireitar e acalmar, então jogou um braço ao redor dos ombros de Christopher e o soltou de novo. Tudo corria bem.

"Você quer se juntar a eles, ou quer ficar um pouco aqui comigo e assistir?"

Bernadette se sentou e começou a assistir ao começo de uma nova partida, dizendo:

"Não sei jogar críquete."

"Tudo bem. Acho que não estão levando as regras muito a sério hoje. Tenho certeza de que vão receber você."

"Vou ficar aqui um pouco."

"O que você está achando daqui?"

Bernadette pensou por um instante. Seu cabelo, ruivo como o de Mary, era um lembrete de que ela não era filha de Betty. A menina o usava trançado para trás, de maneira que só dava para ver como era avermelhado quando o sol batia diretamente nos fios.

"Gosto mais daqui que de Blyth, obrigada."

"Que bom saber disso."

"A casa é maior", continuou ela, "e é bom ter aquecedor."

"Vocês não tinham aquecedor em Blyth?"

"O tio James não nos deixava acender. Ele dizia para vestirmos todas as nossas roupas se estivesse frio, mesmo depois que a tia Betty deu dinheiro para o carvão."

"Parece ruim."

"E gosto de poder ver mais a minha mãe."

Era um assunto com o qual Ruth não sabia lidar, então ela permaneceu em silêncio.

"E tia Betty cozinha bem melhor. O tio James sempre queria comer porco e miúdos."

"Ah, querida. E a escola... Aquele homem é o diretor?" Ruth apontou para o sujeito com quem tinha conversado logo que chegou.

"Sim", respondeu Bernadette. "É o sr. Duggan." Ela se virou para observar a partida de críquete. "Acho que tem um fantasma na sua casa."

Ruth tomou um grande gole no champanhe, deixando a taça vazia de novo.

"É mesmo?"

Uma mulher se agachou perto delas para encher a taça de Ruth e exclamou:

"E quem é essa coisinha linda?!"

Assustada, Bernadette olhou para a mulher.

"Esta é Bernadette. Ela está morando conosco."

"Você não é... a neta da sra. Whitekirk, da casa lá em cima?"

"Sim", respondeu Bernadette, e de repente fez sentido Betty não querer sujeitar a menina ao piquenique. Ruth não achava que aquelas pessoas seriam tão difíceis, mas supôs que estavam longe demais de Londres, até mesmo de Dummer. Demonstrou incômodo por Bernadette, mas seu cérebro estava lento e compassivo demais por causa da bebida.

"Meu Deus, você é uma cópia do seu pai", comentou a mulher, e saiu apressada. Ruth ficou observando enquanto a informação passava pelo grupo e todas as cabeças se viraram para elas duas.

"Acho que eu não devia ter vindo", disse Bernadette.

"Acho que essas mulheres estão todas meio bêbadas e são um pouco idiotas", devolveu Ruth. "De verdade, não dê atenção." *Um dos mistérios do nosso tempo*, não fora isso que Betty dissera?

"Acho que vou ficar com as outras crianças."

"Claro. O almoço vai ser servido em breve", disse Ruth, vendo a menina caminhar na direção das outras crianças como se entrasse em água fria.

Os homens agora bebiam uísque e fumavam charutos, e nenhuma louça nas mesas havia sido tocada. Seria uma ótima ideia comer algo porque, de fato, ela se sentia um pouco bêbada. Ruth pensou em como contaria a Peter sobre os estranhos acontecimentos do dia, então se lembrou, taciturna, de que tinham brigado. Acabou ficando com raiva da ausência do marido. Então se perguntou onde ele estaria e o que estaria fazendo, se pensava nela com raiva ou remorso. Secou a taça mais uma vez.

Janet brotou ao seu lado, dizendo:

"Não sabíamos que a menina estava hospedada na sua casa. Ela vai ficar por quanto tempo?"

"Bernadette? Está morando conosco. Mas qual é o problema? Aquela mulher a deixou bem chateada."

"Eu sei. Chamei a atenção de Megan... Ela tem uma boca daquelas. Fala demais. Mas o que você precisa saber é que uma das nossas convidadas de hoje foi casada com o pai de Bernadette, se é que você me entende. O marido teve um caso com a irmã de Betty um pouco antes de falecer. Deixou nossa companheira arrasada. Só achei que você deveria saber. Pode ser algo que você tenha que conversar com Betty... Imagino que ela não tenha revelado tudo, para você aceitar a criança."

"Eu não *aceitei* Bernadette, ela só está morando conosco. Não acho que isso faça muita diferença."

"Bem", rebateu Janet, virando-se para as outras mulheres, reunidas ao redor de uma delas, "a viúva dele ficou bem mexida." Ouviram um choro baixinho, e uma das mulheres enfiou um lenço embaixo da máscara, que aparentemente era mais importante que seu luto. Foi difícil pensar no que dizer. "As crianças vão sair para um passeio de barco agora, então acho que ela conseguir se acalmar."

À beira d'água, o reverendo Jon Brown ajudava as últimas crianças a subirem no barco a remo. Ele estava com a barra das calças dobrada e erguia as crianças da areia com uma força surpreendente. Christopher manejou os remos, até que o reverendo trocou de lugar com ele. Eram nove ocupantes, e o barco ficou baixo na água. Ruth se levantou.

"Ele não perguntou", ela disse para ninguém em particular.

"Não perguntou o quê, querida?"

"Ele não perguntou se os meus meninos poderiam ser tirados da cama de madrugada, e agora não perguntou se eles poderiam ser levados para um passeio de barco. Bernadette não sabe nadar."

"Ah, ele não está levando as crianças para dar um mergulho. Você vai ter que se acostumar com o reverendo. Ele é um pouco excêntrico, faz as coisas do jeito dele, mas é assim que funciona por aqui. Relaxe." Janet encheu a taça de Ruth mais uma vez, mesmo que Ruth tenha tentado sinalizar que não queria. "E se divirta um pouco."

Se as crianças não estivessem em um barco, Ruth teria voltado para casa e tomado um banho quente. Mas, por fim, quando os homens deram os braços, fecharam os olhos e começaram a contagem regressiva a partir do cem, e todas as mulheres se dispersaram pelas dunas, sentiu que não tinha outra opção a não ser se esconder.

A princípio, pensou em escolher em um lugar fácil, pois assim o jogo acabaria logo. Mas, enquanto corria, foi dominada pelo instinto de autopreservação. Algo batia os dentes bem atrás de seus calcanhares. Provavelmente era o champanhe. Achou um tronco de árvore oco bem no instante em que ouviu um chamado dos homens: "Vamos pegar vocês!". Ruth se enfiou dentro do tronco, sentindo a alegria histérica que tinha quando se escondia, na infância, misturada a um pavor irracional. Então veio um grito e as risadas dos homens.

Diga o seu nome.

NÃO.

Diga o seu nome.

NÃO.

Diga!

Houve uma gritaria. As mulheres gritavam, os homens riam, e isso continuou até que um deles gritou:

"Pegamos! Pegamos Maura McDuff!"

Os mesmos sons podiam ser ouvidos em todas as direções da praia, e Ruth não conseguia deixar de se perguntar o que estava acontecendo com aquelas mulheres.

Ela mesma não foi encontrada por um bom tempo. Ouviu passos se aproximarem, mas ninguém passou perto o suficiente para que a vissem. Ruth se perguntou quanto tempo levaria para que dessem uma trégua e quanto tempo mais as crianças ficariam no mar. Alguém a pegou pelo tornozelo e a puxou bruscamente para fora do tronco. Era White, com o bigode cheio de areia e um cheiro forte de uísque.

"Peguei esta pelo dedão!", gritou ele, e Ruth tentou abaixar a saia, que tinha subido. Tentou se levantar, mas foi empurrada para o chão.

"Meu nome é Ruth Hamilton", disse ela, mas White se sentou sobre seus quadris, prendeu seus braços embaixo dos joelhos e começou a fazer cócegas nela, a coroa tremendo na cabeça conforme ele se movia. Ruth ficou sem ar, e o som que expelia parecia o lamento de um animal ferido. As palavras não se formavam, não havia tempo, pois White enterrava a ponta dos dedos nas suas costelas com força e bem fundo; ela sentia as costelas se separando, e ele ficava o tempo inteiro gritando em seu rosto, rindo: *Diga o seu nome!* Ele atacou as axilas e os seios, então surgiu outro corpo ali, fazendo cócegas em suas pernas nuas, subindo. Então, tomando fôlego de repente, ela gritou *Ruth Hamilton!* para que todos ouvissem. O sujeito que fazia cócegas nas pernas dela — Duggan — parou e cutucou o ombro de White para fazê-lo parar.

"Vamos seguir as regras, meu velho", disse ele, em tom amigável. White saiu de cima dela, e Ruth ficou de lado, tossindo areia. Seus olhos e seu nariz escorriam. Ela tirou a máscara e se virou para os homens, mas eles pareceram nem se dar conta; já voltavam para o piquenique, Duggan com um braço ao redor dos ombros de White. Ruth se sentou na areia e desejou não começar a chorar. Em vez disso, vomitou. Enterrou o vômito na areia e alisou o tecido da saia. De volta ao piquenique, as outras mulheres conversavam alegremente e dividiam pratos de torta, sem o capuz. Alguém acendera a fogueira e, enquanto o fogo queimava, Ruth foi até a beira d'água esperar o barco voltar. Já tinham partido fazia muito tempo.

I

De manhã, achei um bilhete escrito em um Post-it enorme. Estava no aparador da cozinha.

> *Querida Viviane,*
>
> *Conforme já mencionei, por favor, não use o frigobar para guardar comida. Você deixou uma lata aberta de alguma coisa com cheiro de peixe, e está tudo fedendo. Não é essa a impressão que estou tentando passar aos compradores, e seria ótimo se você pudesse manter o lugar limpo e organizado, da forma como gostaríamos que os possíveis compradores o encontrassem.*
>
> *Sinceramente,*
>
> *Deborah, Evans & Walker*

Abro a torneira da pia e fico um tempo olhando a água descer pelo ralo, antes de pensar que deveria pegar um copo. Eu me sinto repugnante e envergonhada. Passo muito tempo assoando o nariz, imaginando expelir toda a fumaça da noite anterior. Lembro-me de Maggie, e é nessa hora que ela entra na cozinha. Está só meias de lã, um sutiã e um cardigã aberto.

Nós nos olhamos, e ela não tenta se cobrir.

"E aí?", pergunta ela, por fim.

"O que aconteceu com as suas roupas?"

Ela olha para si mesma. Os pelos pubianos chamam a atenção. Tento não olhar.

"Eu não durmo de calcinha... E vou ter que usar as mesmas hoje. Além disso, eu suo pra cacete durante o sono, daí tirei a camiseta." Maggie vai até a pia.

"Você não está... com frio?"

"Só meus pés ficam gelados... A boceta esquenta sozinha", responde Maggie, despreocupada. Ela toca a chaleira para checar se está quente, e seus anéis fazem barulho contra o metal. "Tem café?"

Abro um armário e lhe estendo o pote de café instantâneo. Ela franze o nariz, mas acaba colocando uma colherada de pó em uma caneca.

"Você tem máquina de lavar?"

Aponto para a despensa, onde eram os antigos aposentos de Bet.

"Posso usar?"

Penso no bilhete de Deborah. "Não posso usar a máquina durante o dia, pro caso de aparecer algum comprador."

Maggie parece confusa.

"Oi? Eles não gostam que você lave as roupas?"

"Acho que é mais pelo cheiro e pelo barulho. A corretora de imóveis é meio maníaca com essas coisas."

"Você não deveria ter medo dos empregados, Virginia", responde ela, com uma voz anasalada. "Vou colocar na lavagem rápida, mas podemos desligar a máquina se ela aparecer."

Dou de ombros, e Maggie vai buscar a mochila, que está cheia de sacos plásticos com roupas, cujos nós ela desfaz, toda empolgada.

"Por que você carrega tanta roupa?"

Maggie me encara.

"Não sou sem-teto, se é o que você está pensando. Só escolhi não ter casa por enquanto." Há uma irritação na voz dela que eu não tinha notado antes.

"Você está dormindo ao ar livre? Com esse tempo?"

Ela joga sabão dentro da máquina e fecha a tampa.

"Às vezes. Não sempre, mas às vezes. Tenho um combinado com um cara que é gente boa."

Estou presa entre a ressaca horrível, a preocupação e um forte sentimento de não querer me envolver. Ela interpreta meu silêncio como um julgamento.

"Escuta, a prostituição é uma maneira totalmente razoável de trilhar o caminho pelo mundo. Como eu disse, esta boceta se esquenta sozinha."

"Eu não estava... Olha, o que eu quis dizer é que eu não sabia. Quando não está com esse cara, você dorme na praia?"

Ela funga e relaxa um pouco os ombros. "A areia logo vira cimento, se você fica deitada por muito tempo, e o frio penetra nos ossos. Às vezes, acho um banco em um daqueles depósitos no campo de golfe, mas os jogadores são uns esquisitões de merda e sempre me expulsam. Eles ficam jogando de noite com bolas que brilham no escuro, e isso nem é eufemismo. Confio menos em um homem que joga golfe que em um cara que paga pra trepar."

A chaleira começa a ferver e apita.

"E ontem à noite? Tipo, o que você teria feito?"

"É uma regra minha não dormir fora quando estou bêbada. Eu teria andado por aí. Faz bem se manter em movimento." Ela passa por mim e coloca água quente na caneca, então ergue a chaleira, como se perguntasse se também quero. Balanço a cabeça. Ela mexe o café, bebe um longo gole e mostra os dentes, desaprovando o gosto.

"Quer uma calcinha emprestada?"

Ela apoia a caneca e as mãos no balcão. Por um instante, acho que a ofendi.

"Quer saber? Quero. Quero, sim. Obrigada."

Depois de terminar o café e agora usando minha calcinha — a dela estava lavando na máquina —, Maggie diz que tem que ir embora.

"Tenho um compromisso. Não posso faltar."

"E as suas roupas?"

"Posso passar aqui mais tarde pra pegar?"

"Claro."

"Valeu, garota."

Eu a levo até a porta, e ela me dá um beijo na bochecha, como se fôssemos um casal estabelecido.

Quando nos vimos, Vincent me beijou nos lábios, com a boca fechada. Eu me lembrei disso hoje de manhã; a memória estava escondida pela bebida. Ele me chamou de *querida*. Fiquei confusa. Se era para a gente transar, era melhor ir direto ao ponto.

Você chamaria alguém com quem quer passar a noite de *querida*?

Estou de pernas cruzadas no chão do salão. Anoitece rápido. Eu me levanto e vou até a janela; o mar, além do campo de golfe, é uma folha de vidro cinza. Não consigo me imaginar lá fora. As roupas de Maggie estão penduradas na despensa, quase secas, mas ela ainda não voltou. E eu me pergunto se vai voltar, se posso ter sido a última pessoa que a viu.

Pego uma caixa de sapatos do guarda-roupa do quarto da sra. Hamilton. No caminho até lá, tomo alguns goles de uísque. Estou de ressaca, mas é suportável. Encontro uma foto em preto e branco de um menininho fantasiado de indígena; tem metade do tamanho de um cartão-postal. O menino está fazendo uma cara bem feia, talvez se sinta infeliz com a fantasia. Mas, quanto mais olho, mais entendo que ele estava fingindo que era um guerreiro, por isso a expressão séria. Viro a foto, e atrás, a lápis, está escrito: *Michael, 1949.* Ver o adulto ali no rosto da criança me faz sorrir, pois noto a mesma expressão de solenidade que ele fazia ao despelar tomates para fazer molho de macarrão.

Em seguida, vejo outra foto, mais antiga, de três crianças que não reconheço, olhando dentro de uma caixa. Por um momento, penso que pode ser uma propaganda em um cartão-postal, pelo tratamento que os rostos das crianças receberam — os lábios definidos, a pele perfeita, e a expressão do menino ao centro, que descobre alguma coisa bonita e brilhante dentro da caixa. Poderia ser uma propaganda de chocolate antiga. Esta é a caixa que Christopher me enviou e que eu quebrei quando a aranha subiu no meu pescoço. Viro a foto e vejo escrito: *Ruth, Antony, Alice.* Olhando o rosto da criança menor, percebo que lembra remotamente a sra. Hamilton. Não sabia que a sra. Hamilton tinha irmãos.

Um pássaro bate na janela dos fundos, mas, quando chego, só encontro uma mancha no vidro. Ouço um rangido lá de cima. O ar da casa fica pesado. Aproveitando o restinho de luz do dia, vou para fora e subo no muro para checar as mensagens mais uma vez.

> *Oi. Preciso fazer a mudança para fora de casa. Você pode me ajudar? O Dom ficou com o carro.*
>
> *Talvez você não volte no fim de semana. Me avise o quanto antes, por favor.*
>
> *Se for plausível.*
>
> *K*
>
> *Bjo*

Cada linha foi enviada com um intervalo de uma hora. É a palavra *plausível* que me faz pensar que preciso voltar para Londres. Katherine usa essa linguagem estranha quando está estressada. Na época das provas, quando ela estava na universidade, Katherine me dizia que, no momento, meu *pedido de empréstimo de 20 libras não era litigável*. O cérebro de computador dela ganha a cena. Sempre invejei esse cérebro de computador.

Maggie bate na porta às nove horas.

"Desculpa o atraso", diz ela, mas não dá nenhuma explicação. Então guarda as roupas na mochila, cheirando as peças com um óbvio prazer. Ela sorri, feliz. "Valeu por isso."

"Sem problemas."

Eu me surpreendo com como fico aliviada por ter a companhia dela.

"Escuta...", digo. "Sabe, eu não quero... Só quero que você saiba..."

"Tudo bem se eu tomar um banho?"

"Sim."

Pego uma toalha para ela e encontro um pouco de xampu de bebê embaixo da pia, que Bet costumava usar para lavar os aventais. Eu me sento perto da lareira apagada, desejando que não tivesse nenhum ninho de corvo. Ouço Maggie tomando banho, os barulhos que ela faz quando afunda e sai da água. A cantoria baixa de uma música que não reconheço. Nunca fiquei à vontade tão rápido com uma pessoa. Sinto uma pontada de tristeza pela minha irmã.

Maggie desce vestindo uma camisa masculina por cima de ceroulas amarelas, a toalha na cabeça, dizendo:

"Pronta pra outra."

"Você pode passar a noite aqui", digo.

"Mais que pronta."

"Quer beber alguma coisa?"

Ela sorri, e eu vou até a cozinha. Fico um pouco constrangida com a seleção de tira-gostos que comprei durante o dia: amêndoas adocicadas e ervilhas com wasabi. Coloquei os petiscos em tigelas, e parece mais que estou dando uma festa do que convencendo uma prostituta sem-teto a ficar comigo porque pode ter um fantasma aqui. Também pego umas garrafas de cerveja. Afinal, cerveja não costuma embebedar ninguém, certo? Quando volto para a sala, com as garrafas entre os dedos e as tigelas de amêndoas e ervilhas na dobra do braço, tento um assunto que possa interessar Maggie.

"Lá embaixo nas pedras", digo, sem olhar para ela, "quando eu era criança, achei uma mulher morta. O namorado a matou." Estendo a garrafa para Maggie e apoio as tigelas na mesinha ao lado dela. "O namorado a matou com um pedaço de fio porque descobriu que ela estava indo embora. Ele a pôs dentro de uma mala... Cortou em pedaços, pra caber. Era uma mala de mão, sabe... E aí tacou fogo. Daí, como não funcionou, a jogou no mar. E ela foi parar na poça de maré."

Ergo o olhar e vejo que Maggie ainda não tocou na bebida. Está com a boca entreaberta.

"Sinto muito", diz ela.

"Obrigada", respondo, como se merecesse a simpatia.

Ela toma um gole, e eu faço o mesmo.

"Isso até que faz sentido", comenta ela.

"Ah, é? Como assim?"

"Porque me diz quem você é." Ela se levanta e se acomoda ao meu lado. Batemos as garrafas.

"Eu também transei com o marido da minha irmã", digo, depois de um tempo bebendo em silêncio.

"Certo", responde Maggie, então dá de ombros. "Essas merdas acontecem."

"A Katherine não sabe."

"Tem certeza?"

"Tenho. Só eu e o Dom sabemos. E ele não vai contar."

"E você, vai contar?"

"Acha que eu deveria?"

"Não estou a par da situação."

"Eu me sinto mal por não ter contado pra ela."

"Você quer contar?"

"Não!"

"Você está apaixonada por ele?"

"Oi? É claro que não. Ele é um idiota. Um imbecil do caralho." Enquanto falo dele, sinto o pânico crescer no meu peito. Maggie fica mais um tempo olhando para mim. Eu não deveria ter trazido isso à tona. Foi bem estúpido, pois agora três pessoas sabem. Coço a canela, enfio bem a unha, sentindo a umidade ali. É uma delícia coçar a perna.

"O que é isso?", pergunta Maggie, sem apontar, só olhando para a região que estou coçando.

"Ah, um eczema. Tenho desde criança." Eu me dou conta de que estou coçando e cruzo as pernas, deixando a perna boa em cima. Tem um pouco de sangue debaixo das minhas unhas, e as escondo embaixo do braço. Maggie tira um baseado já bolado do bolso, abre e pega uma pitada do meio. Ela sussurra alguma coisa no punho fechado, algo que eu não ouço, então coloca o punhadinho na palma da mão e cospe uma longa faixa de baba. Fecha os olhos e diz mais alguma coisa.

"Oi?", pergunto. Maggie ergue um dedo, pedindo silêncio, então esfrega o cuspe na maconha e se ajoelha na minha frente. Ela descruza meus tornozelos com firmeza e sobe a perna da minha calça. Toca na ferida, que parece horrível. Depois de anos abrindo aquilo, acabei deixando uma depressão rasa na perna, que cicatrizava em alguns pontos com uma crosta grossa e preta, e em outros brilhava com sangue novo. Eu não costumava deixar que as pessoas olhassem, mas agora me ocorre que muitas vezes eu também não me deixava olhar.

Maggie esfrega o conteúdo da mão na minha canela. Nem cogito me retrair, fico só olhando. Sem oferecer nenhuma explicação, ela deixa a ponta dos dedos em cima da cicatriz por alguns segundos.

O que parece é que ela está *tendo uma conversa* com a ferida, pedindo que se comporte. Permaneço imóvel. Quando volta para sua poltrona, ela toma um longo gole de cerveja e diz: "Você por acaso não tem uns salgadinhos? Sou alérgica a amêndoas".

Antes de sair, no dia seguinte, dou uma chave para Maggie. "Você vai me fazer um favor se puder ficar mais umas noites", explico. "Era pra eu estar cuidando da casa."

Ela não faz caso, só concorda e me oferece um sanduíche de queijo para a viagem. "Não vá pegar no sono."

Duas horas e meia depois, estaciono em um posto e fico ali, imóvel, por cinco minutos. E se ela levar aquele cara com quem tem um acordo para a casa? Será que Maggie é uma impostora? Do tipo que engana velhinhas para roubar dinheiro? Nesse caso, eu sou a velhinha? Imagino a cara da Deborah quando entrar na sala e encontrar Maggie só de meias, com um cara pelado e um cachimbo de crack. E os dois levariam gatos de rua que cagariam pela casa inteira e dariam crias e reivindicariam a lei de usucapião. Apoio a cabeça no volante e tento imaginar no que eu estava pensando. O que Katherine diria? O telefone está desligado, e Maggie e eu não trocamos números. O sinal não pega, só de cima do muro. Ai, Deus. Eu hesito na saída do posto. Poderia voltar e dizer que cometi um erro e que ela precisa ir embora. Mas não sou capaz de fazer isso. Continuo o caminho para Londres porque sou uma grande idiota. Vou passar só o fim de semana em Londres, para ajudar Katherine, então volto para enfrentar Maggie.

Chego atrasada no encontro com Katherine, e ela não menciona a noite que deveríamos ter passado juntas. Se conseguirmos chegar até o fim do mês sem que isso seja trazido à tona, o assunto vai ser arquivado na caixa de decepções das irmãs e só vai ser mencionado quando uma briga de verdade acontecer.

A ideia era tomarmos um café antes de seguir para a casa dela, quando eu aproveitaria para ouvir os planos: fazer as malas e tirar uma licença no trabalho, umas férias profundamente espirituais, mas educativas, para crescer como pessoa. "Bem", diz ela, esboçando um sorriso, "você está atrasada, então acho melhor irmos direto para casa e começar."

Katherine é educada como sempre. Ela cortou o cabelo e diz que gostou das minhas botas. Anda mais rápido que eu, talvez para compensar o tempo que nos fiz perder. Passamos por um bar que foi reformado há pouco tempo, do tipo que anuncia brunch, *prosecco* à vontade e um quiz irônico às terças.

"Vamos parar pra beber alguma coisa rapidinho? Seria bom pra você dar uma relaxada." Eu me arrependo assim que as palavras saem da minha boca.

Katherine se vira para mim, o sorriso de volta.

"Estou completamente relaxada. Do que você está falando?"

Na voz dela, *relaxada* soa muito como o meu pai costumava dizer *joia*. Dou de ombros.

"Beleza."

"Beleza." Sorriso, sorriso, sorriso.

"Não está meio cedo?"

"Ah, sim, mas eu estava brincando", digo, e a mentira parece infantil.

"Podemos ir, se você quiser. Desculpe, Viv... É difícil para você fazer o que eu estou pedindo?"

É tão a cara dela agir como se o drama fosse *meu*. O objetivo é enfatizar o quão boa e altruísta ela é diante das merdas que eu faço, e isso me coloca para baixo na hora.

"Não, não, não... Como eu falei, estava brincando. Eu só queria, você sabe..." Mudo de assunto. "Gostei do seu cabelo."

Ela põe a mão no cabelo.

"Ah. É um pouco mais fácil assim." Não sei o que ela quis dizer.

Andamos em silêncio. Não é longe — dá para ouvir o trânsito e as pessoas jogando futebol no parque, de maneira que o silêncio não é esmagador. Temos que andar em fila quando o caminho fica mais estreito entre a rua e o parque.

"Ele não vai estar lá, né?" Eu não tinha pensado muito além de estacionar perto da casa dela, depois na casa da nossa mãe.

"Ele disse que não, mas nunca se sabe", responde Katherine, e sorri. É um sorriso tenso que esconde alguma coisa, algo além de controle, algo além de decepção. Ela para de repente no alto da rua da casa deles.

"Eu acho que...", começa ela, girando e pondo a bolsa no outro ombro. "Acho que talvez fosse bom a gente beber alguma coisa."

Procuro sinais de ironia nas palavras dela, mas não encontro nenhum. Ela me encara.

"E então?", a pergunta é feita de uma forma meio agressiva, então concordo com a cabeça, e voltamos na direção do bar. "Não é mais tão cedo... Eu sei que disse para você me encontrar às 10h30, mas agora já são quase 11h15."

Dentro do bar, encontramos uma coleção de velhos carretéis de linha que fazem as vezes de enfeite na mesa onde nos sentamos. À esquerda, sapatos de criança dispostos ao redor de uma cabeça de veado. Duas tacinhas de vinho custam 15 libras.

"Como você tem andado?", pergunto, de um jeito exagerado. "Até agora, até tudo isso acontecer?"

"Bem!", responde ela. "Não cem por cento, eu acho, só vivendo o momento." Enquanto dá uma golada de vinho, algo lhe ocorre: "Gosto do meu novo corte de cabelo. E você? Como anda?".

Dou de ombros. Estamos mesmo usando pontos de exclamação.

"A mãe comentou que você está saindo com alguém."

"Oi?" pergunto.

"Ela disse que você estava meio perdida, daquele jeitinho que você fica."

"Perdida?"

"Ah, você sabe... Parece um morcego dentro de casa. Fica voando de um lado para o outro, e acaba no cabelo de alguém."

"Que merda."

Minha irmã sorri.

"E então? Ela acertou?"

"É claro que não. Acho que se enganou."

"Que chato."

"Um morcego?"

Minha irmã passa a mão no rosto, e sua expressão muda.

"Ai, meu Deus, Viv! Vou voltar a morar com a mãe... O que vai acontecer comigo?"

Uma garrafa de vinho custa só 19 libras, então é o que pedimos.

"Por que *você* está saindo da casa e por que *ele* ficou com o carro? Essas duas coisas não são suas?"

"É complicado."

"Ele sabe que você está se mudando?"

Há uma longa pausa. Ela enche as taças muito mais do que normalmente aprovaria. Já bêbada, lembro que vim de carro, então me concentro para esquecer esse fato.

"A essa altura, ele deve ter entendido as coisas", responde ela, com toda a intenção de ser inescrutável, mas entendo que quer dizer que está dando no pé.

O sol brilha forte ao meio-dia, quando saímos do bar e descemos a rua, meio trôpegas.

Dentro da casa de Katherine e Dom, não há muita coisa fora do lugar. Noto como ela relaxa os ombros quando nota que não há nenhum barulho de Dom pela casa. Ficamos paradas no corredor, observando. O casaco e a maleta cheia de cadernos dele esperam ao lado da porta, como um cachorro. Dom sempre leva a maleta para os encontros familiares e fica mexendo nela, como se ali dentro tivesse um documento muito importante do qual não pudesse se separar, mas sei que está cheia de revistas de pesca e só um caderno de poesias. Já li alguns poemas — Dom me ofereceu uma degustação, quando estava bêbado. Uma estrofe ficou na minha cabeça:

> *Oh, montanhas púrpuras do lar,*
> *Que da minha ausência gemem,*
> *Vejam-me florescer*
> *na primavera selvagem.*

Ele pegou o caderno da minha mão e disse: "É sobre a minha ejaculação".

"Você já leu os poemas dele?", pergunto para Katherine. Ela me olha, então percebo que já leu e não achou graça nenhuma.

Vem uma voz do quarto, e Katherine fica tensa. Não tinha ninguém para desligar o despertador, programado para tocar todos os dias às seis e meia da manhã.

"Ele foi a Swindon participar de um sarau." Ela gesticula com a mão na frente do rosto, como se falasse sobre algo corriqueiro. Katherine vai silenciar o despertador, e eu fico no corredor, esperando instruções. Na mesinha perto do sofá, vejo um cigarro enrolado e imaculado no cinzeiro, junto de meia garrafa de vinho e uma taça manchada de vermelho, com a haste quebrada. A mesinha de centro está partida ao meio, como se alguém tivesse caído em cima.

Na cozinha, abro a geladeira, curiosa para saber o que o casal comia. A comida está estragada: carne moída cheia de mofo, alface amarelada, tomates que sucumbiram ao peso da própria pele. Faz semanas que ninguém come aqui. Fecho a porta da geladeira. Tem ameixas murchas em uma tigela em cima da mesa. Duas conchinhas brancas tiradas de um pote menor, ornamental. São de Katherine, e as guardo no bolso para evitar que sejam esquecidas. O pote tem várias conchinhas amarelas de caramujos marinhos, lapas peroladas e berbigões de um preto-arroxeado. Passo o dedão na parte de trás das conchas no meu bolso. Quando éramos crianças, era Katherine quem pegava as conchas; passava horas à beira d'água, vasculhando a areia com os dedos, examinando pacientemente cada pedaço de concha para encontrar essas pequeninas orelhas de rato.

Tomo um susto com o barulho da descarga. Estou mais bêbada do que tinha imaginado, mas não tão bêbada quanto deveria, considerando a quantidade de vinho que tomei.

Katherine sai do banheiro segurando alguma coisa.

"Ele deixou isto aqui." Ela mostra uma calcinha vermelha de um tecido liso e desconfortável. "Não são minhas", explica. "Ele deixou aqui de propósito."

Katherine parece perdida, arrasada de um jeito que nunca achei que pudesse ficar. Não há lágrimas; sinto que todas já foram derramadas. O que resta são resíduos salinos de ossos perdidos no mar.

Dou um passo à frente e pouso a mão no ombro dela, que está tenso. Katherine treme.

"Ninguém usaria uma coisa dessas", digo, pensando que talvez esteja certa.

Katherine deixa a calcinha cair em um montinho no chão; uma pequena poça vermelha. Depois diz, baixinho: "O que eu acho que é pior".

Ela pega só uma mochila cheia de roupas e uma mala de livros e fotos.

"O que você vai fazer?", pergunto, já no carro. "Você não pode deixar o cara ficar com a casa, o carro e tudo o mais."

"Vou deixar o tempo passar. Até as coisas se acalmarem."

Não ligo o carro. "Será que ele está transando com outra?"

Katherine não responde. Estendo a mão devagar para virar as chaves.

"Merda!", grita ela.

Dou um pulo.

"Que foi?"

"Você está bêbada demais para dirigir", explica ela, devagar, colocando as mãos no rosto. Ligo a ignição, e nos misturamos ao trânsito da tarde. Ela mantém o rosto coberto durante todo o trajeto até a casa da nossa mãe.

Estavam falando sobre a mulher na cabana do pastor. A menina ouvira a conversa entre seu pai e os pescadores.

"É só questão de tempo", o ouviu dizer, e depois houve um murmúrio de acordo. Até que um dos homens a viu e a mandou para a casa grande, para chamar sua mãe, porque estavam famintos.

A mãe enxugou as mãos no avental e lhe entregou metade de um pão. "Diga a ele que ainda não terminei por aqui. Tem sopa na panela e um arenque na despensa. Diga ao seu pai para esperar um pouco mais, que volto para casa com carne de carneiro." A mãe lhe deu uma moeda para comprar um jarro de cerveja na taverna, alisou o cabelo da menina e lhe beijou o topo da cabeça. "Pronto. Preciso continuar com o trabalho, ou não conseguirei voltar antes da meia-noite."

"Mãe?"

A mãe já estava fechando a porta e teve que abri-la de novo, irritada.

"O que foi?"

"O que aconteceu com a mulher na cabana do pastor?"

A mãe se virou e a olhou.

"O que você ouviu?"

A menina mexeu na terra com a ponta do pé.

"O pai e os homens estavam falando."

A mãe suspirou, baixou a voz e deu um passo para fora da casa, fechando a porta para que ninguém lá dentro pudesse ouvir.

"A mulher recebeu um aviso e mesmo assim não foi embora. É tudo que você precisa saber. E ouça sua mãe e seu pai, ou pelo menos sua mãe. Fique longe de Berwick Law e da cabana, e não conte nada para ninguém. Se alguma coisa chegar nos ouvidos de Earl, vai haver fofoca e confusão, e ninguém pode parar de trabalhar, não agora. Ela sabia disso, mas mesmo assim teimou, e agora pagou o preço. Não vá sair por aí tornando as coisas piores do que já estão, está ouvindo?"

"Que preço ela pagou?"

"Não importa."

"Mas o que ela teimou em fazer?"

"Não. Importa."

A menina voltou para casa e entregou o pão e a cerveja. Alguns homens tinham ido embora, mas restavam quatro deles para compartilhar a cerveja, o pão e o arenque. Não estavam interessados na sopa de cevada. "Essa sopa anda revirando meu estômago", disse o pai. A menina deixou os homens ali e foi se sentar nos degraus dos fundos. De lá, dava para ver a cabana, só uma sombra ao lado de Berwick Law. No alto, pássaros voavam em círculos, e, mais além, água e a rocha preta silenciosa.

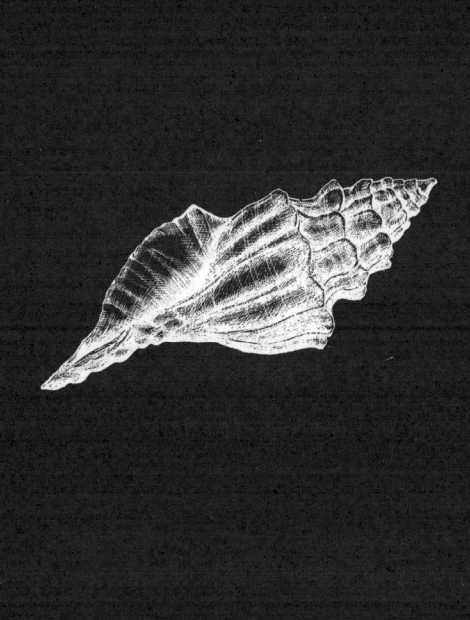

AS BRUXAS DE BAS

ILHA
SOW

EVIE WYLD

XAS DE BASS ROCK

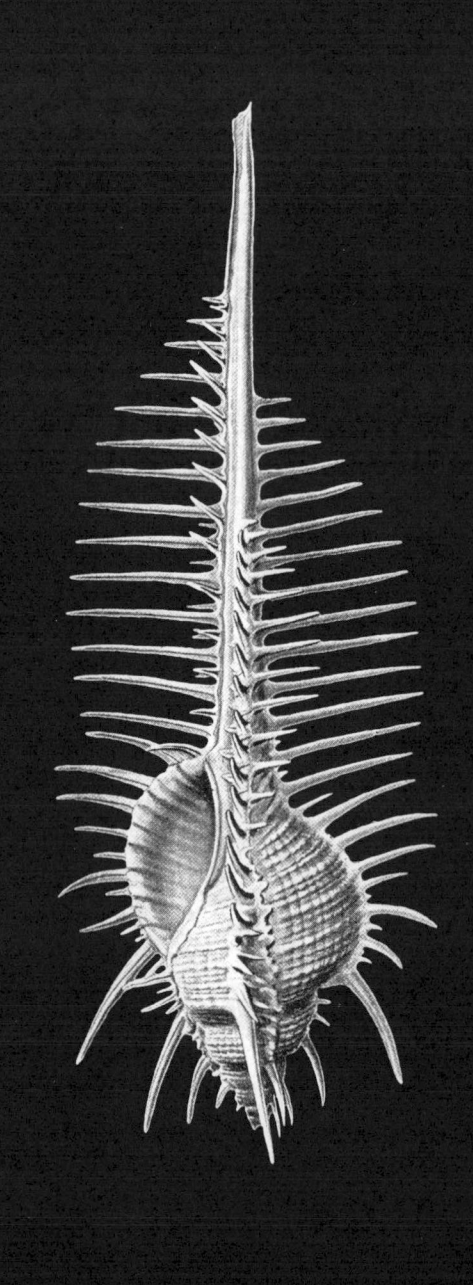

AS BRUXAS DE BASS ROCK

EVIE WYLD

I

Minha mãe convidou nossos tios-avós, Pauline e John, para jantar — os dois estavam em Londres *fazendo uns testes em John*, que minha mãe enunciou como se ele fosse uma lava-louças com defeito. Os dois eram legais com ela, Christopher e meu pai. Pauline vivia com o marido, Alistair, em Edimburgo e costumava visitar meu pai e Christopher na escola e levar aqueles ratinhos de açúcar.[1] Meu pai os culpava pelo vício em doces — ele gostava daquelas balas de goma em formato de garrafinhas de Coca-Cola e daquelas mais açucaradas. Ele riu quando ficou sabendo que a quimioterapia faria sua língua arder com doces, mas a risada passou a sensação de ver um cachorro sendo chutado.

"Foi uma situação horrorosa, mas a questão é que eles pelo menos *tentaram*. E não precisavam ter feito isso", foi o que minha mãe disse a respeito. Em troca, insistia em recebê-los sempre que viessem a Londres, para compensar a gentileza e — presumivelmente — a tristeza. "Não ter um marido para cuidar

---

1   Doce popular no Reino Unido, principalmente durante
o Natal, feito de pasta americana. (N.E.)

foi de longe a coisa mais inteligente que sua irmã fez", diz ela, sobre mim, para Katherine. "E é de longe a coisa mais empolgante que você faz por si mesma em muito tempo."

Sentadas em silêncio, esperamos o assunto morrer. Minha mãe às vezes parece um pouco aliviada por ser viúva.

"Quero que você encare essa mudança com empolgação, Katherine. E que também esteja aqui quando Pauline e John chegarem, porque terei que conversar com eles." Ela aponta um hashi para a minha irmã. "E a coisa mais inteligente que *você* fez, dentro dessa grande estupidez que foi esse seu casamento, foi escolher um homem com família pequena. Bom trabalho, querida."

"Mãe, tudo bem se eu ficar fora dessa? Não quero falar com ninguém sobre isso."

"Minha querida, John e Pauline mal notaram que você casou. Dom é canadense, então eles nem o consideram gente." Ela se inclina para remexer um armário.

Katherine fecha os olhos por mais tempo que uma piscada.

"Não quero fazer isso. Por que é tão importante que eu esteja aqui?"

"Eles são velhos e estão entediados. E John não anda bem de saúde. E eles estão em Londres. Além do mais, querida, é uma questão de educação manter contato com pessoas que fazem parte do seu passado."

A mãe passa um pote cheio de palitos de queijo para Katherine.

"Coloque lá na mesa e vá preparar uns martínis para a gente. Quando você reparar, já vai estar meio bêbada, e tudo estará melhor." Ela enfia a cabeça dentro da geladeira para pegar azeitonas e olha para Katherine, que continua lá, parada, segurando o pote. "Querida, fique pelo menos um pouquinho. Se você se sentir mal, pode dar uma escapada."

Era a maneira da minha mãe de ajudar, nós sabíamos disso. Depois que meu pai morreu, o jeito dela de lidar com as coisas foi se manter ocupada, encher a casa de gente e sair para levar a cachorra para passear cerca de quatro vezes ao dia, para evitar abraços calorosos demais de algum parente cheio de perfume. Ela parecia achar mais fácil ficar invisível em meio a um grupo grande, oferecendo comida e bebida e a garantia de que estava se saindo bem.

Katherine vai para a sala de jantar pisando duro, os lábios apertados, e larga o pote de palitos de queijo com força em cima da mesa. Eu fico olhando da cozinha, e ela percebe. Dou de ombros. Estamos na casa dos 40, mas ainda somos as filhas dela. Katherine vai até a sala de estar, se acomoda no sofá com a cachorra e beija suas orelhas. A cachorra estica as patas compridas e estende os dedos, gemendo como uma santa cansada. É estranho ver Katherine assim — a emburrada costuma ser eu —, e de repente me sinto ansiosa; o comum é Katherine demonstrar a habilidade herdada do nosso pai de fazer as pessoas se sentirem tranquilas, de fazer as perguntas certas para a conversa fluir. Ele agia assim comigo, quando eu era criança — e eu era uma criança infernal. Como se ele soubesse tudo sobre mim e entendesse completamente os motivos pelos quais eu não descia da árvore e até concordasse comigo que era ali onde eu deveria estar. Seu trabalho era fazer com que todos fossem compreendidos, com que tudo fosse compreensível. Meu pai garantia que as pessoas se sentissem amadas; ele achava isso importante.

Katherine está com o rosto virado para a janela, mas dá para ver, pelos ossos da têmpora, que está cerrando e soltando os dentes, a perna tremelicando daquele jeito, como se tivesse levado um choque.

Quando os três chegam, nós nos sentamos à mesa de jantar, e minha mãe quase imediatamente some na cozinha. Pauline usa um colar de cristais transparentes cortados em lâminas, através das quais dá para ver as ondulações e sombras da pele de seu pescoço. Minha mãe está com um tubinho preto e botas *biker*. Eu fiz um esforço, o que nunca é uma coisa boa, e coloquei um vestido solto azul-claro.

"Você não acha a cintura desse vestido alta demais?", pergunta minha mãe, sem a intenção de ofender, só para me avisar.

"É?" Olho para baixo. Pareço uma daquelas bonecas de madeira para as quais costurávamos roupinhas com retalhos de tecido. As alpargatas, que achei interessantes quando comprei, agora me fazem parecer fugida de um hospício.

"Um pouco. Mas está bacana, você está parecendo uma enfermeira." Ela me entrega uma garrafa de vinho dentro de um balde de gelo. "Agora vá administrar isso aos pacientes."

Katherine tentou mesmo não fazer nenhum esforço, mas ainda assim é a pessoa mais elegante da mesa.

Sirvo vinho enquanto Alistair, o marido de Pauline, fala sobre a rota que pegaram para chegar aqui e como levou uma multa, certa vez, por dirigir na contramão em uma rua de mão única. Todos o esperam terminar.

"E como está aquela casa velha e horrível, Viviane? Pelo que ouvi de Christopher, parece que é você quem está cuidando do lugar", pergunta Pauline, rindo alto. Seu aparelho auditivo solta um chiado. Não sei muito bem do que ela está rindo — possivelmente da ideia de que eu esteja cuidando de alguma coisa.

"Tem sido tranquilo, a casa é legal", respondo, meio na defensiva.

"Nunca entendi por que a Ruth não vendeu aquela casa e foi morar em um lugar menos ridículo."

"Bem, tinha outras pessoas morando lá também", intervém minha mãe, colocando pão e vinagrete em cima da mesa, mas sai da sala antes que Pauline possa responder.

"Ah, o problema daquela mulher é que ela era muito arrogante. E uma alcoólatra irremediável. Nunca conseguiu estar à altura da primeira esposa de Peter, sabe, a nossa irmã. Mas quem conseguiria?", ela fala como se fosse um comentário positivo e até ergue o copo, como se brindasse. Há um longo silêncio, e todos bebem para preenchê-lo. Alistair está sentado no lugar que deveria ser do meu pai. Ele gostava de ficar perto da cozinha e sempre cuidava da limpeza. Meu pai dizia que lavar louça era *a melhor parte de um jantar*, porque gostava de ouvir as pessoas conversarem sem ter a obrigação de se juntar à conversa.

"Levei Elinor para comer no Clarke's esse domingo", comenta John, irmão de Pauline, do nada, como se já tivesse falado dela ou do Clarke's e todos estivessem atentos ao assunto.

"É *mesmo*", confirma Pauline, de um jeito que mais parece uma confirmação que uma pergunta.

"É meio caro, mas muito bom... E Elinor come devagar demais. De qualquer forma, pedimos uma salada de lagosta muito boa, que eu terminei primeiro, depois Elinor pediu peito de perdiz, mesmo não estando na época... Fiquei com medo de que a carne viesse dura, mas ela disse que não estava, então tudo bem." Chamo a atenção de Katherine, e piscamos uma para a outra. "Eu acho que comi um peixe, se não me engano, talvez fosse robalo... Exageraram um pouco a mão no tempero, mas o peixe estava muito bom. E nós dois pedimos mousse de chocolate de sobremesa."

Fazia um bom tempo que Pauline voltara a atenção para a própria bolsa. Quando encontra o que estava procurando — um lenço verde-claro —, ela decide, depois de uma inspeção mais minuciosa, que não é bom usá-lo em público, então o devolve à bolsa e dá umas batidinhas no nariz com o guardanapo.

Alistair, que é meio surdo, tinha começado a falar por cima de John mais ou menos no começo da descrição do prato principal de Elinor, e agora diz, bem alto: "Pelo amor de Deus, nós somos seres humanos, não robôs. Ninguém mais liga para uma beliscadinha no traseiro, as pessoas só querem criar desconforto". E, assim, cabe a mim me comportar como interlocutora de John. Nossa mãe se ausentou depois de planejar um menu com pratos que demandassem a maior atenção possível e de dispensar qualquer oferta de ajuda.

"Então, no geral", vai dizendo John, "eu diria que foi um sucesso. Foi mesmo."

"Que bom", respondo. "Parece que estava tudo muito gostoso."

A essa altura, minha irmã estaria conduzindo a conversa para um assunto mais trivial. Eu a encaro, mas me surpreendo ao vê-la com a cabeça apoiada nas mãos. Quando ela ergue o rosto, noto uma vermelhidão ao redor dos olhos. Ela se levanta e sai da sala depressa. Se os Hamilton notaram, esconderam muito bem. Minha mãe deposita uma grande tigela de cerâmica cheia de alcachofras em cima da mesa. Ela vê Katherine se retirando e se senta.

"Bernadette", começa Pauline, alongando as sílabas, "você precisa me contar como cozinhar alcachofras. Nunca consegui fazer isso direito."

"Ah", responde minha mãe, distraída, "eu só cozinho no vapor."

"Vapor?! Então foi aí que eu errei! Sempre fervi. E por quanto tempo você deixa no vapor?"

Minha mãe encara o vão da porta por onde Katherine acabou de passar, os dedos dispostos como uma aranha em cima da mesa. Ela se vira para Pauline e força um sorriso.

"Uns 25 minutos. Depende do tamanho."

"Certo, certo. Ah, você é tão esperta, eu sempre disse isso."

Minha mãe me olha, então se vira de novo para Pauline. John tira as folhas da alcachofra com o dedinho levantado e, sabe-se lá por quê, o guardanapo enfiado no colarinho, como se a alcachofra fosse espirrar na roupa. Ele mergulha uma folha por vez no potinho de manteiga à frente, então coloca-a na boca, tira e mergulha mais três vezes, sempre inspecionando para ter certeza de que aproveitou bem a polpa. Ele empilha as folhas já comidas em um pratinho, limpando a boca com o guardanapo assim que termina de comer. Peço licença. Se estivesse aqui, meu pai teria saído de fininho e resolvido tudo sem que eu precisasse me envolver. Não sou uma boa substituta.

Katherine voltou para seu antigo quarto, que virou escritório, mas ainda exibe vestígios da presença dela. O abajur tem formato de balão de ar. Quando tínhamos um hamster, o colocávamos na cestinha, e o bicho pulava de lá para a cama. O adesivo de gato no interruptor, as várias marcas de gordura no teto, da época em que tínhamos aqueles homenzinhos gelatinosos que grudavam nas paredes ou desciam pelas vidraças. Katherine está sentada no chão, com as costas na parede, folheando uma revista.

"Tudo bem?", pergunto.

"Vai ficar. Só não estou a fim de ouvir aquelas pessoas."

Nunca tinha ouvido minha irmã falar assim de ninguém, a não ser de mim.

"Eles não falam nada com nada." Não é um comentário útil, mas já é alguma coisa.

Para ser sincera, até fiquei animada de ver Katherine dando um escândalo, mesmo que não tenha sido notada.

"Só não quero tentar nada hoje. Só não quero ficar lá, sentada, tendo que dizer as coisas certas. Quero dormir, é isso o que eu quero."

Eu me preparo para sair depois de colocar a louça na máquina de lavar, e minha mãe pergunta, pela terceira vez, se eu sei o que aconteceu com Katherine.

"Ela está se separando do marido, mãe. E está triste por causa disso."

"Tem mais alguma coisa, você não acha?" Ela se serve de uma dose de uísque. "Quer?"

"Não, tenho que ir." De repente, eu me sinto uma beata. É desconfortável estarmos apenas nós três em casa; é algo que amplia a ausência do meu pai, mas que também faz com que eu me sinta uma criança. Queria muito poder me deitar na cama da minha mãe com a cachorra e ficar lá, como eu costumava fazer. Quando meus pais a adotaram, a cachorra parecia um filhote de toupeira. Eu volta e meia via meu pai dormindo no sofá, a cachorrinha encolhida em seu roupão.

"Táxi?"

"Aviso quando chegar."

"Se cuida."

Nós damos beijinhos de despedida e, a caminho da saída, fico um tempo parada do lado de fora do quarto de Katherine. Não vem nenhum som lá de dentro, nenhuma luz escapa por baixo da porta, então vou embora.

Estou naquele estado meio letárgico, os pensamentos vagando em um estupor, quando ouço o barulho.

Umas batidinhas suaves, que meu cérebro transformou em alguém com unhas longas batendo no vidro da porta que dá para o jardim.

Nunca mandei mensagem para nenhum cara de madrugada, nem nunca tive o impulso de mandar; sempre soube muito bem o que isso diz sobre o que você quer deles.

Oi. Tá acordado?

Levei um sustinho com o som da mensagem sendo enviada. Um segundo depois, a luz de segurança acende. Eu me sento na cama. Deve ser só uma raposa. É claro que é só uma raposa, é sempre só uma raposa. A luz acende de novo. Eu deveria me levantar, ir até a sala e olhar pela janela enquanto a luz ainda está acesa, só para ficar tranquila.

Sim! E aí? O que manda?

Já me arrependi de ter mandado a mensagem. Não quero que ele saiba que estou deitada na cama, completamente acordada, imaginando um psicopata na minha janela.

Mordo o lábio. *Estou bem. Acordei com um barulho lá embaixo e agora não consigo voltar a dormir.*

O que é?

Nada. Só alguma coisa batendo no vidro.

Você foi olhar?

Não, mas parece que parou.

Quer que eu vá aí dar uma olhada?

Hesito, sabendo que não tenho tempo de hesitar. A hesitação faz parecer que estou ponderando, e essa não era para ser uma conversa ponderada.

Consigo chegar aí em dez minutos. Qual é o endereço?

Por um segundo, eu me sinto presa em uma armadilha. Mas claro que é só maluquice minha, ele só está sendo gentil.

Sério, não tem problema. Já estou calçando os tênis.

Não precisa, sério. Tá tudo bem.

Não acredito. Tô saindo agora, daqui a pouco eu chego.

É sério, não precisa. Eu estou bem.

Já saí. Me manda seu endereço, ou vou ficar gritando seu nome na frente da loja de queijos.

Volte pra casa!

;)

Merda.

Como eu vim parar aqui? Foi a pausa. E agora ele vai chegar às duas da manhã e eu vou ter que deixar o cara entrar, e não só isso, provavelmente ele vai ter que passar a noite aqui e o que isso significa? Tem a ver com sexo?

Toc, toc, toc.

Acendo a luz. Meu reflexo no espelho é a imagem de uma mulher que não dormiu o suficiente. Pelo menos tomei banho antes de ir para a cama. No espelho, me vejo cheirando uma axila. Jesus... A ferida na perna está ardendo. Durante o sono, cocei o machucado, e o sangue secou e virou uma casca preta.

Visto uma calça jeans e um suéter. Escovo os dentes e tento fazer parecer que não estou preparada para receber companhia. Ligo a chaleira e passo um café — não porque esteja planejando beber, mas porque parece a atitude de alguém no controle da própria vida. O que a Deborah faria? Empilho umas botas que deixei jogadas no chão, dou uma limpada na mesa, coloco na pia o copo e a tigela suja que deixei ao lado do sofá, tento sentir o cheiro da casa. Eu devia ter tirado o lixo antes de ir me deitar. Considero acender uma vela aromatizada, mas isso pode sugerir que estou tentando criar um clima romântico. Chuto o roupão da aranha até o banheiro e fecho a porta. Abro a porta para dar uma olhada no vaso, coloco o coletor menstrual velho em uma gaveta e fecho a porta de novo. Na versão televisiva desse momento, eu estaria toda despenteada, com um moletom cinza desleixado, mas limpo, os peitos alegremente fora do sutiã, mas nada muito exagerado. Na minha camiseta da Foster's, meus peitos parecem dois focinhos de cachorro. Procuro um sutiã mais ou menos limpo.

A luz de segurança acendeu; já está acesa há um tempo, eu só não tinha percebido. É uma luz fria, bloqueada por alguma coisa, como se fosse uma fotografia. Vou andando devagar na direção da porta dos fundos, que dá para o jardinzinho e que é coberta de painéis de vidro, para deixar entrar luz no porão. Tem uma raposinha bloqueando a luz, o nariz pressionado contra o vidro da porta, arreganhando os dentes. Está lambendo a janela. Teria sido engraçado se fosse de dia, pois é o tipo de coisa que se vê na internet. Ou a raposa não me viu, ou não se incomoda com a minha presença, porque continua lambendo. Vou bem devagar até a porta, e ela continua imóvel, muito atenta a seja lá o que está lambendo. Vejo um rastro branco e grudento. A raposa está parada no deque de madeira, bem em cima de duas pegadas úmidas. As pegadas vão sumindo diante dos meus olhos, e olho de volta para o rastro na janela, os olhos vidrados da raposa e o muro escuro nos fundos do jardim. Não dá para ver o muro com a luz de segurança acesa, mas eu fico iluminada e bem à vista. Apago a luz da cozinha e pego uma faca grande no aparador.

Fico no corredor, atrás da porta da frente, até ouvir passos lá fora. Espio pelo olho mágico e vejo que Vincent chegou. Acho que não aguentaria ouvir o barulho da campainha agora.

A raposa já tinha ido embora quando ele entrou, e as pegadas tinham sumido. Vincent encara a porta dos fundos, desconfiado.

"Então você está dizendo que alguém bateu no vidro?"

"Não sei o que foi. Mas também tinha umas pegadas."

"Mas a raposa comeu a porra toda?"

Não respondo.

"Foi mal... Olha, é horrível, mas é meio engraçado, né?"

"É, acho que é." Pode ser que eu tenha imaginado tudo, como aqueles caroços que aparecem nos seios no meio da madrugada, trazendo uma carga imensa de desespero, mas que de manhã já sumiram.

"Tipo, não estou dizendo que não seja uma coisa horrível de se pensar e tal." Ele olha para as cercas nos dois lados do jardim. "Mas daria um trabalhão entrar aqui, não?"

"Eu vi as pegadas", murmuro, me sentindo uma idiota.

"Não estou dizendo que você imaginou. Eu só... estou tentando fazer você se sentir melhor. Ei, quer ligar pra polícia?" Ele examina a marca oleosa que a raposa deixou na janela. "Pode ser que consigam coletar DNA disso aqui ou algo assim."

"Não sei se fazem isso no caso de alguém ter gozado em uma janela. Acho que deve ter lugares bem piores onde os caras batem uma." Ficamos um tempo em silêncio, então surpreendo a nós dois com uma risada. Assim que rio, tudo fica melhor.

Vincent também ri, e nós caímos na gargalhada, até ficarmos com os olhos cheios de lágrimas. As risadas vão arrefecendo para suspiros, e Vincent esfrega o nariz.

"Você sabia que está segurando uma faca muito grande?"

Baixo os olhos. Tinha me esquecido da faca. Deixo-a no balcão. "Quer café? Acabei de passar."

Ele passa por mim e serve uísque para nós dois.

Nós nos acomodamos no sofá e bebemos a garrafa toda. Quando meus pés com meias vão parar no colo dele, Vincent passa um braço por cima das minhas pernas, sem hesitar. Ficamos no sofá até o sol começar a entrar pelas frestas da persiana da janela da cozinha. Tenho uma estranha sensação de resolução. Tenho que voltar para a Escócia hoje. A viagem vai ser de matar.

"Não faço ideia do que conversamos a noite toda."

"Nem eu", responde ele, em um raro momento de seriedade. "Mas eu estava mesmo precisando disso. Obrigado."

Vincent se levanta e se espreguiça, e eu me levanto também.

"Tenho que ir." Ele dá uma olhada no celular. "Tenho que estar no trabalho daqui a três horas."

"Sim." Sorrio, e ele me beija na porta. Um beijo tímido e carinhoso. Tem uma certa emoção nesse lance de ser alguém que outra pessoa gostaria de beijar. E anula o sentimento estranho da primeira vez. Agora, estou bêbada de um jeito diferente.

Levo o lixo para fora e fico olhando enquanto Vincent caminha pela rua. Passo um bom tempo ali, pensando que ele deve ter me contado — já que é a primeira coisa que você pergunta, a primeira coisa que descobre sobre qualquer pessoa —, mas não consigo lembrar onde Vincent trabalha nem o que faz.

AS BRUXAS DE BASS ROCK
EVIE WYLD

II

Peter ligou de manhã.

"Querida?", disse ele, quando Ruth atendeu.

"Ah, sim. Olá." Ela não dormira bem. Estava enjoada e preocupada e tinha passado muito tempo no banho, tentando aliviar a coceira nas pernas e as mordidas ardidas dos pernilongos. Do banho, ouviu Betty gritando com Bernadette, pois é claro que a menina não tinha permissão para ir ao piquenique. Agora Ruth estava resfriada, e, além de tudo isso, Betty estava fritando bacon, e o cheiro grudava na garganta de um jeito muito desagradável.

"Como foi o piquenique?"

Ruth queria poder dizer que tinha sido um desastre completo porque ele não dera as caras, o que foi muito constrangedor. A verdade não estava muito longe disso, mas nada do que acontecera tinha sido por causa da ausência de Peter. Não o deixaria saber do passeio de barco.

"Bem", respondeu ela. "Foi um tanto estranho, mas tudo bem." Não contaria que, quando o barco voltou, as crianças estavam molhadas, morrendo de frio e muito quietas. *Água do mar!*, dissera o reverendo Jon Brown. *Foi bem agitado, mas nos divertimos. Não foi, meninos?* Ele não levou as três meninas em consideração. As crianças tinham voltado caladas, junto de Ruth, respondendo às suas perguntas animadas — *Viram alguma foca?* — com acenos de cabeça. Ficou desesperada para se certificar de que as crianças não tinham se machucado e mostrar que também saíra ilesa. Os meninos estavam congelando. Peter teria ficado horrorizado. Conforme se aproximavam da casa, Betty veio correndo até eles, o cachecol na mão, o rosto pálido e os cabelos pretos em pé; por um instante, Ruth pensou que Betty bateria em Bernadette, mas, em vez disso, só a puxou e saiu andando sem dizer nada. Michael segurou sua mão. Foi o único momento do dia que trouxe conforto ao coração de Ruth. Durante a noite, ela parou algumas vezes diante da porta do quarto dos meninos, tentando escutar evidências de que os matara — uma respiração chiada ou algo assim, mas nada escutou além dos murmúrios noturnos ocasionais, só o ruído baixo e caloroso do sono das crianças.

"Escute", disse Peter, "sinto muito por ter dito aquelas coisas. Acho que você está fazendo um trabalho excelente com os meninos. Só me assustei com aquele vigário doido tirando os dois da cama de madrugada."

"Tudo bem, querido, eu entendo. Quando você volta?"

Peter inspirou profundamente, como se o mero pensamento de voltar para casa o exaurisse.

"Estou vendo a minha agenda e tenho um almoço de Natal com um cliente no dia 14, então não faz sentido voltar até quarta-feira. Vocês vão se virar bem sem mim?" Ruth pôde ouvir o sorriso na voz dele, e pareceu tão bom ouvi-lo naquele momento que resolveu corresponder. O piquenique de inverno tinha passado, e ela não compareceria no ano seguinte e muito menos permitiria que sua praia fosse usada.

"É claro. Ficaremos bem."

"E como a menina está se adaptando?"

"Bem, Betty a está mantendo ocupada." Ruth se olhava no espelho enquanto falava. Teve a impressão de que seu olhar era retribuído por um rosto que não era seu.

"Que bom, que bom." Peter estava distraído, provavelmente lendo um relatório enquanto falava com ela ao telefone. Ruth já o vira fazendo isso com a mãe de Elspeth.

"Bem, vou deixá-lo ir. Apareça na casa da Alice, caso se sinta sozinho." O escritório de Londres ficava em Holland Park, e Alice morava perto, em Kensington. Ruth pensou nas luzes de Natal.

"Boa ideia. Vou procurar saber dos planos dela." Peter com certeza não faria isso. Os dois não se entendiam nem um pouco; quanto a Mark, Peter achava que sua coleção de esculturas fazia dele um pervertido.

"Adeus, querido", disse Ruth.

"Durma bem", respondeu Peter, embora fossem apenas nove e meia da manhã. Ele desligou. Estava com a atenção focada em outra coisa. Seria formidável ter algo com o que se envolver. Enquanto colocava o fone no gancho, ouviu passos nas escadas, e os meninos surgiram lá de cima.

"Bom dia!", cumprimentou Michael, quase gritando.

"Era meu pai ao telefone?", perguntou Christopher, mais sereno.

"Sim, ele volta na quarta-feira. E esperamos que fique até depois do Natal."

Betty servira a mesa com a dedicação de sempre. Ruth encontrou uma fatia de pão morna e, no prato dos meninos, viu dois pãezinhos em forma de pato, com groselhas no lugar dos olhos. Quando Betty apareceu com o chá, parecia constrangida.

"Você passou a noite toda cozinhando, Betty?" Era para ser uma piada, mas, enquanto falava, Ruth percebeu que provavelmente tinha razão.

"Acordei mais cedo", respondeu ela, e saiu de novo. Enquanto os meninos tomavam o café da manhã, Ruth foi até a cozinha, onde encontrou Bernadette à mesa, comendo mingau de aveia e lendo uma revista em quadrinhos. Betty estava de pé, atrás, acariciando o cabelo da menina. Bernadette parecia mais aturar que apreciar a atenção. Quando a viu na porta, Betty desceu a escada e entrou na despensa. Ruth foi atrás.

"Está tudo bem, Betty?"

"Ah, sim. Peço desculpas por ontem."

"Não, eu é que peço desculpas. Achei que ela tivesse sua permissão."

"Foi uma reação exagerada."

"Não, se eu soubesse que o reverendo passaria horas com eles dando duro no mar, não a teria deixado ir. Nem teria permitido que Christopher e Michael fossem. Digamos que o reverendo Jon Brown... assumiu o controle."

"Sim. É bem do feitio dele", concordou Betty.

"E aquela brincadeira... Achei um pesadelo."

"Pois é. Sempre agradeci por só tomar parte do preparo de tortas. O reverendo adora uma festa e sempre quer juntar pessoas com tempo e dinheiro de sobra." Betty endireitou o corpo e afastou o cabelo da testa. "Quando o sr. Hamilton vai retornar?"

"Só depois de quarta-feira."

"O homem trabalha duro." O comentário não saiu com um tom muito lisonjeiro.

"Trabalha mesmo."

"E os meninos, estão bem?", perguntou Betty, limpando uma prateleira com muito empenho. "Depois do passeio de barco?"

"Eles parecem bem. Só pegaram muita friagem, o que não é nada bom. A mãe deles tinha pulmões fracos."

Betty assentiu. "Sim... Ah, aquele homem gosta mesmo de passar frio."

O tempo estava ruim, e os meninos ficaram satisfeitos dentro de casa. Ruth os encontrou no salão: Michael agachado, desenhando diversos aviões e espalhando os desenhos pelo chão, até ter um verdadeiro batalhão, e Christopher recostado embaixo do piano, com uma almofada nas costas, de frente para a porta de vidro, apoiando uma grande pilha de revistas em quadrinhos no colo.

"Vocês estão aquecidos?", perguntou Ruth, e os dois a encararam com os rostos pálidos, os olhos escuros. Então assentiram.

"O que você está desenhando, Michael?"

"Uma esquadrilha."

"Uma esquadrilha?"

"Ele está desenhando aviões", explicou Christopher, provavelmente incomodado com a interrupção.

"Bem, estarei lá em cima se precisarem de mim. Betty vai servir o almoço ao meio-dia. Estejam limpos e prontos."

Ruth fechou a porta e ficou um tempinho ali, parada, prestando atenção, mas não ouviu nada além do lápis de Michael rabiscando o papel. Talvez estivesse exageradamente preocupada; bebera pelo menos cinco taças de champanhe, que consumiu rápido demais. Foi só uma brincadeira infantil que terminou em cócegas. E as crianças só saíram de barco para uma aventura e voltaram meio resfriadas. Agora, precisava pensar no Natal, e em mais nada. Mais nada.

No escritório, sentou-se em sua poltrona. O Natal demandava planejamento, ainda mais considerando a presença dos avós dos meninos. Duas listas: uma de coisas que poderiam ser boas, incluindo roupas novas para as crianças, afinar o piano e convencer Peter a tocar canções de Natal; outra de itens essenciais, como ganso, pudim de Natal, o presente de Peter (alguma peça de lã, talvez), os presentes dos meninos (o que dar?), um dinheiro extra para Betty, um livro para Bernadette.

Ruth se recostou na cadeira e olhou pela janela. Bass Rock estava completamente escondida pela névoa, e grandes gotas de chuva caíam no vidro. Deveria estar feliz. Deveria mesmo. Pensou em Alice, lá em Londres. Em como poderia, se quisesse, tomar um ar, caminhar pela rua Kensington Church e pelo parque, se sentar à beira da lagoa ou no café, visitar o V&A ou encontrar uma amiga e andar pela orla do rio. Naquele momento, sair para tomar ar, em North Berwick, significava engolir lufadas de vento e ter o rosto açoitado pela chuva. Ruth poderia ir ao Pavilhão, mas não conseguiria passar despercebida. O reverendo Jon Brown, Janet ou qualquer outra pessoa diria que ela foi vista tomando chá como se aquilo fosse uma informação contra ela. Como pudera chegar àquela idade completamente sozinha? Os amigos sumiram depois que Antony morreu. Não que nenhum deles jamais tivesse experimentado o constrangimento do luto de outra pessoa, já que todo mundo conheceu um rapaz que morreu na guerra. Foi a maneira como Ruth respondeu ao luto que fez as pessoas pararem de procurá-la. Aqueles dias quando o sentia tão presente no ar, sobretudo nos pássaros, às vezes até no próprio cachorro de estimação. O vento sacudiu a janela, e uma forte corrente de ar entrou.

Que bobeira. Tinham sido apenas cócegas. Uma infantilidade, nada mais. Quando se virou, a porta do guarda-roupa estava aberta, mas Ruth não se lembrava de tê-la deixado assim. Levantou-se e fechou a porta, e, no mesmo instante, vieram três batidas rápidas do outro lado. Ruth abriu a porta de novo, pensando que devia haver alguma coisa pendurada na parte interna, mas não havia nada, só a velha banqueta que já estava lá quando se mudaram.

Não se juntou aos meninos para o almoço, mas foi dar uma espiada e viu que estavam comendo sanduíches no salão, usando guardanapos, ambos ainda no mesmo lugar. Os aviões de

Michael tinham triplicado, e Bernadette o ajudava, se esmerando no desenho de alguns tanques de guerra. Os dois conversavam baixo, e Christopher ainda estava abrigado embaixo do piano.

"Acho que temos que resolver esse piano antes do Natal", comentou Ruth, "para que seu pai possa nos matar de chatice com aquelas canções."

Christopher a encarou por um momento, então pareceu aceitar a piada. Sorriu.

"Seria engraçado."

"O que você está lendo?"

"A *Eagle.*"

A revista era a mesma que ele estivera lendo depois do café da manhã, e Ruth notou que até a página continuava igual: a imagem de um monstro que parecia um peixe, com membranas entre os dedos. Havia o nome "Doomlord" embaixo. Talvez Christopher a tivesse lido mais de uma vez.

"É boa?"

"Eu gosto."

Não teria sido o momento certo para perguntar se ele estava se sentindo bem. Ele estava bem. *Crianças não enterram as coisas como fazem os adultos. Sempre sabemos o que uma criança está pensando* era a avaliação que sua mãe fazia da infância. Ruth esperava que fosse verdade. Não foi assim no caso dela, mas talvez meninos fossem mais resilientes.

Foi até a cozinha, onde encontrou Betty, e começou a preparar uma xícara de chá.

"Betty, acho que é muita intromissão da minha parte."

A mulher baixou a faca com a qual cortava cenouras e sentou-se à mesa, parecendo saber o que Ruth estava prestes a perguntar.

"Mas, no piquenique, uma pessoa disse que Bernadette é o retrato cuspido do pai. E houve uma comoção. Uma das mulheres..."

"A sra. Beech."

"Sim."

Betty ergueu uma perna e apoiou o tornozelo no joelho, como um pescador. Houve um momento de silêncio, e Ruth se sentou também. Betty deixou escapar um longo suspiro.

"O sr. Beech abusou de Mary. Desde quando éramos mais jovens. Nossa mãe sabia, mas achava melhor ele abusar de Mary do que de mim, pois já considerava Mary um caso perdido por causa dos surtos." Betty pegou a faca da mesa e a girou na mão.

"Ah, meu Deus... Sinto muito. Que coisa horrível." O fato de a mãe saber era terrível. Claro que essas coisas acontecem na vida de toda menina, pelo menos em algum momento. No caso de Ruth, tinha sido o assistente do pároco, que só a submeteu a carícias e um beijo molhado, mas a esperança era de que os pais não tomassem conhecimento. Que coisa horrível para uma irmã, saber que isso aconteceu com a outra. E para uma mãe permitir que continuasse acontecendo. Com certeza era o bastante para separar uma família.

"A sra. Beech surpreendeu os dois. Foi quando Mary teve que ir embora." Que alvoroço isso deve ter causado. Ruth pensou em como reagiria se encontrasse Peter em cima de outra mulher. Não conseguia nem imaginar. "O reverendo Jon Brown providenciou um lugar para ela em Landbrooke, e o sr. Beech pagou tudo. Mantivemos a gravidez em segredo, pois minha mãe era católica, e o sr. Beech a forçaria a dar um jeito na criança. Quando a família descobriu, já era tarde demais para se livrar de Bernadette. Nossa mãe manteve o emprego com a condição de Mary e Bernadette ficarem longe, e, quando o sr. Beech morreu, a sra. Beech vendeu tudo e foi embora. E esse foi todo o escândalo."

"Ela sabe? Bernadette?"

"Não. Ela sabe que a mãe vive naquele lugar, e isso já é o suficiente para uma criança. Dissemos que o pai dela era um soldado que morreu na guerra."

"Sinto muito. Por aquelas mulheres idiotas no piquenique."

"Elas não têm culpa. Só agem de acordo com o que acreditam que seja verdade. O culpado é o sr. Beech, e ninguém pode fazer mais nada contra ele. Os homens fazem as coisas e seguem pelo mundo como se fosse tudo parte da vida." Ela apoiou a faca na mesa e entrelaçou os dedos miúdos sobre o joelho.

"E, agora que esse homem morreu, quem arca com os custos da clínica de Mary?"

"O reverendo Jon Brown cuida disso desde que ela ficou adulta. Eu também colaboro quando posso, mas o reverendo tem contatos na diretoria, e eles reduzem um pouco o preço. Tenho esperança de tirá-la de lá em breve. Estivemos conversando, eu e o reverendo, sobre guardar algum dinheiro para uma casa, para morarmos nós três: Mary, Bernadette e eu. Eu continuaria trabalhando aqui, se a senhora aceitar, é claro. Só não passaria a noite."

Ruth apoiou a xícara de chá na mesa.

"Desde que ela ficou adulta?"

"Mary tinha 13 anos quando tudo aconteceu. Tinha mais ou menos a idade de Bernadette quando o sr. Beech começou a incomodá-la. Eu a ajudava a se esconder no último andar da casa, quando podia. Ela cabia em um dos armários... Aquele que fica no seu escritório. Eu a deixava lá dentro durante o dia, quando a sra. Beech estava fora, mas, com os surtos, isso acabou se tornando um problema. É uma casa grande o bastante para uma garotinha se esconder bem, mas um homem silencioso e com más intenções também pode fazer isso. Mary teve uma crise dentro do guarda-roupa e, quando eu a tirei de lá, estava meio morta. Ela nunca mais foi a mesma depois disso. Fazem todo tipo de tratamento no hospital, com banhos gelados e tudo mais, e nada disso ajuda. E, quando é deixada sozinha por muito tempo, Mary fica fora de si. Vejo isso em Bernadette. Ela se esconde como nossa Mary e só sai quando sente que pode confiar em alguém."

Betty passou a manga da blusa nos olhos secos.

"Mas tudo bem. Todos temos nossos segredos, não é? E toda uma outra vida espera por ela e aquela menina. Só precisamos que Mary passe em alguns testes, então estará livre."

"Que tipo de testes?"

"Bem, algumas pessoas do conselho precisam se convencer de certas coisas."

"Ela não pode ir embora quando quiser?"

"No momento, não. Tivemos alguns *incidentes* enquanto ela esteve lá." A voz dela vacilou um pouco.

"Betty."

A mulher arregalou os olhos, respirou fundo e se levantou, voltando às cenouras.

"Como eu disse, todo mundo tem seus segredos. Mas eu sou muito grata à senhora e ao sr. Hamilton, por conta de Bernadette. Sou grata de verdade. É como se metade da batalha tivesse sido vencida."

"Se eu puder ajudar em mais alguma coisa..."

Betty assentiu e sorriu. E ali estava, só por um segundo, sua verdadeira idade. Era mais jovem que Alice. Talvez tivesse a mesma idade de Ruth.

Ruth subiu as escadas segurando uma xícara de chá. Passou pela porta do escritório de Peter no primeiro andar e se demorou um pouco diante do cômodo. Segurou o pires em uma das mãos e levou a xícara aos lábios enquanto encarava a porta fechada. Bebeu o chá todo ali, daquela maneira, então abriu a porta. O cômodo tinha o cheiro dele: cravo e algum odor antisséptico que lembrava menta. Com cuidado, apoiou a xícara e o pires sobre um porta-copos que estava em cima do aparador.

Na mesa, viu uma pilha de livros de contabilidade, uma montanha de papéis e uma lupa. Acendeu a luminária e se sentou na cadeira de Peter. Da janela dele, avistou a ilha Craigleith. O sol brilhou forte, iluminando a grama, então uma nuvem passou, fazendo a chuva retomar o rumo. Que tempo horrível. O barco que o reverendo Jon Brown ainda não devolvera ao porto depois do piquenique coletava água da chuva na areia, fora do alcance do mar.

A primeira gaveta comportava uma desordem de objetos — pontas de caneta, clipes de papel tortos, uma fita de máquina de escrever usada, um compasso com um pedaço de cortiça na ponta. Aquilo a lembrou da gaveta de tesouros e itens perdidos de Michael. Ruth sentiu uma estranha afeição por Peter, como se ele fosse só mais uma criança, machucado por coisas que não deveriam acontecer na infância. A gaveta exalava um cheiro forte de tabaco. Na segunda, uma pistola de largada, meia dúzia de calçadeiras de diversos hotéis, cartas que os meninos tinham enviado da escola e diversas cartas de condolências com bordas escurecidas, datadas de algumas semanas após a morte de Elspeth. Não as leu, pois seria como observar os tendões e músculos de um coração vivo, em pleno funcionamento. O simples ato de segurá-las já a deixou muito desgostosa. Às vezes, parecia irracional que não tivesse conhecido a mulher. Uma pessoa que representara uma parte importante da vida de Peter e dos meninos, cuja morte tinha sido o momento mais significativo que qualquer um deles já vivera. Então Ruth veio de Kensington e entrou na vida deles. Quando eles se conheceram — no intervalo de uma apresentação da peça *Bem Está o que Bem Acaba*, de Shakespeare, da qual Ruth não estava gostando nem um pouco —, Peter lhe pagou uma gim-tônica. E, desde então, seguiu-se uma série de acontecimentos, todos com uma sensação de predestinação, como se já tivessem acontecido e só tivessem que seguir seus velhos passos. O alívio perceptível no rosto da mãe, pois ela se casaria, no fim das contas, e não viraria uma solteirona descuidada. Esses passos conduziram Ruth a esse momento, sozinha em uma casa enorme, desconfiada do marido, desejando ter alguma conexão com sua falecida esposa. Teria sido assim também com Elspeth? Ora, claro que não, como poderia? Elspeth era uma mulher cheia de vida demais para que esse tipo de coisa acontecesse com ela. Certamente jamais se sentaria sozinha em um cômodo, perguntando-se como teria ido parar ali, nem encararia o próprio rosto irreconhecível no espelho, imaginando que tipo de pessoa teria se tornado.

Ruth pegou um diário grosso e o colocou na mesa, diante de si. Correu as mãos pela capa de couro, macia e quente, mais quente que suas mãos. Abriu a terceira gaveta, a mais funda, e foi recompensada com uma garrafa de uísque. Levantou-se e serviu um pouco mais que uma dose na xícara de chá.

O caderno não estava preenchido com declarações de como Peter sentia falta da falecida esposa. Não havia nenhuma descrição de como Ruth o desapontara e de como sua discussão no dia do piquenique só confirmara seus os piores pensamentos em relação a ela. Não havia palavras, só desenhos. Ruth não tinha conhecimento desse passatempo de Peter.

As ilustrações eram quase todas paisagens feitas a lápis, algumas menos e outras mais trabalhadas, as páginas frágeis com a força do grafite. Só esboços, mas todos bons e habilidosos. Nunca tinha visto Peter desenhar. Ele nunca sequer mencionara algum interesse em desenho ou outra forma de arte. Depois de algumas páginas com paisagens marinhas das ilhas de Bass Rock, Cordeiro e Craigleith, surge no céu a cabeça e o peito de alguma ave marinha, de bico grosso e dorso plano. Era mais uma caricatura e não se parecia em nada com os outros desenhos, que mantinham alguma seriedade. Pareceu que, se Peter tivesse desenhado o restante do pássaro, a ave estaria usando um daqueles bermudões de couro com suspensórios, típicos dos países alpinos. Talvez fosse um albatroz, pensou; tinha visto um na capa de uma edição de *A Balada do Velho Marinheiro*. Que adorável. Teria gostado se Peter tivesse lhe mostrado os desenhos. Mas adiante, os traços se tornam um pouco mais proficientes. As ruínas do castelo Tantallon, a sombra da araucária do lado externo da casa. Berwick Law vista da praia, além de mais rabiscos acima da linha do horizonte. A silhueta de um gato desenhada feito um traço de criança: dois círculos pretos, um em cima do outro, bigodes e uma cauda. Uma joaninha, uma borboleta e um homem sentado em uma cadeira, olhando para o lado. Uma paisagem quase vazia — uma linha muito fina na qual Peter desenhou uma árvore desfolhada, só com os galhos pontiagudos. Na página seguinte, a árvore outra vez, mas em um desenho mais focado, como se Peter buscasse algo na memória. No terceiro desenho da árvore, uma figura aparece bem no alto dos galhos, uma forma escura, torta, em uma pose desajeitada. No desenho seguinte, mais de perto, um homem sem sapatos, os pés dois blocos brancos, como os de um pato; ele estava apoiado na árvore, e era possível imaginar que estava morto e tinha um galho enfiado no peito. Depois desse, o restante do caderno era preenchido pela mesma imagem: um homem sentado em uma cadeira, olhando para o lado. Ruth virou as páginas devagar e, pouco a pouco, foi tomada por uma sensação de desespero. Os desenhos não melhoravam, eram sempre os mesmos, e só permaneciam ali, presos, quase iguais. Duzentos, calculou, ou quase isso.

Ruth se afastou da mesa, as mãos no colo. Levantou-se da cadeira e viu o mar pela janela, o mesmo cinza-escuro do tubarão morto. A paisagem toda era um monstro gigante: o céu, indiferente, o campo de golfe, uma terra inculta. Ajoelhou-se e deitou no chão, descansando as mãos sobre o peito. O teto entrava e saía de foco. Ruth sentiu o coração bater na madeira do piso, contra as costas. Um, dois, três, quatro, cinco, seis. Parecia que, em vez de acalmá-la, as batidas do coração estavam ficando mais fortes e altas, bombeando uma maré de sangue para a cabeça, martelando os tímpanos... Ela fechou os olhos e sentiu o chão inclinar. O corpo formigava.

Ruth se sentou quando ouviu alguém se aproximar, sem querer ser flagrada no chão do escritório de Peter, com o uísque ainda em cima da mesa. Mas o barulho cessou. Depois que ela se recompôs e colocou tudo no lugar onde encontrara, foi dar uma olhada nos meninos e em Bernadette. Viu que ainda estavam entretidos em suas atividades no salão, enquanto Betty batia ovos em uma grande tigela na cozinha, como se nada tivesse acontecido, como se nenhuma criança tivesse sido perseguida, como se nenhum homem tivesse sido arruinado.

Bem depois que Betty mandou as crianças para o banho, depois que os meninos e Bernadette já tinham ido para a cama, Ruth foi se deitar. Tinha bebido além da conta enquanto tentava ler. Apagou a luz da sala de estar e subiu as escadas para o quarto, a mão apoiada na parede. Parou na janela do patamar e olhou para os arbustos de framboesa na penumbra. Alguma coisa se mexeu, um gato ou uma raposa; um vulto preto atravessou o gramado e desapareceu na sombra que a lua lançava no muro do jardim.

"Olá, criatura da noite", cumprimentou Ruth. "Para onde você está indo?" Ela apoiou a testa no vidro gelado.

AS BRUXAS DE BASS ROCK

EVIE WYLD

III

Durante o sono, a saia de Sarah sobe, e sua perna se cobre de gotinhas de água perfeitamente redondas. Juntas, formariam um pequeno fluxo. Levo um susto quando vejo que ela não está mais dormindo, que me encara enquanto a observo. Viro o rosto, mas logo volto a olhar, e ela já baixou a saia.

O ar da manhã está denso com o cheiro de madeira queimada e molhada. Ninguém do vilarejo tinha vindo atrás de nós, mas isso não me impediu de acordar com o barulho de cada rato que passava ou de qualquer pássaro empoleirado mexendo as asas. Sarah está com a cabeça apoiada nos joelhos. Meu pai a observa. Tenho a impressão de que ele gostaria de confortá-la.

A viúva Clements se senta ao lado do meu pai, põe as mãos nos ombros dele e toca seus dedos. Sarah olha para ela; seu lábio cortado cicatrizou em uma linha fina. Cook me cutuca com o pé e me passa uma lata de água quente. Eu me sento e ponho a lata no chão — está quente demais para segurar. Ela distribui aquele café da manhã desencorajador para todo mundo, e ficamos ali, bebendo em silêncio. Tento esquecer o cheiro do fogo, na noite passada, a doçura quente e crocante.

"Certo", diz meu pai. "O caminho é o seguinte: seguiremos para o leste, até o litoral. Meu povo é de lá, e só viemos para o interior com a intenção de pregar nessas terras. No litoral, não vamos depender da terra para produzir comida: pegaremos peixes no mar. Procuraremos por alguém que se lembre de nós. Deve haver alguém lá. Então poderemos recomeçar."

Cook solta um grunhido de aprovação. A viúva Clements passa os dedos pelos ombros do meu pai. Ela confia nele. Olho para o lado. E se não houver ninguém? Todos estarão mortos, tenho certeza. Quando a vida é difícil, as pessoas esquecem rápido. Vejo a viúva Clements tirar alguma coisa do cabelo do meu pai. Ela já esqueceu o marido. Meu pai esqueceu minha mãe. E o que vai acontecer conosco depois que pescarmos, depois que estivermos de barriga cheia? Vamos atrás de trabalho, nos dispersando em famílias diferentes, como Cook? Ou nos tornaremos selvagens e iremos viver juntos entre os lobos e texugos? Não faço essas perguntas. Não tenho coragem.

Tenho uma lembrança anterior ao nascimento de Agnes, de quando éramos só eu e meu pai, de quando ele me ensinou a pescar no riacho. Minha altura dava quase na cintura dele. Meu pai enrolou os calções, entrou na água e ficou um bom tempo parado, observando a correnteza lépida. Então se agachou devagar, enfiou as mãos na água e pegou uma truta, que reluzia ao sol, debatendo-se na mão dele. Meu pai riu e gritou: "Veja, Joe! Se ficar quieto, se ouvir por tempo suficiente, Deus envia mensageiros!". Ainda rindo, ele veio até mim com a truta enlouquecida nas mãos e me entregou o peixe, querendo que eu o segurasse. Era enorme e pesada nos meus bracinhos pequeninos, e a truta se debateu sem parar, como um coração vivo e exposto, a boca aberta buscando algo que eu não podia dar. Tive medo. A truta parou, viva, mas aceitando meu abraço, o dorso marrom retendo o reflexo frio das árvores e do céu.

"Vamos levar para casa, para a mãe?", perguntei.

"Não", respondeu meu pai. "Eu queria apenas que você segurasse o coração vivo de Deus por um instante, para sempre saber o que procurar na vida." Ele pegou o peixe e o devolveu à água, libertando-o sob a superfície cristalina.

Meu pai retira uma folha emaranhada do cabelo de Sarah. Ela mantém o olhar fixo ao longe, como se tivesse deixado o próprio corpo.

Sarah anda à minha frente, e o movimento de sua saia na parte de trás dos joelhos chama minha atenção. A saia é grande demais para seu corpo pequeno, e ela precisa segurar a barra para não tropeçar. Quando Sarah salta um espinheiro, parece que está dançando.

Andamos o dia inteiro e não achamos nada. A floresta parece não ter fim; é como se deitar para olhar o céu até se perder na imensidão. Mais de uma vez, vi uma combinação de arbustos e ervas daninhas que sentira já ter visto antes.

A floresta às vezes é escura e densa, e nosso passo é lento, moroso como as batidas pesadas do coração de uma vaca. Saímos em uma clareira. É quando descansamos. Ou, se o dia tiver sido longo o bastante, como o de hoje, montamos acampamento. Como sempre, a chuva começa a cair enquanto nos acomodamos e permanece até o amanhecer. Ninguém fala sobre os barulhos estranhos da floresta, porque falar em voz alta tornaria tudo inevitavelmente real.

Sarah ainda fala muito pouco. Quase todas as palavras vêm da viúva Clements, cheia de previsões agradáveis, na esperança de que tudo será melhor, de que será um recomeço.

"Encontraremos um pequeno vilarejo bem próximo ao mar e conseguiremos trabalho para garantir uma casa e alguma estrutura para recomeçar, desta vez com peixes e enguias e qualquer coisa que viva na água. Eu já vi o mar quando era criança, e o que mais lembro é o cheiro. Tão fresco e limpo. E a água se estende até onde a vista alcança. Lembro de uma ilha, aonde um homem nos levava de barco, e pegávamos ovos de aves marinhas e jogávamos uma rede para capturar arenques. Já comeram arenque?", ela pergunta para o grupo, mas ninguém responde. "É delicioso, um peixe pequeno, de sabor forte e salgado."

Há um longo silêncio, que uma pessoa menos falante entenderia como um sinal para se calar.

"Mesmo vendo, vocês não acreditariam. É extraordinário, extraordinário!" Quanto mais ela fala, menos meu pai responde. Quando andamos em fila única, ele faz questão de deixar Cook imediatamente atrás de si, mesmo que ela fique tossindo e cuspindo nos arbustos, só para que a viúva Clements fique divagando com as costas da cozinheira. É só medo, até eu sei, mas todos estamos com medo e fazemos de tudo para evitar irritar uns aos outros.

Nessa noite, ouço alguma coisa se mover pelo acampamento. Agarro a faca e espero, os pelos dos braços arrepiados. É Sarah, que se aproxima e se deita com o rosto virado para mim. Noto seus olhos marejados. Queria mostrar o pedaço de pano no meu bolso e explicar o que significa, queria contar tudo que aconteceu nos últimos quatro anos, sentir a pele fria e macia de sua axila no meu nariz e na minha boca. Mas fico quieto, só olhando.

"Sinto muito pelos problemas que causei a vocês", sussurra ela, sua voz estranha e rouca.

"Nós já não éramos muito queridos no vilarejo", respondo. Não vejo o castanho dos olhos dela no escuro, mas sei que está lá. Meus próprios olhos estão arregalados, como se isso fosse me ajudar a enxergar melhor.

"Mesmo assim, eu agradeço", diz ela. "Sei como é não ser querida."

Meu pai grita no meio do sono. Ficamos quietos até termos certeza de que ninguém acordou.

"Também perdi minha mãe e minha irmã." Sinto um calor quando conto isso a ela, certo de que Sarah vai encontrar uma conexão entre nós.

"Sim, eu sei. Seu pai me contou." Fico decepcionado, o que me deixa envergonhado. Queria que fosse algo só entre nós dois. Como meu pai se atreveu a usar isso para conversar com a menina? Essa deveria ser uma tristeza minha. Não sei por que penso assim.

"Por que dizem que você é bruxa?", pergunto, porque preciso dizer alguma coisa. No escuro, vejo que ela dá de ombros.

"Me pegaram bebendo leite de uma porca deles. Ficaram bravos. Eles são homens, e eu sou uma menina."

"Você queimou o estábulo?"

"Como sua irmã morreu?", pergunta ela, em vez de responder.

"Meu pai não contou?"

"Ele disse que a floresta a pegou."

"Ela estava andando pela floresta, e alguma coisa a pegou."

"A floresta não pega pessoas. Não há o que temer na floresta."

"Alguma coisa cortou a garganta dela."

Sarah balança a cabeça.

"Depois. Isso foi depois."

"Quando ela foi encontrada, minha mãe enlouqueceu e morreu."

"Porque ela sabia."

"Sabia o quê?"

"Ela sabia o que tinha acontecido. Sabia o que tinha acontecido com a filha dela."

"Não gosto dessa conversa."

"Então vamos parar de falar."

Sarah estende a mão e toca a minha, que está fechada, o punho cravado no chão. Sinto seu calor percorrer meu corpo. Quando ela afasta a mão, fico com a sensação de seu toque, a mão forte, ossuda e calejada; o toque duro de alguém que viveu nas margens da floresta.

Desperto para o verde aguado das folhas novas e o barulho da chuva caindo. Em casa, se as colheitas não tivessem sucumbido há tanto tempo, essa torrente de chuva do começo da primavera teria sido recebida com alegria, engordando as espigas de milho, dando de beber ao gado e regando o pasto. E, embora estejamos longe, ainda penso na vila e me pergunto se está chovendo lá também, se alguém está sentado em frente à nossa velha casa tecendo a grama, observando a lama preta se contorcer e suspirar sob o toque da chuva. Talvez tenham queimado a casa. Isso não deveria importar, já que não há como voltarmos.

Meu pai acordou. Ouço quando ele solta gases e vai mijar no mato. O cheiro de madeira molhada e queimada entra pelas minhas narinas; eu me levanto e vejo que Cook acendeu uma fogueira, como tem feito em quase todas as manhãs da minha vida, e está esquentando a água que pegou do riacho.

"Cadê ela?", pergunto, e Cook indica a parte sul da clareira com a cabeça. Vejo Sarah ali, a saia cobrindo os pés, os olhos fundos de insônia.

A viúva Clements sempre acorda mais cedo e sai em busca de comida. Ela volta quando a água na panela começa a ferver e entrega a Cook as urtigas que colheu e guardou no bolso do avental. A cozinheira as examina e dá de ombros, jogando as plantas na água. Meu pai se aproxima.

"Cuidado. Você vai acabar acusada de bruxaria", diz ele, tentando fazer piada. Todos o encaramos. Sarah ri, então todos olham para ela.

Começamos a recolher nossas coisas depois de comer as urtigas, que a princípio tinham um gosto bom, por conta da fome, mas que deixaram uns pelinhos estranhos no céu na boca. Cook gosta de apagar e esconder os sinais da fogueira, mas meu pai ergue a mão e a mantém parada no ar antes que ela possa cobrir os restos com terra. Ele sobe em cima de um tronco e examina a escuridão da floresta, na direção de onde viemos. Ouviu alguma movimentação estranha e está de queixo erguido, como se tentasse sentir algum cheiro, as mãos estendidas na frente do corpo, perdidas em algum lugar no ar diante dele.

Logo depois, meu pai desce.

"Vamos", murmura ele. "Larguem tudo, tem alguém vindo."

"Mas...", começa Cook. Meu pai a segura pelo pulso e a puxa. Ela ofega, cobre a boca com a bainha do vestido e solta uma tossidela fraca no tecido.

"Agora!", sibila ele, ajudando Sarah a se levantar. As saias da viúva farfalham enquanto ela corre. Ver meu pai com medo é perturbador. Ouço o murmúrio de outras vozes. Saímos correndo.

II

Ruth estava sentada na beirada da cama enquanto Peter aco-
modava duas camisas dobradas na mala. Ele lhe assegurara que
aquele seria o último trabalho a ser resolvido antes do Ano-
-Novo. Havia alguma doçura entre os dois. Mais cedo, naquela manhã, Ruth sonhara que estava sendo perseguida por uma
criatura com pés silenciosos que entrou no quarto sangrando.
Peter a acordou com um abraço e um olhar de preocupação,
e ela se sentiu tão grata por ter sido despertada daquele jeito
que fizeram amor quase imediatamente. Peter guardou os sapatos bons na mala, mas não levou roupa íntima. A conversa
continuou, tranquila:

"Não acho que importa muito se a pessoa cavalgou ou não
na infância, porque a essa altura todos aqueles músculos já não
valem mais nada. Eu não conseguiria nem fazer um cavalo sal-
tar por cima de uma poltrona."

Peter riu. "Queria ver isso." Ele se virou e a encarou. "Você
em cima de um cavalo daria uma bela visão. Bem marcante."

Havia uma leveza de espírito bonita nele, como aquela que
Ruth notara no dia em que se conheceram. Por um instante,
recostada na cama, imaginou se Peter faria amor com ela de

novo. Mas, em vez disso, ele fechou a mala e se aproximou para lhe dar um beijo casto no rosto.

"Seria uma ótima ideia aprender algo novo. Alguma coisa para ocupar a cabeça." Ele se endireitou. "Se os meninos gostarem da ideia, nós podemos alugar um estábulo." Ficaram assim por alguns instantes, Ruth de rosto erguido, sorrindo para o marido, que sorria para ela do alto.

"Querido, por que não guardou nenhuma roupa de baixo na mala?" As palavras saíram um tanto repentinas.

"O quê?", perguntou ele, ainda sorrindo, mas Ruth notou que seu olho tremeu um pouco.

"Só achei estranho... Você pôs duas camisas na mala, mas nenhuma roupa íntima. Nem calças, na verdade."

"Guardo algumas roupas no escritório."

Ruth continuou sorrindo.

"Bem, isso resolve o mistério."

"Ah, sim... Talvez você devesse mesmo pensar em dar uns passeios a cavalo, em vez de bancar a detetive dos calções."

Mas algo se passara entre eles. Se Ruth pudesse desacelerar o momento, teria captado aquela expressão. Os olhos dele pedindo para ela mudar de assunto, dizendo-lhe que não prestasse atenção. E os olhos dela respondendo: *Não posso ignorar isso*.

Mas o momento não durou mais que um grão de areia.

Os dois desceram as escadas juntos e em silêncio. No hall de entrada, enquanto ele vestia o casaco e colocava o chapéu, Ruth se lembrou de que Betty preparara o almoço para a viagem.

"Betty fez sanduíches para você levar."

"Ah, é mesmo? Que maravilha! Algum desastre de presunto e conserva, tenho certeza. Há um vagão-restaurante ótimo no trem."

"Eu sei, mas pelo menos leve os sanduíches." Ruth entrou na cozinha, onde Bernadette, sentada à mesa, fazendo a lição de casa, olhou para ela e sorriu.

"Vim pegar os sanduíches do sr. Hamilton", disse Ruth.

"São de presunto e picles", anunciou Bernadette, com toda a educação.

"Ah, ele vai *adorar*", respondeu Ruth, o mais sinceramente que podia.

Os sanduíches estavam embalados em papel-manteiga e amarrados com barbante.

"Aqui estão, querido", disse ela, entregando os sanduíches para Peter, que esperava diante da porta aberta, olhando o relógio. "Não os jogue na lixeira da estação. Quando vai até a cidade, Betty costuma ficar no final da plataforma."

Peter fez drama por ter de carregar a mala e os sanduíches, então falou:

"Tudo bem. Vejo você em alguns dias. Vai passar rápido."

Outro beijo, e ele se foi.

Não era incomum guardar peças de roupas íntimas no escritório, era? Em que lugar do escritório? Talvez tivessem uma acomodação especial para os funcionários que dormiam fora de casa? Parecia bem improvável. E Peter não mantinha um quarto alugado em algum hotel de Londres. O som dos passos dele diminuiu. Ruth voltou para a cozinha, onde Bernadette parecia estar esperando por ela.

Ruth sorriu de novo e abriu a boca para perguntar no que a menina trabalhava ou fazer alguma outra observação banal, mas o que disse foi:

"Pode dizer a Betty que saí para visitar minha irmã? Preciso resolver uma pequena emergência. Volto amanhã, espero que não muito tarde." Ela se encaminhou até a porta, e Bernadette assentiu, séria.

Ruth precisava do casaco, do chapéu e da bolsa, que estavam todos pendurados perto da porta. Vestiu o casaco e saiu de casa aos tropeços, vasculhando a bolsa enquanto andava à procura do talão de cheques e de dinheiro, então saiu apressada, na ponta dos pés, para os passos não ecoarem pela rua deserta.

Chegou à plataforma a tempo de ver Peter embarcando no vagão da primeira-classe — o que era bom, pois ficariam com o vagão-restaurante entre eles. Entrou no trem e fechou a porta, sentindo o coração bater no ritmo dos pistões. Antes de deixarem a plataforma, Ruth notou os sanduíches de Peter em cima de uma lixeira da estação lotada, bem à mostra.

O vagão estava misericordiosamente vazio, e ela respirou fundo, tentando se acalmar. Então começou a rir. Que coisa mais ridícula de se fazer, seguir o marido por causa da maneira como ele cuidava das roupas íntimas. Ficou um tempo rindo de si mesma e balançando a cabeça, incrédula, e até considerou ir à primeira-classe e fazer uma surpresa para Peter. Depois poderia esperar no hotel até ele terminar o trabalho. Os meninos estavam na escola... Por que ela nunca tinha pensado em ir junto? Parecia algo que uma esposa deveria fazer. Esforçou-se para imaginar uma expressão agradável no rosto de Peter, mas a imagem lhe escapava. Era mais provável que ele ficasse irritado com a surpresa, sem falar que se tratava de uma viagem de negócios, então ele já deveria estar trabalhando. Melhor esperar para ver e talvez falar sobre o assunto com Alice, que certamente entendia dessas coisas. Mark era membro de um clube masculino, afinal de contas.

Estavam perto de Edimburgo quando um homem embarcou no vagão de Ruth. Cheirava a cigarro e uísque, e o cheiro a lembrou do caderno na gaveta de Peter. Teria sido melhor não ter visto o diário; não gostaria que Peter tivesse acesso aos seus pensamentos mais íntimos e nem sonharia em deixá-los escritos por aí. O homem pigarreou à guisa de cumprimento, e Ruth sorriu, olhou para o chão e fixou o olhar na janela assim que o trem começou a se mover. O homem pegou um jornal e fez um estardalhaço para abri-lo, virando as páginas e suspirando de contentamento quando encontrou o artigo que procurava.

Uma mulher com um casaco aberto de lã verde e um suéter amarelo apertado correu pela plataforma, movendo-se, por alguns instantes, na mesma velocidade do trem. Ruth pensou em como era engraçado como às vezes você sabe exatamente como as coisas vão acabar minutos antes de acontecerem. A mulher sorria, com batom vermelho e muito delineador. Era pelo menos cinco anos mais jovem que ela, mal chegara na idade adulta. O homem que foi encontrá-la era Peter, que abraçou sua cintura e enterrou a cabeça em seu pescoço. Então a cena sumiu, congelada na plataforma, quando o condutor veio coletar o dinheiro da passagem.

"Para onde, senhora?", perguntou.

"Não sei", respondeu ela, baixo demais, e o homem com o jornal ergueu o olhar. Para concluir a operação, disse: "Londres".

Havia uma leve saliência na barriga da mulher. Ruth segurou a passagem e manteve os pés bem firmes no chão durante todo o trajeto.

"Quer sair para comer? Ou prefere ficar em casa?"

Alice a recebeu sem surpresa, mesmo que já tivesse planos, e pediu à empregada que preparasse o quarto de hóspedes. A mulher não pareceu nada feliz com a solicitação.

"Espero não ter chegado em má hora", disse Ruth, quando a empregada saiu.

"Má hora?"

"Eu cheguei do nada, sem avisar."

Alice pôs a mão no peito.

"Ah, graças a Deus! Achei que eu tinha me esquecido de que havíamos combinado alguma coisa. Agora estou me sentindo muito melhor. Estou muito feliz em tê-la aqui. Rebecca está irritada porque tivemos uns contratempos que passaram da hora. Na verdade, foi uma ótima coincidência. Eu estava justamente pensando que seria um bom momento para tomar um drinque, e Rebecca parece ficar contrariada quando bebo sozinha." Ruth sorriu. "Então vamos sair? Ou ficar em casa?"

"Não sei se trouxe roupas para sair."

"Você não trouxe nada?" Alice examinou Ruth de cima a baixo. "Eu lhe ofereceria algo emprestado, mas você é bem alta, não é? Bem, vamos ficar em casa, então. Eu mesma farei martínis e uns sanduíches, e Rebecca só vai fazer cara feia."

Foram para a sala de estar, onde Ruth ficou sentada no sofá enquanto Alice abria o armário de bebidas. A sala não estava sendo utilizada em sua última visita; o casal se mudara logo depois do casamento, mas Alice insistira em fazer ela mesma a decoração, uma tarefa que Ruth nunca pensou em querer assumir. Ela se perguntou se não deveria se esforçar um pouco mais com a casa de Berwick para fazer o lugar se parecer mais com um lar. Parecia invasivo demais com as pessoas que tinham morado lá antes dela.

O sofá de Alice era vermelho-escuro e muito espaçoso. Se Ruth apoiasse as costas no encosto, os pés ficariam pendurados como os de uma criança, então ela se acomodou na beirada e ficou observando a irmã servindo primeiro um, depois outro drinque sob a luz branca e fria que vinha da janela atrás dela. Havia uma cadeira de vime pendurada no teto, como um balanço de criança. Ruth se perguntou se aquilo seria só uma peça de decoração ou se suportaria o peso de um adulto. Livros cobriam as paredes de uma forma que a mãe delas desaprovaria. Muitos eram livros grandes com o que supôs que fossem nomes de artistas na lombada, embora não tivesse ouvido falar da maioria. Em uma mesa de centro com tampo de vidro, havia a estátua de um homem montado em um cavalo com um membro enorme. As nádegas do cavalo eram mais definidas do que precisavam ser. Ruth se viu desviando o olhar da estátua. Não porque tenha lhe causado repulsa, mas porque se sentia pudica demais por tê-la notado antes de qualquer outra coisa. Alice percebeu o movimento de Ruth.

"É um pouco exagerada, não acha?", perguntou ela. "Mark se interessa muito por esse tipo de coisa. Ele gosta de comprar obras de artistas jovens, gosta de pensar que está dando uma ajudinha. Mas não sei se ele entende de arte tanto quanto pensa."

"É uma sala adorável."

"Não deixamos a mãe entrar aqui, se é isso o que você está pensando. É a *nossa* sala de estar. Temos uma sala boa e bem sem graça, com papel de parede floral, para quando a mãe e o pai vêm nos visitar. Mark é muito sortudo. Os pais dele já faleceram." Alice entregou o drinque de Ruth e se sentou na cadeira de vime para beber o seu. Ela livrou os pés dos sapatos e os cruzou embaixo das pernas. Um gato cinzento saiu de algum lugar e se acomodou em seu colo. Os dois balançaram juntos, suavemente. "Querida, relaxe. Tire os sapatos, que tal? E me diga por que, depois de todo esse tempo, você finalmente decidiu me fazer uma visita."

Se havia algum ressentimento da parte de Alice, pareceu brando e já perdoado. Ruth não tinha nenhuma intenção de contar qualquer coisa para a irmã, mas ali estava, depois dos primeiros goles de bebida, a imensa necessidade de falar. Ela se abaixou e tirou os sapatos. Seus pés estavam cheios de bolhas. Ruth não pensara em trocar de sapato antes de sair correndo para pegar o trem e depois tinha ido a pé até a casa de Alice, admirando as luzes de Natal, tentando organizar os pensamentos e compreender o que vira em Edimburgo. Ela envolveu o próprio corpo em um abraço e se afundou no sofá. Aquela sala não parecia nada com a da família, com aquelas almofadas grandes listradas de azul e creme da casa dos pais. Mas a casa de Alice não era de bom gosto, era algo além disso, algo que fazia Ruth se sentir deslocada. Era o tipo de decoração de uma jovem moderna e bonita. Ela imaginou como seria a sala de estar da menina de suéter amarelo.

"Descobri recentemente", começou Ruth, fazendo uma pausa para organizar as palavras e bebendo um gole de bebida para se certificar de que era isso mesmo o que queria dizer, "que Peter tem outra mulher."

"Cretino!", praguejou Alice, e sua voz chiou um pouco. "Um grandessíssimo cretino, minha querida. Quando você descobriu? E *como*?"

"Hoje de manhã. Vi os dois. Acho que ela está grávida."

"Ah, pelo amor de Deus!" Alice enxotou o gato e foi se juntar a Ruth. As duas se sentaram nas pontas opostas do sofá, tocando os pés. "E o que você vai fazer? Está pensando em se divorciar? Mark tem uma boa indicação e pode ajudar a resolver as coisas para você. E Peter tem dinheiro, você pode vir morar em um apartamento aqui perto, eu te apresento para..."

"Não. Eu... acho que não, Alice. Ou não acho. Não sei."

"Você o confrontou?"

"Não."

"Um filho. Digo, Mark não é nenhum santo, mas se ele tivesse um filho com outra..."

"Mark teve outras mulheres? Depois de você?"

"Ah, querida..." Alice se remexeu no sofá. "Bem, sim, mas ele nunca engravidou ninguém. Os homens são tão... impulsivos. Digo, se Mark tivesse um caso passageiro com outra mulher, eu não faria nada, nunca. Vejo isso como um alívio da pressão. Mas, se ele engravidasse outra, não sei... Eu esperaria que ele desse um jeito de resolver a situação. Antes de eu descobrir."

"Como assim desse um jeito de resolver a situação?"

"Quero dizer resolver, se livrar mesmo. E você tem que falar com Peter sobre isso. Tem que dizer a ele que as coisas não podem seguir em frente, de jeito nenhum." Alice se inclinou e, com a ponta dos dedos, pegou uma garrafa de xerez quase vazia no aparador. Gesticulou para que Ruth terminasse seu martíni, o que ela fez, e serviu uma dose para cada uma. "Se eu soubesse que homens dariam tanto trabalho, teria me mudado para a França e virado lésbica."

"Agora sinto que Peter já tem tudo isso planejado há muito tempo. Acho que ele me levou para a Escócia para os meninos terem uma casa em um lugar mais tranquilo. E, quando eles voltam da escola, nós fazemos todo esse teatro, fingindo que somos uma família. Às vezes é muito bom. Mas agora eu me pergunto se, esse tempo todo, Peter não estava com a cabeça em outro lugar."

"Queridinha, os homens são o que são, a verdade é essa. Eles são diferentes, querem coisas diferentes. E, para podermos aproveitar a vida, há certas coisas que precisamos aceitar. Não é ser iludida, eu não diria isso... É mais enxergar as coisas como elas são e seguir em frente, até que você entenda tudo e passe a viver uma vida boa, um pouco junto deles, um pouco sozinha. E a melhor coisa é que eles quase sempre morrem primeiro."

Olhando em volta, ali na sala de Alice, Ruth se sentiu estranhamente deslocada. Pensou no caminho até as dunas de areia, no vento, nos pedaços de alcatrão que grudavam nas botas durante a caminhada, nas mangas do suéter úmidas e cheias de areia, quando ela vasculhou as poças de maré. No suspiro baixo da casa quando ela chegava, em quando via a casa, em quando sentia seu cheiro. A sensação de perigo na água. A mesa de Betty, na cozinha, com toda a sua história. Os cigarros no jardim dos fundos. Talvez o lugar tenha penetrado em seus ossos e se tornado um lar.

Seu copo estava vazio de novo, assim como o da irmã. Alice se levantou, pegou os copos e tirou o gato do caminho com o pé. Foi até o armário de bebidas e voltou com uma nova garrafa de xerez e duas taças apropriadas. Serviu quantias desiguais nas taças e deixou a garrafa ao alcance.

Ficaram um tempo em silêncio, até que Alice se inclinou para a frente, pegou a taça de Ruth e a colocou no chão. Então segurou as mãos da irmã e ficou de frente para ela.

"Se for mais que isso, há formas de resolver. Conheço um homem que pode obter provas, e você pode vir morar conosco até encontrar um lugar para ficar. Tenho duas amigas divorciadas, e elas vivem muito bem."

Foi a calma na voz de Alice que fez os olhos de Ruth se encherem de lágrimas. Foi a pena. Imaginou a cara que a mãe faria. A cara de Michael, de Christopher, de Betty, até de Bernadette. Imaginou a mulher de suéter amarelo em sua casa com aquelas pessoas. O rosto de Peter não surgiu em seus pensamentos, mas Ruth se flagrou pensando nos sanduíches de presunto e picles cuidadosamente embalados em papel-manteiga tomando chuva em cima da lixeira.

Alice se endireitou.

"Bem, minha querida, não sei mais o que dizer. São essas as suas opções. O que Antony diria?"

Em cima da lareira, havia uma fotografia em preto e branco do casamento de Alice. Ludwig de barriga para cima na cauda do vestido dela, que se aglomerava em primeiro plano. Mark ao seu lado, os calcanhares juntos como um pinguim. Os pais à esquerda, a mãe mais orgulhosa do que nunca, e o pai, um pouco mais gordo. Ruth viu seu próprio rosto e seu grande medo a um passo de distância dos outros. Um espaço vazio que deveria ter sido preenchido por Antony, mas já fazia quatro anos que ele morrera. Os mortos distantes estavam ainda mais distantes. Se Antony estivesse presente, o fotógrafo teria tirado uma foto dos três irmãos, e ele teria apoiado os braços no ombro delas duas.

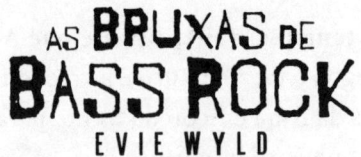

I

Pego o trem porque preciso dormir. Queria o café ruim, o sanduíche e um tempo para descansar, mas, em vez disso, fiquei
sentada, alerta, os pés quentes nos sapatos, como se tivesse que
deixar meu lugar a qualquer momento. Conheço esse sentimento, o de que um lobisomem vem se aproximando. Quando
cheguei em North Berwick, me convenci de que havia alguma
coisa muito errada. Sentia um calor, uma onda quente e densa
no corpo, e não parava de sondar essa sensação para localizar a
causa. Nada está claro. Sim, estou triste pela minha irmã, mas
estaria mentindo se dissesse que não me sinto um pouco empolgada por ver que uma coisa na vida dela não saiu conforme
o planejado. Talvez o calor venha da culpa dessa empolgação.
E o receio de entrar na casa e descobrir que Maggie transformou o lugar em um bordel.

A polícia isolou o beco que sempre uso de atalho para chegar ao calçadão. Quatro carros de polícia e duas vans estão es-
tacionados na rua do outro lado do beco, com policiais homens
e mulheres espalhados aqui e ali pela rua. Eu me esforço para
lembrar se já tinha visto um policial nessa cidade. Esse bloqueio
pode ter inúmeras razões.

Vejo um homem com um colete de sinalização jogando um pó branco em uma área escura no chão. Já vi fazerem isso depois de um acidente de carro. O pó absorve o sangue. Me lembra bolo. Vejo uma tenda branca pequena com um sapato feminino ao lado, logo na entrada do beco. Vejo a cena por menos de um segundo, por entre as calças do uniforme azul-marinho dos policiais que vigiam o lugar, mas noto um círculo branco ao redor do sapato e uma plaquinha de papel com o número 3. Isso pode significar qualquer coisa. Pode ter sido um acidente de carro.

O sapato é marrom e de bico arredondado. O salto é um bloco de madeira. Quando a mulher andava, eles provavelmente faziam barulho como cascos de cavalo. Mas o barulho cessou. À beira-mar, o céu começa a escurecer; um raio de sol ilumina a ilha de Bass Rock. É dourado e amarelo, e me deixa triste.

Na casa, fecho a porta ao entrar e não tiro o casaco nem a mala do ombro. Estou inexplicavelmente cansada. Sento-me na cozinha com as luzes apagadas e fico ali, olhando para uma mancha de umidade entre a parede e o teto, pensando em nada que possa nomear.

"Maggie?", chamo. Nenhuma resposta. Ela foi embora. Fico sentada até sentir fome, então me levanto, pego uma fatia de pão do saco em cima do balcão da cozinha e passo manteiga de amendoim. Tiro metade do casaco e fico com vontade de mijar, mas ignoro a sensação e volto a me sentar para comer, apoiando os pés calçados na mesa. Alguma coisa me seguiu. Sou dominada pela certeza de que minha vida é uma série de erros tediosos ou acidentes felizes que acabariam em um bolo rosa-claro, como sangue embebido em farinha.

Só me levanto quando a vontade de mijar me vence. Tiro o casaco e deixo no hall de entrada. Fico muito tempo sentada na privada e, quando me levanto, sinto as coxas formigando. Olho para a escova de dentes na borda da pia e não consigo nem imaginar de onde tiraria energia para usá-la. Cutuco a casca de ferida na perna, querendo sentir aquela umidade tranquilizante na ponta dos dedos, mas isso, hoje, não me faz sentir nada. Vou acendendo as luzes da casa, então a campainha toca. São dez da noite. É Maggie. Ela está bêbada.

"Deixei uma chave pra você", digo.

"Está sentindo?", pergunta ela, e agarra minhas mãos enquanto entra na casa, encarando meus olhos e soltando um bafo de cerveja em mim.

"Sentindo o quê?"

Ela não responde, só atravessa o corredor até o banheiro, abaixa a meia-calça e se senta na privada. Eu tento passar sem olhar, mas Maggie me chama assim que começa a mijar.

"Viv. Viviane. Você não está sentindo?"

"Sentindo o quê?", pergunto de novo, quase nervosa. Tenho certeza de que minha noite está só começando — o computador está em modo de espera.

"Que sua vida é só um tolete de merda sem sentido e você pode morrer que ninguém vai dar a mínima."

Maggie sai do banheiro erguendo a meia-calça, que se enrosca por cima do vestido, mas ela não arruma. Vai até a janela da cozinha, olha lá fora, abaixa a persiana e segue para a geladeira, onde não encontra nada relevante para suas necessidades, só as garrafas verdes. Então vai abrindo os armários.

"Onde você guarda as bebidas?"

"Não sobrou nada." É mentira.

"Sério?"

Ela me encara, decepcionada. O silêncio cresce entre nós. Se eu ficar indiferente e quieta e não der nada para ela, Maggie talvez vá para a cama em silêncio. Eu queria ficar sozinha, queria não beber, queria dormir para tirar esse sentimento de mim, terminar o dia.

"Você *sente*. Estou vendo em você. Aposto que nem tirou o casaco, só sentou e ficou esperando, né?" Ela sorri, pois sabe que está certa. O murmúrio incessante do meu coração; a pequenina lança de gelo, do tamanho de um palito, enfiada na minha nuca. "Tá se sentindo perdida, sem esperança." Ela aponta o indicador para mim, enfatizando a afirmação, e volta a dizer: "Sem. Nenhuma. Merda. De. Esperança. Você tem que encarar isso, Viv. Tem que admitir. E então...", a voz dela agora não passa de um resmungo, "tem que se refazer e foder alguma coisa até esse sentimento ir embora. Tem que encontrar uma saída... A tarefa de hoje é ficar bêbada... Você precisa acreditar que vale a pena. Precisa acreditar."

"Você não tá falando coisa com coisa."

"Você", rebate ela, totalmente segura de si, "sabe muito bem que o que eu estou falando faz todo o sentido." Eu me pergunto se ela está louca de anfetamina ou se tomou alguma outra coisa. Tem um quê de perigo nela, um pouco de loucura. "Esse cheiro... Esses porcos do caralho, as flores e o fogo, todos aqueles buracos no chão, tudo entupido de lama." Ela me encara com os olhos vidrados, então se balança um pouco, como se seu sangue bombeasse muito forte, como se quisesse sair do corpo.

Vou até a sala e pego o uísque no armário de bebidas. De volta à cozinha, apanho duas canecas e sirvo duas doses grandes. Maggie não diz nada, mas me encara enquanto pega a caneca das minhas mãos. Bebemos de olhos fechados. Por dentro, não paro de repetir: *Ela está certa, ela está certa.* Só não sei sobre o quê. Meu radar não está captando nada. Não sei de nada, só sei que os copos são completados quando ficam vazios. Então bebemos de novo. Só depois da segunda caneca cheia é que percebo que ainda não acendi a luz e que estamos sentadas no escuro.

Alguém bate à porta, um baque intermitente. Um, dois, três, quatro, cinco. Nós duas damos um pulo, Maggie levanta o dedo e mexe a boca, dizendo, sem emitir nenhum som: "Não se mexa".

O lobisomem.

Depois de uma pausa, as batidas recomeçam, mais rápidas e altas. Eu me levanto para olhar pelas persianas, querendo ver quem está lá fora, mas Maggie agarra o meu braço e balança a cabeça. As batidas cessam e, vários minutos depois, ela pega a garrafa e serve mais uma dose. Suas mãos estão trêmulas.

Mais tarde, acordo no sofá, o casaco cobrindo minha cabeça. Encontro Maggie bebendo uma grande caneca de água junto à pia da cozinha.

Seu celular vibra, e ela para o que está fazendo para ler a mensagem em voz alta, incrédula:

"Você tem gosto de pêssego?"

Ela se vira para mim, os olhos bem redondos e rodeados de rímel.

"O caralho que eu tenho gosto de pêssego." Ela ergue os braços, como se fizesse um solilóquio para uma plateia. "Eu tenho gosto de terra, sal e mar. Das profundezas malditas das partes mais escuras do oceano, com manchas de óleo, peixes cheios de escamas e aqueles escorpiões-do-mar desgraçados. Meu gosto é esse. E, às vezes, de beterraba."

Maggie bate com o celular bem forte na mesa e bola um cigarro. Ainda está bêbada. Não tenho forças para pedir que vá fumar lá fora. Em vez disso, abro a janela.

"Você já teve medo de si mesma?", pergunta ela, passando saliva na ponta da seda. "Já se olhou no espelho por tanto tempo que começou a ver outra coisa? Como se tivesse outra pessoa embaixo da sua pele? Já se olhou no espelho e fez careta, torceu o pescoço, mostrou os dentes, rosnou e grunhiu, e de repente percebeu que tem alguma outra coisa dentro de você, algo que você não está deixando sair? Como se nós fôssemos os lobos, e é por isso que estamos sendo caçadas?"

Ela se recosta no sofá e acende o cigarro, dando uma longa tragada e deixando a fumaça sair pela boca. Sei que não está esperando resposta.

"Acontece igual quando você está deitada na cama, pensando em coisas ruins. Esses pensamentos estão na sua cabeça. Nenhum deles é 'só um sonho' e toda essa bobagem. De onde você acha que os sonhos vêm? Quando você se olha no espelho, rosnando e cuspindo, é tão você quanto quando está fazendo compras, chupando um pau ou assando um pernil de Natal. Já andou pelo quarto como se fosse um tigre enjaulado? Já ficou se balançando pra frente e pra trás que nem um urso faminto em uma cela de concreto? Você é o tigre, é o urso, é o lobo e é a porra do monstro."

"Preciso tomar um ar", digo. É quando me ocorre que Maggie não está muito bem.

Saímos no escuro e subimos no muro para ver o mar, a lua refletida em uma linha fina. Faz frio, mas nem tanto. Maggie está em silêncio. O cigarro ilumina seu rosto. Ela parece divinamente triste.

Meu telefone vibra. *Oi. Avisa quando voltar da Escócia. Curti muito ontem.*

"Quem é?", pergunta Maggie.

Isso me irrita, essa presunção de que a minha vida possa estar disponível para ela, que possa ser alguma distração. Penso em mentir, mas seria uma informação insignificante no lugar de outra.

"É só um cara com quem estou saindo." Não estou saindo com Vincent. Não do jeito que Maggie vai interpretar. Mas gosto de como soa casual, como se a gente talvez estivesse transando, como se Vincent talvez fosse um cara misterioso e atraente que fica do lado de fora da minha janela à noite e que talvez até queira ser seduzido por mim.

"Um cara com quem você está saindo?" Há uma longa pausa enquanto ela me encara, parecendo incapaz de organizar os pensamentos. "Como assim?" Ela apaga o cigarro na parede. "Quem?"

"Por que a dificuldade de acreditar nisso?"

Maggie se remexe, nervosa. "É só que... Eu achei que você não estivesse com ninguém."

Dou de ombros, mas sinto uma satisfação discreta e profunda por tê-la surpreendido.

"Não é nada sério", digo, como se não desse importância. Segredos. Uma maneira de revelar a vida aos poucos para fazê-la parecer interessante aos outros.

"O que ele disse?", pergunta ela, em vez de *Quem é ele?* ou *Como se chama?* ou *Onde vocês se conheceram?*. Não respondo.

Ela ergue os olhos, esperando uma resposta.

"Espera. Vocês já transaram?"

"Nossa, Maggie, isso não é da sua conta."

Ela me fita, tentando descobrir.

"É só que... Ele é um lobo? Ou será uma raposa?"

"Oi?"

"Ah, merda, sei lá. Sei lá."

Vou para a cama e deixo Maggie lá fora, em cima do muro, enquanto o sol aparece e os primeiros pássaros começam a cantar.

Acordo me sentindo pior do que antes. Preciso parar de beber. Eu me lembro das vezes na semana passada em que bebi demais e comi mal e me imagino capaz de voltar no tempo e apagar esses dias, para agora estar limpa e saudável. Queria ser uma daquelas policiais da TV que lidam com os sentimentos correndo até se dobrarem ao meio, soluçarem ou vomitarem os sentimentos. Eu provavelmente vomitaria antes de conseguir chegar à praia.

Maggie deixou um bilhete dizendo que saiu para trabalhar. Eu me pergunto quando foi escrito. Boto um chapéu de lã verde e o casaco e vou até o mar, para esvaziar a cabeça. Não consigo enxergar o outro lado da baía, onde os policiais estavam ontem, mas vou andando devagar nessa direção. A maré está baixa, e acabo indo até as poças de maré. É um ponto para onde sempre venho, desde pequena. O lugar está quase sempre igual: as lapas que pontilham as pedras formam o mesmo desenho de quando eu era criança, as ondas se movem no mesmo ritmo, uma gaivota grasna, um cachorro late, o vento fustiga meu rosto. É sempre como me lembro, nenhum detalhe fora do lugar, e procuro, nas poças de maré, alguma marca do que esteve ali, mas nunca encontro nada. Nada. A pedra é indiferente.

Uma menina caminha ali por perto, posso vê-la de soslaio, mas não consigo desviar os olhos da amplidão diante de mim. Ela vai até a beira d'água, onde as ondas espalham uma espuma branca para o alto, e fica ali, admirando a ilha de Bass Rock. Quando olho, ela já não está mais lá, e meu coração dispara, pensando que ela deve ter avançado mais, para onde o mar é mais bravo. Mas, quando chego lá, não encontro nada, só a espuma da água e um vazio no estômago.

Quando volto para casa, Christopher está esperando na entrada.

"Olá, querida", cumprimenta ele, e me beija de leve na bochecha.

"Ah, oi. Desculpa, eu não sabia que você vinha. Você não está com a chave?"

"Sim, estou, mas não queria te assustar. Não quero chegar de repente sem avisar, mas o sinal não é muito bom aqui, você sabe como é. Tudo bem eu ter vindo?"

Abro a porta e sorrio.

"A Deborah tem falado com você?"

"Oi? Ah. Não, pobre Deborah. Acho que esse lugar não vai ser vendido tão cedo. O que você acha?" Algo coisa na maneira como ele fala me desarma, como se eu tivesse que saber.

Dou de ombros.

"Bem, enfim, a verdade é que eu estava em Edimburgo, e recebi umas notícias, então meio que fiquei com vontade de vir até aqui. Espero que não se importe... Você está ocupada? Porque eu posso ir embora, não quero te atrapalhar."

Ele vai descendo os degraus, e me pego segurando seu braço, o que deixa nós dois sem graça.

"Não, entra. São notícias boas? Ou ruins? Quer um café?"

Entramos, e Christopher fecha a porta sem fazer barulho.

"Por favor", responde ele, aceitando o café, e vamos na direção da cozinha. "Ora, bem.... Não são notícias boas, na verdade. É um amigo meu da escola com quem ainda tenho contato. Ele morreu. Ontem."

Ele está com o chapéu na mão e ainda de casaco.

"Ah, sinto muito." Com isso, minha mente fica vazia.

"Sim", responde ele, girando o chapéu e sorrindo. "Sim, acho que é bem trágico. Enfim, pensei que seria bom falar com alguém... É meio bobo. E, como eu disse, não quero ser um incômodo, e sempre te admirei muito. Espero que não se importe por me ouvir dizer isso."

Deixo escapar um suspiro de escárnio inapropriado.

"Eu?"

"Você é muito parecida com a sua mãe."

Ele pendura o chapéu no cabideiro e começa a tirar o casaco. Largo o meu no chão. Nunca me considerei parecida com a minha mãe. Minha mãe é competente, organizada e contida. Ela consegue fazer com que eu me sinta como uma meia velha.

"Sim", diz ele, respondendo a uma pergunta tácita.

Na cozinha, encho a chaleira. Ele enfia as mãos nos bolsos e fica olhando enquanto ponho a chaleira no fogão e giro o botão. O barulho é bem-vindo. "Vamos tomar alguma coisa?", pergunta ele. "Trouxe uma garrafa de uísque."

Desligo a chaleira.

"Sim, vamos."

Seguimos até a sala de jantar, onde pego dois copos de cristal que Deborah deixou ali de propósito, para que a luz da manhã reflita na mesa de café da manhã ao passar pelo vidro, bem sobre o que ela chamou de *arranjo mínimo,* com um bule de café e um porta-torradas. Duas galinhas de prata enfeitam o centro da mesa, *para descontrair.*

Enquanto Christopher serve as bebidas, o relógio no corredor bate onze horas. *Poderia ser pior,* penso. *Poderia ser antes das dez.*

"O mundo conspira para a gente se sentir culpado, não é?", comenta ele, então bate o copo no meu antes de engolir a bebida. Dou um gole no uísque, sentindo meu estômago ainda frágil da noite anterior. Então me ocorre que ele talvez não beba sozinho e que eu era só a pessoa mais próxima quando chegou a notícia.

"Quem era? Seu amigo?"

Nós nos sentamos frente a frente no banco perto da janela.

"Wally. Um cara gentil e sensível. Às vezes, a gente dividia um beliche, no inverno. Ele veio para cá umas duas vezes. Depois que meu pai se instalou em Edimburgo, depois que a Deborah nasceu." Nesse ponto, parece que sua memória falha um pouco. "Temos que dar uma chance para ela. Sempre me senti mal por não conhecê--la melhor, e Deborah passou por uns maus bocados, acho, com meu pai e aquela mãe louca." Ele abaixa o copo por um momento e esfrega as pernas vigorosamente, como se tentasse fazer o sangue circular. Conheço o tique, reconheço essa necessidade de arrancar a pele fora. "Depois que sua mãe se mudou para Londres, a gente remava até Bass Rock para fumar maconha. Wally e eu."

"Ele estava doente?"

"Não, não que eu saiba. A menos que você considere a depressão uma doença, o que eu acho que foi. Mas ele não é o primeiro."

"Oi?"

Christopher se serve de mais uma dose generosa e fica um tempo olhando para fora, para a ilha de Bass Rock, que hoje parece bem distante. O vermelho das algas cerca a rocha como um babado.

"É preciso muita coragem para se enforcar, não acha?"

"Ah. Wally se enforcou?"

"Sim. Sim."

Houve um intervalo durante o qual eu sabia que tinha que falar alguma coisa, mas não falei nada.

"Ele, seu pai e eu dividíamos uma coisa que a gente chamava de Lobisomem. Um tipo de sentimento de pavor, como se estivéssemos sendo perseguidos. Bem bobo e infantil... Mas, sendo bem sincero, às vezes eu ainda sinto isso."

Pisco. Talvez meu pai tenha me contado sobre o Lobisomem. Talvez seja por isso que eu conheça tão bem o sentimento e a criatura.

"Parece muito com um sentimento de nostalgia. A única coisa que resolve isso é se distrair, então ontem à noite liguei para o celular do Wally, e a filha dele atendeu, pobrezinha." Há um longo silêncio. Não consigo pensar em nada para dizer. "É claro que o Michael e eu costumávamos reconhecer esse sentimento um no outro, sabíamos quando estava se aproximando, e às vezes conseguíamos evitar."

Emito um som sem querer. Era para ser um *hmm* contemplativo, mas sai mais como um ganido.

Christopher estende o braço e aperta minha mão, então, tarde demais, percebe que ninguém na família faz isso. O aperto, que começou naturalmente, se torna confuso, então ele dá dois tapinhas na minha mão e se levanta para olhar pela janela. Sua respiração sugere uma emoção intensa. Depois de um momento recobrando o autocontrole, ele se vira e diz:

"Sabia que, alguns anos atrás, eu quase matei um homem?" Ele parece feliz.

"Não sabia, não." Meu estômago está ardendo, mas vejo que não vai ter jeito de sair dessa sóbria. Encho o copo.

"Eu tinha tirado umas férias curtas sozinho. Era primavera, e eu queria fazer a trilha Tennyson. Já fez?" Balanço a cabeça. "Muito boa, só tem um campo de golfe. Não peguei o carro porque... você não vai acreditar... é mais barato ir de trem e alugar um carro na ilha do que fazer a travessia dirigindo. É terrível o que essas pessoas são obrigadas a enfrentar, e pensar que alguns moradores da ilha se deslocam todos os dias. E precisam levar os próprios carros... Terrível!"

Tem um quê de desamparo naquela digressão. Eu me pergunto se ele já tinha começado a beber antes de vir até aqui, então me sinto uma idiota, porque é claro que sim.

"Fiz uma ótima caminhada e estava me sentindo muito satisfeito comigo mesmo. Na volta, peguei o trem no terminal da balsa. Essa linha ainda tem os trens antigos, aqueles que você mesmo abre e fecha. Não tem nenhuma trava, é só puxar a janela que dá para abrir por fora."

"Ah, é?"

Christopher mexe o uísque no copo. Ouço o som das gaivotas lá fora. O caminhão de lixo faz a rota, dá para ouvir o bipe de quando o carro dá ré.

"Olhei. Tinha um velho lá, sentado, e pensei: que merda. Era meu antigo diretor. Eu o reconheci na hora. Charles Laborde, aquele desgraçado. Então pensei: se eu me sentar de frente para ele e abrir a porta e a janela com calma, é só empurrá-lo para fora." Ele ri sozinho. "É só calçar as luvas, para ninguém encontrar minhas digitais na porta. E eu sentia como se já tivesse feito, como quando você está andando e vê o ponto onde quer chegar e sente que o lugar te atrai. Era uma tarefa fácil, eu teria conseguido fazer sem problemas, e duvido que alguém notaria a falta dele. E, mesmo que notassem, pensei que, se eu fosse pego... Imaginei todos aqueles meninos, todos homens, a essa altura, e pensei em nós, que sobramos, abrindo os jornais na mesa de café da manhã e lendo a notícia, o conforto que isso traria, e eu estaria lá, sentado, rindo sozinho. Não tinha notado que tínhamos chegado em Brockenhurst e que ele estava tentando sair do trem. Perdi a chance. Mas ele não conseguia sair, não conseguia abrir a porta. Fiquei lá sentado, vendo o homem sofrer. Ele estava muito velho e fraco, só uns galhos secos. E se virou para mim com aquele sorriso, um jeito de *Pode ajudar o velhinho aqui, meu menino?*, e eu sorri de volta. Então me levantei, abri a porta, ele desceu e eu lhe entreguei a maleta, que tinha suas iniciais. Então ele me disse: *Muito obrigado, meu menino*. E eu disse: *De nada*. Então falei: *Tenha um bom dia, senhor*. E ele me deu uma olhada quando eu disse *senhor*, mas não se demorou muito. Não falei nem fiz mais nada."

Christopher não tira os olhos da água durante todo o tempo em que fala. Tem um leve tremor na voz.

"O que ele fez pra você?" Eu não esperava fazer essa pergunta, mas, quando aquilo sai de mim, meu tio não parece vacilar.

"Uma vez eu fui pego fumando. O que me entregou foi que ele viu a fumaça do outro lado do campo. Eu também estava bebendo... Naquela época, a gente começava cedo. Não é como hoje. Eu não lembro se beber era considerado melhor ou pior que fumar. Tinha uma faia junto do campo de críquete, e eu mantinha uma garrafa de conhaque escondida ali. E de repente o diretor estava lá. E ele disse: *Não vou punir você agora. Você não vai saber quando o castigo virá, só vai saber quando eu mandar chamar*. E, depois de umas duas semanas, eu acabei me esquecendo do caso. Achei que ele tinha esquecido também. Meu conhaque ainda estava na árvore, ele não tinha confiscado nada. Acho que até fomos para casa nesse meio-tempo, e, quando voltamos, ia ter um jantar entre os professores, por conta do meio do semestre, e fui chamado de madrugada. Desci de pijama e lá estava ele, bêbado como nunca, com a beca, o capelo e a bengala, andando de um lado para o outro no quarto e balançando a bengala, como se estivesse animado ou furioso. É claro que agora, em retrospecto, eu tenho quase certeza de que era cocaína. Ele estava fumando um cigarro. E me fez ficar diante da mesa dele. Então disse: *Hamilton, tire a roupa*."

Meus dedos dos pés se levantam, pressionando o bico das botas. A sensação de horror é física. Eu me arrependo de ter perguntado.

"Ele me espancou por um tempo, parando para tomar um ar, beber um gole aqui e ali, parando para olhar pela janela e cantarolar uma música, dar um trago no cigarro. E quebrou feio meu nariz. É por isso que ele tem esse calombo atraente." Christopher toca a região entre o nariz e a testa, onde a ponte do nariz entorta um pouco. "Então, quando cansou, e acho que eu estava sangrando demais para continuar ali, no quarto dele, me mandou voltar para a cama. E disse: *Aí está algo que você não vai esquecer tão cedo*. Estava todo cheio de si."

Há um silêncio, durante o qual ficamos encarando o chão.

"Enfim", completa ele, rindo. "Eu deveria ter matado aquele desgraçado, teria valido muito a pena. Eu deveria ter gritado: *Aí está algo que você não vai se esquecer tão cedo* enquanto ele caía do trem. Teria sido glorioso."

"Quantos anos você tinha?"

"Acho que uns 14."

"Você não contou pra ninguém?"

Christopher ergue o rosto e me encara, e é a primeira vez desde que ele começou a falar que nossos olhares se encontram.

"Para quem? Meu pai estava com a cabeça em outro lugar. E com a velha Ruth... Ah, você sabe como é. Era difícil saber o que se passava na cabeça dela. Seu pai e eu só começamos a chamar a Ruth de mãe aos 20 anos, porque sentimos que ela precisava disso. Mas Ruth não era nossa mãe. E, sabe, mesmo que minha mãe estivesse viva, sei lá... A gente não contava esse tipo de coisa. Éramos forçados a acreditar que era tudo parte da vida. E aconteceram coisas muito piores do que isso. Seu pai viveu tempos horríveis. Ele era do tipo sonhador, e era muito bonito."

Christopher parece se desvincular um pouco da linha de pensamento, talvez se lembrando de quem eu sou em relação ao menino bonito.

"Na verdade, houve uma época, logo depois que tudo aconteceu, em que eu considerei dizer alguma coisa. Pensei em alguma forma de falar com a Ruth sobre o assunto. Até conversei com a sua mãe. Eu ia conversar com a Ruth, ia contar para ela. Ia pedir para ela convencer meu pai a nos tirar de lá. Ensaiei e tudo o mais, desci até aquelas pedras ali", ele aponta com o copo lá para fora, "e soltei tudo no vento. Tinha um vigário aqui, um homem muito estranho, bem próximo dos professores da escola e que tinha uma coisa com o frio... Ele incentivava os professores a desligar o aquecimento e a nos fazerem tomar banho frio nos dias de aula, dizendo que isso nos aproximaria de Deus. Bem, ele me encontrou lá fora, e não sei se acabou ouvindo alguma coisa, mas ele agia como se soubesse tudo que as pessoas pensavam. Um homem medonho, totalmente convencido de que estava sentado do lado direito de Deus. Você acredita em Deus, Viv?"

A pergunta me pega de surpresa.

"Eu... Não. Não, acho que não."

"Como muitos da sua geração, certo? Isso foi bem construído na gente. Mas não na sua mãe."

"Ela acredita em fantasmas."

"Sim, bem, ela viu fantasmas com os próprios olhos. Bem, como um golpe de Deus, antes que eu tomasse coragem, houve um acidente, e Ruth perdeu o bebê... Então não pude trazer o assunto à tona. Seria demais. E, depois disso, ela ficou bem diferente. Minha velha e querida Ruth. Ela devia dar muito medo quando vocês eram pequenas."

"Não sabia que Ruth tinha engravidado."

"Não... Bem, ela saiu para caminhar nas pedras ou algo do tipo, e estava bem longe, então alguma coisa aconteceu e... ela perdeu o bebê. Foi terrível para ela e para o nosso pai, que estava fora na época. E meu pai foi embora logo depois, o que foi bem desumano da parte dele."

"Que tragédia."

"Sim! Acho que foi isso mesmo." Ele ri e se serve de mais uma dose. "É engraçado como às vezes as coisas acontecem todas ao mesmo tempo."

"Sinto muito que tudo isso tenha acontecido." Uma coisa estranha de se dizer, assim como aquele aperto de mãos, mas tenho que falar alguma coisa.

Christopher é educado e não me leva a mal. Ele enche meu copo, embora ainda tenha uma boa quantidade de bebida.

"Bem, sabe, eu tive sorte em muitos aspectos. Ainda estou vivo. Eles eram muito mais cruéis com...", há uma pausa, que interpreto como se ele dissesse *seu pai*, "um monte de outros meninos. E imagino que você já tenha ouvido falar sobre toda a comoção quando começaram a investigar, muito tempo atrás."

"Seu diretor não teve problemas nem quando investigaram?"

"Ah, não... O que ele fazia era considerado comum na época. Como eu disse, havia coisas piores."

Cruéis.

"Queria muito ter jogado ele do trem."

"Sim."

"Bem", diz Christopher, "ao meu amigo Wally."

"A Wally", digo, e brindamos de novo.

Quando eu tinha 11 anos, dormi na casa de uma amiga e acordei de madrugada sabendo que alguma coisa horrível iria acontecer. Fiquei parada por muito tempo e sussurrei o nome da minha amiga, mas ela nem se mexeu. Saí da cama e fui até o corredor para usar o telefone e ligar para casa às duas da manhã. Meu pai atendeu e, antes que eu dissesse três palavras, falou: *Estou indo, aguente firme*, e me encontrou na porta da frente, com um cobertor. Ele enfiou um bilhete na caixa de correio e me levou para casa em silêncio, as luzes alaranjadas da rua riscando o asfalto molhado.

Ainda não escureceu de vez, mas a trilha tem uma aparência fantasmagórica. A menina está atrasada. O pacote escorre e, por descuido, deixa uma pequena mancha em seu vestido. Ela pode voltar mais rápido se pegar um atalho pela floresta. A carne cozida começa a vazar mais.

A verdade é que a menina encontrou uma amiga, e as duas ficaram sentadas, as costas apoiadas uma na da outra, acomodadas em um banco na praia, observando os albatrozes levantarem voo e pousarem na rocha enquanto dividiam uma garrafa de sidra que a amiga surrupiara da fazenda do pai. A amiga lhe despertava uma afeição única. Não era só a sidra que prolongava a conversa, mas uma necessidade de dizer coisas a ela, de conhecê-la, a sensação peculiar causada pelas escápulas da amiga pressionadas contra as dela, suas asas entrelaçadas. Pensou no cabelo da amiga, lavado com sabão de pedra e preso no topo da cabeça, com mechas que serpenteavam pelo pescoço escuro.

Quando entra na floresta, ela se distrai outra vez com o pacote vazando. O cozinheiro vai reclamar da carne aguada, e a menina terá de esconder a bainha do vestido ou fingir que a menstruação a pegou de surpresa.

Mais adiante, vê o filho mais velho de seu mestre e mantém a cabeça baixa. Quando chega mais perto, sente cheiro de flores. Ele toca a aba do chapéu e a cumprimenta, sem diminuir o passo. "Boa noite", diz ele, e ela abaixa mais a cabeça sem responder. Ela olha para trás duas vezes depois, mas o rapaz já tinha ido embora.

Não conta à amiga que deixou o lacaio fazer o que quis, na esperança de que os sentimentos que ele lhe dedicava fossem substituídos por alguma coisa que estivesse mais de acordo com a natureza. O lacaio tinha ido embora em silêncio, e ela não sentira nada além da aspereza de suas mãos sujas.

Quando ouve os galhos se quebrarem atrás de si, a menina sente algo que lhe embrulha o estômago e sabe que cometeu um erro. Algo arranha o ar tão intensamente que ela deixa cair o pacote e começa a correr, duvidando de si mesma por um segundo, pensando na fúria do cozinheiro quando chegasse em casa atrasada e de mãos vazias. Mas ali está o filho do mestre, sem casaco e sem chapéu, brandindo um pedaço de pau acima da cabeça, correndo rápida e silenciosamente em sua direção.

Ela sai da trilha às pressas, e uma parte animal dentro dela tenta se esconder entre as folhas mortas e as samambaias, na terra preta e úmida. O rapaz para, nota sua mão branca brilhando no escuro e parte para cima. A menina não grita; o máximo que espera é que ninguém descubra. Não deveria ter ficado daquele jeito com a amiga, não deveria ter bebido a sidra e se atrasado, não deveria ter pegado o atalho. O homem pressiona os polegares na leve depressão de sua garganta como se enfiasse os dedos na casca grossa de uma laranja.

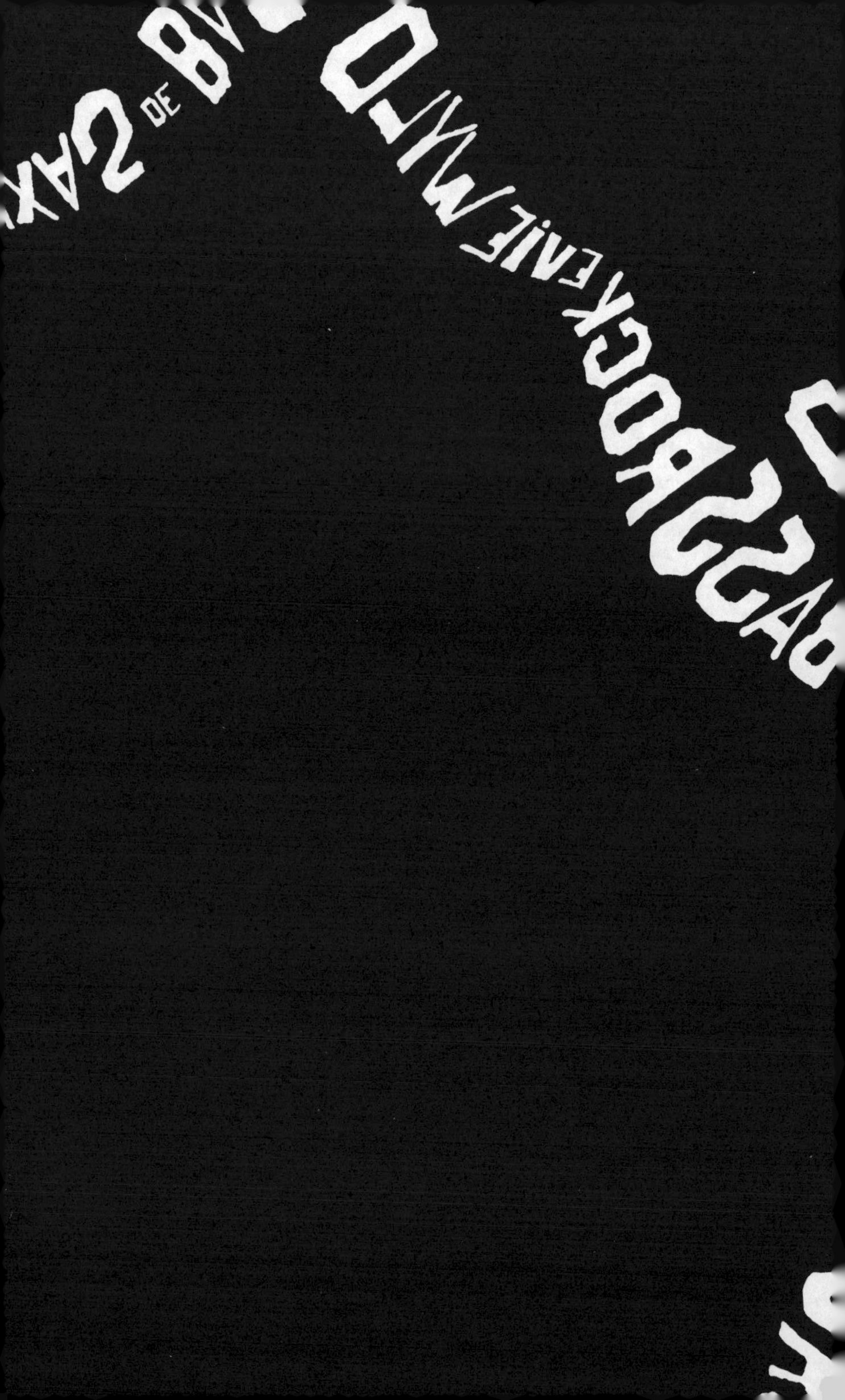

AS BRUXAS DE BASSROCK

A MONTA-NHA

EVIE WYLD

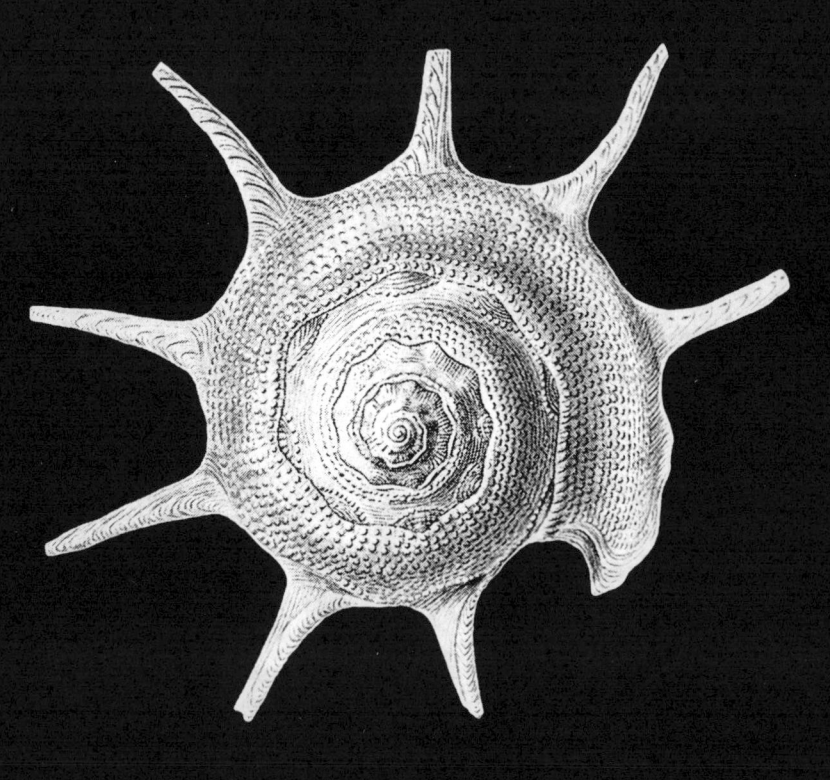

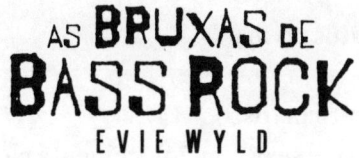

AS BRUXAS DE
BASS ROCK
EVIE WYLD

I

Em Londres, o céu que vejo da janela é branco, e as copas escuras das árvores se balançam com os primeiros ventos de uma
tempestade que ameaça cair. Bebo um copo d'água gelada, que
descansa no meu estômago. Tomo um gole sempre que o silêncio me parece proposital. Estamos deitados nas ruínas amar-
rotadas da minha cama. Os últimos 25 minutos de sexo foram
barulhentos e... Estou tentando encontrar o adjetivo certo para
descrever. Urgentes? Não, Vincent não transpareceu urgência;
ele parecia confiante de que o sexo aconteceria. Apaixonados?
Também não... Não somos mais tão jovens para essa ser a palavra certa. Não foi lento, mas foi intenso. Animal? Quase. Mas
não foi tão erótico quanto parece. Sem pressa, mas intenso. É
o mais perto que consigo chegar.

De qualquer forma, acabamos entre o lençol e o protetor
do colchão. Estou contente com esse protetor. Foi um presente de Natal que Katherine me deu há muito tempo. Ela sentiu
que isso me conduziria na direção certa.

"Qual é a sua comida favorita?", pergunta Vincent.

Apoio o copo e puxo o lençol para me cobrir. Ele tira o lençol e pousa a mão na minha barriga.

"Gosto de frutos do mar."

"Qual?"

"Eu como muito marisco."

"Não sei se isso é sexy ou não", comenta ele.

"Acho que não. Quase sempre como mariscos enlatados. E você?"

"Hmm?"

"O que você gosta de comer? E não diga nada nojento sobre mariscos, que eu não vou rir."

"É..." Ele acaricia meu ombro. "Gosto da carne de uma mulher que acabou de foder." Ele mordisca minha pele com os dentes.

"Cócegas." Eu me encolho. "Odeio que façam cócegas em mim. E isso não é um pedido." Essa é sempre uma coisa imbecil de dizer, porque é sempre encarado como um pedido.

Vincent se senta na cama e leva as mãos à cabeça, juntando os dedos como orelhas de coelho, me encarando de um jeito estranho, os dentes à mostra.

"Que merda é essa? O coelhinho da Páscoa?"

Ele continua me encarando, chegando mais perto, emitindo um misto de ronronar com rosnado. Não estou entendendo. Vincent se senta em cima de mim, com as coxas uma de cada lado, me apertando. Ele se inclina, ficando bem perto do meu rosto. Continuo sorrindo, porque tem alguma piada aí que não estou entendendo, é só isso.

"Eu sou a criatura que fica olhando você pela janela à noite", sussurra ele.

Há um momento que dura apenas um batimento cardíaco, como quando a gente pisa na rua e um carro passa raspando, tão perto que dá para sentir o movimento, um ventinho batendo no rosto, a sensação se estendendo até a ponta dos dedos. Então acaba, e o que sobra é raiva.

"Dá pra sair de cima de mim, por favor? Você é pesado."

Vincent abaixa as orelhas de coelho, e penso que ele vai sair de cima de mim, mas, em vez disso, começa a me fazer cócegas.

"Ah, vá se foder!" Tento empurrá-lo, esperando que ele me permita isso, mas ele não deixa, então dou um tapa em seu peito. "Sai de cima de mim!" Mas ele continua cutucando minhas costelas, e sou tomada por aquele sentimento horrível, sem conseguir respirar, sem controle; em pânico, bato nele bem forte, acertando a orelha. Ele agarra meus pulsos e me segura, e a sensação de pânico aumenta. "Que merda é essa?", eu me ouço dizer repetidas vezes, porque não consigo dizer mais nada, e minha respiração cessa. Vincent abaixa o rosto, tocando o nariz dele no meu, e fica ali, me encarando nos olhos, perto demais, apertando as coxas contra mim, segurando meus pulsos com força, respirando pelo nariz como um touro. Até que digo: "Mas que merda você está fazendo?". Minha voz é chorosa, mas Vincent permanece em silêncio, a cabeça apoiada na minha.

Parece que a coisa toda dura muito tempo. Então ele endireita as costas e sai de cima de mim, vai até o banheiro sem dizer nada e fecha a porta. Fico um tempo na cama, então me levanto e visto a calça jeans e uma camiseta. Estou procurando minha bolsa quando ele volta, escovando os dentes com a minha escova.

"Que merda que você está fazendo?", pergunta ele, a boca cheia de espuma.

"Que merda *eu* estou fazendo?" É tudo que consigo pensar em dizer.

"Sim", responde ele. "Que merda que você está fazendo? Por que está vestida? Eu ia cozinhar uns mariscos ou alguma coisa assim."

"Vincent, que porra foi essa?"

Ele passa os olhos pelo quarto.

"O quê? Como assim que m... Tem alguma aranha?"

"Isso que você acabou de fazer."

Ele ergue a escova e a examina.

"Você está brava porque peguei sua escova?"

"Não... É só que... Eu não saquei o que aconteceu agora há pouco, na cama."

"Do que você está falando?" Uma expressão de horror se apodera dele, que engole espuma.

"As cócegas."

Ele solta o ar.

"Jesus!", responde ele, sorrindo. "Merda, por um minuto achei que você ia dizer que eu te estuprei ou algo assim."

"As cócegas passaram dos limites."

"As cócegas?"

"Sim, a porra das cócegas." Quanto mais eu falo, mais idiota me sinto. "Você fez aquela cara, daí começou a fazer cócegas em mim."

Vincent estreita um olho.

"Você está brava porque eu te fiz cócegas?" Ele parece bem confuso. Eu me sinto muito idiota. "Desculpa, não estou entendendo."

"Eu falei pra você que odeio que façam cócegas em mim."

"Sim, mas todo mundo odeia... E, sei lá, você sabia, no momento em que disse aquilo, sabia que eu faria cócegas em você. É assim que funciona. É um pedido. Merda, você quer que eu peça desculpas porque te fiz *cócegas* depois de te foder? Minha nossa, eu sinto muito." Ele se vira e volta para o banheiro, batendo a porta. Fico sentada na beirada da cama, envergonhada.

Encontro Katherine no Southbank, e tomamos um café. Ela está uma bagunça. Está com o rosto todo inchado, como se tivesse dormido demais. Quando pega um lenço de papel no bolso do casaco, vêm junto um absorvente interno solto e várias notas fiscais velhas.

"Merda...", reclama ela.

"Como está sendo na casa da mãe?"

Katherine assoa o nariz no lenço. É tudo muito estranho e invertido; eu tenho um pacote novo de lenços na bolsa, e ela assoa o nariz em um papel higiênico áspero que amassou e se desfez em seu bolso. O papel deixa um rastro em seu nariz. Não ofereço meus lenços com hidratante. Seria indelicado.

"Tá tudo bem. A mãe tem me dado espaço. Ela fica tentando me convencer a fazer aqueles passatempos do jornal com ela, de manhã, mas é só."

"Você quer falar sobre o que está acontecendo?"

"Não."

Ficamos um tempo em silêncio, bebendo o café. Na mesa ao lado, uma mulher tenta segurar um bebê no colo e enfiar uma garfada de quiche na boca. Ela simplesmente não consegue. Katherine a observa, sem tentar disfarçar. A mulher ruboriza e endireita as costas, desenroscando os dedos do bebê de seu cabelo.

"Fiz um aborto umas seis semanas atrás", conta Katherine.

Balanço a cabeça, concordando.

"Foi a coisa certa a se fazer."

"Sim. Foi."

"Mas sinto muito. Foi horrível?"

"Não muito. Só fico me perguntando se isso tem a ver com o fato de eu me sentir tão... desequilibrada. Os hormônios, sabe."

Ficamos ali, bebendo o café bem devagar. Estou preocupada com o que faremos depois que o café acabar.

"Quer outro?", pergunto.

"Outro bebê?"

"Outro café."

"Ah. Mas e depois?", pergunta Katherine, esfregando o rosto com as mãos. Ouço o barulho molhado da pressão em seus olhos. Ela funga e parece que acabou de acordar de um sono profundo. "Ele não para de ligar. Nem de mandar mensagens."

"Desliga o telefone."

"Tenho medo de fazer isso. O celular só fica lá, captando a... dor dele. E ele mandou uma mensagem ontem à noite dizendo que estava na frente da casa da mãe e que, se eu não saísse, teria que fazer *alguma coisa*."

"Que tipo de coisa?"

Ela dá de ombros.

"Encontrar um bom terapeuta?"

Katherine sorri. É uma raridade conseguir fazê-la sorrir, e o calor que atravessa meu corpo quando consigo me pega de surpresa.

"Ele está confuso e magoado", explica ela. "Eu não imaginei que ele fosse reagir assim, mas acho que ele talvez me ame de verdade."

Mordisco sem parar a ponta do dedão, então começo a morder mesmo. A mão dele nas minhas costas, sua boca na minha. O que uma pessoa boa faria nessa situação? Dizer para Katherine que não importa se ele a ama, que o que importa é que *ela* não o ama? Admitir que nos beijamos, para ela saber o bosta que ele é? Admitir para mim mesma que transamos uma vez, ou duas, na verdade, embora na segunda eu tenha parado tudo no meio, isso considerando que uma foda completa envolve penetração e ejaculação? Levanto, e ela olha para mim.

"O que você está fazendo?"

Sento-me de novo e coço a perna com força.

"Nada."

"Tudo bem? Você não parece bem."

"Pare com isso, por favor."

"Com isso o quê?"

"Desta vez, não sou eu quem não está bem. Pare de tentar ser tão boazinha, de ser tão gentil comigo enquanto você está desmoronando."

Esse costuma ser o tipo de comentário que traz à tona brigas de décadas atrás, o que culminaria em um silêncio de quinze dias, até que Katherine sugerisse uns drinques ou um jantar com nossa mãe, daí seguiríamos como se nada tivesse acontecido. Para ser sincera, é o que estou esperando que aconteça. Mas, em vez disso, Katherine faz uma cara que eu não reconheço. Ela abre bem a boca, sem dizer nada, e, por um segundo, penso que vai vomitar. Mas ela chora. Não me lembro de ter visto isso antes. Uma vermelhidão nos olhos, no enterro do pai; uma lágrima caindo, um pequeno incômodo. Mas o que vejo agora é o retrato da dor. Ela cobre o rosto depressa quando repara na minha cara assustada. Pego meus lenços caros.

"Ei, desculpa", digo. "Toma." Enfio um lenço em seu punho fechado. A mão dela está fria. A mulher com o bebê larga a quiche meio comida e se afasta de nós.

Katherine chora sem emitir nenhum som, mas chora por um bom tempo, escondendo o rosto. Não se levanta para ir ao banheiro, e dá para ver que ela não consegue nem se mexer. Mordisco o dedão e sinto o gosto do sangue; coço a perna sem parar, mas não sangra, para a minha frustração.

Katherine segura o lenço contra o rosto e sussurra: "Obrigada. Obrigada".

Não posso bancar a malvada com ela agora. Mesmo que isso pudesse ajudá-la a ver que Dom era uma pessoa tão ruim quanto todos suspeitávamos. Tenho muito medo do que fiz, de quem sou e do que significa ter feito aquilo.

Katherine dá uma fungada, tremendo que nem um cavalo depois de uma longa corrida.

"O pai alguma vez falou com você sobre o Dom?", pergunta ela.

"Sobre o Dom?"

"Sim. Ele nunca me falava o que pensava dele. O pai gostava do Dom? Achava que ele era um homem bom?"

Hesito um pouco.

"Acho que as exatas palavras foram: *Ele vai ser um ótimo primeiro marido para a Katherine.*"

Penso que Katherine está chorando de novo, mas está rindo. Ela apoia a testa na mesa e soluça.

"Ah, que babaca", funga ela. "Sinto tanta falta dele."

AS **BRUXAS** DE
BASS ROCK
EVIE WYLD

II

No Natal, receberiam apenas os avós maternos das crianças, pois os pais de Peter eram falecidos, e os pais de Ruth não se sentiam inclinados a viajar, já que os meninos, como a mãe de Ruth dissera, implorando para ser compreendida, *não têm nenhuma relação conosco*. O casamento foi uma situação que não gostariam de repetir. A mãe de Elspeth, Judith, chorando abertamente durante os votos, a própria mãe de Ruth incapaz de demonstrar sequer um fiapo de simpatia — afinal de contas, perdera seu único filho, o que era obviamente pior que perder uma filha —, fazendo cara feia e resmungando sobre os americanos para o marido. E mesmo Peter, que era hábil em lidar com momentos sociais embaraçosos, suava frio quando colocou o anel no dedo de Ruth. A irmã mais jovem de Elspeth, Pauline, comentou durante o café da manhã do casamento como a irmã teria animado as coisas, e o irmão, John, repassou os pratos que tinham sido servidos no *último casamento de Peter*.

Desde a viagem a Londres, que era como Ruth se obrigava a pensar na questão, ela vinha sentindo certa necessidade de quebrar coisas, como fizera com a tigela de Betty. Contudo, ela não podia apenas sair por aí quebrando a louça. Então, em vez disso, foi até o escritório de Peter enquanto ele estava fora e quebrou três lápis ao meio. Em outra ocasião, rasgou todas as páginas de sua edição de *Orgulho e Preconceito*. Estava de olho em um par de bibelôs idiotas, dois cachorros marrons e brancos que ficavam em cima da lareira, mas não elaborara um bom plano de ação para aquilo. Sabia que as peças eram muito caras, sem falar que tinham sido presente de casamento de Pauline. Quebrar os dois de uma vez seria muito suspeito.

Os Sandling chegaram com a mesma fanfarra de sempre. Barulhentos e odiosamente engraçados. A sra. Sandling usava um chapéu com uma pena branca e grande, que forçou os meninos a acariciar, dizendo-lhes que era uma pena de avestruz vinda diretamente da África, então contou tudo sobre o ovo que comera dessa ave magnífica, que era do tamanho da cabeça de Michael. Sua mãe teria sido incapaz de evitar se retrair diante da vulgaridade daquilo tudo, mas Ruth conseguiu sorrir, pegar os casacos que lhe entregavam e aceitar o beijo na bochecha de Denis Sandling, cujo bigode cheirava a tabaco velho. O homem segurou Ruth pelos braços e a encarou. Então perguntou: "Como vai, minha velha?". E a afastou para o lado antes que ela pudesse responder, querendo olhar as crianças. Para os meninos, cantou:

> *A história da garota Hart vou contar:*
> *Ela só queria peidar*
> *Então saiu à francesa,*
> *Mas, para sua surpresa,*
> *Lançou cavalo e carroça para o ar.*

"Denis", ralhou Judith Sandling, ríspida, "pode, por favor, não praguejar na frente das crianças?"

"Eles adoram! E vamos combinar: peidar não é xingamento de verdade. Todos teremos esse momento depois do almoço, certo, camaradas?"

Os dois meninos sorriram, obedientes. Ruth achava que devia ser confuso para eles. Os dois devem associar os avós à perda da mãe. Avós esses que sempre fazem questão de agir feito palhaços quando os meninos estão por perto. Mas, assim que os dois se afastam, Judith uiva como um animal ferido, tão alto que as crianças sem dúvida ouvem. Denis assoprou forte a própria mão, fazendo um barulho estranho e muito alto, e isso finalmente amoleceu os meninos, que caíram na risada. Ele tirou uma moeda de trás das orelhas de ambos. Enquanto cada um segurava sua moeda, Denis bagunçou os cabelos dos dois, lançando por água abaixo todo o trabalho que Ruth teve para penteá-los de manhã. Isso não importava, é claro. Era importante que estivessem penteados para que os Sandling vissem; os dois que se resolvessem se quisessem despenteá-los ou não. Ruth fizera sua parte.

Ela pendurou os casacos e foi buscar a bandeja de bebidas que havia preparado. Betty estava em Landbrooke com Bernadette, e Ruth sentia falta dela, mas também estava aliviada por não ter mais testemunhas enquanto falhava em apresentar o Natal que os Sandling esperavam.

Tinha feito uma lista, que estava pendurada na cristaleira.

11h45-12h15 Chegada
12h15-13h45 Bebidas e canapés

Pegou um lápis e riscou o primeiro item, como se já tivesse conseguido cumprir algo. O coquetel natalino já tinha decantado um pouco no fundo da jarra quando as visitas chegaram, por volta das 12h15, então Ruth mexeu o conteúdo com uma colher de pau, conferiu a temperatura da bebida e serviu. Judith recusou, é claro, e Denis pareceu confuso com a cereja vermelha e brilhante.

"São *snowballs*. Fiz para o Natal", explicou Ruth, que achou que o drinque estava na moda nos Estados Unidos. "Digo, não isso... *Isso* é uma cereja marrasquino." Pedira a Alice que enviasse uma jarra de Londres especialmente para a ocasião.

"E o que tem no drinque?", perguntou Denis, cheirando a bebida e falhando em disfarçar a confusão.

"Limonada, conhaque e clara de ovo."

"Ovo?"

"Sim. É para manter a textura."

"Você não teria uma simples taça de xerez?", perguntou Judith.

"*Ovo*! Quem diria...", murmurou Denis, bebendo um gole. Fez uma cara não muito ruim. "Quer saber? Não é nada mau." Ele estalou a língua, como se avaliasse o gosto, então apoiou o copo na mesinha de canto. "Experimente, Judy. Você vai se surpreender."

"Não sou muito fã de ovos."

"Não tem gosto de ovo, querida, de verdade."

"Mesmo assim. Só de pensar já me revira o estômago."

"Ruth com certeza pode lhe arranjar uma dose de xerez, Judith", interveio Peter, olhando com expectativa para Ruth.

De volta à cozinha, Ruth abriu uma nova garrafa de xerez e olhou para os ovos recheados que tinha feito. Seria pior servi-los ou fingir que não preparara nenhum aperitivo? Devia ter seguido as sugestões de combinação do livro, mas tinha tantos ovos, e as receitas pareciam tão simples. Até lhe ocorreu que seria divertido servir um drinque com ovos para acompanhar os próprios ovos. O livro descrevera o petisco como *garantia de sucesso*. Mas a ideia agora lhe parecia repugnante.

Virou a bandeja no lixo e serviu o xerez de Judith, lutando contra a vontade de enfiar um dos ovos do lixo na taça. Então se serviu de uma dose e bebeu de pé, ao lado da lixeira. Tinha tomado o primeiro drinque do dia logo depois das nove da manhã: uma xícara de conhaque. "Uma bebidinha para começar o dia", dissera para si mesma.

Ficou um tempinho ouvindo do outro lado da porta da sala de estar.

"E então, meninos", perguntava Judith, "o que o Papai Noel trouxe para vocês?"

"Ganhei uma arminha de brinquedo", respondeu Michael.

Judith grunhiu, como se tivesse ouvido algo ofensivo.

"E você, Christopher? O que ganhou?"

"Um canivete suíço."

"Um canivete? Um canivete e uma arma..."

Segurando o xerez, Ruth entrou na sala.

No almoço, o ganso, *talvez um pouco passado*, e as batatas, *não estão à moda hasselback, como comemos na Suécia aquela vez*, os Sandling se sentaram juntos, diante das crianças. Tinham presenteado Peter com uma fotografia da filha falecida em uma moldura de prata, além de uma menor para cada um dos meninos. Os mesmos presentes do ano anterior, os mesmos que ganhavam nos aniversários; uma tradição que sem dúvida continuaria até que os dois morressem. A casa estava cheia de imagens de Elspeth, que Peter sempre colocava em exposição antes das visitas deles. "Você entende que estou fazendo isso por eles?", perguntara Peter, e Ruth entendeu que ele estava achando que ela teria ciúmes.

"Pode deixar expostas, se achar que é bom para você", respondera ela, e Peter só franzira a testa e não dissera mais nada.

Depois de servido o ganso, foi a vez do pudim horroroso cozido no vapor, que, como Judith observou, tinha sido comprado, não preparado em casa. Por fim, os meninos foram dispensados, e Peter abriu o conhaque que Ruth comprara para ele. "Alguém deve ter preparado o pudim", disse Ruth. "O prato não surgiu do nada, só por obra da boa vontade." E sorriu. Talvez tenha exagerado um pouco no xerez. Prendeu a língua entre os dentes, torcendo para conseguir contê-la. Denis riu alto, e Peter propôs um brinde aos presentes e àqueles que tinham partido cedo, como se Ruth tivesse dito algo totalmente inadequado. Sentiu o pé dele em seu tornozelo e afastou a perna.

Com os meninos fora da sala, Judith finalmente — e inevitavelmente — se sentiu confortável para irromper em lágrimas. Ruth recolheu os pratos e lhe trouxe um copo d'água.

"Pelo amor de Deus, garota, eu não estou engasgando!" A mulher começou a chorar no guardanapo. O marido deu tapinhas em suas costas, e Ruth saiu para resolver alguma coisa na cozinha. Betty guardava uma garrafa de gim embaixo da pia, e ela se serviu de uma dose generosa. Sentiu-se melhor. Calçou as luvas de limpeza, fazendo careta para a textura de borracha molhada na ponta dos dedos. Pensou na festa de Natal que acontecia em Londres, com Alice e seus pais. Sem dúvida tinham contratado alguém para preparar o almoço, pois Alice cozinhava pior que ela. E pensou em Betty e Bernadette em casa. A que tipo de provação estariam sendo submetidas?

Ouviu a conversa que recomeçara no cômodo ao lado. Evidentemente, a mulher conseguia se recompor, bastava que Ruth ficasse fora do caminho. Peter falava sobre uma viagem de negócios que teria de fazer para Frankfurt, na primavera. Foi a primeira vez que Ruth ouviu falar do assunto, mas ignorou o pensamento e se serviu de mais uma dose. A espuma do sabão deslizou por fora da garrafa verde.

A porta da cozinha se abriu, e Denis ficou ali, desconfortável, com aquele bigode.

"Quer ajuda?", perguntou ele. Ruth estava para dizer "não", mas, antes que pudesse falar alguma coisa, ele viu a garrafa.

"Ahá!", disse Denis. "Copo?" Ruth apontou para o armário. Ele pegou outro copo e encheu o dela, depois o dele. "Temos tônica?"

"Não. É a reserva secreta da Betty."

"Bem." Ele lhe entregou o copo. "Um brinde, na verdade, um pedido de desculpas. Judith não queria... Bem, sim, ela queria, mas o que eu..."

"Está tudo bem", interrompeu Ruth. "Não precisa se preocupar."

"Obrigado", respondeu ele, então bebeu o gim e fez careta. "Meu Deus, as coisas que seu povo bebe..." Ele encheu o copo com água da torneira, para lavá-lo. "Elspeth era igualzinha. Gostava de licor de cereja. Um grude nojento."

Havia um ar estagnado entre os dois, e Ruth não se sentiu inclinada a dissipá-lo. Um pouco depois, Denis falou.

"Andei pensando em você aqui, nesta casa velha." Assim que ele disse isso, Ruth soube o que ia acontecer. Acalmou as mãos sob a espuma, preparando-se para o golpe. "É uma coisa interessante, o luto. Pode surtir efeitos estranhos nas pessoas... em um homem. Com a guerra e uma coisinha ou outra, acredito que haja um sentimento de que aqueles que foram deixados para trás são... indestrutíveis. Mas...", ele se esforçou para encontrar as palavras, "o curso das emoções, a intensidade delas, sabe. Elas não cabem... dentro do corpo. O que estou querendo dizer é que lidamos de várias maneiras com isso, e o mais importante de tudo, é claro, são as crianças."

Ruth o sentiu pegar uma mecha solta de seu cabelo e prendê-la atrás da orelha, o que provocou uma sensação indesejada em suas costas. Seu papel, ela sabia, era ficar quieta e ser acariciada. Em vez disso, se virou e encarou Denis, envolveu o rosto dele com as mãos enluvadas e o beijou. Foi um beijo longo e perigoso, os dois com os olhos bem abertos. Ruth pressionou o corpo contra o dele e sentiu os músculos de Denis se contraírem em resposta.

"Continue", sussurrou ela, encarando-o. "Continue."

Denis levou as mãos ao cinto, e Ruth percebeu que ele pesava a situação. Em vez de abrir as calças, o homem enfiou a mão por baixo da saia dela e a agarrou. A respiração dele contra seu rosto era alta, molhada. Por fim, ele se afastou. Ruth se virou e continuou a lavar a louça. Aquilo com certeza iria confundi-lo, pensou.

"Ah...", começou ele. "Mais um drinque?"

"Não, obrigada, Denis. Eu preciso mesmo dar um jeito nisso aqui."

"Que bom", respondeu ele. "Que bom." Ruth não ergueu os olhos, só ficou trabalhando na pia. "Eu...", começou, mas então saiu da cozinha.

Assim que terminou de lavar a louça, Ruth foi até a sala de estar, pegou um dos bibelôs de cachorro e arrancou a cabeça com todo o cuidado, quebrando-a no chão da lareira como um ovo. Ele produziu um som satisfatório, mas nada alto a ponto de levantar suspeitas no cômodo ao lado. Ela pegou as duas partes e as enrolou em um pedaço de jornal velho que encontrou na caixa de carvão, jogou o embrulho na lareira e pisou em cima, com o salto do sapato.

"Agora, sim", falou, limpando os dedos, sujos de carvão. Nesse instante, sentiu que alguém a observava do canto da sala. Ruth se virou, assustada, sem nenhuma desculpa para dar. Viu apenas a face do relógio de carruagem. Assim que se livrou do mal-estar, pensou que deveria vasculhar as entranhas daquele relógio.

Depois que os Sandling tinham partido e os meninos estavam quietos no quarto deles, Ruth foi para a cama, deixando Peter sozinho na sala, com uma expressão de expectativa. Tirou os sapatos, a meia-calça e o vestido, e se deitou só de combinação, ainda de maquiagem. A mãe teria um ataque de pânico se a visse assim. Ficou acordada, ouvindo a casa se contrair e se expandir, o barulho de Betty chegando com Bernadette e desejando feliz Natal para Peter. Bu latiu três vezes no jardim, antes de ser silenciado com uma bronca. Uma gaivota, as ondas, o rangido dos degraus. Fechou os olhos quando Peter veio se deitar, fingindo dormir; sentiu o outro lado da cama abaixando e levantando enquanto ele tirava o relógio, então o colchão se acomodou.

"Está acordada, querida?", sussurrou ele. Ruth não respondeu, e Peter deslizou a mão pelo corpo dela, das coxas até o ombro. Ruth sentiu uma vontade enorme de machucá-lo fisicamente. Como o homem se atrevia a perguntar se ela estava acordada, receber a informação de que não estava e então tentar acordá-la? Naquele momento, a atitude pareceu a coisa mais insensível do mundo.

"Denis me beijou na cozinha."

A mão dele parou. Ruth não tentou se justificar.

Peter se sentou, e o abajur do lado dele da cama se acendeu.

"O que diabos você está dizendo?" Ele estava nervoso. Não estava nem um pouco confuso, e Ruth achou que era justamente isso que fazia a diferença.

"Você sabe."

"É claro que eu não sei. O que você acha que aconteceu?"

"Ele me beijou. Pôs a mão embaixo da minha saia."

Em silêncio, ambos tomaram uma decisão.

"Bem, eu não sei quem você pensa que é. Seja lá qual for, a historinha ridícula nessa sua cabeça é pura invenção. Francamente...", a voz dele aumentou em volume e tom, "o que mais me perturba é o nível da sua autoestima. Isso e seu problema recente com a bebida."

"Eu não tenho nenhum problema com a bebida."

"Hoje você deu um espetáculo e tanto. Só tolerei porque não queria preocupar Denis e Judith, mas o que diabos você estava pensando, se comportando daquele jeito? Não quero ter que dar explicações aos meus filhos. Toda essa loucura vem da bebedeira, e espero que você consiga perceber isso."

Ele apagou a luz, e os dois ficaram deitados, em silêncio.

"Você beija as esposas de outros homens?"

"Chega", ralhou Peter. "Não vou ficar aqui, sofrendo essa perversidade absurda." Ele saiu da cama, cruzou o quarto e caminhou até a porta. "Se eu fosse você, pensaria muito bem na maneira como se comportou hoje."

Peter saiu do cômodo. Ruth o ouviu atravessando o corredor até chegar ao escritório, então a porta abrindo e fechando.

No canto do quarto, soaram três batidas. Uma, duas, três. Dessa vez, Ruth não sentiu aquele pavor que povoava seus pesadelos, só uma vaga satisfação de ter tido uma testemunha.

Nos dias em que o tempo não estava intratável, Ruth fazia caminhadas, deixando Peter sozinho e curvado sobre a mesa do escritório. Os meninos e Bernadette quase sempre iam para o mar ou comiam *pikelets*[1] na cidade, depois do café da manhã. Ela foi até o sopé da subida de Berwick Law, que dava uma sensação de vertigem até a pessoa estar bem perto, quando a montanha parece ficar mais inclinada. Na primeira empreitada, imaginou que uma caminhada até a ossada de baleia tomaria metade do dia; quando alcançou a primeira subida, dois corredores com coletes sem manga e shorts brancos surgiram

---

[1]   Panquecas pequenas e adocicadas, geralmente servidas com manteiga. No Reino Unido, costumam ser consumidas no Natal. (N.E.)

atrás dela, a ultrapassaram, depois subiram correndo. Os dois lhe deram bom-dia e dispararam, escalando as pedras e causando pequenos deslizamentos de terra. Ruth optou por uma trilha mais leve, mas os dois passaram por ela, no caminho de volta, menos de quinze minutos depois.

Hoje, estava confortavelmente sozinha. A chuva fraca que começara a cair quando saiu de casa aumentara um pouco, embora os pingos não estivessem tão concentrados. De uns tempos para cá, sempre que Peter estava em casa, Ruth se sentia cada vez menos à vontade. Nos longos e silenciosos dias entre o Natal e o Ano-Novo, os dois contornaram a discussão, sem nunca abordar o assunto, um ou outro ou ambos dizendo que *o Natal é uma época estressante*. Embora Peter ainda a beijasse no rosto e a chamasse de *minha querida*, algo muito importante havia sido estilhaçado. A única coisa que lhe parecia correta agora era manter-se em movimento. Se ficasse sentada na sala e tentasse ler um livro, era como se a casa estivesse pegando fogo e ela precisasse tomar alguma atitude.

Quando chegou ao topo de Berwick Law, com os cabelos caindo nos olhos e o casaco permitindo que o vento alcançasse sua nuca, Ruth notou alguém nadando nas águas rasas. Não conseguia compreender por que aquelas pessoas estavam se molhando naquele frio. Respirou fundo e sentiu uma queimação na garganta. Talvez uma gripe estivesse a caminho. Acendeu um cigarro com as mãos em concha e fumou, recostada na ossada de baleia. Aqueles ossos ali em cima eram tão artificiais; uma beleza branca e decadente.

De onde Ruth estava, a ilha de Bass Rock era tão alva quanto os ossos. Olhando com atenção, dava para ver os pássaros levantarem voo e pousarem no topo da rocha. Percebeu um movimento à esquerda, um passarinho nas flores silvestres. A ave saltou de um galho para o outro e levantou a cabeça para Ruth.

Veio um tremor em sua boca, o aperto de uma grande emoção, que Ruth tentou conter. Não era justo com Christopher e Michael ter uma mãe morta e outra levada à loucura.

Ruth terminou o cigarro e se virou para começar a voltar, então quase atropelou um pônei. O animal estava parado ali perto, marrom e roliço. O susto a fez tropeçar, e Ruth ergueu as mãos diante do corpo, com medo de que o pônei saísse correndo, mas o bicho ficou ali, parado, encarando-a com olhos emoldurados por cílios longos. As manchas no focinho formavam um coração aveludado e cor de creme. Ruth deu alguns passos à frente; o animal permaneceu imóvel, e ela estendeu a mão para tocar seu focinho. O pônei bufou, uma lufada de ar branca saindo das narinas cor de carvão, mas aceitou o toque. Seu focinho era frio e macio. A franja estava cheia de carrapichos, e o cheiro fez Ruth se lembrar da estufa do pai. O bicho ergueu o lábio, mostrando os dentes grandes e manchados. O ar estava inerte.

"Olá, Antony", cumprimentou Ruth. O animal piscou, e ela viu a ossada de baleia atrás dela refletida em seus olhos grandes, com a silhueta de uma menina logo em frente. Virou-se, com medo, mas não havia ninguém lá. Também não havia nada nos olhos do pônei, embaçados por conta da idade.

Na descida, no caminho que serpeava pela montanha, Ruth procurou outra vez pelo nadador, mas não o viu. Passou por uma cabana de pastor abandonada, e um corvo enorme saiu voando ali de dentro. Conseguiu discernir as costelas de algum animal morto no interior da casa, entre as paredes que restavam, e o vento soprou o cheiro para cima dela. Outra vez aquela podridão, como na escola dos meninos, vinda de alguma coisa morta havia muito tempo.

A trilha foi se aplainando, mas Ruth ainda não se sentia preparada para voltar para a casa, então acabou na costa, indo em direção às pedras. As mãos estavam cobertas de algum tipo de cera, de quando acariciara o pônei. Ela se perguntou se pôneis produziam lanolina, como as ovelhas. A ilha de Bass Rock estava igual ao pônei: imóvel e indiferente ao clima. Um barco de pesca cintilou na lateral da ilha, e foi isso que chamou a atenção de Ruth para a mudança no tempo. As nuvens estavam mais baixas, e o céu ganhara um tom amarelo-escuro, sugerindo neve. Fazia mesmo bastante frio. A água escureceu e se agitou, lançando pequenas ondas com cristas brancas na praia. Era bem bonito, e, transida pela paixão do momento, Ruth escalou as pedras em direção à praia para ter uma visão melhor; ela se imaginou ali, cem anos atrás, com um lampião e um xale, à espera de uma embarcação. Parou quando viu uma figura solitária na praia e teve de focar o olhar. Um homem nu encarava a água: o nadador, com os braços muito erguidos, como se acenasse para alguma coisa lá embaixo, como se conduzisse a tempestade.

Ele virou o rosto para cumprimentar a chuva e o vento ao norte, confirmando que obviamente se tratava do reverendo Jon Brown, as nádegas brancas contraídas em êxtase, os cabelos e os pelos dos ombros arrepiados, como um cachorro velho cuspido pelo mar. O vento carregou algumas notas dos gritos que ele dava, mas não portou nenhum sentido, se é que havia algum.

Ruth voltou agachada por entre as pedras até conseguir firmar os passos, então tomou o caminho de casa. No começo ela apenas sorria, mas logo estava gargalhando. O homem era mesmo um lunático. Ficou empolgada com a ideia de contar aquilo para Peter, mas depois sentiu uma pontada de inquietação. Não arriscaria. Era melhor contar para Betty. Betty acharia engraçado.

AS BRUXAS DE BASS ROCK

EVIE WYLD

III

Sarah vai cantarolando durante a caminhada. É uma música que nunca consigo entender. Ela prendeu o cabelo no topo da cabeça, para que não a atrapalhasse, e os fios soltos são grossos como palha vermelha. Vejo vislumbres de sua nuca enquanto sigo atrás dela pela trilha; estamos todos com rosto, braços e pernas cobertos de sujeira, por conta da chuva, porém o pescoço dela continua branco como o leite. A chuva piora. Chove dia e noite, mas não faz frio. O ar é pesado nas primeiras horas da manhã, nos cobrindo como uma manta. O barulho alto das gotas de chuva caindo nas folhas e a maneira como a água move as plantas à nossa volta, saltando no verde vivo da vegetação e pesando nos galhos, dá a impressão de que estamos percorrendo as entranhas de uma besta gigante, aquecidos por seu sangue. A verdade é que, depois de uma caminhada de dez dias, as estações parecem ter mudado; no vilarejo, a lama cobre tudo, e qualquer coisa limpa parece pálida e sem vida, mas o verde denso da floresta é outro mundo.

Paramos para descansar junto às raízes de um grande carvalho, que revolveram a terra, abrindo espaço suficiente para que pudéssemos ficar próximos, descansar recostados no tronco e ter algum abrigo. Cook respira com dificuldade; tem tossido menos, mas, quando tosse, dá para ouvir coisas saindo. Sarah a observa enquanto enrola e desenrola o caule de uma folha em volta do dedão.

Meu pai fecha os olhos, e a viúva Clements fica quieta, sentada com os braços cruzados diante do peito. Ela encara a floresta.

Sarah se levanta e caminha para além da clareira. "Voltarei logo", anuncia ela, desaparecendo na escuridão. E se vai antes que qualquer um possa dizer alguma coisa, mas meu pai abre os olhos e endireita as costas.

"Ela deve ter ido urinar", explica ele. A viúva Clements se vira para o outro lado e descansa a cabeça nas raízes da árvore, como se sofresse com aquilo.

Sarah já saiu há um bom tempo. Cook apoia a cabeça nas mãos.

"Melhor irmos", diz a viúva Clements. "Ela fugiu."

"Não", digo, e todos olham para mim.

Meu pai concorda com a cabeça.

"Esperemos. Talvez ela esteja perdida." Cook se levanta e grita para a floresta, mas meu pai a faz calar. O grito parece tê-la exaurido, e ela se senta de volta, trêmula.

Mas Sarah retorna. E ninguém diz nada quando ela chega. Estamos cansados, e estou agradecido por sua ausência, por termos parado um pouco. Se as vozes voltarem, vou me esconder, em vez de correr. Vou fazer uma cova rasa para mim e para Sarah, e me afundarei na terra.

Ela trouxe algumas raízes no avental, então cava um buraco na terra e, devagar e em silêncio, prepara uma pequena fogueira, usando uma lasca de pedra e uma corda que conseguiu manter seca. Observá-la trabalhar me conforta. Suas mãos brancas se movem depressa, com uma convicção que demonstra quantas vezes já fez isso. Fico envergonhado das nossas tentativas de acender uma fogueira na chuva, que ela deve ter observado com muita frustração. O rosto do meu pai também trai um certo desconforto. Deve ser para ele como se uma criança tomasse a dianteira, e me orgulho dela. *Veja, pai*, penso, em uma voz que não reconheço, *ela não é para você*. A viúva Clements vira o rosto. Cook se deleita com o fogo e murmura em aprovação, como uma galinha choca.

"Onde você encontrou algo seco para usar de pavio?", pergunta Cook.

"Em um ninho de rato, perto de um tronco oco."

A viúva Clements cacareja, enojada.

"O fogo vai queimar as fezes", explica Sarah, mas a viúva não se tranquiliza. Nós nos aproximamos das chamas.

"Bem, agora que temos fogo, encontrarei algo para comer. Deve haver cogumelos, ou talvez o riacho tenha algum peixe", diz meu pai, começando a se levantar.

"Não", interrompe Sarah, sem erguer os olhos. "Os cogumelos daqui são todos venenosos, e o riacho corre embaixo da terra." Meu pai já está quase de pé, e aquele olhar surge mais uma vez, como se a criança fosse ele. Uma sombra atravessa seu rosto. Ele permanece no chão.

"Mas", continua Sarah, "encontrei barba-de-bode e urtiga." Ela tira várias raízes do avental e as deposita no fundo das chamas. Enquanto as raízes vão escurecendo, Sarah pede nossas latas e as posiciona embaixo do fluxo de água que cai das folhas das árvores. O cheiro das raízes é bom, como batatas na brasa. Não sei explicar por que nenhum de nós pensou em coletar água da chuva nas latas. Eu me sinto idiota diante da astúcia dela. Por quanto tempo Sarah sobreviveu com apenas raízes e videiras? Penso mais nisso, me permitindo sentir alguma piedade, o que parece melhor que o constrangimento de não ter tomado nenhuma atitude. Essa não é a vida que eu daria a ela.

Eu encontraria carne para ela, ganharia dinheiro para comprar pão. Por um instante, eu me deleito com a imagem de nós dois, nossos filhos aos meus pés, minha mão no joelho dela. Então Sarah tira uma lebre morta do avental, e Cook emite um som de prazer. Foi como um truque de mágica.

"Eu a encontrei no mesmo tronco dos ratos", explica ela. "Estava se abrigando da chuva." Sarah dá um leve sorriso de triunfo. Ela sabe que nos surpreendeu, talvez saiba que nos salvou — e nós que pensávamos que a estávamos salvando. Sinto uma grande admiração e também o desejo de ter sido a pessoa quem proveu a lebre. Meu pai sorri, depois gargalha, e os humores de todos, até mesmo da viúva Clements, se abrandam com a ideia de comer lebre assada. Sarah estende a mão para mim, e lhe entrego minha faca. Ela tira a pele do animal e o limpa com mãos habilidosas, e encaramos a cena com uma reverência silenciosa quando a carne se revela, vermelha, e sentimos só cheiro de sangue e de mato. Ultrapassamos o alcance da podridão. Depois de espetar a lebre em um galho e colocá-la na brasa, junto da barba-de-bode, Sarah se agacha perto das entranhas do animal e as observa atentamente, cutucando-as com um galho.

"O que você está fazendo?", pergunto.

Ela ergue os olhos de repente, como se tivesse se esquecido de que eu estava ali, então olha em volta, para ver se mais alguém havia notado, mas os outros estão ocupados em virar a lebre e secar as botas no fogo. O humor de todos melhora com o cheiro da carne, e meu pai e a viúva Clements travam uma conversa agradável.

"Estou verificando a saúde do animal", responde ela.

Depois de uma pausa, começo a rir. "Eu diria que a lebre não passa muito bem."

Sarah sorri, varre a terra ao redor das entranhas e as envolve na ponta do galho, para erguê-las do chão.

"Depois que comermos, vamos queimá-las", anuncia ela, "para não atrair nenhuma criatura." Sarah apoia o galho com as entranhas contra a árvore e pega as latas cheias de água da chuva que deixou na terra quente, perto da fogueira. Ela põe as urtigas dentro de uma lata, espremendo-as bem com o indicador e o polegar, para que não piquem. Depois de deixá-las um tempo de molho, ela examina as folhas, dá outra espremida e as lança ao fogo, que chia. Sarah entrega uma lata para cada um de nós, apaziguando qualquer desconfiança que possamos ter sobre o que nos está sendo oferecido dizendo a Cook: "Se deixamos a urtiga um pouco de molho e tiramos a folha, não arde a língua".

Cook assente e toma um gole da bebida morna, então diz: "Está bom. Obrigada, Sarah."

Sarah pega a barba-de-bode do fogo, dispõe as raízes em quatro folhas largas e as esfrega até saírem as cascas pretas. As folhas cozinham no vapor de água da chuva. Ela envolve as raízes na folha e distribui entre o grupo. A mistura tem um cheiro doce e amadeirado, e Sarah parte uma raiz ao meio sem usar nada para proteger os dedos da quentura. Ela enfia uma das metades na boca e mastiga, soltando uma baforada de vapor. O gosto é de castanha doce, e é a melhor coisa que como em dois anos. Sarah lambe os dedos e vai cuidar da lebre. Ela tira o animal assado do galho e usa minha faca para separar a carne em outras folhas. Então arranca a cabeça da lebre e separa o restante com um talho na espinha e nas costelas, dividindo tudo em quatro partes iguais. Ela nos entrega essas partes e fica com a cabeça.

"Você devia comer mais carne", digo, oferecendo a minha parte do lombo, que quero muito comer.

"Não", responde ela, "eu prefiro a cabeça." E demonstra isso mastigando a orelha, que estala e se desprende do pequeno crânio. Ela me olha e sorri.

"Obrigado", respondo.

Se as raízes foram a melhor coisa que comi em dois anos, a lebre é a coisa mais maravilhosa que já comi em toda a minha vida. Estou fascinado com a sensação de mastigar a carne tenra. Poderia comer cinco lebres dessas de uma só vez. Tento não demonstrar meu espanto quando vejo Sarah guardar os dentes da lebre no bolso.

"Parece que sempre dormimos no mesmo lugar", diz Sarah. Os outros caíram em sono profundo. Quanto a mim, sinto o coração acelerado e uma tensão no corpo. Parece que posso caminhar mais quinze quilômetros no escuro. Quero falar, quero escalar uma árvore.

"Eles estão cansados", digo. "São velhos, e fizemos um longo caminho."

"Imagine quão longe poderíamos ir sem eles." Ela diz isso de um modo tão delicado que não soa nem um pouco cruel. Parece só um pensamento.

"Sinto que poderia ir até a costa e voltar antes que eles despertassem."

Sarah sorri. "Aposto que você conseguiria." Ela se aproxima de mim, e nossas pernas se tocam. Sarah tira do bolso uma caixinha de madeira e os dentes de lebre que guardou mais cedo. Coloca um por um dentro da caixa, e os dentes fazem um barulho oco e baixo, tal qual a chuva quando estamos abrigados, aquecidos e secos. Ela assopra dentro da caixa aberta, como se os dentes estivessem quentes, e fecha a tampa com cuidado.

"O que é isso?", pergunto.

"Era da minha mãe. Foi ela quem fez."

"Para que serve?"

"É para mim."

"Não entendo."

Os dentes dela são brancos no escuro.

"Para que serve o seu pedaço de pano?"

"Para lembrar."

"Mas quando sua irmã e sua mãe o costuraram, por que estavam costurando?"

"Para praticar, para ensinar minha irmã a costurar."

"Quero ver", pede Sarah.

Pego o tecido no bolso e entrego a ela, que o vira, observando-o à luz do fogo, agora fraca.

"Veja", diz ela, erguendo o tecido, "veja a criação... As estrelas que costuraram, as linhas coloridas. Há história aqui, elas deram vida a este pedaço de pano."

"Não compreendo", digo, mas entendo um pouco o que ela está querendo dizer. Agnes vive na linha que sai do centro da estrela negra, em seus movimentos, e minha mãe, na hachura ao lado, o momento guardado no ato da confecção.

"É coisa de mulher, a criação", diz ela, levando a mão à barriga, "dá para ver o que elas sentiram em cada ponto, dá para ouvir as palavras que disseram uma para a outra e para o pano."

Olho para o tecido e consigo ver isso por um instante, mas ver dói.

"O que você guarda na caixinha?", pergunto, para mudar de assunto.

"É segredo meu." Sarah não diz isso de forma grosseira, mas de repente não quero mais nada a não ser abrir a caixa e ver o que tem dentro.

"Gostei de ver você acendendo a fogueira e cozinhando", falo. Sinto os olhos bem abertos, e o corpo muito quente. São os efeitos de ter comido bem e do formigamento na garganta causado pelo chá de urtiga.

"Gosto de cozinhar para vocês", responde Sarah.

"Diga, o que você viu nas entranhas da lebre?"

"Nada, eram apenas entranhas", responde ela, mas noto um tremor em seu sorriso, e ela vira o rosto. Em seguida, se levanta e caminha até as vísceras do animal, apoiadas contra a árvore, pega o galho e o deita no fogo. "Eu estava só pensando", prossegue, voltando para se sentar ao meu lado, as chamas lambendo os miúdos. "Estava pensando no que acontecerá daqui em diante."

"Você estava perguntando para as vísceras?"

Sarah me encara como se compartilhássemos uma anedota, mas, quando vê minha expressão séria, se retrai.

"Não me importo se você estava falando com elas. Só estou interessado. Quero saber o que você viu."

Ela me observa por um tempo. No silêncio, ouço as batidas do meu coração.

"Sangue, mais nada", responde ela, então rasteja na minha direção e sobe em cima de mim. Sou tomado por um sentimento muito estranho. Não estou assustado; é outra coisa. A escuridão atrás dela se movimenta como a água. Todos os pelos do meu corpo estão eriçados e formigam e são feitos de fogo. Sarah me beija e mexe o corpo contra o meu, e, mesmo enquanto isso acontece, não tenho certeza se é de verdade.

Quando acordo de madrugada, não sei explicar o que aconteceu. Sarah já não está mais ao meu lado, e alguém vomita na escuridão. Ouço, vez e outra, o despejar de um estômago. É Cook, penso, com sua respiração difícil. Fico onde estou e não vou ajudá-la. Sinto um pavor dentro de mim. Meu desejo é pegar Sarah e ir embora para fazermos a jornada até o mar sozinhos. Outro som no escuro, um gemido profundo. Mais um de nós adoeceu.

AS **BRUXAS** DE
BASS ROCK
EVIE WYLD

II

Em uma manhã de março, quando os meninos já tinham voltado para a escola havia muito tempo e um vendaval soprava
lá fora, Betty foi atender à porta. Ruth não ouviu a campainha,
pois o vento soprava alto, fazendo tremer as janelas e gemer a
chaminé. Mas ouviu a voz dele e se afundou na cadeira antes
de se levantar para recebê-lo.

"Sra. Hamilton", cumprimentou o reverendo Jon Brown,
"não vemos a senhora na igreja há um bom tempo." Ele se inclinou e lhe deu um beijo na face, o que a surpreendeu, embora Sarah tenha tentado disfarçar. O reverendo tinha cheiro de
mar, e a bochecha estava tão fria que parecia molhada.

"Estivemos ocupados", explicou ela, tentando demonstrar
uma cordialidade inofensiva, mas que mais cedo ou mais tarde colocaria o reverendo em seu devido lugar.

"Vou buscar um chá", anunciou Betty, ela e Ruth torcendo, ansio-
sas, para que o chá fosse recusado. Mas o reverendo Jon Brown co-
memorou e se dirigiu à sala de estar. Betty e Ruth se entreolharam.

Na sala de estar, o reverendo colocou lenha no fogo.

"Pensei que o senhor gostasse de frio, reverendo."

"Ah, certamente, naquilo que compete a Deus. Naquilo que
compete a mim, gosto muito de estar aconchegado."

"Que compete a mim, reverendo?"

"Sim. O sr. Hamilton está em casa? Ou se encontra em mais uma de suas viagens?" A maneira como ele disse *viagens* pareceu sugerir que ele sabia do que as tais viagens se tratavam. Isso a fez odiar os dois.

"Peter está em casa, mas está trabalhando. Quer que eu o chame?"

"Bem, é sobre o nosso jovem Christopher" disse ele, ajeitando uma almofada nas costas, "então prefiro conversar com vocês dois."

"Aconteceu alguma coisa?"

"Nada com o que se preocupar, apenas algumas questões que julguei melhor tratar com os senhores antes de Christopher retornar."

"Quais questões?"

"Sra. Hamilton, eu realmente prefiro ter o sr. Hamilton conosco. São os meninos dele, afinal de contas."

Betty trouxe uma bandeja, que colocou sobre a mesa de centro. Olhou para ambos, sem dúvida se perguntando o que estava acontecendo.

Havia um jogo de xadrez em andamento, mas Ruth não conhecia as regras.

Gostaria de buscar Peter pessoalmente, de maneira a estabelecer uma conexão entre os dois, para que enfrentassem o reverendo Jon Brown juntos. Porém, não queria deixar o homem sozinho em sua casa; ele poderia surrupiar alguma coisa.

"Betty", disse ela, sem tirar os olhos do reverendo, "poderia chamar o sr. Hamilton, por favor?"

Os dois permaneceram ali, sentados, esperando. Houve um longo silêncio, durante o qual o reverendo não parou de sorrir.

"O que aconteceu com o cachorro?", perguntou ele, sem olhar para a lareira.

"Não sei. Desapareceu faz algum tempo."

"Um ladrão?"

"Não, acho que não."

"A senhora acha que talvez a menina tenha quebrado e escondido?" Ele estreitou os olhos bem de leve.

"Acho que é melhor não falarmos sobre isso, reverendo."

Ele sorriu outra vez e assentiu.

"A senhora é quem manda, sra. Hamilton."

Ruth mudou de posição na cadeira e tentou examinar o canto do teto como se tivesse pendurado alguma coisa importante ali.

Quando Peter chegou, de chinelos e um suéter vestido às pressas — ele geralmente ficava de roupão no escritório —, deu uma espiada na sala, como se esperasse que o lugar estivesse pegando fogo. *Como um menino entrando na sala do diretor*, pensou Ruth. O reverendo se levantou, e os dois trocaram um aperto de mãos.

"Está tudo bem?", perguntou Peter, olhando de um para o outro.

"Quase, como eu estava dizendo para a sra. Hamilton, mas nada com o que se preocupar. Só gostaria de sinalizar algumas coisas antes dos meninos retornarem. É algo que faço para todos os pais com meninos na Carlekemp. Acho conveniente saber como o período correu antes que eles voltem para casa. Algo além do progresso acadêmico e das condutas, mais a ver com a *psicologia* deles." O reverendo pronunciou a palavra como se pensasse que Peter e Ruth ficariam impressionados por ele saber algo sobre o assunto.

Peter se sentou no sofá ao lado de Ruth, de maneira que mais uma vez pareceu que o reverendo Jon Brown era o dono da casa, e eles, seus convidados.

"Como vocês devem ou não saber, tenho certo interesse em psicologia infantil e sempre tento conhecer melhor as crianças de North Berwick. Gosto de saber o que está acontecendo, o que as motiva. Com isso, mantenho uma relação especial com

St. Augustus e Carlekemp Priory, onde sou o capelão. Agora, não há nada com o que se preocupar, como eu disse, mas seus dois meninos passaram por uns maus bocados no último período. Isso não é incomum. Christopher está passando por algumas mudanças, está se tornando um jovem homem. Quanto a Michael, ele tem andado bem agitado, e sinto que, em virtude do falecimento da mãe deles, essas coisas têm adquirido uma dimensão... maior que o normal. Então tudo isso se une e cria um comportamento que poderíamos considerar um tanto... inquietante."

"O que o senhor quer dizer?", perguntou Ruth.

Peter estava inclinado para a frente, como se tivesse que se esforçar para entender o que era dito.

"Bem, Christopher se envolveu em mais de uma briga nesse período."

"Briga? Mas isso não parece combinar muito com ele", argumentou Ruth. Nunca vira o menino sequer levantar a voz, nem mesmo para Michael. "Ele se machucou?"

"Ah, nada sério, posso garantir. Só alguns hematomas, um nariz deslocado... Mas vocês deveriam ver o outro menino!"

"Ele quebrou o nariz?"

"Não se preocupe." O reverendo ergueu as mãos, como se Ruth estivesse sendo histérica.

"Eu só..." Ela olhou para Peter, que permaneceu em silêncio. "Peter, você vai dizer alguma coisa?"

Ele parecia mergulhado em pensamentos ou lembranças.

"Tudo isso faz parte de crescer e de se tornar um homem", disse Peter, parecendo muito mais convincente. "Para falar a verdade, os meninos têm sido muito protegidos desde que a mãe morreu. Pode ser bom endurecê-los um pouco. A vida não é só feita de piqueniques e passeios de barco."

O reverendo assentiu, satisfeito.

"Mas ele tem 12 anos." O peito de Ruth esquentou. "Michael não está brigando também, está?"

"Não é o caso dele, mas Michael anda fazendo uma porção de relatos absurdos. Mas, novamente, é esperado."

"Ele está mentindo? Sobre o quê?"

"Está inventando histórias, algumas até divertidas, para amedrontar os outros meninos do dormitório. Lobisomens nas janelas, esse tipo de coisa. Mas receio que algumas outras histórias têm se concentrado nos professores, e é aí que precisamos tomar uma atitude."

"O que ele disse?"

"Ah, não importa. As crianças sabem o valor do nome de um adulto, e Michael, ao manchar o nome dos professores, está só tentando conquistar o respeito dos colegas."

"O que Michael diz que fizeram?" Ruth sente um pânico indefinido na boca do estômago.

Peter se levanta, uma pilha de nervos que Ruth nunca tinha visto antes.

"Francamente, querida, os detalhes são irrelevantes. O que importa é que ele entenda que esse tipo de comportamento não é tolerável em um homem. E Christopher precisa extravasar seja lá o que estiver sentindo e, se necessário, brigar em um ringue." Foi como se uma outra pessoa falasse através de Peter. Ruth imaginou a mão enfiada nas costas dele, fazendo a boca mexer, como um fantoche.

"Como eu disse", o reverendo Jon Brown falou mais alto, sorrindo, "o objetivo dessa conversa não é fazer vocês punirem os meninos, é mais para alertá-los de que os dois podem ter mudado um pouco. A idade adulta vem a galope e encontra mais de um obstáculo no caminho."

Ruth não ouviu o encerramento da conversa. *O que está acontecendo?*, pensou. Sentia como se sua vida fosse um quadro feito de areia que alguém tivesse soprado com um canudo, apagando todas as verdades — o amor de Peter, a cura dos meninos após a morte da mãe, o desejo de ter seu próprio filho.

O reverendo se despediu e trocou apertos de mão com os dois, então Peter o acompanhou até a porta. Ruth esperou o marido voltar para a sala de estar, então se levantou para recebê-lo.

"Bem, o que devemos fazer?", perguntou ela.

"Fazer?"

"Tem uma escola regular em Musselburgh. Nós podemos..."

"Meu Deus, o que você está propondo? Não podemos colocar os meninos em uma escola regular. Não precisamos que eles voltem para trabalhar na fazenda."

"Mas eles não estão felizes. O reverendo veio até aqui para dizer isso. Tem algo errado... Os meninos não gostam da escola."

"E não deveriam gostar." Havia uma irritação na voz de Peter que beliscou a ponte do nariz dela, como se Ruth fosse uma garotinha boba fazendo birra. "O objetivo da escola é transformá-los em homens, e é isso o que está acontecendo. Eles podem não gostar agora, mas, com o tempo, vão se afeiçoar ao lugar."

"Você não se preocupa?"

"É CLARO QUE ME PREOCUPO!", gritou Peter, como se toda a sua força e alma estivessem contidas naquelas palavras. Estava com o rosto e o pescoço vermelhos. Ele limpou a saliva que se acumulou nos lábios com as costas da mão.

Peter estava mudado. O perigo estava ali, na sala, com eles. Ruth sentou-se, compelida a desviar o olhar dele, como alguém faria com um cachorro raivoso. Ficaram em silêncio por um bom tempo, até a cor de Peter voltar ao normal.

"Você acha que os mandei para aquela escola porque não penso neles."

"Não, de forma alguma, eu..."

"Você acha que a escola foi fácil para mim, que eu não conheço as dificuldades de um internato? Eu não faço isso por mim, faço pelo bem deles. Não vou deixá-los aqui com você, Betty e aquela menina, para que virem maricas pintores de aquarelas que colhem conchas na praia. O mundo é violento, e eles precisam enfrentá-lo. E o meu trabalho como pai, o único guardião que sobrou, é prepará-los para isso." Peter assentiu consigo mesmo, como se para se convencer. "Porque é isso que temos que fazer. Foi o que fizeram comigo, e não me prejudicou em nada! Olhe para mim, eu sobrevivi a uma guerra! Eu sobrevivi à morte da minha esposa! Eu sobrevivi a você!"

O golpe foi traiçoeiro, e antes que Ruth pudesse se dar conta, já estava revidando.

"E vai colocar seu outro filho na mesma escola? Ou ela não vai deixar?"

"Do que você está falando?"

Ruth se levantou, dando um passo na direção dele.

"Você vai deixar o filho da sua amante ser despedaçado em um colégio interno, ou essa honra só é reservada aos seus filhos legítimos?"

Peter esbofeteou o rosto dela, e por um segundo não havia nada na sala a não ser o zumbido depois do golpe. A dor não foi tão intensa quanto o gosto — Ruth mordera a bochecha. Peter pareceu assustado e virou as costas para ela.

"Você me bateu", disse Ruth, débil.

Ele passou a mão na cabeça, nervoso.

"Você precisa se controlar, Ruth. Essas fantasias estão se tornando muito cansativas."

O rosto dela estava quente; a mão dele estava aberta. O sangue no canto da boca foi estancado pela língua.

"Eu sei sobre a garota", disse Ruth. "Você não pode negar."

Agora que as palavras tinham saído, o que aconteceria?

Peter fungou, esfregou o nariz e se apoiou em um quadril. Seu corpo emanava uma energia estranha, algo novo sob a pele.

"A garota?"

"A garota em Edimburgo. Não me faça soletrar, Peter, é humilhante demais", continuou Ruth, sentindo que também poderia explodir e avançar para cima dele. Talvez, em momentos como aquele, explosões de raiva fossem permitidas.

"Não faço a menor ideia do que você está falando."

"Pare com isso."

Peter se sentou, como se estivesse exausto, e olhou para ela. Sua expressão se apaziguou, e sua voz soou gentil.

"Desculpe, querida, não sei mesmo sobre o que você está falando."

"Eu segui você. Vi você na plataforma em Edimburgo."

"Você viu...? Agora estou preocupado. Você está se sentindo mal?" Peter se adiantou e colocou a mão na testa dela, que se esquivou.

"A garota, eu a vi... E vi que ela está esperando um bebê."

"Ruth, querida, você está me assustando."

"Não me chame de *querida*."

"Acho que você se enganou." A brandura dele era terrível. A mágoa que demonstrava diante do que ela sugeria. "Eu sei que cometi um erro agora há pouco. Desculpe. Eu me assustei... Você estava histérica."

Ruth se levantou e arrancou o broche de cachorro do suéter.

"Isso aqui", disse ela, jogando o broche no chão, entre os dois.

"Eu sabia que você não tinha gostado", observou Peter.

"Esse é um Greyfriars Bobby, de *Edimburgo*." Ele olhou um bom tempo para o broche no chão. "E é claro que você não o comprou em Londres."

Peter virou o rosto para encará-la.

"Certo. Eu admito. Foi minha secretária quem comprou. Eu estava cheio de trabalho. E disse que você gostava de cachorros."

Ela subitamente entendeu tudo.

"Você pediu para a garota fazer isso, não foi? Ela escolheu um presente para a sua esposa." Ruth sabia que estava certa. Não sabia como nem por quê, mas tinha certeza.

"Você está parecendo louca", disse Peter, a voz outra vez irritada. "Entendo que esteja brava por eu me ausentar tanto. Tenho me matado de trabalhar para que possamos..."

Ruth o interrompeu.

"Meu Deus, nós nos mudamos para cá por causa dela, não foi?"

Por um segundo, ela viu a expressão de um homem pego em flagrante, a surpresa logo substituída pela raiva.

"Como você se atreve a me acusar desse tipo de coisa? Como se *atreve*?" Ele se levantou e pegou o broche. "Devo pedir à minha secretária que devolva o broche e lhe envie um cheque?" Ele andou na até porta com o broche na mão, então se virou. "Sabe, estávamos falando sobre os meninos... Você sentiu que não estava recebendo atenção suficiente?", indagou, decepcionado, e saiu da sala.

Ruth encarou o próprio reflexo no espelho e viu aquele outro rosto olhando para ela; um rosto mais jovem, mais magro, mais assustado. Então se recompôs e percebeu que era tudo que ela mesma era: jovem, magra e assustada.

AS BRUXAS DE BASS ROCK

EVIE WYLD

I

Nosso trem faz uma parada em Blackfriars, e reconheço Dom na plataforma do outro lado.

"Ei." Katherine olha. "Ei, olha lá, é o Dom."

Imediatamente me arrependo de ter falado. Katherine não faz cara feia, mas algo no fundo dela murcha, e vejo seus lábios apertados e a maneira como ela aproxima as mãos do corpo, como se quisesse escondê-las.

Como se tivesse me ouvido, Dom ergue o rosto, mas o reflexo dos raios do sol na janela deve ter nos escondido. A expressão dele não muda, e ele não ergue a mão para nos cumprimentar. Mais um segundo se passa, e o corpo dele é tomado por uma tensão.

Um tranco. O trem diminui a velocidade, mas as portas ainda não se abrem. Dom se vira e começa a correr. Nós o vemos descer a escada em disparada, quase derrubando um velho, que se apoia no corrimão e balança a cabeça.

Ele me viu.

"Merda", pragueja Katherine, e as portas se abrem.

"O que está acontecendo?", pergunto. "O que ele está fazendo?"

"Não sei. Não sei."

"Será que a gente puxa o cordão de emergência?"

"Não sei!"

Olho para o letreiro de embarque. Temos dez segundos para partir. Não conseguimos tirar os olhos da escada à nossa esquerda, por onde Dom deve aparecer. Faço uma contagem regressiva: *oito, sete...* E de repente ele está ali, no primeiro degrau, com uma expressão que não é a de um garoto que um dia amou minha irmã, a confortou, riu com ela, fez amor com ela e preparou mil macarrões no jantar, vendo televisão ao lado dela. Não é aquele cara que, depois que transamos pela primeira vez, me abraçou com força e deixou que eu chorasse em seu peito, dizendo que minha aversão devia ser direcionada a ele, e não a mim mesma. Que, um Natal, me deu uma caixa daquelas bonequinhas típicas da Guatemala que têm o poder de afastar preocupações, medos e inquietações e ficou observando enquanto eu abria o embrulho, depois segurou meu rosto no corredor enquanto eu tentava não chorar, beijou minha testa e disse: *Eu sinto muito, de verdade.* Ele mudou. Dom sobe a escada correndo, *três, dois, um,* as portas apitam, começam a fechar... e travam: ele joga o corpo contra as portas, enfia o dedo na brecha e tenta abrir, mas a máquina é mais rápida, e ficamos ali, olhando para ele. Dom grita alguma coisa que não consigo entender, soltando perdigotos no vidro, o branco dos olhos crescendo ao redor das íris azuis, a boca muito vermelha, os dentes à mostra, afiados. Ele parece um maluco. Dom bate no vidro uma última vez, com os dois punhos fechados, enquanto o trem começa a se mover. Vai até nossa janela e acompanha o ritmo do trem por uns cinco segundos, a testa grudada no vidro, olhando nos olhos de Katherine, a um centímetro de distância dela, os lábios sem se mover, embora a mensagem seja clara e terrível.

Ele não me vê.

Quando o trem pega velocidade, Dom se afasta, e o vejo na plataforma, os braços rentes ao corpo, os punhos fechados. Ele encolhe até desaparecer de vista, e nós disparamos em direção à claridade, retomando nosso caminho. Minha irmã está pálida, os olhos marejados. Quando abre a boca, vejo que um dos dentes da frente está cheio de sangue.

"O que eu faço?", pergunta ela.

"Vamos pra casa comigo", digo. "A gente pensa em alguma coisa." Eu me sento ao lado dela, sentindo as pernas trêmulas. Pouso a mão em seu joelho, e ela a segura. Sua mão está gelada e vibra de medo.

Quando chego em casa, ligo para minha mãe e peço que ela não conte a Dom que Katherine está comigo.

"Você não acha que ele vai acabar descobrindo?", pergunta minha mãe. "O que aconteceu?" Então sussurra ao telefone: "Precisamos chamar a polícia?".

Katherine fica atrás de mim durante a ligação; está bebericando café preto depois de se recusar a beber uma taça de vinho comigo, porque não está nervosa, porque não é nem meio-dia. Ela diz em voz alta: "Está tudo bem, mãe, o Dom só está sofrendo um pouco, só isso".

Quando Katherine não pode mais ouvir, murmuro: "Não abra a porta pra ele".

Minha mãe entende.

"Viviane... Isso parece sério."

"Talvez não seja nada. É só precaução."

Pelo espelho, vejo Katherine colocar uísque no café, olhando em volta, vigilante como uma criança que rouba um biscoito.

A menina olha por uma fenda na porta do guarda-roupa. A luz do farol da ilha de Bass Rock surge como um fantasma, então desaparece. Ela estava se arrumando para a viagem que fariam quando ele irrompeu. A criada tinha sido dispensada e ido embora, encarando a menina com os olhos arregalados enquanto fechava a porta. Pobrezinha. Não havia nada a fazer.

Ele a pegou pelos cabelos, que a empregada acabara de pentear, e a deitou na cama. E, quando não conseguiu encontrar o caminho sob seu espartilho, ele a puniu e mandou que se virasse, então pegou a tesoura adornada em cima da penteadeira e cortou as fitas. Ela ficou imóvel, mas ele mesmo assim fez vários cortes nas suas costas. Não havia nada a dizer, era apenas questão de sobreviver à tempestade. E, em todo o caso, ele era cuidadoso à própria maneira: nunca machucava seu rosto. Ela descobrira que, para sobreviver à tempestade, era importante pensar na cabeça e no corpo como coisas separadas. O corpo era mais robusto e aguentava a força dele. Sempre se sentiu agradecida pelos ossos delicados do rosto e das mãos permanecerem intactos. Mesmo que o espartilho fosse desconfortável e tivesse de fingir outros incômodos. Ele nunca entendeu o grande problema do espartilho. Ela emagrecera muito nos últimos meses, algo que ele não aprovava, mas o espartilho fora feito especialmente para sua nova silhueta. Talvez a criada pudesse desfazer e reformar um dos antigos.

Depois que terminou, ele passou alguns instantes se endireitando diante do espelho, e ela cometeu o erro de se mexer cedo demais, chorando pela dor que sentia nas costelas. Com isso, ele a pegou outra vez pelos cabelos e a trancou ali, no guarda-roupa. Queria que a menina ficasse sentada na banqueta que colocou ali para ela, com as mãos cruzadas no colo, e lhe explicou isso em detalhes logo na primeira vez que aconteceu. As consequências de sair do guarda-roupa, que não ficava trancado, eram graves, ela sabia muito bem; ainda tinha vergões na parte de trás das pernas da primeira vez que saiu de lá, indignada, para usar o penico.

Ele tinha saído do quarto cantarolando uma canção. Ela não viajaria, no fim das contas.

Mais tarde, a criada entra no quarto e acende a luz. Traz uma bandeja com uma vela acesa, um copo d'água, dois ovos cozidos e pão. Pela fenda da porta, a menina vê a criada colocando a vela na mesa de cabeceira e indo em direção ao guarda-roupa.

"Senhorita, o senhor foi embora. Não deve voltar até depois de amanhã. Que tal sair daí e comer alguma coisa?"

"Não, Jane. Obrigada. Estou muito bem aqui."

"Por favor."

"Eu disse que não." Há uma pausa, e a criada olha em volta. A pobrezinha é jovem demais e está angustiada.

"Gostaria de comer algo, senhorita? Ou de um cobertor?"

"Jane... Ele vai saber."

"Mas você não pode ficar aí a noite inteira."

"Por favor, vá embora." A criada fica ali, hesitante. "Vá embora." Ela usa o tom mais forte e irritado, que há muitos anos não se ouvia. O esforço faz as costelas doerem. A criada tem um sobressalto e sai às pressas do quarto. Ouve-se um tilintar suave lá fora, o copo d'água se desequilibrando na bandeja. A criada se foi, mas se descuidou, deixando a vela na mesa de cabeceira, então a menina quebra as regras e encosta a testa na porta, para ver a luz, desejando que o fogo se apagasse. O farol faz o quarto brilhar por um breve instante, então a escuridão se assoma.

OLYMPIA AS BRUXAS DE BASSROCK

ILHA FIDRA

I

Não consigo dormir.

Penso em como simplesmente ficamos ali, sentadas, esperando que Dom nos alcançasse. Se o trem não tivesse partido naquela hora, o que teria acontecido? Se as portas tivessem se fechado um segundo mais tarde, se ele não tivesse esbarrado no velho... Por que só ficamos sentadas? Sabíamos que algo ruim estava para acontecer. Poderíamos ter nos escondido no banheiro, saído do trem e corrido até os elevadores, puxado o cordão de emergência, chamado a polícia. Mas só ficamos esperando, para o caso de estarmos erradas. O que Dom teria feito se tivesse conseguido abrir aquelas portas? Acho que Katherine sabe. Penso no abraço que ele me deu no enterro do meu pai, como pareceu que era a primeira vez que eu respirava fundo. Eu me abaixei para coçar o tornozelo, mas a cicatriz tinha sumido. Quando olho, não vejo nada além de uma mancha clara. Passo um tempinho examinando minha perna e me pergunto se a ferida voltaria se eu ficasse cutucando a pequena cicatriz com as unhas.

Vincent mandou mensagem.

Você está me ignorando?

É a quinta em dois dias.

Existe uma versão desimpedida e simples da minha vida, posso ver. Responder às mensagens. Foram só cócegas. Como é gostar de alguém? *Isso importa? Ele gosta de você.* Dá para ver como ele se encaixaria na minha vida. Eu nos vejo indo de trailer para a França. Talvez consiga nos ver casando. *Como vocês se conheceram? Ela estava comprando vinho, e eu estava comprando queijo.* Posso ver tudo isso. Uma gravidez tardia. Alguma direção. Sempre responder às mensagens. *Você deve isso a ele.*

Saio da cama e jogo umas roupas para Katherine e eu na mala, embora não possa imaginá-la vestindo qualquer coisa que eu tenha para oferecer. Se sairmos agora, conseguiremos chegar antes de amanhecer. Katherine está acordada no sofá, os joelhos encostados no peito. Andou chorando.

"Vamos pra Escócia", anuncio, e ela não responde, apenas assente e vai calçar meias e sapatos.

No carro, ela dorme. Sinto um alívio enorme quando saímos de Londres, parecido com o que sentimos quando o trem deixou a estação. Lobos nos seguem durante todo o caminho. Quando passamos por Leeds, estaciono em um posto de gasolina. Katherine dorme pesado, e não a acordo. Entro e como um muffin de mirtilo com um café grande e ruim. Mais duas mensagens de Vincent. Uma magoada, uma nervosa. Tudo desaba sem que eu precise fazer nada. Desligo o celular e vou lavar o rosto no banheiro. Passo um bom tempo encarando minha cara no espelho. Olho por tempo suficiente para que as diversas partes do meu rosto comecem a flutuar, separando-se umas das outras. Espero que surja um plano, mas nada me ocorre. Eu deveria ter trazido minha mãe. Vou ligar para ela de manhã e, se ela não tiver atendido a porta para o Dom, vou sugerir que venha. Os dois já foram amigos, minha mãe e o Dom. Ele comprava os presentes de Natal dela sozinho, não os dividia com Katherine. Eu gostava disso nele. Os pingos da torneira diminuem para um ritmo regular e calmo. Fico sussurrando que está tudo bem está tudo bem está tudo bem, mas não sei a quem estou tentando consolar. Levanto a perna da calça e olho mais uma vez para a pele curada. Uma batida baixa de uma das cabines atrás de mim me desperta do sonho. A batida fica mais alta.

"Oi?", digo. A batida cessa. São só os canos. Saio do banheiro e pego um croissant de amêndoas e um café com leite para Katherine. Sei que ela acharia revoltante a ideia de um croissant de amêndoas com leite, e sei que minha falha vai ser um conforto. As luzes fortes do posto me dão uma sensação de segurança. Este lugar é uma constante, um limbo onde ninguém pensaria em nos procurar. Uma família com uma criança de uns 6 ou 7 anos entra; a menininha está de pijama e dorme pesado no ombro do pai. Eu não devia ter deixado minha irmã sozinha. Se ela acordar, como vai fazer para me encontrar? Volto para o carro, e Katherine só se mexe quando ligo o motor.

Ela pisca. "Eu cochilei", diz, surpresa.

"Tudo bem." Eu lhe entrego o café e o croissant. Katherine olha para a comida, ainda confusa e sonolenta.

"Desculpa. Ando dormindo muito, né?"

"Acho que nós duas andamos dormindo bastante", respondo, o que soa banal e irônico, e fico com vergonha, como se de repente minha fala parecesse teatral. Mas, para a minha surpresa, Katherine tira a tampa do café e concorda com a cabeça, assoprando a bebida.

Quando surgem os primeiros raios de sol, vemos a silhueta do castelo Tantallon recortada contra o mar. Katherine desfez todo croissant, e agora restam só as folhas da massa no saquinho de papel em seu colo.

AS BRUXAS DE BASS ROCK
EVIE WYLD

II

O tapa deixou apenas uma marca temporária, e o corte na boca de Ruth sarou em três dias, embora ela tenha se surpreendido cutucando a ferida com a língua diversas vezes. O episódio lhe causou um sentimento de que talvez não fosse como as outras mulheres e que provavelmente o que esperava da vida fosse mesmo ficar sozinha. Não tinha medo de ficar sozinha. Se Peter a deixasse, teria dificuldades, é claro. O que aconteceria com a casa? E com os meninos? Mas essas coisas se resolveriam, e ela não acharia ruim não ter mais que viver para os altos e baixos dos desejos de outra pessoa. Viraria eremita, encontraria uma caverna onde morar para iniciar algo que não tivesse nada a ver com uma família, planejaria piqueniques e costuraria. Comeria pão e queijo, ficaria gorda, atarracada e forte, beberia uísque e usaria galochas. Aprenderia a fumar cachimbo e usaria um chapéu de lã, para não precisar prender os cabelos quando ventasse. Talvez pudesse aprender a pescar nas pedras. A ideia lhe agradou tanto que, durante a caminhada, Ruth se viu sondando ravinas e topos de rochedos, à procura do lugar ideal para construir uma cabana. Havia a velha cabana de pastor em Berwick Law, de onde dava para ver a cidade. Nenhum telhado, só uma ruína onde pôneis selvagens se abrigavam. Ruth se divertiu ao pensar na mãe indo visitar a filha divorciada, gorda e sem filhos em uma cabana abandonada. Serviria sardinhas na lata e chás em tigelas.

A manhã estava clara quando Ruth decidiu sair para encontrar o poço. Tinha lido a respeito dele em um livro fino que encontrara entre os poucos títulos e mapas à venda no armazém. O livro era intitulado *Poços Sagrados da Escócia,* e, na descrição de um deles, localizado em North Berwick, lia-se apenas "pequeno e oval". Tudo lhe pareceu tão tedioso que ela se convenceu de que havia mais a saber sobre o poço e comprou o livro, que trazia um mapa indicando onde poderia encontrá-lo. Partiu levando uma garrafa de chá, um pouco de queijo e uma maçã. O ar cheirava àquelas pedras de fazer fogo. Primeiro caminhou ao longo da costa, onde encontrou os meninos e Bernadette comendo *pikelets* no banco, com vista para as rochas. Estavam todos amontoados por causa do vento.

"O que meus camaradas vão fazer hoje?"

"Vamos até o castelo", disse Bernadette.

"E fazer um piquenique nas ruínas", completou Michael.

"Trouxemos maçãs para os pôneis", emendou Christopher. Era tudo muito salutar, mas Ruth sorriu mesmo assim e lhes desejou uma boa diversão. Quando olhou para trás, viu Christopher tirar um cigarro aceso do bolso, com todo o cuidado, e passar para Bernadette. *Devo me sentir ultrajada?*, ela se perguntou. Mas logo percebeu que aquilo não a incomodou nem um pouco. Na época em que fumou seu primeiro cigarro, enrolado por Antony, Ruth era apenas um ano mais velha que Christopher e não tinha um colégio interno nem uma mãe falecida para lidar. Bernadette, sentada no meio, ofereceu o cigarro a Michael, que balançou a cabeça. *Ótimo. Deve estar tudo bem, então. Até certo ponto, as crianças estão se policiando*, pensou Ruth. Bernadette devolveu o cigarro para Christopher e passou os braços estendidos ao redor dos ombros dos dois meninos, que se aproximaram um pouco dela. Uma cena estranha e muito bonita. Ruth seguiu adiante, tomando a direção do cemitério da igreja. Sentira-se um pouco histérica quando os meninos voltaram para o feriado de Páscoa, esperando ver muita tristeza neles. Mas, além do nariz de Christopher, que agora tinha um calombo, os dois pareciam, muito pelo contrário, mais alegres. Os três saíam com maçãs nos bolsos e passavam o dia fora, voltando na hora do jantar com as bochechas vermelhas e carregando o cheiro das poças de maré e de fogueiras. Pegou Betty observando o trio da janela enquanto atravessavam o campo de golfe, ignorando as regras do lugar. Os três andavam lado a lado, e dava para ouvir suas vozes mesmo através do vidro fechado.

"Espero que não seja um problema para a senhora", dissera Betty. "Digo, os meninos andando por aí com Bernadette. Acho que ela sente falta de ter um irmão ou irmã."

"Eu acho muito bom, Betty", respondera Ruth. "Todo mundo precisa de alguém."

"O sr. Hamilton não se importa?"

"O sr. Hamilton não se importa." O sr. Hamilton muito provavelmente nem tinha notado.

Depois de meia hora de caminhada, protegida do vento que soprava do mar pelas árvores e casas, Ruth começou a atravessar um campo. O mapa indicava que o poço ficava em algum lugar por ali. Começou a cair uma leve chuva de granizo, e ela percebeu que, fora uma tábua estreita que conduzia a uma escada improvisada que levava ao outro lado da cerca, o campo estava todo enlameado, coberto de pegadas de vaca e de esterco, a grama encharcada. Subiu a escada, e, quando ergueu a perna para passar por cima, para o outro lado, a galocha escorregou no musgo verde claro, e Ruth perdeu o equilíbrio. Caiu, desajeitada, batendo as costas no segundo degrau.

"Mas que droga!", resmungou ela. Ficou parada por um instante, para ter certeza de que não se machucara. Quando se virou, descobriu que caíra em um lamaçal imundo. Uma manjedoura furada vazara, a água formando uma piscina marrom e fedorenta com um bando de moscas alaranjadas dançando por cima. Molhara metade do corpo, da lombar até o ombro, e agora sentia muito frio. Praguejou, irritada, enquanto tentava se levantar, e a maçã saiu rolando na lama. Isso foi o que mais deixou Ruth com vontade de chorar, porque de repente pareceu tão adorável e infantil ter se preparado para uma aventura e um piquenique e acabar caindo na lama. *Todo mundo precisa de alguém.*

A dor no ombro trouxe outra vez à tona a maneira como Peter a olhara, com tamanha decepção e repulsa. Lembrou-se do que ele falara, que Ruth não era a pessoa que ele esperava que fosse, que o sobrecarregava, que estava arrependido da decisão de se casar com ela. Não era só o tapa que Ruth se via repassando na cabeça desde a briga. Ruth queria bater em si mesma. Desejou que tivesse caído feio na escada. De repente percebeu que teria ficado muito satisfeita de bater a cabeça no poste da cerca.

Sentou-se na escada e se recompôs. Não podia enlouquecer de verdade. Segurou a própria mão e a acariciou, sentindo pena daquela mãozinha tão pequena, fria e enlameada. Respirou fundo, prendeu o ar por um instante e se sentiu um pouco melhor. Ainda tinha a garrafa de chá, então se serviu de um copo cheio e bebeu. Estava horrendo, mas foi divertido, como se sempre tivesse planejado fazer o piquenique ali. O granizo continuou caindo. Despejou quase metade do chá naquela água fedorenta, e as moscas levantaram voo. Depois tampou a garrafa. "Ótimo", disse em voz alta. Poderia muito bem continuar até que ficasse frio demais. Ruth se levantou e deu um passo, mas a galocha ficou presa na lama, o pé escapou do sapato, e, antes que pudesse se deter, ela acabou dando outro passo adiante e mergulhou o pé com tudo na lama. Então ficou ali, parada, assustada com o quão intransigente era aquela lama. Não riu, não chorou, mas, quando se esforçou para pensar em alguma reação além dessas duas, nada lhe veio à mente. Arrancou a galocha da lama, enfiou o pé imundo e molhado lá dentro e voltou para casa mancando, a galocha suja fazendo um barulho irritante durante todo o caminho.

Ruth abriu a porta dos fundos, começou a tirar o casaco e se deteve. Sentiu cheiro de fumaça de cigarro e ouviu vozes, que pararam de repente com o barulho da porta se fechando. Tirou a bota ofensiva com a ajuda da calçadeira, e o fedor penetrou por suas narinas. Peter chegou na cozinha, vindo da sala de estar.

"Ah, olá, querida. Que caminhada rápida", disse ele, parecendo um pouco corado. Peter ficou na soleira da porta, como se guardasse alguma coisa. Ela sentia o coração bater devagar. "Você não parece muito bem."

"Enfiei o pé na lama. E levei um tombo." Ruth queria que Peter se adiantasse para ajudá-la, que fosse gentil como teria sido apenas alguns meses atrás, mas, ao mesmo tempo, queria que ele não se aproximasse, não com aquele cheiro que emanava do pé dela.

"Ah. Ah, querida! Mas está tudo bem?"

"Tudo em paz. Só meu orgulho ferido. Temos visita?" Um pensamento terrível a atingiu. Peter não teria convidado *ela* para ir até ali, certo? Ruth caminhou lentamente até a sala de estar, ainda calçando uma das botas sujas, a meia emporcalhada chapinhando no carpete.

Peter a encarava, horrorizado.

"Meu bom Deus, que cheiro é esse? Você está estragando o carpete."

Ruth terminou de tirar o casaco imundo e o entregou a Peter, que se viu forçado a segurá-lo. "Minha bota saiu do pé, e eu caí em cima do esterco de vaca." A sensação era de atravessar um campo de alcatrão. Ouviu o sofá gemer conforme alguém se levantava, e Peter não teve outra opção a não ser deixá-la entrar na sala, a mão ocupada em cobrir o nariz. Ali estava o reverendo Jon Brown, com um cigarro e um copo de uísque na mão.

"Sra. Hamilton!", exclamou ele. Ruth percebeu que os dois estavam um pouco bêbados. "Meu Deus, parece que a senhora andou aprontando umas boas travessuras!" O fogo rugia.

"Reverendo", cumprimentou ela. A cena não fazia muito sentido. "Vejo que o senhor não está aqui a serviço de Deus." Ela indicou o fogo com a cabeça. O reverendo Jon Brown riu alto e por tempo demais.

Ela se virou para Peter, que logo tratou de explicar.

"O reverendo veio até aqui para falar sobre os meninos."

"Sim", concordou o homem.

Ruth sabia que dizer que era mentira não lhe traria nenhuma vantagem.

"De novo? E está tudo bem?"

"Ah, tudo bem, sim. Estamos bebendo porque as coisas andam muito bem."

"Ah, sim."

"Isso mesmo", disse Peter.

Houve um longo silêncio, que nenhum deles tentou preencher.

"Bem. Acho que vou procurar Betty."

"Ah, ela saiu para chamar a menina."

"Bernadette, reverendo. O nome dela é Bernadette."

"Sim, claro."

A maneira como ambos cederam era perturbadora. Ruth permaneceu mais um tempo ali, no limiar da porta, sentindo-se tola.

"Bem. Vou trocar de roupa."

"Isso mesmo, querida."

"Reverendo." Ela se virou para ir embora, e Peter fechou a porta atrás dela. Os dois não retomaram a conversa. Ruth subiu as escadas devagar, pensando que poderia ouvi-los tagarelar, mas tudo estava em silêncio. Sentiu que os dois estavam cochichando. Serviu-se de um grande copo de uísque, que levou para a banheira, e ficou ali por um bom tempo. Mais tarde, examinou o hematoma que lhe atravessava as costas. Descobriu que as unhas ainda estavam sujas e que não havia nada que ela poderia fazer para se livrar daquela lama.

Naquela noite, Peter foi se deitar tarde. Depois que o reverendo Jon Brown foi embora, ele passou um tempo trancado no escritório. Embora tenha ficado parada diante da porta, Ruth sentiu que sua presença não era desejada, mas havia algo mais. Sentiu um receio, como se uma roda gigantesca tivesse sido colocada em movimento e qualquer coisa que fizesse para tentar controlá-la só faria com que girasse mais rápido. Aguardaria até que Peter fosse procurá-la. Esperou acordada e de luz acesa, mas só quando apagou a luz foi que Peter entrou no quarto. Ele se deitou, já pronto para dormir, e se esgueirou para baixo dos cobertores, sem querer despertá-la.

"O que o reverendo Jon Brown veio fazer aqui?"

Sentiu que ele segurou a respiração.

"Pensei que estivesse dormindo."

"Bem, não estou. Por que ele veio aqui?"

"Para falar sobre os meninos." Peter exalava um cheiro forte de uísque, e Ruth achou que poderia se aproveitar disso.

"E por que tanto segredo?"

"Não era segredo. Acho que nos sentimos um tanto travessos, pois fomos pegos de surpresa bebendo antes das três."

"E qual é o problema?"

Ele se deitou de costas e suspirou. "Que problema?"

"Com os meninos."

"Ah. Não há problema algum."

"Sobre o que vocês falaram, então?"

"Estou sendo interrogado?"

"Você disse que o homem era um lunático."

"Bem, talvez eu estivesse errado. Na verdade, quando conversamos melhor, em um momento mais apropriado, o reverendo se mostrou um homem bem interessante."

"Peter, o que está acontecendo?" Ruth se sentou e acendeu a luz. "O que está acontecendo? Eu exijo saber."

Ele levou a mão ao rosto, frustrado.

"Ah, pelo amor de Deus."

"O que foi?"

"Escute." Peter ergueu o corpo, apoiando-se nos cotovelos. "Você concorda que não temos nos entendido muito bem recentemente?"

"Você falou com ele sobre mim?"

"Pedi conselhos."

"E o que ele poderia saber sobre o assunto?"

"O reverendo é um homem vivido. Ele... tem muitos contatos."

"E o que isso significa?"

"Bem... Acho que você está se sentindo sobrecarregada. Talvez viver a rotina de mãe, vendo como sua irmã segue com a vida... Sinto que isso tem sido difícil e que talvez você precise de um descanso."

"Mas de que diabos você está falando?"

"Estou falando... sobre essas ideias que você enfiou na cabeça, das quais você não abre mão."

"Como a sua garota em Edimburgo?"

"Não vou mais tolerar isso." Ele falou mais alto de repente, e a voz ecoou no quarto.

"É sobre isso que vocês estavam falando?"

"Eu estava sondando sobre a possibilidade de uma estadia voluntária em um balneário. Apenas por algumas semanas."

"Um balneário? Por que eu precisaria de uma estadia voluntária em um balneário? As estadias nesses lugares não são sempre voluntárias?"

Houve uma pausa durante a qual Ruth percebeu que Peter estava tentando arranjar as palavras de maneira a continuar no controle da situação.

"Você está tentando me internar em um hospício?"

Peter riu alto.

"Meu bom Deus, mulher! Só pensei que você precisava de um descanso, umas férias, e há um ótimo lugar perto daqui. Estou tentando ajudar. Veja, o problema é essa sua paranoia de que todos querem lhe fazer mal. O reverendo contou sobre o piquenique... Disse que você perdeu a compostura por ter perdido uma brincadeira de pique-esconde. Não é a melhor maneira de fazer amizades, não acha?"

"Não foi isso o que aconteceu."

"Bem, de qualquer forma, eu não acho que você esteja feliz. Ou está?"

Ruth se virou para ele.

"Você está?"

"Sinceramente? Não."

"Bem. É você quem está com uma grande carga de trabalho. Por que não vai descansar por algumas semanas nesse balneário? Voluntariamente. Acho que seria tão bom para você quanto para mim."

Peter a encarou com a boca entreaberta. Então balançou a cabeça e deu um sorriso descrente.

"Não sei o que aconteceu nos últimos meses, mas você não parece mais a garota com quem pensei que havia me casado."

Ele mexeu as pernas, erguendo o cobertor, levantou-se e pegou o roupão na cadeira. "E preciso me preocupar com os problemas que Christopher vem enfrentando na escola."

Peter saiu do quarto. Ruth ficou ali, parada. Não se sentia como imaginara que se sentiria. Estava tudo muito claro. Para acobertar o caso extraconjugal, seu marido estava querendo interná-la em um hospício. Sentiu o pensamento se formar e o analisou, mas não teve medo, só ficou tensa e composta. Ouviu Peter caminhar ruidosamente até o escritório, ouviu a tampa da garrafa de uísque tilintar com força. Ele marchava pelo cômodo. Logo se sentaria no sofá e dormiria lá mesmo. E, bem depois que ela pegasse no sono, já de manhã, os dois achariam mais uma maneira de contornar aquilo tudo. Mas ouviu a porta do escritório dele se abrir e, em seguida, seus passos pesados. Peter estava de volta. Queria continuar com a briga. Ruth apagou a luz depressa e fingiu que estava dormindo.

"Certo", disse ele, como se alguma coisa tivesse sido decidida entre os dois, "então venha." Ele a agarrou pelos tornozelos e a puxou de supetão.

"Peter."

"Cale a boca", exigiu ele, erguendo a camisola dela. Quando Ruth tentou se esquivar, Peter se ajoelhou dolorosamente em cima dela e continuou. Ela parou de se mexer e se fingiu de morta, pois a coisa mais horrível em que podia pensar era que as crianças estivessem ouvindo. Quando terminou, Peter se deitou de costas.

"Viu só?", disse ele. "Aí está você. Ainda é minha esposa." E tudo pareceu fazer perfeito sentido para ele, que de repente se acalmou, pronto para mergulhar em um sono do qual não acordaria até o fim da manhã seguinte.

AS BRUXAS DE BASS ROCK
EVIE WYLD

III

À noite, um cheiro familiar invade o acampamento. Sarah vem rastejando até onde estou dormindo.

"É só um chifre-fedido", diz ela, cheia de segurança, e acaricia o meu rosto, que nas últimas semanas foi coberto por uma barba rala.

Mas não consigo dormir com a lembrança que o cheiro traz: os primeiros dias da podridão, a sensação de uma bola de sebo aninhada no meu coração após o funeral da minha mãe. Os outros três estão dormindo; ouço fungadas e roncos do meu pai e das mulheres. Nós dois estamos em silêncio.

Vejo o rosto da minha mãe na copa escura das árvores.

O rosto não está chorando, mas minhas lágrimas caem mesmo assim. Sarah segura minha mão no escuro. Antes que eu decida o que fazer, o calor de sua mão suaviza o sentimento no meu peito e me permite voltar a respirar tranquilo. Toda a atenção do meu corpo está voltada para essa mão. Sinto o coração dela batendo ali, uma coisa viva, como Deus. Ponho a mão dela embaixo da minha camisa, junto ao meu peito, para ela também sentir meu coração. E imagino que eu tenha pegado no sono, pois, quando me dou conta, uma luz fria revela as teias de aranha entre as folhas e a grama no escuro, e só orvalho ficou preso nos fios. Ou o cheiro de chifre-fedido já tinha diminuído pela manhã, ou devo ter me acostumado. Ouço um barulho em meio ao jorro de água corrente. Sarah foi embora. Penso que talvez tenha ido se aliviar ou procurar comida.

Deixo a clareira e os corpos adormecidos. A manhã está quente, e minha garganta arde de sede. O rio não fica muito longe do acampamento, e eu o encontro em questão de minutos. Quero lavar o rosto e tentar pegar um peixe. Sonho acordado em voltar para a clareira com três trutas. Imagino Cook assando-as e as escamas escurecendo, então vejo Sarah no rio. Ela está usando apenas um xale em volta do corpo, que fica dependurado quando ela se levanta, ondulando como asas quando ela flutua na água. Sarah canta baixinho, uma canção que eu não conheço. *Ele abre mão de seus confortos e vai dormir na chuva.*[1] A canção é lenta e séria, como um lamento de abandono. A barriga dela, percebo, está arredondada de um jeito que sugere a presença de uma criança escondida ali. Não percebi isso semanas atrás, no chiqueiro, mas não sei quanto tempo se passou desde então. Podem ter passado meses, em vez de semanas.

Meu pai nos chama da clareira. Sarah se vira e me vê, aperta o xale ao redor do corpo e segue em direção à margem, mas vou embora antes de ela chegar lá.

A viúva Clements partiu durante a noite. O casaco dela está caído no chão como um corpo. Cook está com febre, e sua barriga faz uns barulhos bem audíveis.

"Charlotte!", grita meu pai, para a floresta. "Charlotte, cadê você? Volte! Me perdoe!"

---

1   Trecho traduzido da música "When a Man Loves a Woman". (N.T.)

Nós nos separamos e procuramos no rio e nos arredores. Não encontramos nada. Aguardamos na clareira. Quero lembrar a todos de que a viúva quis abandonar Sarah quando ela saiu por apenas alguns instantes para encontrar comida, mas não digo nada. Meu pai parece amedrontado. Os olhos de Cook estão arregalados, mas ela permanece em silêncio. O sol se move rápido no céu, e sombras dançam na chuva, então reacendemos a fogueira, deixamos Cook ali perto e partimos outra vez.

"Ela se foi", diz Sarah, quando estamos longe o bastante do meu pai para que ele não possa ouvir. "E nós deveríamos ir embora também."

"Meu pai não vai querer ir embora sem ela."

"Eu não colocaria minha mão no fogo." Mas, quando pergunto o que ela quis dizer, Sarah simplesmente balança a cabeça.

"Não podemos parar agora."

"Do que você está falando?"

Ela se vira para mim, pega minha mão e a enfia embaixo do vestido, no tambor teso de sua barriga. Minha pele formiga, e minha boca se enche d'água, como se ela fosse uma lebre. Sarah fica na ponta dos pés para alcançar meu rosto e me beija. O interior de sua boca é quente, a chuva encontra caminho por entre nossos lábios, sinto gosto de sal. Quando Sarah se afasta, meu corpo lateja com a vontade de ir junto, e minha virilha dói. Vamos embora juntos, agora mesmo, e vou fodê-la de novo, e tudo vai ficar bem.

"Não posso abandonar meu pai."

"Ele abandonou você."

Decido não dar ouvidos a ela.

"O que você estava cantando no rio?", pergunto.

"É uma canção de luto. Acho que a inventei."

"É um feitiço?"

"É só uma canção."

"O que você estava fazendo no rio?"

"Me lavando."

"E...", digo, mas não sei muito bem como continuar.

"Minha barriga", diz ela. "Não é um caminho que eu teria escolhido para mim, mas aqui está. Não é a primeira vez. E não será a última."

Meu rosto queima com pensamentos heroicos. Embora sejamos jovens, vou ajudá-la quando chegarmos ao nosso destino. Podemos criar essa criança juntos, podemos fingir que é minha. Posso cuidar dela, de seu cabelo ruivo e de sua pele branca. Nossos filhos aos meus pés, minha mão no joelho dela.

Paramos de andar.

Vemos o chão da floresta todo remexido: folhas mortas e musgo foram arrancados do chão, revelando minhocas retorcidas, besouros pretos e a carcaça de algum animal com as costelas despontando da terra, a carne ainda vermelha. E aquele cheiro outra vez: chifre-fedido, extremamente forte. Lobos. Sarah agarra meu braço, e voltamos para a clareira sem dizer nada.

Quando chegamos, descobrimos que passamos mais tempo afastados do que imaginávamos. Meu pai está sentado, o rosto apoiado nas mãos, e se levanta depressa conforme nos aproximamos.

"Vocês voltaram."

"Sim."

"Nada?"

Sinto Sarah olhando para mim.

"Nada."

Cook está encurvada perto do fogo e não desperta. Sua pele ganhou um tom esverdeado, e sua respiração é como o som de uma vassoura varrendo um chão de madeira. Ela morre na manhã seguinte. Todos ouvimos seus últimos suspiros durante a madrugada, mas fingimos que não.

AS BRUXAS DE BASS ROCK
EVIE WYLD

II

Bernadette estava sentada com Michael ao pé da lareira. Os dois tinham sentido falta um do outro durante o ano letivo, e agora, com as longas férias de verão, andavam cheios de segredos. Era assim que Ruth pensava sobre a situação: não que ela sentisse falta dos meninos, mas que Bernadette se sentia sozinha sem a companhia deles. Ruth se surpreendia com o talento e a inteligência da menina. Ela jamais conseguiria ser feliz em North Berwick depois que se tornasse uma jovem mulher, quando Christopher e Michael partissem. E, caso surgisse alguma atração entre ela e os meninos, Peter poderia insistir para que ela fosse embora. Betty estava ensinando Bernadette a cozinhar e, se ninguém interviesse, a menina acabaria abandonando a escola para trabalhar dali alguns anos.

Ruth ouviu os dois rindo e quis saber o motivo, mas não quis incomodá-los. Teria sido horrível interrompê-los. Em vez disso, caminhou furtivamente até a sala de estar e espiou pela abertura da porta. Os dois cochichavam e sorriam. Michael ergueu a mão e feriu Bernadette com alguma arma de mentira. Ela se contorceu no chão, gritando: "Veja o que você fez, sua bruxa velha!". O par se acabou de rir, e Ruth voltou à cozinha para preparar o chá. As brincadeiras ainda eram muito inocentes. O bebê estremeceu em sua pélvis.

Ruth não via Christopher desde a hora do almoço, quando ele pegou a rede e seguiu para as poças de maré em Milsey. Os outros dois no geral insistiam muito para ir junto, mas hoje mantiveram distância. Christopher ficara mais velho de repente, depois do último período letivo, e precisava de privacidade. Sua ingenuidade fora sugada e substituída por alguma outra coisa. Ruth esperaria até às duas, então sairia à procura dele.

Serviu uma xícara sem o pires, e o chá respingou. Não tinha essa habilidade. Limpou a mesa e pegou a lata de biscoitos. Não estava com fome, mas queria encontrar algo com que se ocupar, e Peter insistira que ela precisava ganhar mais peso *pelo bem do bebê*. Ele ameaçara mandá-la para o tal balneário se Ruth não mantivesse o peso em dia, mas, dessa vez, tinha sido uma sugestão carregada de gentilezas. Ele também garantiu que passaria mais tempo em casa, que só ficaria uma ou outra noite fora e que suas ausências, como as daquele mesmo dia, seriam atípicas. Se Ruth respirasse fundo e pensasse bem, poderia perceber o quanto estivera equivocada. Ao menos podia ver como a gravidez mudara as coisas para Peter, e foi então que ela se forçou a parar de pensar. *Para ser feliz, as pessoas precisam ter pensamentos felizes.* Esse tinha sido o conselho que ouvira da mãe durante os primeiros e terríveis meses de gravidez, quando Ruth sentiu como se estivesse à deriva em um mar bravio e precisou ficar deitada com um pano úmido sobre os olhos, bebendo limonada. Só depois de deixar os meses adoentados para trás é que pensou nesse conselho e em como sua mãe assumira que seu mal-estar se devia à infelicidade. Mais uma vez, se perguntou: seria isso mesmo?

Pôs um biscoito de aveia no pires que deveria ter usado para apoiar a xícara e o levou até a sala de jantar, onde poderia ver o mar sem perturbar as crianças. Um jogo de críquete estava marcado para o domingo, e ela havia sido escolhida para providenciar recheios para os sanduíches, só não entendera muito bem a quantidade que deveria preparar. Janet dissera apenas que "Ah, nada muito exagerado!". Uma resposta irritante. Ruth faria o exagero que bem entendesse. Perguntaria a Betty, e embora fosse claro que não estava pedindo que Betty cuidasse da tarefa, a mulher sem dúvida se encarregaria de cumpri-la. O entardecer trouxe uma luz amarelo-escura e um calor morno. Por vezes, seus pensamentos pareciam não lhe pertencer. Tinha chegado uma cesta, aparentemente enviada por Peter, da loja de departamento Fortnum & Mason. O cartão a lembrava de que tinha de se alimentar. A cesta permaneceu fechada na mesa de jantar. Ruth sabia o que havia dentro: uma prova de que ele estava em Londres. Como se qualquer um não pudesse arranjar essas coisas por telefone. Como se o fato de estar em Londres significasse automaticamente que estava sozinho. Ruth afastou o pensamento e tirou um cigarro do bolso. O chá e o biscoito de aveia permaneceram intocados na mesa enquanto ela fumava e olhava pela janela.

Os raios de sol refletiam suavemente na água, sem a costumeira luz forte e ofuscante. As ondas espumavam na beira d'água, e as sombras das algas e das rochas faziam contornos nítidos e escuros. Pensou em Christopher com a rede de pesca, na baía mais adiante. Quão adorável era passar horas debruçada sobre as formas e cores daquelas poças de maré, sozinha, imperturbável, sentindo-se segura nas rochas, sem depois ter de ouvir uma daquelas senhoras dizendo, animada, que você foi vista andando por aí, pondo em risco a si mesma e ao bebê. As ondulações que se expandiam na água quando a areia era derramada dentro de uma poça de maré, os ouriços se escondendo nas aberturas da pedra. Talvez saísse de casa com uma rede, saltitando como uma criança nos bancos de areia. Não precisava escalar as rochas.

Olhou na direção das pedras e viu que Christopher não estava em Milney, e sim mais perto, em uma grande rocha onde geralmente havia algum pescador. Ele deve ter parado na volta, e agora era um vulto escuro sobre as rochas escuras. Com certeza estava fumando. Ele observava o mar enquanto as ondas quebravam gentilmente em volta. Em outros dias, isso teria sido perigoso, mas a tarde estava muito calma.

O bebê se mexeu dentro dela. Ruth queria reverenciar o mar em silêncio ao lado de Christopher, nomear os pássaros, testar a direção do vento, quebrar a casca vazia de um caranguejo e ficar olhando enquanto os pedaços flutuavam para longe, ao vento. Outra silhueta emergiu das rochas — o reverendo Jon Brown —, e Ruth se perguntou quanto tempo fazia que ele estava ali, se na verdade estivera com Christopher aquele tempo todo. Houve um movimento abrupto em seu estômago, uma pontada de preocupação que a fez olhar para baixo, esperando ver um cotovelo despontar do vestido. Ruth viu o homem pousar o braço nos ombros de Christopher, aproximando-se do rosto do menino. Demorou um pouco para Ruth entender que o reverendo Jon Brown acendia um cigarro para Christopher. Ele então se afastou, e o menino que ficou ali, parado, atento ao horizonte; o reverendo foi caminhando com tranquilidade, como se estivesse de férias. Talvez tenha pensado que oferecer um cigarro a Christopher faria o menino confiar nele e lhe contar sobre as coisas que o aborreciam. Ruth se esforçou para pensar em coisas alegres, mas logo percebeu que aquele enjoo tão conhecido começara a se agitar dentro dela.

O reverendo Jon Brown caminhou devagar até o meio da baía, e o vento de repente ficou mais forte. Isso só foi perceptível pela maneira como o cabelo dele levantou, como se o homem estivesse pendurado de cabeça para baixo, e pela forma como o casaco se avolumou nas costas. O reverendo se virou para o mar e abriu os braços, meio que acenando para o sol. Outra figura surgiu nas dunas, inconfundível: era Betty, que não andava nem corria, mas caminhava a passos largos, como se carregasse um peso enorme. Ruth pegou a xícara. O lenço de Betty foi soprado da cabeça, os cabelos se soltaram, e ela deve ter chamado Jon Brown pelo nome, porque o reverendo se virou para encará-la. Então, em questão de segundos, Betty tirou uma marreta escondida sob o casaco e golpeou a escápula do reverendo, como se tentasse arrancar a cabeça dele. O reverendo caiu, e Ruth viu a boca aberta dele, um buraco escuro, surpreso. Betty ergueu a marreta outra vez, agora mirando a cabeça. Ruth não sabia se o golpe acertara o alvo; tudo que pôde ver foram as botas do reverendo Jon Brown se debatendo pateticamente na areia. Betty ergueu a marreta mais uma vez, e mais uma vez a desceu, e as botas pararam de se mexer. Ruth derrubou a xícara e cobriu a boca com as mãos. Da sala de estar, vinham risadas.

Ela saiu pela porta dos fundos às pressas, passou pelo portão do jardim e atravessou o campo de golfe vazio; só então percebeu que estava descalça, mas seguiu em frente. O dia ameno esfriou de repente, a rajada de vento que momentos atrás brincava com os cabelos do reverendo Jon Brown trouxera o gelo do norte. Ruth procurou Christopher nas rochas escuras, mas não o viu. Foi até a areia, onde a tragédia se desenrolava. Betty estava ali, sentada, lamentando de boca aberta. A água lambia seus tornozelos e a cabeça do reverendo Jon Brown. E o reverendo estava morto. As orelhas intactas, a linha do cabelo intacta, mas o rosto não estava mais lá, era só um receptáculo vazio, feito de ossos e de uma massa disforme. A marreta estava largada na água. A areia em volta deles era uma pasta cor-de-rosa, mas a água, que banhava a cabeça de Jon Brown, estava vermelho-escura.

"O que você fez?", perguntou Ruth, ao vento, cobrindo a boca com a mão para evitar respirar alguma partícula daquela massa trazida pelo ar.

Betty a encarou, os cabelos pretos grudados no rosto, prendendo-se aos cílios.

"Ele tirou o cérebro de Mary. Deixou que fritassem o cérebro dela."

Sem hesitar, Ruth se admirou com a própria força enquanto puxava o velho barco a remo até a beira d'água.

"Me ajude a erguer o corpo", pediu ela, e Betty a encarou como se tivesse se esquecido de que Ruth estava ali. Seu rosto estava pálido e distante. Ela se levantou devagar, limpou as mãos no casaco e pegou os ombros de Jon Brown. Betty olhou para a caverna que era o rosto dele.

"Não olhe." Ruth pegou o lenço que tinha sido soprado da cabeça de Betty e cobriu o rosto destroçado.

Ela pegou o homem pelos tornozelos. Era muito pesado, e a água penetrava em seu corpo, e até uma única perna parecia impossível de levantar.

"No três. Um, dois..."

As duas fizeram um esforço hercúleo para erguê-lo, mas Betty afundou os pés na água, e Ruth sentiu que fazia tanta força que seria capaz de parir ali mesmo.

"Um, dois..." Mais uma vez, fizeram um enorme esforço, então conseguiram arrastar o corpo de Jon Brown até o pequeno barco, onde ele tombou no casco, pesado, o rosto virado para baixo, fazendo a água no fundo ganhar um tom vermelho brilhante e escurecer logo em seguida. Betty jogou a marreta para dentro do barco, e o metal ecoou, estridente como um sino de igreja.

AS BRUXAS DE BASS ROCK
EVIE WYLD

I

"Olha", começo, enquanto estacionamos na frente da casa. O céu começa a clarear; choveu em North Berwick, e a rua está molhada. "Tem uma pessoa ficando aqui."

Minha irmã olha para mim.

"É aquele cara com quem você anda saindo?"

"Não. O nome dela é Maggie."

"Ah... Você está saindo com a Maggie?"

"Não. Ela é só uma amiga."

"Uma amiga."

"Sim. Escuta, só estou dizendo porque ela pode parecer meio estranha. Não quero que você pire por causa dela."

"E por que eu piraria?"

"Às vezes, só às vezes, acho que quando as coisas estão meio devagar e a grana acaba, ela faz uns programas. Eu não ia dizer nada, mas ela é o tipo de pessoa que comentaria sobre isso sem nenhum problema, como se estivesse falando sobre o clima, e eu não quero que você se sinta ofendida e..."

Olho para minha irmã, esperando ver uma expressão de pavor.

"Viv, não é da minha conta." Katherine nunca se pareceu tão pouco com ela mesma, com a luz da manhã refletida no cabelo despenteado e traços do delineador que não removeu direito. É uma versão borrada da minha irmã.

"Beleza", respondo.

"Eu já fui paga para transar com uma pessoa", diz ela. Tiro as chaves da ignição e as enfio de volta, sem saber o que fazer com as mãos. "E, para ser sincera, não me senti estranha com isso. O sexo já me rendeu coisas muito piores que dinheiro." Ela me encara. Minhas mãos seguram o volante. "Você acha ruim?"

"Não. É só que eu não sabia." Mas não era isso. "E me sinto mal por não ter sabido. Ninguém nunca ofereceu dinheiro pra transar comigo."

Katherine sorri e dá um soquinho no meu braço. "Aposto que, se você fizesse ioga e bebesse mais água, alguém pagaria para fazer sexo com você."

Lá dentro, encontramos Maggie na sala de jantar. Noto um punhado de cravos no vaso em cima da mesa, e ela está sentada de pernas cruzadas no banco perto da janela, olhando o mar. Dos fones de ouvido, vem uma versão estridente de "When a Man Loves a Woman". Maggie está fungando. Ela não nota nossa presença, então bato forte na porta aberta. Maggie vira a cabeça bruscamente e nos encara como um predador, então me reconhece e relaxa. E tira os fones.

"Oi", diz ela, então se levanta e me dá um abraço inesperado. "É sua irmã?"

"Sim, é a Katherine. Katherine, essa é a Maggie."

"Vocês são muito parecidas."

Bufo, incomodada, como se tivesse 8 anos, e Maggie dá um abraço em Katherine.

"Oi", cumprimenta ela, enquanto a abraça. Katherine retribui o gesto, hesitante, e me olha com cara de quem não sabe o que fazer.

"Muito prazer", diz ela.

Maggie solta Katherine e se vira para mim. Então funga.

"Você sabia que tem um fantasma aqui, né?"

Para minha surpresa, Katherine responde:

"É a menina do cabelo?"

Maggie a encara. "Ela é tão triste."

"Espera aí", digo, mas não consigo pensar em como completar a frase.

"Pensei que ninguém mais a via", comenta Katherine. "Você nunca viu, né, Viv?"

"Não."

Maggie e Katherine se entreolham.

É patético, mas sinto que fui deixada de fora.

Katherine está sentada no alto do muro do jardim, com uma perna de cada lado, falando com nossa mãe ao celular.

"E aí, qual é a da Katherine?", pergunta Maggie. Ela toma um gole demorado no café, e percebo que, na minha ausência, ela arranjou uma prensa francesa.

"Acho que o marido dela é mais babaca do que eu pensei."

"Hã?"

"Ah..." Não quero falar sobre o Dom e tenho que lembrar a mim mesma que o cara não é nada meu, para eu ficar falando dele. "Quando chegamos, parecia que você estava chorando?"

"Eu *estava* chorando."

"Está tudo bem?" Maggie apoia a xícara.

"Às vezes as coisas são bem tristes."

"Que coisas?"

Maggie suspira.

"Estava pensando em trabalho. Em como a gente trabalha por dinheiro, pra ter coisas legais, e está tudo bem, até a gente pensar sobre o que essas coisas são." Ela fala devagar, como se estivesse muito cansada. "Um par de sapatos, uma boa cadeira pra se sentar, um celular que você pode usar pra ver fotografias da vida boa das outras pessoas. Um salmão mais chique no pão, umas balas de menta da Marks & Spencer, um bom tomate importado."

Sua voz é entrecortada, nervosa, como quando ela está chapada. Ela está com as mãos espalmadas na mesa e olha fixamente para o relógio antigo acima da porta.

"E parece loucura que a gente continue nesse trabalho de merda, um trabalho que a gente odeia, só pra comprar um tomate importado que vai acabar em dois minutos."

Vejo que Katherine terminou a ligação e ficou ali, sentada, olhando o céu. Uma gaivota faz acrobacias em uma lufada repentina de vento. Katherine passa a perna por cima do muro e desliza até o banco, mais embaixo.

"E é o mesmo pra homens e mulheres. No fim das contas, os homens querem as mulheres pra foder, certo? E, às vezes, depois da foda, os homens as matam, porque não tinham permissão pra essa foda e não querem se meter em problemas. É sempre uma questão de propriedade, de deixar claro que aquele tomate é seu, o tomate pelo qual você trabalhou tanto, e que deveria fazer o que se espera de um tomate: ficar ali no seu prato até que você decida abrir e colocar sal." Maggie inclina o corpo para a frente. "Estou falando merda?"

"Sei lá."

"E qual o significado disso? Por que uma pessoa descarta outra assim, desse jeito? Bela pergunta. E descobri que não existe resposta e que não importa se existe ou não algum motivo. Tipo, não gostar de ruivas, se sentir rejeitado, ou porque a mãe gostava de vestir o cara com roupas de marinheiro."

A última mensagem de Vincent: *Não esquece que eu sei onde você mora. Você não pode simplesmente desaparecer.*

Katherine está parada na soleira da porta.

"O John morreu", diz ela.

"Oi?"

Eu me levanto e me sento de novo. Maggie fica de pé e tira o uísque do armário, perguntando:

"Quem é John?"

"Nosso tio-avô. Ele estava velho e doente."

Katherine se senta, e Maggie serve doses só para mim e Katherine. Não sei por que este momento parece importante, mas parece.

É uma surpresa quando Katherine começa a chorar. Seguro sua mão fria.

"Desculpa", diz Katherine. "Fui horrível com o John, quando ele esteve na casa da mãe. Acho que ele viu que eu revirei os olhos durante aquela conversa sobre uma perdiz."

"Tudo bem. Ele não percebeu. Tenho certeza."

Ela funga. "O funeral vai acontecer daqui a uma semana, e será aqui, porque daí a Pauline não precisa viajar para muito longe. O tio Christopher está organizando tudo. A mãe está vindo."

"Ei", diz Maggie. Ela segura a minha mão e a de Katherine. "Fechem os olhos."

Nenhuma de nós teria seguido essa instrução em qualquer outro momento da vida, mas vejo Katherine fechar os olhos sem pensar duas vezes, e obedecer a uma ordem me dá uma sensação boa. Quando meus olhos estão fechados, Maggie começa a murmurar, então canta. Fico surpresa por não sentir nenhum constrangimento.

Diana, deusa da lua, faça a luz.
Pã, deus córneo da terra selvagem, faça a luz.

Maggie aperta nossas mãos, e nós nos juntamos a ela, repetindo essas frases várias e várias vezes, e a sensação é de quando a gente grita e chora dentro do carro na estrada, então vem um sentimento de alegria, e tudo que existe é o escuro rosado dos meus olhos fechados e os sons reverberando nos meus dentes, e tudo é bom, eu sou apenas as minhas mãos unidas às mãos das minhas irmãs, meus olhos seguros nas cavidades, minha língua e minha coluna ali, presentes, até a base dos meus pés. Não sei quanto tempo passamos cantando, mas é como se eu fosse um morcego ou uma baleia, e posso ver que tem umas pessoas ali na cozinha com a gente, crianças e mulheres, todas de mãos dadas, como nós, e eu me pergunto se aquele fantasma que todo mundo vê na verdade não são milhares de fantasmas diferentes. Só consigo focar em uma de cada vez. Elas saem pela porta e se espalham, e vejo através da parede que enchem a casa do chão ao teto, que se amontoam da porta dos fundos até o jardim, que estão no campo de golfe e na praia, e suas cabeças boiam no mar, e, quando caminhamos, nós as atravessamos. São os albatrozes da ilha de Bass Rock, sempre ali, cobrindo a pedra, até que são substituídos por outros, sem parar, passe o tempo que passar, sempre fazendo ninhos nos ossos dos mortos.

"Mas o que diabos está acontecendo aqui?" Deborah está parada na soleira da porta segurando uma pasta de plástico junto ao peito.

"Oi, Deborah", digo. Por algum motivo, me sinto alegre. Ela olha para alguma coisa atrás da minha cabeça e fica lívida. Deborah derruba a pasta e vai embora, seus passos ecoando pelo corredor, e fecha a porta ao sair.

"É ela", diz Katherine, que me encara, de modo que consegue ver o que está atrás de mim. Maggie não abre os olhos. Eu não me viro, mas sinto o cheiro da floresta, da terra e da chuva.

Os primeiros acordes da música tocam alto no banheiro principal. Um homem esguio e de cabelo preto está parado no meio do cômodo, as pernas afastadas, testando o balanço do taco de golfe. Ele usa calças amarelas que se alargam nos tornozelos e está sem camisa. E mexe a boca, acompanhando a música.

Quando um homem ama uma mulher, e ele balança o taco de golfe, se divertindo. O homem ergue o taco acima da cabeça, como alguém que ganha um prêmio, enquanto a música se intensifica. Ele canta alto por cima da música. *Se ela é uma puta, ele não tem como saber*, e dá uma olhada no canto do banheiro. Então muda de postura, como se tivesse sido erguido pela nuca, endireita os ombros e anda calmamente ao som da música, indo até o canto, onde uma mulher está agachada. Ele faz o taco de golfe de microfone. *Ele abre mão de seus confortos e vai dormir na sarjeta*, então balança o taco acima da cabeça da mulher, que se encolhe e se arrasta pelo chão até a soleira da porta. Enquanto ela se levanta, o sujeito consegue puxar seu tornozelo com a ponta do taco, e a mulher desaba no chão. O homem avança com toda a tranquilidade, tudo acontece muito devagar, como se ele tivesse assistido à cena de antemão e soubesse o que vai acontecer, tudo coreografado no ritmo da música. A mulher se levanta e se escora no batente da porta. Está com o rosto todo sujo de sangue, o nariz desfigurado, um hematoma envolvendo a garganta. Não consegue se manter de pé. Ela sai cambaleando do banheiro, e o homem vai atrás a passos lentos, o taco de golfe apoiado na nuca, as mãos penduradas por cima. Ele desaparece. *Amor, por favor, não me faça mal.* Mesmo com o volume da música, dá para ouvir um baque alto, depois outro. Ele reaparece, a mulher rastejando, com o sujeito a segurando por um tufo de cabelo, como se fosse o cangote de um cachorro. Ele a joga na cama. Ela não está muito consciente, apenas segue as ordens, a única coisa com a qual ela consegue se conectar. Ele fica ao pé da cama e gira o braço como Elvis Presley. *Quando um homem ama uma mulher, ele ama fundo no buraco dela. Ela causa tanta tristeza.*

O homem sobe na cama, sorrindo, calmo e extasiado. Em seguida, monta nela, põe o taco embaixo do queixo dela e solta o peso. Então para de cantar, para de gesticular: a música lhe escapou, ele mostra os dentes e empurra o taco com toda a força. Há sangue no colchão, mas não se sabe ao certo de onde vem. Pode vir de tantos lugares. Um rebocador toca a buzina para o faroleiro enquanto passa pela ilha de Bass Rock.

A CAVER-NA

EVIE WYLD

EVIE WYLD — BASS ROCK

EVIE WYLD — BASS ROCK

AS BRUXAS DE BASS ROCK

EVIE WYLD

I

Minha mãe trouxe três garrafas de vinho, o que é melhor que uísque. "Queria ter trazido mais", diz ela, indo até a cozinha, "mas não daria para trazer tudo no trem e ainda ficar cuidando dessa velha preguiçosa." A cachorra está toda descompensada por conta da viagem de trem e não para de balançar a cabeça e estreitar os olhos para quem se aproxima, toda encolhida na poltrona, perto da lareira. Ela esconde o nariz com a cauda, nos mede com os olhos e apaga.

Não falamos sobre o que aconteceu na cozinha; em vez disso, passamos os últimos dias arrumando a casa para o velório. Eu não vou dizer que não tenho medo do que senti atrás de mim, na mesa da cozinha. Mas ela parece aquela rocha no mar lá fora: uma observadora imóvel, calma e imutável.

Maggie está sentada à mesa da cozinha e dá um sorriso tímido para a minha mãe.

"Mãe, essa é a Maggie."

Maggie a abraça de uma forma que nenhuma de nós faria. Minha mãe parece surpresa e retribui o abraço.

"Feliz em te conhecer", diz Maggie.

"Sim", responde minha mãe, esfregando os olhos. "Desculpe. Eu não te conheço. Mas você parece uma boa menina."

Maggie sorri.

"Este lugar não mudou nada, hein?", comenta minha mãe, olhando a cozinha.

Ela pega uma tigela no armário, abre um saco de pistaches, então ouvimos o barulho deles caindo na porcelana branca. Ela põe a tigela na mesa, ao lado de uma caneca verde-clara.

"Para jogar a casca", explica ela, indicando a caneca.

Uma atrás da outra, pegamos um punhado de pistaches e começamos o processo de descascá-los e comê-los. O som das cascas na caneca. O tique-taque do relógio. As taças de vinho batendo na mesa da cozinha.

"Minha mãe fez uma punção lombar nesta mesa", comenta minha mãe, como se esperasse aliviar um pouco o clima.

"Olha só", responde Katherine.

Minha mãe deixa um punhado de cascas caírem em fila dentro da caneca verde. Ela nunca fala sobre a própria mãe.

"Ela morou aqui quando era criança, que nem eu."

Maggie pega o maço de cigarros. "Tenho que ir lá no muro ler minhas mensagens." Então se levanta, usando meu ombro de apoio e dando um leve aperto antes de pegar sua taça de vinho. Não tenho ideia do que ela sentiu. Quando Maggie sai, minha mãe enche nossas taças e suspira.

"Sabem, eu ainda converso com o pai de vocês. Ainda pergunto para ele o que vamos jantar, ainda discuto com ele sobre as mesmas chatices. Mas o John... Eu sei que ele estava muito velho. Eu sei que a velhice chega para todos. Mas todas as lembranças e pensamentos dele, a rotina, os segredos, fossem o que fossem... É isso, acabou, porque ninguém continuou falando com ele." Seus olhos estão cheios d'água. Eu nunca a vi chorar, e isso é bem preocupante.

"Mãe", murmura Katherine.

Na manhã em que tudo aconteceu, Katherine tinha dormido lá. Ela me ligou às sete da manhã, dizendo: *O pai morreu. Venha quando puder. Não precisa se apressar.*

E, sem precisar me apressar, tomei banho, me vesti e fiquei no carro ouvindo o álbum Graceland por quase uma hora. Durante essa uma hora, meu pai ainda estava vivo, pois Katherine poderia ter mentido. Eu dirigi até a casa da minha mãe e fui recebida por Dom, que estava com o rosto cheio de lágrimas. Ele me abraçou e respirou no meu cabelo, depois pegou meu rosto e disse: *Ele se foi, ele se foi.*

Acariciei o cabelo crespo da costeleta dele, que vai até a linha da mandíbula. *As pessoas partem*, respondi, e soou como se tivesse falado em uma língua estrangeira. E Dom foi caminhar para espairecer.

Na cozinha, minha mãe e Katherine estavam tão secas de lágrimas quanto eu, mas a cachorra estava preocupada com alguma coisa, pois não parava de enfiar a cabeça na gente quando nos sentávamos. Nós nos abraçamos — essa é a palavra certa —, uns apertões desconfortáveis que terminavam rápido, para que todos seguissem adiante. Bebemos uísque às oito e meia da manhã, e minha mãe disse: *Você deveria subir para ver ele. É importante.* E percebi que tinha me esquecido de que havia algo para ver. Fiquei do lado de fora da cozinha por um tempo, pensando se eu só fingiria que tinha ido vê-lo, mas minha mãe tinha dito que era importante, então segui o conselho dela e entrei no quarto dos dois para ver meu pai deitado e coberto, com uma colcha enfiada embaixo dos ombros, os braços, amarelos e sem pelos, cuidadosamente colocados por cima, com mãos grandes e imóveis. A cabeça e os pés também eram grandes, o corpo tão esticado quanto a colcha. Olhei mais atentamente, procurando qualquer sinal de respiração. A boca estava aberta o suficiente para mostrar os dentes destruídos. Os olhos também estavam abertos. Olhei mais atentamente, procurando qualquer sinal de respiração. Ele parecia concentrado em tirar a pele de um tomate. Fiz o que as pessoas fazem nos filmes e passei a mão nos olhos dele, querendo fechar as pálpebras, mas não funcionou, então só toquei seu rosto e afastei a mão como se tivesse me queimado, sentindo um impulso de lavá-la. Olhei mais atentamente, procurando qualquer sinal de respiração. Queria ter pensado em alguma coisa, mas me sentia na presença de um estranho. Fui até a janela e a abri. Dom estava sentado no muro da casa em frente, escrevendo em um caderno. Ele ergueu os olhos quando a janela se abriu e, quando viu quem era, mandou um beijo.

Minha mãe solta o ar longamente.

Katherine olha para a mesa na qual nossa avó foi submetida a uma punção lombar.

Minha mãe tira um lenço da manga e assoa o nariz por mais tempo do que qualquer ser humano jamais precisaria. "Ah, meu Deus", choraminga. Katherine afaga sua mão, e ela a recolhe rápido. "Estou bem, só um pouco cansada."

"Christopher deve chegar amanhã de manhã", digo, para quebrar o silêncio. "Ele vai trazer vinho e uns sanduíches."

Retomado o controle, minha mãe diz:

"Eu já contei que eu e o Christopher ficamos, antes de eu começar a namorar o pai de vocês?"

Katherine segura a taça de vinho e a afasta alguns centímetros, então a puxa de novo. "Não. Não, mãe, você nunca contou."

"Pois é", diz minha mãe.

"E o que você quer que a gente diga?", pergunta Katherine.

Minha mãe dá de ombros. As lágrimas são apenas memória.

"Ele não queria ter filhos." Ela dá de ombros outra vez.

Peço licença, me levanto e saio da cozinha. Vou até o salão e passo um tempo lá. Vejo Maggie lá fora, fumando no muro. Katherine também sai e fica parada ao meu lado. Minha mãe aparece no jardim para encher o copo de Maggie, que lhe oferece seu cigarro bolado pela metade, e minha mãe dá um trago. Nunca tinha visto minha mãe fumar. Ela sabe muito bem o que fazer com a fumaça.

"Certo", digo. "Eu transei com o Dom."

A frase simplesmente sai da minha boca, e Katherine olha para mim.

"Sim. Eu sei."

"Você sabe?"

Ficamos muito, muito tempo ali, paradas, nos encarando.

"Quanto tempo faz que você sabe?"

"Tempo suficiente." Ela dá uma fungada forte e profunda. Meus dedos sobem até a cabeça e voltam a baixar. "E, para falar a verdade, eu quis te dizer: 'Ei, valeu! Você acabou com o meu casamento!'." Ela solta um barulho meio parecido com uma risada. "Mas você ficou muito doente. E frágil. Eu não queria ser culpada de você ficar doente de novo."

Eu me recosto na parede e deslizo até o chão. *E agora? E agora?*, a voz guincha.

Eu não fui internada por causa do meu pai. Era só dele que eu falava lá. A doença dele, as lembranças das brigas que tivemos e que nunca resolvemos. A sensação de tocar a pele sem vida.

Mas o que pensei foi que Dom me quis mais do que queria Katherine. O beijo soprado na janela.

"A gente tem mais o que fazer." É tão típico da minha irmã perdoar os outros. "Escuta", insiste ela, em um tom que eu já a ouvi usando com agentes de viagens e vendedores de lojas. "O Dom e eu não íamos durar muito. Ele é um idiota. Isso não apaga o que você fez, mas não quero que você pense que foi a única responsável pela nossa separação."

"Eu devia ter contado?"

Katherine dá de ombros. "Tanto faz. As coisas são como são."

Afundo as costas na parede, e nós duas olhamos para o campo de golfe deserto.

"Eu não sei o que pensar."

Minha voz interior está em silêncio.

Encolho as pernas junto ao corpo e encosto a testa nos joelhos. Katherine pousa a mão no meu joelho e faz um carinho. É a coisa mais gentil a se fazer. A cachorra vem andando e deita embaixo do piano.

À noite, observo Katherine na cama ao lado — a cama em que meu pai ou Christopher dormiam quando eram crianças. Duas irmãs dormindo na cama de dois irmãos. É tipo uma charada cuja resposta seria algo irritante como *Romeu e Julieta são peixinhos dourados* ou *Foram todos mortos por um sincelo*. Imagino se Christopher já espiou meu pai, para ter certeza de que estava respirando. Sob a luz do luar, vejo Katherine dura feito um manequim, os dedos finos cruzados por sobre a barriga, os olhos abertos para o ar noturno. De manhã, ela vai estar imaculada, competente.

O funeral vai ser na St. Baldred's, uma igrejinha estranha que tem uma grande araucária do lado de fora, com uma placa em homenagem a um vigário que, há muito tempo, morreu no mar. Lá dentro, puseram um caixão vazio só para ilustrar. As cinzas de John estão no armário na entrada da casa. Pauline pediu que cuidássemos delas. As cinzas vieram em um recipiente de plástico roxo. Minha mãe o enfiou em uma sacola de plástico reciclável que, em uma mensagem confusa, prometia durar a vida toda. A igreja é pequena, e metade do espaço está ocupado. As únicas pessoas que conheço são Pauline e Alistair, mas reconheço alguns rostos da cidade, a maioria muito velhos. John fez 83 anos há dois meses. Tem fotos dele pela igreja; em uma delas, John é criança e está com Pauline e a outra irmã, Elspeth, mãe do meu pai e de Christopher, que morreu jovem por conta de um problema nos pulmões. Tenho uma sensação estranha, o tipo de sensação de quando olhamos para uma mulher que morreu há muito tempo e sabemos que ela carregava dentro de si tudo que era necessário para tornar nossa existência possível.

Christopher não nos encontrou na casa e só aparece na igreja quando todo mundo já se acomodou. Ele e minha mãe se cumprimentam com um beijo, e há um vislumbre de timidez da parte de ambos. Eu me pergunto se sempre foi assim.

Ele se senta ao lado da minha mãe, e as costas das mãos dos dois se tocam. Encontro o olhar de Katherine, que ergue uma sobrancelha e dá de ombros.

Maggie veio. Inclusive, sentou-se na primeira fila. Ela foi inserida na nossa família, e, embora me pareça estranho e artificial quando penso a fundo, no geral acho que faz sentido. Ela trava uma conversa muito interessante com Pauline; ouço as duas falando na minha frente.

"Acho que Alistair vai jogar golfe hoje à tarde." Pauline fala "golfe" como se o g fosse um c. "Fizemos uma reserva para jantar na marina. O casamento de Nigel foi lá... há séculos."

"Quem é Nigel?", pergunta Maggie, e me ocorre que ela está realmente interessada. Todos a cumprimentam com respeito e intimidade. Também acham que Maggie se encaixou.

"Ah, nosso filho", diz Pauline, e completa, orgulhosa: "Ele é advogado".

Alistair chega depois de estacionar o carro, com um andar meio pesado. Maggie levanta para apertar a mão dele.

"Hoje em dia é difícil estacionar por essas bandas", diz ele, em voz alta, por cima da surdez. Alistair não solta a mão de Maggie, embora não faça ideia de quem ela seja.

"Ah, eu que o diga", concorda Maggie. "Você tentou no centro de aves marinhas? Eles não conferem os cartões de estacionamento."

"Boa dica", responde Alistair.

Essas pessoas que eu tento ao máximo evitar são muito gentis. Sei que vou continuar evitando-as, mas a verdade está aí: elas são legais. Penso nos dois levando os ratinhos de açúcar para o meu pai e Christopher, há tanto tempo. Alguma coisa em um mar de nada.

O vigário enche linguiça falando sobre Lázaro. Minha mãe cochicha um "Idiota" alto o bastante para eu ouvir e fazer Christopher sorrir. Quando o vigário conclui o sermão, convidando todos a pegar um folheto do curso alfa que aconteceria depois da cerimônia, Christopher levanta e fala. Não ouço nada do que ele diz; em vez disso, repito na minha cabeça o discurso que ele fez no funeral do meu pai.

"Meu irmãozinho", disse ele. "O louco do sul de Londres." Houve um burburinho bem-humorado.

"Ah, sim", confirmou Pauline.

"Bem isso", concordou John.

"Ainda me lembro do dia em que Michael nasceu. Lembro da nossa mãe, Elspeth, deitada em uma cama de hospital, dizendo: 'Olha o que eu trouxe para você'. E, na época, eu acho que preferiria ter ganhado uma revista em quadrinhos ou um carrinho." Mais grunhidos de aprovação. "Mas, depois que nossa mãe nos deixou, comecei a entender o que significava ter um irmão. Foi ele que, aos 7 anos, sugeriu que a gente podia cavalgar os porcos na fazenda vizinha, em Dummer, e me salvou de uma surra do fazendeiro, que caiu de cara na lama e o fez morrer de rir. Tivemos que dar umas explicações complicadas quando chegamos em casa. A babá não ficou nada

feliz." Pauline bateu palma. "Então ele foi estudar comigo na Car-lekemp, e, embora a gente não possa dizer que vivemos anos felizes lá, passei bons momentos com Michael. E talvez alguns de vocês não achem que esse seja o momento certo para me lembrar de quando ele botou fogo na saia da enfermeira-chefe. Nem de como ele se tornou um ladrão famoso, roubando charutos e doses de conhaque. Ou da vara do diretor, que queimamos juntos em um ritual."

"Hummm", soltou Alistair, como se tivesse sido informado dos pratos especiais em um restaurante.

"Depois de um tempo, Michael virou um menino cheio de segre-dos. Passava por todas as inspeções com uma lata de refrigerante de fundo falso. Nessa lata, ele guardava pelo menos trinta gramas de maconha, um bom punhado de cigarros e, claro, seu precioso LSD."

Christopher falou aquilo sorrindo. O vigário riu alto, com certo des-conforto, enquanto Pauline, John e Alistair assentiam e cochichavam.

"Mais tarde, ele começou a observar pássaros e nunca mais ti-rou os olhos deles. Michael gostava muito dos albatrozes de Bass Rock, os fantasmas brancos." Nesse ponto, Christopher tinha olha-do para minha mãe. Ali, entre eles, havia algo desconhecido para mim, mas que dizia muito de todos nós.

Christopher endireitou as costas e enxugou os olhos com um lenço com pintinhas vermelhas.

"E eu gosto de pensar, e aqui vocês me permitam uma certa dose de sentimentalismo, eu gosto de pensar que nossa mãe voltou para buscar o que ela me deu naquele dia no hospital." Alguém caiu em um choro emocionado atrás de mim, mas não olhei. "Meu irmão-zinho Michael era uma boa alma. Foi um pouco prejudicado pe-las excentricidades da vida, mas foi um homem profundamente humano e muito engraçado, e eu sinto falta da presença dele aqui neste mundo. Vou sempre me lembrar dele pescando nas poças de maré em North Berwick, levando uma rede e um ursinho, Wilfred, enfiado no bolso do casaco."

Bebidas foram servidas, e nós armamos o que a tia Bet chamaria de "grande farsa" nos fundos da casa, mas não sobrou muita gente depois que Alistair foi jogar golfe e Pauline foi se deitar. Sinto falta dos comentários de John sobre o bufê. Maggie circula com bandejas cheias de *vol-au-vents*[1] e aqueles ovos temperados nojentos, garantindo que o copo de todo mundo fique cheio. Ela está fazendo as vezes de boa filha, de modo que Katherine pode ficar sentada quietinha sem precisar fazer nada. Não consigo tirar os olhos da minha mãe e de Christopher. Eu me pergunto se alguma vez foi possível haver uma família com três pais. Sempre que um dos dois tem que falar com outra pessoa, é com esforço que tiram os olhos um do outro. Christopher tem os olhos do meu pai, os meus olhos. Minha mãe sai da sala por um instante, e Christopher vem se sentar perto de mim, como se fosse dizer alguma coisa muito séria. Ele tenta achar as palavras certas. "A Deborah se demitiu", diz, por fim.

"Ah... Ah, Deus, sinto muito. Foi por..."

"Está tudo bem. Existem mais corretores que casas disponíveis. Eu só precisava dar uma chance a ela, você sabe como é... Ela passou por uns maus bocados depois que meu pai as abandonou." Ele toma fôlego para falar, mas alguém que está perto da porta da frente chama minha irmã. Aos berros. A festinha fica muda. Katherine está colada no sofá cinza. Dom está parado à porta.

"Ah, meu Deus", diz alguém, como se uma criança tivesse derramado um copo d'água.

Em uma das mãos, Dom segura um martelo. Quando me vê, ele bate com o martelo na parede, e o reboco cai no chão.

"Dom", digo, mas ele não me ouve e chama o nome de Katherine de novo.

---

1   Iguaria francesa feita com massa folhada em formato de cestinha e recheada com creme. (N.E.)

"Você VAI falar comigo!", berra ele. Sinto o coração bater nas costas. Ele não me vê. Vê apenas Katherine, pequena e escondida no sofá. Dom começa a ir na direção dela. Christopher se levanta, e minha mãe surge da cozinha. Ela avança, querendo deter Dom, e Christopher fica ao lado dela. Minha mãe está segurando uma faca.

Maggie avança em silêncio e passa por nós com toda a calma, indo na direção de Dom. Eu a agarro tarde demais; Maggie segura os ombros de Dom e sussurra algo no ouvido dele enquanto tira o martelo de suas mãos. Ela fala rápido, e a expressão de Dom muda, ele empalidece, parece que ele voltou a ser um menininho, não um maluco. Quando Maggie se afasta, com um sorriso suave, Dom olha em volta como se estivesse vendo alguma coisa pela primeira vez, então dá uns passos para trás, assustado. Quando chega no portão do jardim, ele sai correndo. Maggie pendura o martelo no cabideiro e, a caminho da cozinha, pega uma bandeja vazia.

"O que você disse para ele?", pergunta Katherine, atrás de mim. Está pálida.

Maggie dá de ombros. "Só disse que não era hora nem lugar." Ela pisca para mim. Por cima da calça, coço o lugar onde minha ferida costumava ficar.

AS BRUXAS DE BASS ROCK
EVIE WYLD

II

Nos primeiros meses depois da morte de Antony, quando os pássaros visitavam a janela dele aos montes e a toda velocidade, Ruth teve certeza. Soube por que estava ali: para interpretar os pássaros, assim como o papa é o porta-voz de Deus. Soube disso, e soube ainda que Antony não falava através dos pássaros com a mãe, o pai ou Alice, só com ela. Era por meio dela que os elementos de Antony permaneciam no mundo. Se ela um dia tivesse um filho, seria um menino e ele se chamaria Antony, e ele falaria através do bebê. Na verdade, isso se tornou uma preocupação urgente desde que o irmão morreu: ter uma criança, gerar uma vida que pudesse sussurrar para ela todos os segredos de quem fora Antony e por que tinham ficado juntos. E, um dia, seu filho aprenderia a responder, e responderia com a voz de seu irmão. Ruth não tinha dúvida. Estava largada ali, com os segredos de Antony que tinham sido contados só para ela, e, agora que Antony se fora, esses segredos ameaçavam se desmanchar feito cinzas. Primeiro tentou com o assistente do pároco, que expressara interesse quando ela era mais jovem. Mas quando foi procurá-lo, aos 18 anos, querendo propor uma união, ele corou e disse: "Se afaste de mim.

Não sei do que você está falando. Não volte mais aqui". E isso a confundiu. Imaginou que ele tivesse se assustado com sua ousadia. Meninas deveriam ser tímidas e reservadas.

Por um tempo, Ruth tentou evocar uma criança dentro de si, sem um homem. Ela se sentava, pensava em Antony e em como os restos de seus ossos, que existiam em algum lugar do mundo, seriam soprados para o mar e recolhidos pelas nuvens, que por fim choveriam. Tudo isso parecia um feitiço. Quando nada aconteceu, vendo a barriga ainda murcha, branca e silenciosa, ela foi até uma feira rural e encontrou um jovem de cabelos pretos que cuidava da tômbola. Pegou um cupom da urna e perguntou que horas ele ficaria livre.

"Agora, se é você quem quer saber", foi a resposta, e ele a levou até o estábulo da propriedade vizinha. Sem entender direito como se fazer aquilo, só sabendo que um homem era necessário, Ruth se apoiou na palha com a palma das mãos e, sentindo o rapaz, tentou entender o que estava acontecendo.

"Está doendo?", perguntou ele, com a voz rouca.

"Não dói nada", respondeu Ruth, e percebeu que sua voz saiu desafinada. Talvez fosse bom imitar a voz dele um pouco mais, mas se viu cansada, então só o deixou fazer o que tinha de ser feito. O homem não pareceu se importar.

Por fim, ele perguntou: "Você já fez isso outras vezes?".

"Só uma", respondeu ela, e ele assentiu, sério.

"Bem, é melhor se mexer um pouco mais, se quiser ter futuro."

Talvez tenha sido uma piada, mas Ruth não se importou. Só voltou para casa e esperou. Mas nada aconteceu.

No hospital em Edimburgo, nas semanas após o incidente na praia, as paredes do quarto eram azuis, como a cor de alguns ovos de pato. Havia uma penteadeira, para o caso de ela querer se sentar e dar uma boa olhada em si mesma. Era diferente do quarto em que o bebê nascera sem nenhum barulho, aquele silêncio terrível. Pedira a Peter que trouxesse uma bebida, mas ele não ouviu bem e mandou trazer um chá.

"Você pode trazer uma garrafa de xerez?", perguntou ela. A enfermeira por acaso ouviu e devolveu: "Não com esse seu sangramento".

Uma cuba prateada estava ao lado da cama, para o caso de ela ter náuseas. Ao lado, uma fotografia dela e de Peter no dia do casamento. Peter trouxera a fotografia e explicou que era para deixar o quarto mais aconchegante. Ele vinha uma vez por dia e ficava até não aguentar mais — Ruth notava em sua expressão. E era conveniente estar em Edimburgo, imaginava ela. Se tudo tivesse corrido bem para a garota, o outro bebê já teria alguns meses de vida. Às vezes, Ruth sentia uma pena genuína de Peter.

Havia uma televisão em cima de uma estante de cobre. Dois abajures azul-escuros comuns ficavam em cantos diagonais opostos do quarto. O mais próximo dela iluminava uma fotografia oval de uma jovem em um vestido vitoriano. Não era claro quem a jovem poderia ser. Talvez a enfermeira Florence Nightingale tivesse aquela aparência. Ruth nunca vira uma fotografia dela. A imagem era pequena, mas com uma moldura muito adornada. A mesinha que apoiava a fotografia era coberta por um crochê branco que parecia ter sido feito com exclusividade para a mesinha, que, por sua vez, parecia estar ali justamente para apoiar a fotografia emoldurada e o crochê.

Em outra mesinha com rodas, que era empurrada e encaixada sobre suas pernas quando chegava a hora das refeições, havia um pequeno jarro amarelo e um vaso de crisântemos.

O jarro tinha rachaduras bem finas na cerâmica. Havia dois assentos no quarto: uma poltrona rosa-clara, do tipo que combinaria com sua sala de estar e que, ela suspeitava, tinha encosto reclinável e apoio para os pés. O outro era uma poltrona laranja minúscula e moderna, muito mais austera e menos confortável. Quando foram visitá-la, o pai insistiu que a mãe se sentasse na poltrona rosa-clara, se resignando ao desconforto da poltrona moderna. Sentada ali, a mãe chorou de soluçar. E, mais tarde, depois de arruinar o lenço de tanto prantear, perguntou: *Mas o que você estava pensando quando subiu naquelas pedras, nessas condições?* O pai gentilmente a calou. A mãe deixou uma marca sutil no tecido, uma mancha de lágrimas onde o lenço encharcado molhara a trama. Alice apareceu sem Mark e usou a poltrona moderna de apoio para a cesta de piquenique que trouxera da Harrods. Ali dentro havia iguarias que embrulharam o estômago de Ruth de tal modo que ela teve de pedir para a enfermeira-chefe distribuí-las entre as colegas de trabalho depois que a irmã foi embora. Alice falou um bocado, então se calou por um bom tempo, segurou a mão de Ruth e disse: *Não foi por querer, foi, querida?* Quando Betty veio, não se sentou nas poltronas. Betty subornou a enfermeira-chefe do turno da noite e apareceu ao anoitecer com vinho do Porto, e as duas conversaram, Betty de pé ao seu lado. Não mencionaram Jon Brown e também não falaram nada sobre o bebê.

"Quando puder voltar para casa, vou ajudá-la no que for preciso", disse Betty, e leu cartas de Christopher, Michael e Bernadette, que desejavam melhoras e torciam para que ela voltasse logo. Betty ficou até que elas esvaziassem duas taças de vinho, então escondeu a garrafa e a taça de Ruth na mesa de cabeceira.

III

Quando os encontro, Sarah está em cima do meu pai, e eu só consigo ver a parte de trás da cabeça dela. Sarah não resiste. Queria que resistisse. Meu pai está de olhos fechados. A repulsa, talvez algo ainda mais intenso, cresce dentro de mim. A decepção percorre meu corpo com suas unhas. Entendi que ele viu Agnes nela, mas Sarah fez com que ele também enxergasse minha mãe.

Nós iríamos nos casar, ter filhos. Cuidar do meu pai no quarto perto da sala, como aquele em que recebemos Cook. Sarah prepararia o cachimbo dele todas as noites, uma criança ficaria sentada no joelho dele diante do fogo, uma panela ferveria uma comida boa. Eu me envergonho por ter tido esses pensamentos, por ter segurado a mão dela e presumido que ela também pensava assim. A maciez da pele de seu braço frio. É tão próprio de uma bruxa fazer um homem se apaixonar.

A chuva bate nas folhas. O céu acima das árvores brilha na aurora. Fico imóvel, atrás dele, sem ser percebido. O galho que levo nas mãos é pesado e grosso, daqueles usados para sustentar as colunas de um portão. Não lembro onde o encontrei. Um som baixo e nojento escapa dos dois. Sarah geme.

O som do galho batendo na cabeça dela é o mesmo de quando uma pá é enfiada na lama. Ela é arrancada dele, que, com os olhos arregalados de confusão, se atrapalha para se cobrir, para escapar do que está acontecendo.

Sarah me encara, abaixada junto à terra e às folhas do solo da floresta. Sua testa exibe um pedaço de pele branca enrugada, então o sangue começa a jorrar, mais vermelho que o cabelo. Ela me encara, mas seus olhos não me veem.

"Se ela estivesse viva, seria igualzinha a você", diz Sarah, com uma voz que não parece a dela. Ela se mantém afastada do chão, de quatro, como se soubesse que deitar significa morrer, e se balança ali, como se imersa em um lago. Eu me pergunto quanto tempo mais ela viverá desse jeito. Se tivesse alguma raiz ou poção, poderia passar na pobre cabeça ferida, uma súplica, uma cria do diabo.

Eu a golpeio mais uma vez na testa, e Sarah cai de costas. Tenho certeza de que acabei com ela, mas o peito dela sobe e desce depressa, como o de um animal ferido. As mãos encontram a barriga, e os lábios se mexem, os olhos mortos como os de um peixe. Eu me ajoelho perto dela e aproximo o ouvido de seu rosto, querendo ouvir seus últimos suspiros. Agora, tudo faz sentido; compreendo o que os Browning viram no chiqueiro. Ela arqueja e, quase sem ar, diz: "Veja. Veja, é um bebê". E seu rosto fica imóvel, as mãos caem da barriga. Libertei a alma de incontáveis homens. Tiro do bolso dela a caixinha de madeira com os dentes da lebre. Quando abro, encontro os dentes lá dentro, sem nada de especial, mas guardo a caixinha comigo, pois preciso me lembrar de promessas vazias.

Meu pai está pálido. Eu o encaro. Seus olhos estão cheios de lágrimas.

"Aquilo não era ela", digo. Então me levanto e vou me agachar ao lado dele, o ajudo a se cobrir e ponho a mão nas costas dele. "Sarah só estava usando o vestido da mãe para enganá-lo. Ela assumiu a aparência de Agnes para enfeitiçá-lo. Você foi enfeitiçado." Eu não sabia que essas palavras sairiam de mim, mas, à medida que as digo, entendo que são verdadeiras e que existe mal no mundo. "Tudo vai ficar bem, pai", falo, e ele engole o choro, esfrega os olhos e respira pelo nariz. Então afaga meu braço.

"Obrigado, filho. Muito obrigado." E minha decepção é substituída por orgulho.

II

Era bom que os meninos e Bernadette ainda vissem o lugar como um lar. Era ridículo que ainda pensasse neles como *os meninos*. Do quarto de cima, Ruth viu Michael e Bernadette chegarem, ele carregando a bebê, ela balançando os braços feito uma criança. Depois de adulta, Bernadette ficara com o cabelo de um vermelho muito escuro, e Ruth não sabia ao certo se era tinta, ou se a jovem levava uma vida tão simples e despreocupada como fazia parecer. Ruth notou que ela não usava sutiã.

Ouviu a campainha tocar e viu Christopher entrar atrás deles. O jovem se ausentou por um instante, talvez para deixar a bebê ser apresentada à tia-avó ou para terminar o cigarro em paz. Em menos de um minuto, contornou o muro do jardim e a cumprimentou, sorrindo. Ruth ouviu sua voz alta, amigável e ensaiada, fazendo um barulho para a cachorra ou para a bebê, e o murmúrio mais suave de Michael e Bernadette, que ria daquele jeito dela, que Betty descrevia como *a risada de um marinheiro bêbado*. Uma sensação de calidez invadia as estruturas da casa quando todos vinham visitá-la de uma vez; tudo voltava a se fundir, a espinha dorsal da casa ganhava um novo vigor, um calor, como se a casa se mexesse durante o sono, abrisse um olho e sorrisse.

A menina começou a aparecer em intervalos mais ou menos regulares. Podiam muito bem ser as primeiras manifestações do hábito de beber gim, o que não seria nenhuma surpresa. De soslaio, Ruth via uma rápida movimentação. Então se virava, esperando se deparar com a cachorra, mas via, apenas por um segundo, uma menina com um xale amarrado ao redor dos ombros. A menina desaparecia quando ela a olhava diretamente, mas estava naquele momento no canto da sala, cutucando a carne embaixo da unha. Ficaria ali enquanto Ruth continuasse olhando para as próprias mãos, fechadas sobre a penteadeira. Primeiro imaginou o que a garota poderia significar. Seria a morte que se aproximava? A garota já estava por perto e se aproximando havia anos, então já não era mais assustadora. Era só uma terceira pessoa na casa, mais alguém para levar em conta, algo silencioso e embutido que a impediu de vender a casa quando teve a oportunidade. Por muito tempo, Ruth esperou uma mensagem da menina. Mas a menina ficou calada.

Ruth beliscou as bochechas e saiu do quarto, descendo as escadas com cuidado para encontrá-los na sala de estar, a bebê enrolada em um cobertor, adormecida nos braços de Christopher.

Todos olharam para cima.

"Querida", Ruth disse para Bernadette, que sorriu e foi até ela. As duas se cumprimentaram com beijos no rosto, e ela sentiu a face de Bernadette agradavelmente fria.

Michael se levantou e a beijou também. Christopher ficou sentado, incapaz de se mexer para não acordar a bebê.

"Você está bem?", Ruth perguntou para Bernadette.

"Ah, sim", veio a resposta. "Feliz por sair um pouco de Londres."

Ruth manteve as mãos cruzadas diante do corpo, sem saber direito o que fazer com elas.

"Bem", disse ela, espiando a criança, "ela também me parece muito bem. Já decidiram o nome?"

"Viviane", respondeu Bernadette, e Ruth tentou fingir que achava o nome bonito.

"Significa *vivaz*", explicou Michael, talvez notando um olhar de incerteza no rosto de Ruth.

"Sim", continuou Bernadette, "ela é bem animada."

"Bem, com certeza é", respondeu Ruth, sorrindo, percebendo que estava com medo da bebê.

As mãos de Christopher pareciam enormes e grosseiras perto da criança. Ele a segurava como se a menina fosse uma tigela cheia de água até a borda e não pudesse ser derramada. Estava visivelmente quieto, e Ruth notou, alarmada, que seus olhos estavam marejados.

"Pois bem!", exclamou ela, esperando afastar Christopher e a si mesma do centro das atenções. "Onde será que Betty se escondeu? Ela está há horas cozinhando Deus sabe o quê. Vou preparar uma bebida. O que vão querer?" Estranhamente, Ruth bateu palmas, então sentiu um terror quente percorrer o corpo. *Não desperte aquilo. Não seja a responsável por despertar aquilo.*

"Preciso confessar", disse Bernadette, "que estou louca por um cigarro. Christopher, você tem um sobrando? Michael parou de fumar."

Christopher deu um sorriso enorme e exagerado.

"Ora, claro que sim", respondeu, limpando a garganta.

"Vou trazer as malas para dentro", disse Michael. "Depois eu adoraria beber um uísque, mãe, se você tiver... Trouxe uma garrafa comigo por precaução." Ele saiu da sala, e Christopher procurou os cigarros no bolso do casaco. Bernadette pegou a bebê adormecida dos braços dele com uma facilidade que pareceu um tanto perigosa. Christopher encontrou o tabaco.

"Vem comigo?", perguntou Bernadette. Ele assentiu, e de repente Bernadette estava segurando a criança muito perto de Ruth, que, antes que pudesse se dar conta, recebeu a bebê nos braços. "Pode dar uma olhadinha nela por um segundo? Estou quase morrendo por um trago, e dizem que fumar perto das crianças não é bom. E ela está tão cheirosa..." E Ruth se viu segurando a criança adormecida. Nunca segurara um bebê. Durante algumas semanas depois de ter perdido o seu, acordava de madrugada sentindo um peso nos braços, como se segurasse algo com força durante o sono, mas seu bebê nunca se materializou. Tinha despertado, e o tempo tinha passado, e muito pouco foi dito além de *você pode tentar de novo.*

O sangue dela se lembrava da sensação parecida com o salto de um salmão quando o bebê se mexia dentro dela.

Nada disso.

A criança não acordou, mesmo em seus braços perigosos. A chuva que ameaçava cair desde cedo finalmente apareceu, e o cheiro entrou por alguma janela aberta, um fio de aroma parecido com uma rocha antiga. Ruth acalentou a bebê e a ninou gentilmente; não porque ela precisava ser reconfortada, mas porque era o que vira as mães fazerem e porque Ruth tinha medo daquela criatura rosada, pois não sabia como ajudá-la. Desejou ser o tipo de pessoa que não tinha nenhum problema em cantar, para afastar o silêncio e o sentimento intenso que a criança lhe causava. Havia raios, mas nenhum trovão. A chuva caía forte, sacudindo os botões de rosa no jardim. Dava para ver a chuva na ilha de Bass Rock, um véu rendado que fazia as beiradas da rocha se confundirem com as nuvens.

Se ela estivesse viva, seria igualzinha a você. Ruth não pensava assim, mas as palavras soaram em sua cabeça, como se tivessem sido injetadas com uma seringa grossa.

A menina surgiu atrás do piano, cutucando os dedos como costumava fazer.

Veja, Ruth pensou alto. *Veja, é um bebê.*

A menina ficou onde estava, estremecendo de leve quando um trovão soou, como se tivesse se assustado. Ruth sentiu que não havia apenas aquela menina na sala de estar, como se a chuva que batia nas janelas tivesse conjurado uma série de outras meninas. O bebê estremeceu, mexendo os lábios, como se estivesse se alimentando enquanto sonhava.

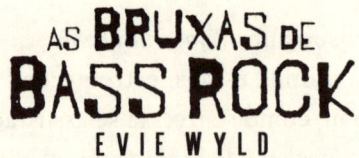

I

Katherine tirou folga e vai ficar comigo e com Maggie até a casa ser vendida. Christopher decidiu fazer companhia para a minha mãe enquanto estiver em Londres. Ninguém pergunta nada. Ninguém menciona Dom. Acompanhamos minha mãe, Christopher e a cachorra em um passeio até o campo de golfe e depois pela praia. Passamos pelas pedras e pelo esqueleto de um barco a remo de cabeça para baixo, com furos no casco. Minha mãe e Christopher param. Observam as costelas do barco com atenção, e suas mãos se encontram. A cachorra mija ali perto.

Às vezes, avançamos em fileira, de braços dados. Quando chegamos no lugar onde ficava a antiga piscina pública, agora um centro de aves marinhas, e a igreja velha, damos beijinhos de despedida. Os dois continuam subindo pela rampa, e faz sentido deixá-los na praia. O cabelo da minha mãe, levantando e caindo para o lado como um abrunheiro açoitado pelo vento, Christopher a conduzindo pelo cotovelo. Eles não são jovens.

Katherine, Maggie e eu voltamos, não mais de braços dados, mas conversando. Quando chegamos na saída para o campo de golfe, eu digo: "Acho que vou ficar mais um tempo aqui. Vocês se importam?".

"Vamos cozinhar alguma coisa", diz Maggie, puxando Katherine na direção da casa, o que me deixa agradecida. Só quero passar um tempo sozinha. Sigo a trilha acidentada até as árvores que restaram. O vento traz um apito por entre as árvores, provavelmente do trem para Edimburgo. A quietude nesse bosque, onde minha avó morreu, me faz prender a respiração. Sinto como se olhasse para o vazio ou para dentro de uma fenda enorme. "Oi!", grito, só para ver se minha voz vai ecoar. E ecoa, três vezes.

Em cima da cama está a maior mala que ela tem. Não é grande o suficiente para transportar uma vida inteira, mas terá de servir. Mais da metade das roupas são para a filha, que vai perdê-las logo, mas ela não consegue deixá-las para trás. Não consegue acreditar que chegaram nesse ponto.

Quando se conheceram, ela ainda usava o uniforme da escola, e ele insistiu que esperassem. Foi assim que ela soube a diferença.

A avó e a mãe diziam para ela não ter pressa de crescer, como se tivessem esquecido como as coisas eram. Como se houvesse escolha. Ela viu isso nas colegas de classe, mesmo em algumas um ano mais novas e que ainda nem tinham peitos. O peso chegou de noite. Um dia você está enchendo uma máquina de roupas para ajudar sua mãe; no outro, está recolhendo as cuecas imundas do seu irmão espalhadas no chão do quarto dele e abrindo uma janela para deixar o cheiro sair. No começo, você liga o forno para sua mãe esquentar o jantar na volta do trabalho; depois começa a cozinhar noite sim noite não enquanto seu pai e seus irmãos ficam na frente da TV, atirando em prostitutas ou afegãos, e não respondem quando você diz que o chá está pronto, então você revira os olhos, mas sente alguma satisfação junto do aborrecimento. Os meninos te aceitaram como mulher.

Nem sei por que me importo, você diz.

A garota chama um táxi e se lembra de pegar as escovas de dentes e o xampu de bebê. No banheiro, passa um pouco mais de maquiagem. Não quer que as pessoas fiquem falando, odeia como aquilo tudo é embaraçoso. Para cobrir um hematoma ainda muito visível, é preciso primeiro passar uma base esverdeada, mas não há tempo. Ela olha pela janela do banheiro, para a rua ainda vazia, o mar cinza-ardósia e a rocha, que hoje emerge contra as nuvens carregadas.

Na noite em que transaram, na quitinete dele, a noite em que ela fez 16 anos, a garota o provocou dizendo que tinha nascido nas primeiras horas da manhã, então, tecnicamente, ele era um estuprador. Ele ficou nervoso. "Nem brinca com essa merda", disse ele, alterado. "Você não faz ideia de como é, o medo de umazinha mentir a idade... Você não mentiu, mentiu? Você mentiu?"

Homens, pensou ela, com carinho. *Por que eles são assim?* Decidiu que aquela preocupação dele era encantadora, então transaram mais uma vez, e ela soube que tinha sido perdoada.

Algumas semanas depois, ele foi conhecer a família dela. Apareceu antes de levá-la ao cinema. Ela usava um vestido longo e estava com as sobrancelhas marcadas e maquiagem para encovar as maçãs do rosto, que apareceriam quando aquelas gordurinhas de criança sumissem. Ele usava um macacão de trabalho limpo, o que a agradou, pois mostrava ao pai e aos irmãos que era trabalhador e que seria capaz de cuidar dela. Ele segurava as chaves da van na mão, ansioso para ir embora logo, mas o pai da garota lhe ofereceu uma cerveja, e os dois se sentaram na sala, meio sem jeito, um jogo de perguntas e respostas passando na televisão. Ele falou pouco, mas foi educado com o pai dela, ignorando seus irmãos até que um deles ligou o jogo de tiro, então se inclinou para a frente e perguntou sobre o jogo. Logo se tornou um deles, e seu pai disse: *Traga uma cerveja para o rapaz aqui*. Ela sentiu o batom secar na boca.

"Se sairmos agora, ainda conseguimos pegar o filme. Só vamos perder as propagandas", dissera a garota, e ele a olhou, decepcionado.

Quando saíram, o pai apertou o braço dela de leve, um sinal de que havia aprovado o rapaz. Ele não falou muito no caminho até o cinema e se mostrou meio mal-humorado depois do filme. Ela não devia tê-lo forçado a ir embora sendo que ele estava se divertindo. Quando ela voltou tarde para casa, um dos irmãos estava acordado. Ela viu a parte de trás da cabeça dele.

"Aquele cara é legal", disse o irmão. "Vai trazer ele de novo?"

E uma coisa engraçada aconteceu quando ela ficou grávida; ele já era da família, e, embora ela tivesse só 17 anos, ninguém se importou. Quando ela mesma se importava, afastava a preocupação, guardando junto das outras coisas das quais não tinha certeza. É importante ter certeza. Sempre.

Todos os domingos ele ficava lá, enquanto ela, a mãe e a avó serviam o assado. Ele até fez um breve discurso no funeral da avó e recebeu vários tapinhas nas costas. Quando a bolsa estourou no meio de uma discussão sobre a quantidade de dinheiro que ela havia gastado com produtos de limpeza de marca, ele ligou para a mãe dela e falou por ela. Disse que ninguém precisava ir até o hospital, que ligariam quando o bebê nascesse.

Uma menina. Outra.

Houve uma infecção. Eles passaram uns dias no hospital, então ele teve que ir terminar um trabalho para cumprir um contrato. Quando ela reclamou de ser deixada sozinha, ele lhe quebrou um dedo. Depois se arrependeu muito. Estava sob muita pressão, e a garota sabia como provocá-lo. A enfermeira que enfaixou seu dedo perguntou como aquilo tinha acontecido. *Prendi na porta*, foi a resposta.

A mala ainda não está fechada. Ela vai levar só o bichinho de pelúcia favorito da filha. Vai ter que bastar. Ela vai buscá-la na casa da mãe e ficar com uma amiga. Está tudo planejado. Ela prende a unha em um fio solto e sente um incômodo, do mesmo jeito como se sente por dentro. As unhas estão pintadas de vermelho; pintou na noite anterior, tentando se acalmar, mas as mãos tremiam muito, e levou um bom tempo para consertar a bagunça que fez. Imagina a si mesma e a filha dali a cinco anos, e por algum motivo visualiza as duas em uma ilha tropical. Tudo é possível.

No quarto da filha, pega o bichinho de pelúcia, um coelho de orelhas longas, e o põe em cima da pilha de roupas dentro da mala. Então fecha a mala e monta em cima dela, para apertar tudo lá dentro, e começa a fechar o zíper. A mala começa a ceder. O táxi vai chegar já, já. Ela fica imóvel. Lá embaixo, a porta se fecha baixinho.

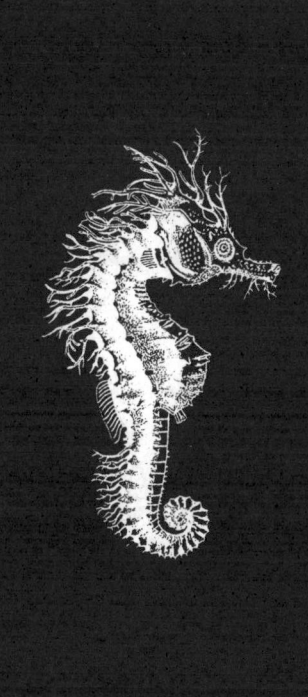

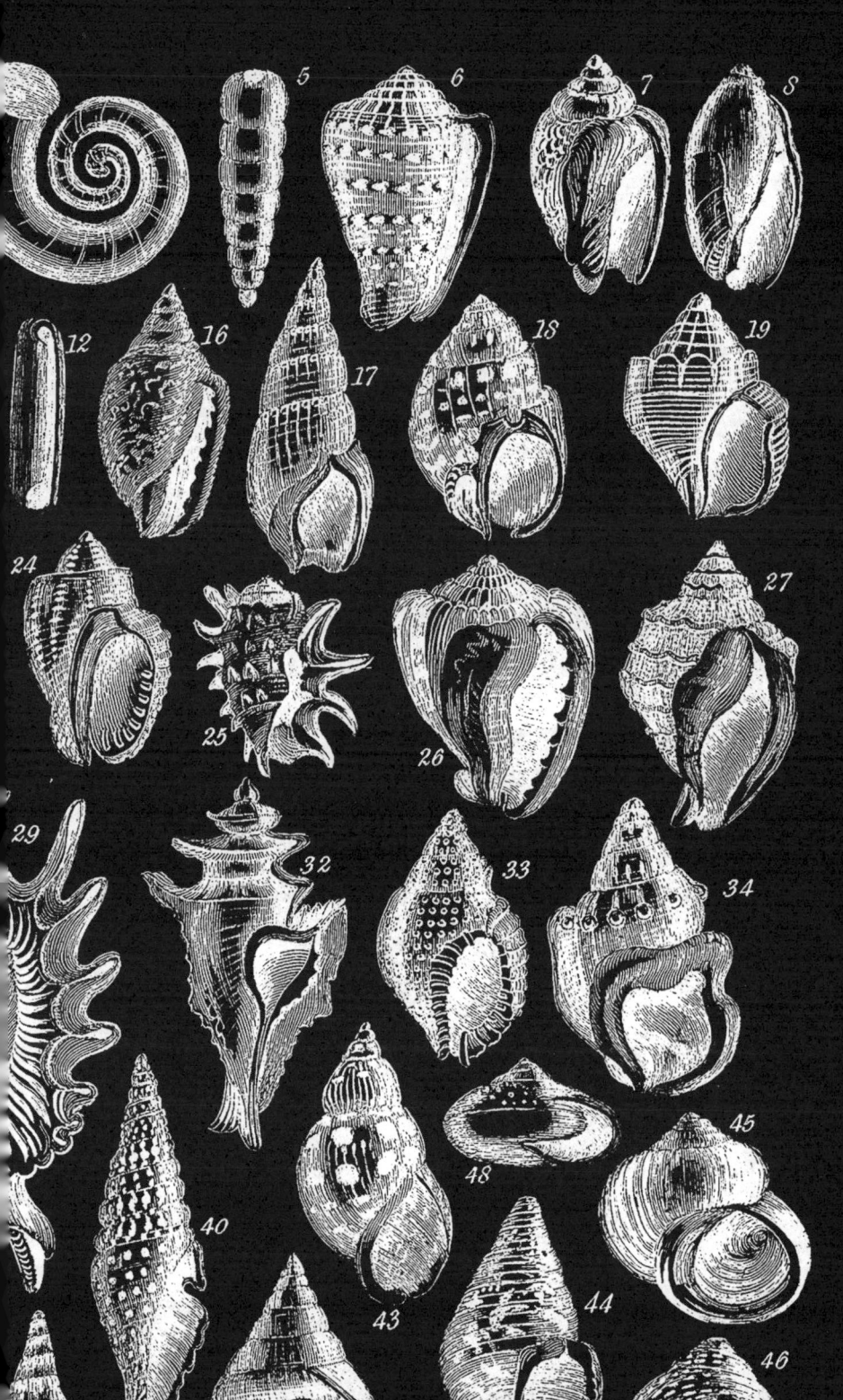

AGRADECIMENTOS

Mãe, pai, Scout, Juno, Hebe, Speedy, Tom, Emma, Flynn, Jack, Matilda.

Família Wyld, por não se incomodar com a minha curiosidade. Espero que reconheçam meu amor por todos vocês em meio à carnificina.

Todos da Jonathan Cape, que, como sempre, me deram o que eu precisava, especialmente Ana Fletcher, Michal Shavit e Joe Pickering. Diana Miller, na Knopf, e Nikki Christer, na PRH Australia.

Todos da Watson Little, mas principalmente Laetitia Rutherford.

Sherele Moody, que eu nunca conheci, mas cujo Feminicídio Australiano e Mapa da Morte Infantil parecem a referência do que eu costumo pensar.

Karen Kilgariff e Georgia Hardstark, Kiri Pritchard-McLean e Rachel Fairburn, por seus podcasts incríveis e por fazerem as mulheres serem menos enganosas com elas mesmas.

Amigos que ajudaram de várias maneiras, Karen e Minnie, Gwen e Ross, Joe, Sian, Claire, Lizzie, Katia, Roz, Ruth, Alex, Ary, Max.

David e Johanna, Dylan e Blake, por brincarem com Jamie e Buddy nos fins de semana enquanto eu terminava de escrever o livro.

Jamie, eu não escreveria nada sem o seu apoio. Pode ficar com a metade de qualquer coisa.

E Buddy, escrevi boa parte deste livro com uma única mão enquanto você segurava meus dedos e dormia. Obrigada pela companhia.

EVIE WYLD é inglesa e cresceu na Austrália. Estudou Escrita Criativa na Universidade Bath Spa e na Universidade Goldsmiths. Em 2013, integrou a edição da revista Granta com os melhores jovens escritores britânicos da década. É dona de uma pequena livraria independente em Peckham, no sul de Londres, e autora do premiado romance *Onde Cantam os Pássaros*, também publicado pela DarkSide® Books. Saiba mais em eviewyld.com

DARKSIDE

As mulheres passam a vida inteira suportando
essas indignidades na forma de assobios, de apalpadas,
de assédio, de opressão. Tudo isso nos machuca.
Suga nossa força. Alguns ferimentos são tão pequenos que
são quase invisíveis; outros são profundos, escancarados,
e deixam cicatrizes permanentes. Eles se acumulam.
Carregamos esses ferimentos por toda parte: ao ir e voltar
da escola e do trabalho, ao cuidar dos filhos em casa,
nos locais de fé, sempre que tentamos progredir.

— MICHELLE OBAMA —

DARKSIDEBOOKS.COM